ars vivendi

TOM BOUMAN

IM MORGENGRAUEN

KRIMINALROMAN

Aus dem amerikanischen Englisch von
Anke Caroline Burger und Anna-Christin Kramer

ars vivendi

Die Originalausgabe erschien 2017 unter dem Titel *Fateful Mornings*
bei W. W. Norton & Company Inc., USA

Deutsche Originalausgabe
1. Auflage Juni 2018

GmbH & Co. KG, Bauhof 1,
90556 Cadolzburg

www.arsvivendi.com

Druck: CPI books GmbH, Leck
Gedruckt auf holzfreiem Werkdruckpapier der Papierfabrik Arctic Paper.
Das eingesetzte Material stammt aus ökologisch und sozial
verantwortungsvoller Forstwirtschaft.
Printed in Germany

ISBN 978-3-86913-900-5

Im Morgengrauen

Und doch sind die Weisen der Meinung, dass die dunklen Mächte, aus denen sich die Habgier des Menschen nährt, allgegenwärtig sind, genau wie die hell leuchtenden Wesen, die ihren Honig in die Waben seines Herzens füllen, und die Geschöpfe des Zwielichts, die zwischen beiden hin- und hergleiten. Sie alle umkreisen den Menschen in leidenschaftlichen, melancholischen Heerscharen.

– W. B. Yeats

Erster Teil

ICH fuhr mit dem Pick-up quer über die Wiese zum Maiden's Grove Lake. Die Sonne eroberte gerade den Himmel im Osten, die ausschlagenden Espen auf den Hügeln glichen hellgrünen Wolken, und vereinzelte Veilchen trotzten dem kühlen, feuchten Frühling. Alles kündete vom nahenden Sommer.

Ich weiß nicht, wer sich für den See den Namen Maiden's Grove hat einfallen lassen – wahrscheinlich derselbe, der vor zweihundert Jahren, als der Norden Pennsylvanias noch nicht erschlossen war, unsere Gemeinde Wild Thyme getauft hat. Die ersten Siedler standen vor einem tiefen, von Gletschern geformten Tal, das von Quellflüssen versorgt wurde. Diese vereinigten sich im January Creek, flossen dann weiter südlich in den Susquehanna und mündeten schließlich Hunderte von Kilometern entfernt in die Chesapeake Bay.

Ich bog rechts ab auf eine Privatstraße, wo ein knappes Dutzend Häuschen am Ufer standen. Sie waren in den Dreißigern gebaut worden, nachdem die Besitzer des umliegenden Landes, eine Familie namens Swales, ein paar Parzellen verkauft hatten. Die Swales hatten es unten in Luzerne County nun anscheinend wieder zu Geld gebracht. Bis vor Kurzem hatten sie die restlichen drei Viertel des Sees noch der Wildnis überlassen. Die Besitzer der Häuschen am Südufer waren stolz und wohlhabend und schätzten die Ruhe und Abgeschiedenheit. Sie hatten den See mit Forellen besetzt und Motorboote verbannt. Vor Häuschen Nummer 7 parkte ich neben einem dunkelblauen Mercedes-Kombi und betrat den Garten. Die Morgensonne warf helle Flecken auf die blaue Seeoberfläche, man konnte das Licht förmlich riechen. Rhonda Prosser, eine schlanke Frau mittleren Alters, deren drahtige Gliedmaßen an eine Langstreckenläuferin erinnerten, hockte vor einem eingeschlagenen Kellerfenster. Als sie mich bemerkte, richtete sie sich auf. Sie trug graue Dreadlocks mit Silberringen und kleinen Anhängern darin. Ihr Gesicht war streng und schön – und weiß, wohlgemerkt, daran änderten auch die Dreadlocks nichts. Im Sommer nahm sie zusammen mit ihrem Mann an jeder der monatlichen Gemeindeversammlungen teil. Die beiden hatten es sich zur Aufgabe gemacht, meinen Chef, Verwaltungsdirektor Steve Milgraham, in Sachen Fracking zu bedrängen. Warum kümmerte sich die Umweltschutzbehörde nicht um uns, und wohin floss das Geld aus der Verordnung 13? Die beiden waren in Holebrook County für ihre Hartnäckigkeit berüchtigt, obwohl sie eigentlich nördlich der Grenze im Staat New York wohnten.

Rhonda spähte mich über ihre Lesebrille hinweg an.

»Henry Farrell, Wild Thyme«, stellte ich mich vor.

»Schon klar«, erwiderte sie. »Ich hatte nur eigentlich mit der State Police gerechnet.«

»Tja.«

»Sie kümmern sich also um diese Sache? Ich hab Ihnen nämlich schon öfter aufs Band gesprochen. Die veranstalten da drüben auf dem Grundstück von Andy Swales ständig einen Riesenterz, und Sie rühren keinen Finger.«

Das stimmte. Andy Swales war der Kronprinz seiner Familie und hatte sich im vergangenen Jahr auf einem Hügel mit Blick auf das Nordufer eine Art Festung bauen lassen, inklusive Bootshaus und Steg. Vom Grundstück der Prossers aus konnte man einen Mauerturm sehen.

Swales hatte ein Stück Land samt Wohnwagen an ein junges Paar verpachtet, Kevin O'Keeffe und Penny Pellings, die sich im Gegenzug um Haus und Hof kümmerten. Allerdings waren die beiden nicht gerade als verlässlich bekannt. Vor knapp einem Jahr hatte ihnen das Jugendamt ihr Baby Eolande weggenommen, was damals in der Presse einiges Aufsehen erregt hatte. Manchmal schaute ich bei den beiden vorbei, um mich nach dem Stand der Dinge mit dem Jugendamt zu erkundigen, und im Winter war ich mal wegen häuslicher Gewalt zum Wohnwagen gerufen worden. Es war jedoch nichts Wildes, nur ein aus dem Ruder gelaufener Streit.

Mit Kevin und Penny hatte nun jedenfalls ein gewisses einheimisches Element Zugang zum See, und das passte den Anliegern überhaupt nicht. Seit dem Frühjahr klingelte mein Diensttelefon ständig wegen irgendeines Aufregers am Maiden's Grove – zu laute Musik oder unbefugtes Angeln. Ich hatte den Anwohnern erklärt, dass Fische zum Allgemeingut würden, sobald man sie in einen öffentlichen See setzte. Die Lärmbeschwerden hatte ich an Andy Swales weitergegeben. Er meinte wörtlich, seine Pächter könnten tun und lassen, was sie wollten, solange sie es nicht übertrieben. Ich für meinen Teil bin auch der Meinung, dass wir hier in einem freien Land leben und die Leute sich auch am falschen See betrinken können, wenn ihnen der Sinn danach steht.

Doch eins ging den Anliegern am Südufer noch mehr gegen den Strich als die neuen Nachbarn im Norden: Swales hatte einen Erdgasvertrag unterschrieben. In Zukunft würde ihnen also womöglich ein Bohrturm die Aussicht ruinieren, der Gift in die Erde pumpte und nur durch eine dünne Betonschicht von ihrem Trinkwasser getrennt war.

»Die State Police hat bei uns im Bezirk angerufen, die haben dann die Gemeinde eingeschaltet, und die Gemeinde bin nun mal ich.«

»Hm.«

»Die nächste Dienststelle der State Police ist eine Stunde entfernt«, fuhr ich fort. »Vielleicht frage ich dann wegen Tatverdächtigen und so weiter mal beim Bezirk nach. Könnten Sie mir Ihr Haus zeigen?«

Das Innere war weiß gehalten und minimalistisch eingerichtet. Tische und Stühle standen auf dem bloßen Boden, die Arbeitsplatte war sauber, die Regale voller Kunstbände. In einem kleinen Vorraum mit Schieferboden hingen Rettungswesten und Baseballhandschuhe, und in der Ecke stand eine Bank mit Blick auf den See. Anders als in den meisten Häusern, die ich im Dienst zu Gesicht bekam, war hier einwandfrei aufgeräumt. Ich konnte kaum glauben, dass hier eingebrochen worden sein sollte, so ordentlich war es. Doch dann entdeckte ich die Aufhängevorrichtung, wo eigentlich der Flachbildfernseher hätte hängen sollen, und auf einer mattblauen Kommode hatte bis vor Kurzem offensichtlich eine Stereoanlage gestanden. Laut Rhonda waren außerdem zwei alte Saiteninstrumente verschwunden, nicht aber die wertvolle Bauernharfe, die schon in die Kategorie Volkskunst fiel. Rhonda strich über die Saiten, und es klang nicht sonderlich gut. Oben im Schlafzimmer hatten die Einbrecher eine Schublade im Nachtschrank aufgebrochen und eine 9mm-Heckler & Koch entwendet. Rhonda meinte, ihr Ex-Mann habe sie wegen der Kojoten angeschafft, die Waffe sei schwarz und seit der Scheidung nicht von ihr angerührt worden. Sie klang leicht erschöpft, als die Sprache auf ihren Ex kam. Ich hatte bis dahin nichts von der Trennung gehört, vermutlich war es also noch nicht allzu lange her. Rhonda wusste nicht, ob die Waffe geladen war, hielt es aber für möglich. Eine fast leere Schachtel 8-Gramm-Vollmantelgeschosse lag noch in der Schublade. Sämtliche Alkoholika waren ebenfalls verschwunden. Unten im Keller fehlten alle Werkzeuge, die nicht weggeschlossen gewesen waren.

Im Erdgeschoss deutete Rhonda auf ein Ölgemälde in einem Goldrahmen, auf das eine Bilderleuchte gerichtet war. »Das ist der wertvollste Gegenstand im ganzen Haus«, meinte sie. »Wieso haben sie das Licht angemacht, aber dann das Bild nicht mitgenommen? Komisch. Wahrscheinlich denk ich da besser gar nicht drüber nach.« Kühe auf einem Feld an einem Bachlauf bei Sonnenuntergang. Sie rückte es mit einer sanften Berührung gerade, wobei ihr Türkisschmuck aufblitzte.

»Also, gestern Nacht. Wann haben Sie da den Anruf bekommen?«

Rhonda verzog das Gesicht. »Wir haben die Alarmanlage so eingerichtet, dass die Anrufe hier landen und nicht in Syracuse. Das heißt, Evan hat das eingerichtet, mein Ex. Da war ich jedenfalls gestern Abend, in Syracuse. Die Überwachungsfirma hat ihn angerufen, aber das Häuschen gehört jetzt mir, also hat er mich benachrichtigt. Wenn wir früher den Sommer über hier waren, haben wir so gut wie nie abgeschlossen. Aber Freunden von uns am Silver Lake ist so was Ähnliches wie hier passiert, da hat Evan die Alarmanlage einbauen lassen. Wir dachten, wenn wir die erst mal haben, brauchen wir sie bestimmt nie. Mit so was rechnet man einfach nicht.«

»Ja, Sie sind hier ganz schön weitab vom Schuss.«

»Dachten wir eben auch«, erwiderte Rhonda und fügte dann hinzu: »Man geht seinem Alltag nach, alles ist gut. Und dann passiert einem auf einmal so was?« Sie wischte sich eine Träne weg. »Das müssen wir jetzt wohl schlucken. Nirgends ist man mehr sicher.«

»Falls es Sie beruhigt, ich hab so was schon öfter gesehen. Nehmen Sie es nicht persönlich. Die wollten Ihnen nichts antun. Die Einbrecher kennen Sie überhaupt nicht. Die hatten nur eins im Sinn, Heroin wahrscheinlich.« Nach einer kurzen Pause fuhr ich fort: »Der Kontrollanruf traf also hier ein, und der Überwachungsfirma kam das verdächtig vor, also haben sie die State Police eingeschaltet, und die haben dann bei …«

»Evan angerufen«, half Rhonda. »Mein Ex.«

»Und der hat dann Sie benachrichtigt.«

Sie nickte.

»Ich werde ein paar Fingerabdrücke nehmen, aber am ehesten werden uns wahrscheinlich Befragungen weiterhelfen. Die Leute reden lassen.«

Meine Hoffnung war gering. In Pennsylvania galt Einbruch als Schwerverbrechen, und niemand wollte seinen Schwager oder wen auch immer wegen einer Stereoanlage hinter Gitter bringen. Dieses Verhalten stand in Einklang mit der regierungsfeindlichen Gesinnung, die sich in den Hügeln von Wild Thyme ausgebreitet hatte. Vielleicht würde das Diebesgut drüben in den südlichen Kleinstädten New Yorks auftauchen. Wahrscheinlich aber nicht. Ich nahm Fingerabdrücke von den Türgriffen und ein paar Oberflächen und sah mich noch einmal ausgiebig um. Die Einbrecher hatten nichts zurückgelassen. Wahrscheinlich hatten sie sogar die Stiefel ausgezogen. Ich versicherte Rhonda meines Mitgefühls und machte mich wieder auf den Weg.

Bis zu meiner Dienststelle brauchte ich knappe zwanzig Minuten. Hinter der letzten Kurve tauchte das vertraute Tal auf, und schon rollte ich auf den Kiesparkplatz vor der Gemeindeverwaltung. Wild Thyme beschäftigte noch nicht lange einen eigenen Polizisten. Bis vor Kurzem hatten die Einwohner sich wahrscheinlich noch sicher gefühlt und ihre Steuergelder lieber für etwas anderes verwendet. Bei meiner Rückkehr aus Wyoming vor ein paar Jahren war die Stelle unbesetzt gewesen, und die Leute verließen sich auf die State Police von Pennsylvania sowie den Sheriff von Holebrook County. Sheriff Dally war es auch zu verdanken, dass ich den Job überhaupt bekommen habe. Er wollte den Zuständigkeitsbereich seiner Leute verkleinern und meinte, meine Anwesenheit hier in Wild Thyme könne ihm dabei behilflich sein.

Meine Dienststelle war in einem Teil des öffentlichen Verwaltungsgebäudes untergebracht, das außerdem als Parkhaus und als Wache der Freiwilligen Feuerwehr diente. Ich schloss die Tür auf und schaltete den Ventilator ein. Er half nie. Manchmal kam es mir vor, als stünde die Luft in meinem Büro seit 1967, als das Parkhaus gebaut worden war. Nichts kam rein, nichts ging raus. Der zweite Schreibtisch war immer noch leer. Meine letzte Stellvertreterin – Deputy Krista Collins, die vorher beim Sheriff gearbeitet hatte – war etwa fünf Minuten lang hier beschäftigt gewesen, bevor sie mal wieder zu einem Einsatz verlegt wurde, diesmal in Afghanistan. Dort lernte sie einen Sergeant kennen und teilte mir daraufhin mit, dass sie wahrscheinlich nie wieder nach Pennsylvania zurückkehren würde. Selbst wenn ich jemanden einstellen dürfte – nach einer schlecht bezahlten Stelle auf dem Land leckten sich die wenigsten frisch ausgebildeten Polizisten die Finger. Die meisten Bewerbungen, die auf meinem Schreibtisch landeten, stammten von älteren Beamten, die in ihrer Behörde wegen übertriebener Gewaltanwendung oder mangelnder Disziplin angeeckt waren. Die mussten schon einiges auf dem Kerbholz haben, wenn sie sich wegen elf Dollar die Stunde um diese Stelle bemühten, aber ein paar Bewerbungen hatte ich trotzdem aufgehoben.

Ich überlegte, eine meiner Radarfallen zu bemannen, entschied mich aber dagegen. Es war ein unspektakulärer Morgen im Mai, viele der Einheimischen waren vor Sonnenaufgang auf Truthahnjagd gewesen, und als Polizist in einer kleinen Gemeinde muss man aufpassen, den Einwohnern nicht allzu sehr auf den Geist zu gehen. Deswegen konzentrierte ich mich meistens auf die dicken Pick-ups und Tanklaster von außerhalb, die mit dem Schiefergasabbau in der Marcellus-Formation zu tun hatten.

Ich rief beim Sheriff's Department an und erkundigte mich nach weiteren Einbrüchen und potenziellen Verdächtigen. Nichts Ungewöhnliches in oder um Fitzmorris herum. Ich füllte eine Strafanzeige gegen Unbekannt aus und legte sie in die Schreibtischschublade.

Kurz darauf kam der Verwaltungsdirektor herein. Er trug ein gestreiftes Polohemd, erbsengrüne Bermudashorts und staubige Arbeitsstiefel. Stephen Milgraham führte ein eigenes Bauunternehmen. Insgeheim nannte ich ihn wegen seiner libertären Tendenzen »den Souverän«, und da er die Steuerzahler von Wild Thyme vertrat, musste ich mich vor ihm verantworten. Er kritisierte mich in aller Öffentlichkeit, weigerte sich, für Fortbildungen zu zahlen, und hatte mir meinen Minikühlschrank weggenommen.

»Steve, wie schön«, sagte ich. »Setz dich doch.«

»Danke.« Der Souverän zog einen Stuhl an meinen Schreibtisch heran und setzte sich auf die Kante. »Wie läuft's, viel zu tun?«

»Klar, wie immer.«

»Bin heute Morgen Rhonda begegnet.«

»Sag bloß.«

»Du hast ihr erzählt, wir hätten ein Heroinproblem.«

»Hat sich ja schnell rumgesprochen.«

»Henry.« Er spuckte tannengrünen Tabaksaft in eine Plastikflasche. Steve kannte sich mit Straßen und deren Instandhaltung aus, war mit dem Wahlvolk in Wild Thyme vertraut und erfreute sich allgemeiner Beliebtheit. Wäre schön gewesen, wenn auch ich ihn hätte leiden können. Mir drängte sich allerdings in letzter Zeit der Verdacht auf, ihm wäre es am liebsten, ich würde nie wieder jemanden festnehmen oder gleich ganz in einen anderen Bezirk ziehen.

»Komm schon, Stephen …«

»Ich hab genug Ärger mit Rhonda. Wenn du mich fragst …«

»Stephen.«

»Wahrscheinlich hat's sie getroffen, weil keiner sie ausstehen kann.«

»Komm schon«, wiederholte ich.

»Wenn dir langweilig ist, sag Bescheid.« Stephen stand auf, wie um die Diskussion zu beenden. »Aber denk dir bitte nicht schon wieder irgendwelche Märchen aus, die du in deine Akten kritzeln kannst. Damit jagst du den alten Damen nur Angst ein.«

»Ich hab mir überhaupt nichts ausgedacht, und außerdem kann es dir doch egal sein, ob mir langweilig ist oder nicht.«

»Ach, ist das so?«

»Lies dir doch bitte mal die Berichte der letzten paar Monate durch.« Die in den ländlichen Gegenden grassierende Heroinabhängigkeit war anfangs noch ein peinliches Geheimnis gewesen, doch mittlerweile las man sogar in der Zeitung davon. Im letzten halben Jahr hätte ich wahrscheinlich so viele drogenbedingte Festnahmen machen können, wie ich wollte. Wenn ich in den Heights patrouillierte, einer Ansiedlung armer Gesetzloser und Pechvögel ganz oben auf den Hügeln, winkte ich den Bewohnern immer zu, und früher dachte ich manchmal bei dem einen oder anderen: Was der Kerl da wohl in der Tasche hat? Dank der massiven Drogenflut kam mir der Gedanke mittlerweile bei fast jedem, Durchschnittsbürger eingeschlossen.

»Ich habe die Berichte gesehen«, erwiderte der Souverän. »Sind doch nur ein paar Einbrüche.«

»Mehrere Einbrüche pro Monat, wo wir früher über das ganze Jahr nur eine Handvoll hatten. Drogenbesitz. Überdosen, Verkehrsunfälle. Und ich erwische bei Weitem nicht alle.«

»Das meine ich doch gar nicht. Hör mal, ich bin auf dem Sprung und will dir auch nicht zu nahe treten. Schon klar, du musst deinen Job machen, aber ein bisschen Diskretion würde dir trotzdem guttun. Dir und deinen Berichten.«

Er hatte die Hand schon am Türgriff, da sagte ich: »Aber dir ist schon klar, dass die alten Damen nicht vor mir Angst haben, oder, Steve?«

Am frühen Nachmittag schlummerte ich gerade friedlich an meinem Schreibtisch, als mein Handy piepste. Eine Nachricht von Shelly Bray. Ihre zwei Kinder waren in der Schule, ihr Mann auf der Arbeit, die Pferde waren gefüttert, sie hatte gerade keine Reitschüler, und das hier war mein Zeichen. Nach jeder Nachricht hatte ich eine halbe Stunde, um bei ihr aufzutauchen. Unser System war einfach. Sie schrieb mir sonst nie, und wenn, dann nicht mehr als »hey«, »wie geht's?« oder auch nur »na«. Wenn ich Zeit hatte, fuhr ich zu ihr.

Ich bog auf die Fieldsparrow Road ab und parkte, vor neugierigen Blicken geschützt, auf dem Grundstück des verstorbenen Aubrey Dunigan, auf dem wir letztes Jahr so viel Ärger gehabt hatten. Ich stapfte über sein verkümmertes Feld hinauf auf den bewaldeten Kamm. Ein Pfad führte an einer bereits für ein Bohrloch gerodeten Stelle vorbei, doch bisher war da lediglich eine leere Fläche, überwachsen mit frischem, seidigem Rispengras. Das Gasvorkommen tief unter der Erde lag teilweise auf dem Grundstück der Brays. Der Vertrag war ein zusätzlicher Streitpunkt zwischen Shelly und ihrem Mann. Sie war grundsätzlich gegen Fracking – genau wie ich im Übrigen, wenn auch aus anderen Gründen –, aber ihr Mann meinte, man könne es ohnehin nicht verhindern. Am Ende hatte er sich durchgesetzt.

Am Waldrand blieb ich stehen und betrachtete die goldene Talsenke, die den Reiterhof der Brays umgab. Sie war von Lichtstrahlen umkränzt und strotzte vor Leben: Insekten summten in der Luft, der Duft von Wildblumen mischte sich mit dem von Dung und Heu. Shellys Pferde, Wurlitzer und Pinky, ignorierten mich, während ich an den Bäumen entlang Richtung Haus schlich, und zuckten lediglich im spärlichen Schatten eines wilden Apfelbaums hin und wieder mit dem Schweif.

Vor der Hintertür zog ich die Stiefel aus, weil ich keine Spuren hinterlassen wollte, und konnte mein Glück kaum fassen, als ich Shelly die Treppe herunterkommen sah. Sie war eine hübsche Brünette um die vierzig, und ihr breites Grinsen war teuflisch verführerisch. An diesem Morgen trug sie nur ein weißes Tanktop und eine gestreifte Unterhose. Sie ging an mir vorbei zum Kühlschrank, holte eine Karaffe Eiswasser mit Zitronenscheiben heraus und schenkte mir ein Glas ein.

»Du siehst ganz schön fertig aus«, sagte sie. »Komm, wir gehen hoch.«

Unter dem kühlen Wasser der Dusche stand ich hinter ihr und strich ihr über den Bauch, dessen Muskeln und Haut mir inzwischen so vertraut waren wie ihr Gesicht. Als ich zwischen ihren Beinen anlangte, beschleunigte sich mein Atem. Sie spürte, wie hart ich schon war, stützte sich mit einer Hand an den Fliesen ab, stellte sich kurz auf die Zehenspitzen, umfasste mich und sank auf meine Erektion, ohne sich groß mit einem Kondom aufzuhalten. Es fühlte sich so gut an, dass es kaum zu ertragen war. »Scheiße«, sagte ich. »Das geht nicht.«

Shelly drückte mich mit der freien Hand an sich. »Los, ich will, dass du kommst.«

Ich riss mich los, bevor es zu spät war, und presste mich keuchend an die Wand. Shelly zuckte mit den Schultern und trat aus der Dusche. Ich folgte ihr ins Gästezimmer, sie zog mich an sich, und wir brachten es zu Ende, diesmal allerdings mit Kondom. Hinterher lagen wir nebeneinander auf der Decke, und eine warme Brise strich durch die offenen Fenster über uns hinweg.

»Ganz schön heiß«, sagte sie.

»Ja.«

»Morgen wieder?«

»Okay.«

»Ist was, Henry?«

»Was soll denn sein?«

Shelly klaubte ihr Top vom Boden und streifte es sich über. Dann zog sie sich die Unterhose an. »Hast du genug von mir?«

»Darum geht es nicht. Beziehungsweise genau darum geht es.«

»Ich könnte ihn verlassen.«

Das war das zweite Mal, dass sie so etwas sagte. Beim ersten Mal, letzte Woche, war ich nicht darauf eingegangen. »Nicht wegen mir«, sagte ich. »Denk an die Kinder.«

»Henry, ich kenne ihn eine Ewigkeit. Er ist kein schlechter Kerl, aber da ist wirklich nichts mehr zu retten. Und mach dich wegen den Kindern nicht fertig. Wir tun ihnen damit noch einen Gefallen.«

»Aber … nicht wegen mir.«

Sie seufzte. »Bis morgen dann?«

Während ich mich anzog, fuhr plötzlich ein Auto vor. Ich hörte Shelly unten fluchen. »Henry?«

»Ich geh durchs Fenster.« Für genau so einen Fall hatte ich mir den Grundriss des Hauses eingeprägt, aber ich hätte dennoch nie damit gerechnet, dass ich tatsächlich so dumm sein könnte, überhaupt in so eine Lage zu geraten. Barfuß und so elegant wie einem Mann meiner Statur möglich schob ich mich durch ein offenes Fenster, hielt mich kurz an der Fensterbank fest und ließ mich dann die drei Meter bis zum Boden fallen. Von dort kroch ich hinter einen Holzhaufen. Auf der Veranda um die Ecke standen sich Shelly und ihr Mann Josh gegenüber.

»Was für eine Überraschung«, sagte sie.

»Die Klimaanlage hat den Geist aufgegeben«, erwiderte er. »Verrückt, oder? Wir haben den Rest des Tages frei.«

»Klingt fast schon ein bisschen zu verrückt.«

»Vielleicht wollte ich dich auch bloß sehen.«

»Ich bin nur überrascht, mehr nicht.«

Ich hörte, wie die Fliegengittertür zufiel, legte den Kopf ins Gras und schaute in den blauen Himmel. Dann fielen mir meine Stiefel ein. Fünf Minuten später stahl ich mich barfuß zurück Richtung Wald. Dieses Mal beobachteten mich die Pferde den ganzen Weg über. In der dunkelgrünen Sicherheit des Waldes blieb ich stehen und schaute erneut auf das Grundstück hinab. Einen Moment lang stellte ich mir vor, wie es wohl sein mochte, dort unten zu wohnen. Ich hatte wirklich jedes Mal ein schlechtes Gewissen dabei, zwischen all den Fotos und persönlichen Dingen der Familie umherzuschleichen. Aber gleichzeitig fühlte es sich gut an. Ich brauchte das. Ich schwor mir, nicht mehr zurückzukehren, genau wie beim letzten Mal.

Zu Hause sammelte ich ein Paar Turnschuhe ein und ging wieder zur Arbeit, machte Punkt halb fünf Feierabend und fuhr zurück zu dem baufälligen Bauernhaus, in dem ich zur Miete wohnte. Dort zog ich meine Tarnkleidung an, schmierte mir grüne Farbe auf die hellen Turnschuhe und die Stellen des Gesichts, die nicht vom Bart bedeckt waren, und machte mich auf den Weg in den Wald. Ich ging an einem Feldrand in Position und versuchte einen Truthahn mit einer Putenattrappe zu ködern. Es war eigentlich die falsche Tageszeit dafür, und ich beeindruckte mich selbst damit, dass ich den Vogel trotzdem anlockte. Vermutlich war es derselbe, den ich vor zwei Tagen am Hügel gegenüber kollern gehört hatte und der gestern Abend spöttisch am Rand meines Gartens herumgestromert war, während ich mit nichts als löchrigen Boxershorts bekleidet auf der Veranda zu Abend aß. Zur Erinnerung: Ich lebe allein. Ich hatte mir die Schrotflinte geschnappt, war dem Puter barfuß bis an den Waldrand gefolgt und hatte dann beobachtet, wie er die Straße entlang davonwetzte und für einen Abschuss schon zu weit entfernt war. Er hatte sich zu mir umgedreht, kurz den Kopf geneigt und war dann im Wald verschwunden.

Jetzt machte er einen auf paranoid und versteckte sich hinter ein paar Ahornbäumen an einem Bach. Ich versuchte es erneut mit einem leisen Lockruf. Zwanzig Minuten lang reagierte der Kerl gar nicht. Aber dann zeigte er sich laut kollernd auf der Wiese, ein ganzes Stück weiter östlich. Sein Kopf wurde erst blau, dann rot, dann gespenstisch weiß, während er im Gras auf- und abschritt und Ausschau hielt. *Wo ist diese verdammte Pute, die sich nicht von der Stelle rührt?*, schien ihm durch den Kopf zu gehen. *Soll ich der etwa hinterherlaufen? Dass ich nicht lache!* Ich drückte ab und merkte mir durch die Rauchwolke die Stelle, wo der Truthahn umgefallen sein musste. Auf dem Weg über die Wiese erwachten meine Beine wieder zum Leben. Als ich jedoch bei der Stelle anlangte, lag er nicht da, und ich wunderte mich über die Zauberkräfte dieses lebensmüden, aber genialen Vogels, der mir immer wieder durch die Lappen ging. Ich hatte getroffen, ich schwör's.

Ich ging über einen Weg auf dem Nachbargrundstück zurück, der in eine bewaldete Schlucht und dann hinauf in den Laubwald führte, in dem hie und da ein paar Rotkiefern zusammenstanden. Ein lieblicher Duft wurde vom Wind durch den Wald getragen, so stark, dass ich ihm folgen musste. Ich ging vom Weg ab in den Schatten, schlug mich durchs schwarze Unterholz und erreichte schließlich eine kleine

Lichtung mit smaragdgrünem Moosboden, einer Banks-Kiefer und einem dreiblättrigen Feuerkolben. Auf der Lichtung verbarg sich im Schatten eines Ahornbaums ein echter Schatz: eine etwa einen Meter hohe wilde Azalee mit rosa Blüten, die unter ihrem schweren Duft geradezu schwankten.

»Sieh mal einer an.« Ich ging auf die Knie und schob etwas Laub beiseite. Mit dem Taschenmesser schnitt ich zwei Wurzelschösslinge am Boden ab und trug die Pflänzchen auf dem Weg zurück in der hohlen Hand wie zwei Vogelküken.

Zu Hause holte ich eine Gabel aus der Küche und ging wieder hinaus. Ich sah mich um und entschied mich für die Baumreihe entlang der Straße, wo ein alter Holzzaun verrottete. Dort pflanzte ich die wilde Azalee, die jetzt nicht mehr wild war, liebevoll und vorsichtig ein.

DER nächste Morgen war klar und trocken. Der Truthahn hatte mich seit etwa fünf Uhr früh auf Trab gehalten, und mir fielen auf dem Weg zur Arbeit beinahe die Augen zu. Heute würde ich garantiert nicht pünktlich am Schreibtisch sitzen. Ich war in der Frühe gerade wieder nach Hause gekommen, hatte die Tarnkleidung ausgezogen, die Schrotflinte weggeräumt und Kaffee aufgesetzt, da rief mein alter Freund Ed Brennan an. Die Auswirkungen dieses Anrufs sollten noch Jahre später spürbar sein.

Ed ist ein großer und für gewöhnlich lauter Mann, aber an diesem Morgen erzählte er mir am Telefon im Flüsterton eine Geschichte, deren Ende ich gar nicht hören wollte. Ich füllte mir den Kaffee kurzerhand in einen Thermobecher, war innerhalb von drei Minuten angezogen und machte mich auf den Weg nach Fitzmorris.

Die Brennans wohnen auf einer kleinen Farm außerhalb von Fitzmorris, dem Verwaltungssitz von Holebrook County. Liz Brennan arbeitet dort als Ärztin, und Ed betreibt ein kleines, aber feines Bauunternehmen, das sich auf Holzrahmenbau spezialisiert hat. Er beschäftigt ein paar echte Profis, aber bei den Zimmerleuten achtet er nicht darauf, wo sie herkommen, das kann von ihm aus auch eine Entzugsklinik sein, solange sie ordentlich anpacken. Die Brennans haben zwei Kinder, einen Jungen und ein Mädchen. Ed und ich waren vor fünfzehn, zwanzig Jahren zusammen auf der Highschool, und ich bin mit der ganzen Familie befreundet. Sie haben mir durch schwere Zeiten geholfen. Und ich sag's gleich dazu, wer Liz kennt, würde sofort verstehen, wieso ich sie mit hündischer Ergebenheit liebe und diese Liebe auch ungefähr so gut in Worte fassen kann wie ein Hund. Meine Chancen bei ihr bewegen sich übrigens ebenfalls auf Hundeniveau. Sie ist die Frau meines besten Freundes. Wenn ich schon alles erzähle, sollte ich das nicht auslassen. Mein Leben war viel einfacher, als ich noch selbst eine Frau hatte, aber deren Asche habe ich draußen im fernen Westen verstreut, und ich erreiche sie nur noch selten.

Als ich vor dem weißen Farmhaus hielt, stand Ed schon in der Tür. Er hob die Hand zum Gruß und ging hinein. Einer seiner Männer fläzte auf einem Stuhl auf der Veranda, die Zehenkappe seiner Stiefel wurde von Panzerband zusammengehalten. Sein Gesicht war unter einer Basecap verborgen, doch ich erkannte ihn trotzdem: Kevin O'Keeffe, der mit seiner Freundin Penny in einem Wohnwagen auf dem Grundstück von Andy Swales am Maiden's Grove Lake hauste. Ich wusste nicht, ob er wach war, bis ich die Stufen hinaufstieg. Er rutschte herum und machte Anstalten aufzustehen. Ich winkte ab und zog mir einen Stuhl heran.

»Machen wir das jetzt hier?«, fragte er.

»Keine Ahnung, was du meinst«, erwiderte ich.

»Hat Ed dir nichts erzählt?«

»Erzähl du's mir doch.«

Kevin warf einen Blick Richtung Haustür, dann schaute er wieder zu mir. »Nimmst du mich nicht fest?«

»Fangen wir doch erst mal damit an, was hier überhaupt los ist.« Ich hatte keinen Platz für ihn in meiner winzigen Dienststelle und könnte ihn höchstens für eine Stunde oder so dort behalten. Wenn hier tatsächlich etwas passiert war, würde es mit Sicherheit an den Bezirk weitergegeben.

Er senkte die Stimme. »Ich hab sie nicht umgebracht.« Er trug ein T-Shirt, und ich prüfte mit einem raschen Blick, ob er irgendwo Kratzer oder blaue Flecken hatte. Seine sonnenverbrannte Haut war von Schrammen und Linien durchzogen, die allerdings nicht sonderlich frisch wirkten.

»Aber sie ist verschwunden«, sagte ich.

»Ja. Ich bin vorgestern Nacht nach Hause gekommen, da war der ganze Wohnwagen zerlegt.«

»Um wie viel Uhr war das ungefähr?«

»Keine Ahnung, halb drei? Da war, ach, Scheiße … ach du Scheiße.« Er vergrub das Gesicht in den rissigen Händen und schaute dann wieder auf. »Aber ich hab's nicht bemerkt … ich hätte es bemerken müssen. Ich war betrunken. Ich bin sofort eingeschlafen. Ich dachte, sie ist wahrscheinlich sauer, weil ich so lange weg war, und kommt bestimmt zurück. Ich war viel zu fertig, um nach ihr zu suchen. Am nächsten Morgen war Penny immer noch weg. Ich hab sie angerufen, ihre Schwester, ihre Eltern – nichts. Wahrscheinlich hätte es mir da klar sein müssen. Dann bin ich jedenfalls zur Arbeit. Auch am Abend war sie noch nicht zurück. Ihr Auto stand allerdings am Wohnwagen. Ich hab noch ein paar Leute angerufen und dann die Kneipen abgesucht. Binghamton, Endicott, Fitzmorris. Keiner hat sie gesehen.« Mit zitternder Hand rieb er sich das Auge.

»Okay. Du hast außerdem gesagt, du hättest auf jemanden geschossen? Das war doch bestimmt nicht dein Ernst, oder?« Ed hatte mir das am Telefon erzählt, war aber nicht ins Detail gegangen. Das passte nicht: Weder in Holebrook noch in den angrenzenden Bezirken war jemand mit Schussverletzungen eingeliefert worden. Wahrscheinlich hatte Kevin bloß einen Albtraum gehabt oder war noch im Delirium gewesen, weil er entweder zu viel oder zu wenig Alkohol in der Blutbahn gehabt hatte.

Kevin erwiderte zunächst nichts, meinte dann jedoch: »Totaler Quatsch. Das hätte ich mal lieber für mich behalten sollen. Ich war betrunken. Ich hab niemanden abgeknallt.«

»Und wo genau hast du niemanden abgeknallt?«

Kevin verdrehte seufzend die Augen.

»Wo ist die Waffe?«, fragte ich.

Er legte sich den Zeigefinger an die Schläfe und tat so, als würde er sich das Hirn wegpusten. Mir galt die Geste nicht, glaube ich. Unsere Blicke trafen sich, und ich wusste, dass etwas mit Kevin nicht stimmte, genauso wenig wie mit dieser ganzen Angelegenheit.

»Erzähl mir, wo du warst, Kevin. Jetzt sofort.«

»Versprich mir erst, dass du nach Penny suchst. Wir trödeln hier rum, dabei ist sie vielleicht schon …«

»Bitte einmal aufstehen.« Ich tastete ihn ab und nahm dabei seinen Schweißgeruch wahr, der gleichzeitig scharf und süß war. Keine Waffe.

»Wenn sie tot ist – ich war's nicht.«

»Hm«, machte ich. Kevin streckte mir die Hände entgegen, damit ich ihm Handschellen anlegte. Ich schüttelte den Kopf. »Wie bist du hierhergekommen?«

»Zu Fuß.«

»Und wo ist dein Truck?«

Er schaute mich hilflos an. »Weiß ich nicht.«

Ich legte ihm einen Arm um die Schultern und schob ihn zu meinem Auto.

Auf dem Weg zum Sheriff dachte ich an meine Stippvisite im Wohnwagen letzten Winter und an die Vergangenheit der beiden jungen Leute. Bei einem Anruf wegen häuslicher Gewalt rechnet man immer damit, die Leute mitten im Streit vorzufinden, schreiend und mit ausgefahrenen Klauen, und wenn man einem von beiden zur Hilfe eilt, kriegt man am Ende auch noch ein, zwei Schläge ab. Immerhin hassen sie einen noch mehr, als sie einander hassen. An jenem Abend im Januar jedoch, als ich vor dem Wohnwagen abseits der Dunleary Road hielt, war alles still. Das Blaulicht tanzte über den weißen Wald, Swales' Haus dahinter war kaum sichtbar. Ich klopfte an und ging hinein. Das Erste, was Kevin zu mir sagte, war, ich solle die Scheinwerfer ausschalten, damit ihr Vermieter nichts mitbekäme.

Als ich wieder zurückkam, saßen die beiden in der Küche, Penelope am Tisch, Kevin auf dem Boden vorm Kühlschrank. Penelope Pellings war hübsch, hatte lange, kastanienbraune Haare und einen leichten Überbiss. Außerdem war sie klein, klein und dünn. Kevin hatte sein langes Haar zu einem Pferdeschwanz gebunden und trug mehrere abgenutzte Holzperlenketten über einem Strickpulli. Beide schwiegen, während ich mir den Schnee von den Stiefeln trat und hereinkam. Einzig Penelopes geblähte Nasenlöcher, ein Fleischermesser auf dem Tisch und ein blutgetränkter Verband aus Küchentüchern an Kevins Hand zeugten von einem Streit.

War Alkohol im Spiel? Ja, ein bisschen. Drogen? Nein, meinten sie. Damals war es mir egal gewesen, was den Stein ins Rollen gebracht hatte; ein Streit hatte zu Handgreiflichkeiten geführt, Kevin hatte Penny in der Küche eingesperrt, da war ihr der Kragen geplatzt, sie hatte sich das schärfste Messer geschnappt und gewartet.

Das Messer hielt ihnen einen Spiegel vor, doch sie erkannten kaum, was sich darin zeigte. Jedenfalls hatte es dem Streit ein Ende gesetzt, und jetzt, da Blut von Kevins Hand auf den Boden tropfte, schämten sich beide in Grund und Boden. Ich bat darum, unter vier Augen mit Penelope zu sprechen, und Kevin erklärte sich einverstanden.

Wir gingen nach draußen, und trotz ihrer bauschigen Jacke zitterte sie. »Wir haben uns gestritten, ich hab die Kontrolle verloren.« Sie rang die Hände, wie um zu verhindern, dass sie davonflatterten wie aufgescheuchte Fledermäuse. »Er hat mich nicht geschlagen.«

»Gut.«

Pennys Blick schweifte Richtung Wald. »Manchmal kann ich einfach nicht mehr.«

»Was kannst du nicht mehr?«

»Warum redet er mir da überhaupt rein? Arbeitet bloß an diesen kaputten Scheunen, schießt sich jeden Abend komplett ab, wacht auf und fängt wieder von vorn an. So kriegen wir die Kleine doch nie zurück. Ich hab das Scheißprogramm durchgezogen, ich bin clean. Aber das Jugendamt will immer noch mehr von mir. Wann wird unser Leben endlich wieder gut? Ich wusste ja, dass das Leben hart ist, aber dass ich irgendwann mal so ende, hätte ich nie gedacht. Sorry. Sie müssen sich das nicht anhören.«

»Das heißt, du wolltest, dass er mit dem Trinken aufhört?«

»Ja, so ähnlich. Hey, ob Sie's glauben oder nicht, ich hab Sie nicht gerufen.«

»Ach, wirklich?«

Mein skeptischer Tonfall entging ihr nicht. »Mir hat niemand was zu sagen, weder er noch sonst irgendwer. Der muss erst erfunden werden, der mir Vorschriften machen kann. Kevin hat zu viel gesoffen, um bei dem Schnee noch ins Krankenhaus zu fahren, und jetzt meint er, so schlimm ist es gar nicht, aber wenn wir uns nicht drum kümmern, kann er überhaupt nicht mehr arbeiten, und dann haben wir wirklich ein Problem. Ich wollte einen Krankenwagen rufen.« Sie klopfte sich auf die Brust. »Er will mich beschützen, deswegen sagt er, es wär nicht so schlimm. Und wenn es nicht so schlimm ist, dann …«

… dann bräuchte ich dem Jugendamt nichts davon zu erzählen. »Ich ruf einen über Funk.«

Von meinem Pick-up aus rief ich den Notdienst, dann ging ich wieder in den Wohnwagen. Penelope saß auf Kevins Schoß und spielte mit seinen Haaren. Ich fragte mich, ob die offen zur Schau getragene Zuneigung mir etwas mitteilen sollte. Damals kam es mir aufrichtig vor. Aber natürlich machte ich mir Sorgen um Penny.

Ich betrachtete die beiden, suchte nach Worten. »Versprecht mir bitte, dass ich nie wieder wegen so was hier vorbeikommen muss.«

»Versprochen«, erwiderte Kevin.

»Wie soll es jetzt mit euch weitergehen, was habt ihr vor?«

»Nichts«, meinte Kevin.

»Urlaub?«, sagte Penelope.

Fast ein halbes Jahr später saß ich neben Kevin O'Keeffe auf einer Bank im Kellerflur des Bezirksgerichts von Holebrook und redete mir ein, ich hätte damals nichts Wesentliches übersehen. Seit unserer Begegnung im Winter war Kevin derart abgestürzt, dass er praktisch einem Obdachlosen glich. Seine Zähne waren gelb, die Stimme rauchig, das Gesicht geschwollen und die Hände komplett ausgetrocknet.

Ein Streifenpolizist brachte uns in ein leeres Konferenzzimmer, und ich saß mit Kevin an einem abgenutzten Holztisch, bis Sheriff Dally ans Fenster klopfte. Ich ging hinaus auf den Flur und legte ihm und seinem Kollegen die Lage so schnell und ausführlich dar, wie ich konnte.

Dally wandte sich an seinen Kollegen. »Probieren Sie's noch mal bei den Krankenhäusern. Rufen Sie auch unten in Dunmore und Wyoming an, vielleicht haben die jemanden von gestern Nacht, der passen könnte.«

Der Polizist verschwand, und Dally fragte mich: »Wie wollen Sie's halten? Meinen Sie, er spricht mit uns beiden?«

Ich bejahte. Dally fragte ohnehin nur aus Höflichkeit, er würde sowieso übernehmen. Ich mochte ihn, als Sheriff und als Menschen. Er war allerdings einen Tacken steif, wie so viele Abkömmlinge der schottischen Presbyterianer, die Fitzmorris gegründet hatten, und glaubte oft, dass er nicht nur recht hatte, sondern auch im Recht war. Schon mehrfach hatte er seinen Job als Sisyphusarbeit bezeichnet. Seine Welt und die von Kevin hatten nichts miteinander zu tun und trafen sich nur vor Gericht. Aber vielleicht braucht man genau das von seinem Sheriff: eine gewisse Distanz und Überheblichkeit. Diesen Luxus konnte ich mir mit meinem Hintergrund jedoch nicht leisten. Jeder war hier mit jedem verwandt. Im Laufe meiner letzten paar Jahre in Wild Thyme war dem Sheriff gedämmert, dass ich ihm im Umgang mit bestimmten Leuten behilflich sein konnte: mit den Armen am Rand der Gesellschaft, den Unbeugsamen, den Asozialen.

Dally klopfte an, und wir gingen ins Konferenzzimmer. Drinnen grüßte er Kevin, das war's. Umgehend wurde Kevin bockig und schwieg.

»Brauchst du irgendwas?«, fragte ich. »Wasser, Cola?«

»Wie wär's mit einem klitzekleinen Bier?« Er zündete sich eine flachgedrückte halbe Zigarette an, die er in der Hosentasche mit sich herumgetragen hatte. »Ist mir auch echt unangenehm. Ehrlich. Scheiße, wie spät ist es eigentlich?« Er lachte freudlos auf. »Wir sind nicht zum Biertrinken hier, schon klar, aber … mal ganz praktisch gesprochen, mir würde das beim Konzentrieren helfen. Okay, schon gut. Penny ist verschwunden. Helfen Sie mir jetzt oder nicht?«

»Früher«, sagte der Sheriff schließlich, »wenn ich's in meinen jungen Jahren freitags übertrieben habe, ging's mir am nächsten Morgen oft unglaublich schlecht, körperlich und seelisch. Mir war dann klar, dass ich irgendwas Schlimmes gemacht hatte, ich wusste bloß nicht mehr, was. Aber wenn ich mich nicht daran erinnern konnte, dann war es ja eigentlich gar nicht richtig passiert.« Dally legte eine Pause ein, holte ein kleines Aufnahmegerät hervor und platzierte es auf dem Tisch. Es zog sofort unsere Blicke auf sich. »Nur hatte ich dann mal eine Delle im Auto, die vorher nicht da war. Einen Riss im Hemd, ein blaues Auge. Und so was ließ sich nicht leugnen. Manchmal habe ich meine Kumpels angerufen und gesagt: Hey, so richtig will ich's gar nicht wissen, aber was ist gestern eigentlich passiert? Es war besser, wenn ich's wusste. Meistens war es gar nicht so schlimm, wie es aussah. Immerhin war das nicht mein wahres Ich, das musste ich mir immer wieder ins Gedächtnis rufen. Ich war ja betrunken gewesen.«

Kevin kaufte ihm die Nummer nicht ab. Dally gestikulierte in Richtung Aufnahmegerät. »Das hier ist eine sogenannte Vernehmung ohne Freiheitsentzug. Sie stehen nicht unter Arrest, und soweit ich das überblicken kann, haben Sie sich auch nichts zuschulden kommen lassen. Sie sind aus freien Stücken hier, weil wir Sie darum gebeten haben. Sie können jederzeit gehen. Klar soweit?«

»Okay.«

»Nur kein Lampenfieber, weil wir was aufnehmen. Ist bloß, falls Sie irgendwas sagen, das uns später nützen könnte, dann haben wir es schon mal festgehalten.«

»Wobei nützen?«

»Wer weiß. Sie behaupten, Ihre Freundin wäre verschwunden. Das wissen wir noch nicht mit Sicherheit. Aber falls sie in Schwierigkeiten steckt, kann uns jedes Detail helfen.«

Kevin sackte auf seinem Stuhl tiefer in sich zusammen und nickte.

»Können Sie das bitte verbal äußern, damit wir es auf Band haben?«

»Ja, okay.«

Sein Bericht war lückenhaft. Genau wie zuvor mir gegenüber beharrte er auf ein paar Dingen: Er war am 18. Mai gegen halb drei Uhr morgens nach Hause gekommen. Penelope war verschwunden, der Wohnwagen durcheinander. Seine Suche am nächsten Abend endete irgendwo in Fitzmorris. Man führt eine Vernehmung nicht einfach durch und fertig. Man wiederholt sie immer wieder, und dabei ändert sich manches und ändert sich dann wieder zurück, es wird auf Nebensächlichkeiten beharrt, die später unter den Tisch fallen, immer auf der Suche nach einer hilfreichen Lüge oder der Wahrheit. Wir gingen seine Darstellung des Ganzen noch ein paarmal durch. Kevin behauptete, er habe an dem Abend, an dem Penny mutmaßlich verschwunden war, mit ein paar anderen auf einer Lichtung am Nordufer des Maiden's Grove Lake gefeiert, also im Grunde herumgestanden und getrunken und vermutlich Gras geraucht. Wenn die Einheimischen an den See wollen, parken sie an der Dunleary Road und nehmen einen Trampelpfad über Swales' Grundstück. Manchmal parken sie auch oben in der Nähe des Wohnwagens. An jenem Abend habe niemand beim Wohnwagen geparkt, nur auf der Dunleary. Kevin war sich nicht sicher, wer seine Aussage bestätigen konnte. War Penelope auch unten am See gewesen? Ja, aber sie war nach einer Weile allein nach Hause gegangen. Es waren keine Unbekannten dabei gewesen, keine Fremden.

»Ging sie manchmal im See schwimmen?«, fragte ich. »Grundsätzlich, meine ich.«

»Ja«, erwiderte Kevin, dann wurde ihm klar, worauf ich hinauswollte. »Nein, nein, sie ist eine gute Schwimmerin, war dauernd im See. Dauernd. An dem Abend natürlich nicht, das Wasser ist ja noch viel zu kalt. Aber ihr müsst jetzt wirklich endlich nach ihr suchen, bitte.«

»Alles zu seiner Zeit«, gab ich zurück.

»Was ist mit dem Kerl, auf den Sie angeblich geschossen haben?«, fragte Dally.

»Mensch, hören Sie doch auf. Zum letzten Mal, ich hab mich getäuscht, vergessen Sie's. Sie müssen sich den Wohnwagen angucken. Sie müssen mir glauben.«

»Würde ich ja zu gern«, sagte Dally. »Bloß haben Sie vorhin gesagt, Sie hätten gestern Abend auf jemanden geschossen. So was denkt man sich doch nicht aus oder vergisst es wieder …«

»Nein, nein, nein. Nein.«

»Und wenn derjenige jetzt irgendwo rumliegt und verblutet, während Sie ihm das Leben retten könnten, dann wäre das …«

»Nein.«

»Sie würden sich damit auch selbst das Leben retten«, schloss der Sheriff.

Kevin schaute aus dem Souterrainfenster. Bis auf ein bisschen Gras, den Himmel und ein paar Äste war da nicht viel zu sehen. Er verlegte sich aufs Schweigen.

Eigentlich war Kevin O'Keeffe ein sanftmütiger Typ, der sich nur in Ruhe besaufen und keinen Stress wollte. Ich hatte ihn vor ein paar Jahren kennengelernt, als ich Ed in meiner Freizeit bei einer seiner Scheunen half. Eines Morgens kam ich auf der Baustelle im Süden von Susquehanna County an und sah, wie der langhaarige Kevin gerade so tat, als würde er es seinem gelben Pick-up von hinten besorgen. Damals war er noch jung, richtig jung. Jetzt sah er nicht mehr blutjung aus, auch wenn er garantiert noch nicht alt war, bestimmt keine fünfundzwanzig. Was wusste er, was hatte er gemacht, wer war er? Vielleicht fand er das gerade selbst erst heraus.

»Noch einmal von Anfang an«, sagte ich. »Du bist also nach Hause gekommen, und Penelope war nicht da. Ist das ungewöhnlich?«

»Nicht … nein. Sie ist manchmal unterwegs.«

»Wo?«

Stille.

»Als du nach Hause kamst, war ihr Auto da? Sie hat doch ein Auto, oder?«

»Ja. Ja.«

»Aber drinnen war alles unordentlich«, fuhr ich fort. »War das ungewöhnlich?«

»Nein, ich hab doch gesagt, die Türen …«

»Was um alles in der Welt ist also …«

»Da waren Haare.« Er wurde lauter. »Ihre Haare, auf dem Boden. Die hab ich erst am nächsten Nachmittag gefunden. Voller Blut. Verdammter Scheißdreck!«

»Wie viel Blut?«

»Eine ganze Menge«, meinte er. »Erst dachte ich … das ist nicht echt, das Blut. Ich würde mir das einbilden. Durchdrehen. Aber es war alles echt.«

Sheriff Dally gab mir ein Zeichen, und wir verließen den Raum. »Hat er Ihnen davon vorher schon erzählt?«

»Das mit dem Blut höre ich zum ersten Mal.«

In seinem Büro ließ sich der Sheriff von Streifenpolizist Hanluain auf den neuesten Stand bringen: Es war immer noch nirgendwo in der Gegend ein Schussopfer eingeliefert worden. Außerdem telefonierte er kurz mit dem zuständigen Staatsanwalt und meldete sich bei dem Veteranen des Marine Corps, der uns als Taucher aushilft. Ich bewachte solange das Konferenzzimmer. Als Dally zurückkehrte, gingen wir wieder hinein.

Kevin seufzte. »Ich will damit nicht behaupten, dass ich noch irgendwas wüsste, absolut nicht, aber wenn du zu mir nach Hause fährst und dir den Wohnwagen ansiehst, fällt mir vielleicht noch was zu gestern Abend ein.«

Nach der normalerweise halbstündigen Fahrt, für die ich nur vierzehn Minuten brauchte, stand ich vor Kevins und Penelopes Wohnwagen. Vier gigantische Eichen umgaben die Behausung. Sie hatten bereits ausgeschlagen, und das Blattwerk verdeckte einen Großteil der Sonne, aber hier und da flatterten münzgroße Sonnenflecken über den Rasen. Früher hatte mal ein weißer Lattenzaun den Raum zwischen Wohnwagen und Erde verdeckt, doch weite Teile davon waren herausgerissen worden. Ich leuchtete mit der Taschenlampe darunter, fand aber nur ein paar Bierdosen auf dem festgetretenen Boden. Zwei Handtücher dienten im Schlafzimmer als Vorhang, die anderen Fenster wurden von windschiefen Jalousien verdunkelt. In der Ferne hinter einem großen Waldstück zur Rechten ragte das steinerne Haus des Grundbesitzers auf. Ich kratzte mir die Sohle mit einem kleinen Schraubenzieher aus, zog Gummihandschuhe über und betrat den Wohnwagen.

Jemand hatte sauber gemacht. Das heißt, ich entdeckte weder Blutspritzer noch kaputte Teller oder Möbel, keinerlei Anzeichen eines Kampfs. Klar, Zeitschriften und Bücher lagen herum, schmutziges Geschirr türmte sich in der Spüle, eine dicke Staubschicht inklusive toter Fliegen bedeckte sämtliche Oberflächen. Aber der Boden war blitzblank. Ich bemerkte einen starken Geruch, eine seltsame Mischung aus Metall und Rauch.

Die Falttür zwischen Wohnzimmer und Küche hatte schon bessere Tage gesehen, war aber intakt. Das Gleiche galt für die Tür zwischen Küche und Schlafzimmer. Ein vergilbtes, abgenutztes Laken hing über drei Ecken der Matratze. Zu beiden Seiten des Betts befanden sich kleine Bücherstapel. In einer Ecke stand ein unberührtes Gitterbettchen unter einem Feen-Mobile. Die Badezimmertür war ebenfalls intakt, dabei war die doch angeblich in Stücke getreten worden. Sie war weder besonders neu noch besonders alt, einfach nur billig. Ich öffnete und schloss sie. Funktionierte einwandfrei, man musste sie bloß ein bisschen anheben.

Ich ging in die Knie und inspizierte den Schlafzimmerboden. Kein Blut. Ich bemerkte jedoch frische Putzstreifen und den Geruch von Bleichmittel. Auch in den Staubmäusen in der Ecke fand sich nichts von dem blutigen Haar, das Kevin beschrieben hatte. In der Küche war ebenfalls gewischt worden. Erst nach zwei Runden auf dem gemusterten Linoleum entdeckte ich etwas: einen getrockneten Blutspritzer nahe des Kühlschranks, kleiner als ein Hemdknopf. Nicht frisch, aber immerhin. Länglich, nicht so rund wie ein senkrechter Tropfen. Ich schnitt das Stück Linoleum heraus und steckte es in eine Tüte. Bei der dritten Runde fand ich einen kleinen Porzellansplitter zwischen Wand und Linoleum.

Der Schwammwischer in der Ecke war so trocken, dass er sich an den Kanten von der Metallvorrichtung wegrollte. Unter der Spüle standen die üblichen Sprühflaschen und Putzmittel.

Ich streifte mir die Schuhe auf dem Rasen zwischen Wohnwagen und Auffahrt ab, in der ein verrosteter Kleinwagen abgestellt war, wahrscheinlich Pennys. Anschließend drehte ich zwei Runden durch den Wald rings um den Wohnwagen, stieg über gefällte Baumstämme und schob niedrighängende Äste beiseite, deren Knospen sich bald öffnen würden. Das Grundstück war so steil und uneben, dass die irischen Milchbauern und Gerber, die Wild Thyme gegründet hatten, sich das Roden gespart hatten. Vielleicht hatten sie auch vor langer Zeit einmal alles abgeholzt und dann wieder aufgegeben. Hier und da befanden sich unter dem alten Laub niedrige Steingruben, wo vor langer Zeit mal jemand Schiefer für eine Mauer oder ein Fundament abgebaut hatte. Ich ging bis hinüber zu Swales' Haus und zurück und suchte dabei vergeblich nach einem festgetretenen Weg.

Nachdem ich ein Siegel an der Wohnwagentür angebracht hatte, ging ich wieder zu Swales' imposanter Haustür, klopfte erst und klingelte dann. Es rührte sich nichts, also ging ich zur Hintertür. Ich wollte einfach mal anklopfen und mich unterhalten, vielleicht ein bisschen durch die Fenster spähen. In der sauberen, schlichten Küche brannte jedoch kein Licht.

Der Weg runter zum See war ausgetreten und von leeren Bierdosen gesäumt. Ich zog mir ein paar Handschuhe über und tütete sämtlichen Müll und sämtliche Kippen ein. Goldenes Sonnenlicht kräuselte sich auf dem See, durchdrang den Nebel und wärmte mich. Aus der Feuerstelle auf der kleinen Lichtung wehte Asche auf. Ich stocherte darin herum und entdeckte Scherben einer Schnapsflasche. Auf dem Rückweg suchte ich den Waldboden systematisch von links nach rechts ab, einen Schritt pro Sekunde.

Ich rief Dally an und erzählte ihm, was ich gefunden hatte. Er reichte das Telefon an Kevin weiter. »Ich bin jetzt vor Ort«, sagte ich.

»Was siehst du?«

»Nichts. Nichts Ungewöhnliches.«

»Nein, ich meine, woher soll ich wissen, ob du wirklich da bist?«

»Moment.« Ich musterte den Wohnwagen. »Im zweiten Fenster rechts von der Tür hängt ein blaugrünes Batikhandtuch.«

»Wieso hast du nichts gefunden?«

»Kevin, ich bin hier, aber ich kann nur das sehen, was ich vor mir habe.«

»Na gut. Probier's in den Royal Lodges an der Pine Street. Das Haus in der Mitte, oberster Stock.«

An der Pine Street, der hintersten Schmuddelecke von Fitzmorris, standen drei schmale, lange Mietshäuser namens Royal Lodges, in denen die örtliche Unterschicht wohnte. Die Bewohner waren nicht unbedingt schlechte Menschen, sondern einfach arm. Auf dem ungepflegten Rasen zwischen zwei Häusern lag gelbes Plastikspielzeug, dazwischen Fast-Food-Verpackungen und leere Flaschen. Die Eingangstür war offen, und drinnen begrüßte mich der Geruch von Hunden und ihrer Scheiße. Mit jedem Schritt über den gammligen Teppichboden sah ich förmlich den Mief zu mir aufsteigen. Hinter einer Wand bellten zwei Köter.

Die Häuser waren dreistöckig, und die von mir gesuchte Wohnung befand sich ganz oben. Mit jedem Geschoss ließen der Gestank und der Lärmpegel nach. Die Tür zu Apartment 3A stand ein Stück offen, und ich ging hinein. Auch dort fand ich nichts. Frisch geputzter Linoleumboden, der sich in den Ecken ablöste. Keine Möbel, keine mysteriösen Medikamente hinter dem Badezimmerspiegel, keine Haare im Abfluss, keine Mülltüten, nichts. Eine Hintertür führte zu einem Balkon mit Außentreppe. Der Ast einer hochgewachsenen Eiche ruhte auf dem Geländer.

Ich klopfte an der Tür der Nachbarwohnung – Stille. Auch im ersten Stock war anscheinend niemand zu Hause. Als ich wieder im Erdgeschoss angelangt war, wartete dort ein Mann auf mich. Er war etwa fünfzig, rund wie eine Tomate, fettig wie ein Schweinebauch und trug einen Pferdeschwanz. »Hab Ihren Truck gesehen«, sagte er. »Sie kommen zu spät.«

Wir stellten uns einander vor; er hieß Shepcott und war Feinwerkmechaniker auf Arbeitssuche. »Erzählen Sie mir von gestern Abend«, sagte ich.

»Gestern Abend, ja, und den ganzen letzten Monat über sind die Leute hier im Treppenhaus rauf und runter getrampelt, die Negermusik volle Lotte aufgedreht. Rücksichtsloser Haufen. Vorher sind die mir nie so auf die Nerven gegangen, war auch besser für sie. Gestern mitten in der Nacht ging da oben jedenfalls ein Riesenkrakeel los, und dann kam ein weißer Transporter, der hat vorm Haus geparkt. Die haben vom Balkon aus Möbel runtergeschmissen und weiß Gott was sonst noch. Ich bin raus und meinte, was soll der Scheiß, da drückt mir so ein Kerl, noch keine zwanzig, die Hand ins Gesicht und schiebt mich zurück in meine Wohnung. Dann ging das Getrampel weiter, hoch und runter, und ich hatte keine Ruhe, bis die endlich weg waren. Und dann war da oben alles leer.«

»Okay.« Ich überlegte. »Okay. Kennen Sie irgendwelche Namen?«

»Nee. Der Kerl, den man am häufigsten in der Wohnung gesehen hat, war normal, sah halt bloß komisch aus. Beide Arme komplett tätowiert. Post hat der nie bekommen.«

»Haben Sie sich jemals beschwert? Beim Sheriff oder beim Vermieter Casey Noonan?« Noonan war Anwalt im Ruhestand und besaß den Großteil der Mietwohnungen in Fitzmorris.

»Ich hab's bei Noonan versucht. Ich meinte, was soll der Scheiß, lassen Sie hier jetzt das letzte Gesocks einziehen? Ich kenne jeden in der Stadt, aber den Kerl da oben kannte ich nicht. Und was hör ich dann? Das Haus gehört Noonan überhaupt nicht mehr. Irgendeine Firma hat es ihm letztes Jahr abgekauft. Ich meinte, wem hab ich dann das ganze Jahr über Miete gezahlt? Anscheinend hat diese Firma ihn als Hausverwalter behalten. Aber großartig verwaltet hat der hier einen Scheiß, er hat gar nichts gemacht, außer mir jeden Monat die Miete in bar abzuknöpfen. Ein paar von den anderen sind ausgezogen. Die Covilles zum Beispiel, nette Familie. Chris Parsons ist bei seinem Bruder eingezogen, das läuft wohl nicht so doll.«

»Gestern Abend also«, wiederholte ich und schüttelte den Kopf, um das Chaos zu ordnen.

»Ja, da hat's da oben gekracht.«

»Haben Sie etwas gesehen, irgendetwas Außergewöhnliches gehört, einen Schuss zum Beispiel? Frauenstimmen?«

»Hm, jetzt wo Sie's sagen«, meinte er. »Hat's jemanden erwischt?«

»Ich frage nur.«

»Man denkt ja nicht sofort an einen Schuss, sondern dass da ne Tür geknallt wird oder so. Meistens höre ich nur Schritte im Treppenhaus, dafür aber rund um die Uhr. Kann schon sein, dass da was war. Doch, würde ich sagen. Und was die Frauen angeht, so was fällt mir nicht auf. Die Besucher da oben bleiben nie lange. Den Grund können Sie sich ja selbst denken.«

»Erzählen Sie's mir.«

»Die verticken da ihr Zeug. Sie sind doch hier der Polizist.«

Ich gab Shepcott meine Nummer und ging.

»Tja.« Ich lehnte an der Wand in Dallys Büro, während er mit vier Bissen ein Sandwich verputzte. »Irgendwas ist da auf jeden Fall passiert.«

»Scheiße«, sagte er.

Ich berichtete ihm, dass beide Wohnungen gereinigt worden waren.

»Das heißt, entweder lügt uns O'Keeffe an, oder er behält irgendwas für sich. Oder er weiß selbst nicht, was er eigentlich weiß.«

»Sollen wir eine Meldung wegen der Freundin rausgeben?«

»Ja, besorgen Sie mir eine Personenbeschreibung, dann schicken wir das raus. Ich rufe in New York an. An die Presse geben wir auch was weiter. Wissen wir, wer der Mieter war?«

Ich zuckte die Schultern. »Ich versuch's mal bei Noonan, vielleicht kriegen wir was über die neuen Eigentümer heraus.«

Ich legte Stift und Block direkt vor Kevin auf dem Tisch ab und bat ihn, Pennys Maße und besondere Merkmale aufzuschreiben. Eins fünfundfünfzig, fünfzig Kilo, braune Haare, braune Augen, Feentattoo innen am rechten Knöchel. Oder war es der linke? Ich ließ mir ein Foto von ihr schicken, das er auf dem Handy hatte.

»Du warst in meinem Wohnwagen«, sagte er.

»Jep.«

»Und in den Royal Lodges.«

»Jep.«

»Und? Ich warte hier schon ewig.«

»Weißt du, wer oben in den Lodges gewohnt hat?«

»Ähm, ich glaube, Mikey hieß der Kerl. Hast du was gefunden?«

»Woher kannte Penny diesen Mikey?«

»Keine Ahnung, aus der Stadt. Von der Arbeit.« Damit meinte Kevin vermutlich Binghamton drüben in New York State. »Sie hat in ein paar Bars gearbeitet, er auch. Vor ein paar Monaten ist er dann hierhergezogen. Hab ihn immer mal wieder irgendwo gesehen.«

»Was hältst du von ihm?«

»Pff, der Typ ist ein Arsch. Fährt in so einer knallgrünen Karre mit quietschrosa Unterbodenbeleuchtung durch die Gegend. Nicht gerade ein Kleinstadttyp. Das hatte er mit Penny gemeinsam. Immer auf dem Sprung, hatte immer noch was Wichtiges zu tun. Außerdem hat er sich angezogen wie der letzte Affe, ich meine, Footballtrikots und Baggy Pants.« Kevin trommelte mit den Fingern auf den Tisch. »Ich brauch ein Bier. Oder irgendwas anderes.«

Ich ging rüber ins Büro von Deputy Jackson, der sich am Computer durch eine Tabelle scrollte.

»Grünes Auto«, sagte ich. »Rosa Unterbodenbeleuchtung. Ist dir das schon mal begegnet? Mikey heißt der Fahrer.«

»Das Auto kenn ich. Hab mich immer schon gefragt. Jetzt weiß ich Bescheid.«

»Nachname?«

Jackson zuckte mit den Achseln.

Sheriff Dally kam aus seinem Büro. »Henry«, sagte er. »Kommen Sie mal mit. Ben, kümmerst du dich um Mr. O'Keeffe?«

»Ich behalt ihn im Auge«, erwiderte der Deputy.

Der Sheriff und ich gingen nach oben zum holzvertäfelten Büro von Bezirksstaatsanwalt Ross, der uns zur Tür hereinwinkte. Er war groß, hatte schütteres Haar, trug eine Brille und ein gelbes Polohemd. Vermutlich wollte er den Nachmittag auf dem Golfplatz ausklingen lassen. Wir setzten uns auf die Ledersessel, und Dally berichtete von den morgendlichen Vorgängen. Ross, der nur noch wenige Monate vom Ruhestand entfernt war, hörte aufmerksam zu, zeigte jedoch keinerlei Gefühlsregung.

»Und wie kann ich Ihnen dabei behilflich sein?«, fragte er.

»Das weiß ich nicht«, erwiderte Dally. »Eigentlich wollte ich Sie das Gleiche fragen.«

»Mit dem, was wir haben, kommen wir nicht über die Voruntersuchung hinaus, geschweige denn bis zur Verhandlung. Falls die beiden tot sind, brauchen wir die Leichen. Ich meine, es geht auch ohne, aber ohne Waffe, ohne Zeugen und ohne Motiv … was war noch gleich die Story von dem Pärchen?«

Ross war damals nicht für Eolandes Fall zuständig gewesen, die Aufgabe war einem Kollegen zugefallen. »Sie haben ein Kind«, sagte ich.

»Ah«, meinte Ross. »Alkohol?«

Eolande war untergewichtig und mit schwachem Herzen zur Welt gekommen. Als Buprenorphin in ihrem Blut gefunden wurde, hatte man sie den Eltern weggenommen. Penny nahm ein Medikament, mit dem sie von irgendeinem Betäubungsmittel loskommen sollte, und wurde beschuldigt, etwas davon in Eolandes Muttermilchersatz gerührt zu haben, um sie zum Einschlafen zu bringen. Das Jugendamt war eingeschritten und hatte die Kleine bei einer alleinerziehenden Pflegemutter in Wild Thyme untergebracht. Seitdem hatte Penny einen Entzug durchgemacht, ihren Fehler eingesehen und wollte nun ihr Kind zurückhaben. Die Ärzte prognostizierten, Eolande würde in der Entwicklung zurückbleiben und für immer auf Hilfe angewiesen sein. Bevor sie zu ihren Eltern zurückkonnte, müssten die beiden erst einmal entsprechende Kurse absolvieren und einen geregelten Alltag aufbauen.

»Lohnt es sich, Kevin hierzubehalten?«, überlegte Dally laut. »Wenn wir ihn müde machen?«

»Er weiß doch nicht mal, was er getan hat«, gab Ross zurück. »Und wir auch nicht, wir tappen komplett im Dunkeln. Besorgen Sie uns ein paar Beweise.«

»Wahrscheinlich hilft er uns mehr, wenn er wieder draußen ist«, meinte ich. »Er weiß nicht, wo sein Truck abgeblieben ist, das muss doch irgendwas heißen. Und wenn wir den Truck finden …«

»Ja, dann finden wir die Waffe. Vielleicht sogar die Freundin. Wir behalten ihn im Auge; mal sehen, wo er uns hinführt.«

»Genau«, sagte Ross. »Ich habe kein Interesse an einem halbgaren Fall.«

Dally schaute mich an. »Heute schon was vor?«

Ich führte Kevin hinaus in den sonnigen Nachmittag. »Das war's?«, fragte er. »Mehr brauchst du nicht von mir?«

»Wir haben hier und drüben in New York eine Vermisstenmeldung rausgegeben.«

»Was ist mit Mikey passiert?«

»Scheiße, Kevin, wahrscheinlich hast du danebengeschossen. Sei einfach froh. Und jetzt wollen wir mal deinen Truck finden.«

Wir fanden ihn nicht. Wir suchten mit meinem Auto den Kamm ab, auf dem die Brennans wohnten, die Royal Lodges samt Umgebung und alles, was dazwischenlag. Als wir auf Kevins Wohnwagen zuholperten, war es schon Abend. Ich parkte am Rand des überwucherten Gartens.

»Mensch«, sagte ich. »Ich habe wirklich keine Ahnung, wie man einfach so einen fetten gelben Pick-up-Truck verlieren kann. War gestern Nacht niemand bei dir?«

»Nein. Soll ich dir mal was sagen?«, meinte er. »Wenn Penny ein Kind wär oder so eine aufrechte Bürgerin, dann würde jetzt der ganze Staat nach ihr suchen. Aber sie ist kein Kind, bloß jemand ohne Kohle. Sie braucht deine Hilfe, Mann. Das hat sie verdient. Und du weigerst dich. Und so was schimpft sich Polizei.«

»Wir haben eine Meldung rausgegeben, Kevin.«

»Du kannst mich doch nicht einfach hierlassen, wo das alles passiert ist.«

»Schlaf ne Runde. Danach geht's dir bestimmt besser.«

»Schlafen?« Kevin deutete auf das Auto in der Auffahrt. »Ich meine, wo soll sie denn ohne ihr Auto hin sein?« Da hatte er recht. Ich begleitete ihn zur Tür, und er blieb kopfschüttelnd auf der Schwelle stehen. »So sauber war das hier noch nie. Ich weiß ja nicht, wer hier geputzt hat, aber wenn wir den finden, finden wir auch Penny.«

»Kevin.« Ich war langsam mit meiner Geduld am Ende.

»Warte mal. Scheiße, warte noch kurz.« Er verschwand im Wohnwagen. Ich hörte, wie er in etwas herumwühlte, dann herrschte Stille. »Henry! Hier drin, das musst du dir ansehen!«

Ich folgte seiner Stimme ins Schlafzimmer.

»Henry«, wiederholte er. »Das hier ist nicht meine Tür. Das ist nicht meine Badezimmertür.«

Ich musterte die Tür – der typische hohle Billigscheiß.

»Penny hatte unsere angemalt. So eine Landschaft, der See, die Hügel und so, für die Kleine. Sie konnte echt gut malen. Bitte, das musst du doch sehen.«

»Kevin.«

»Bitte!«

»Kevin, die könntest du doch jederzeit selbst ersetzt haben. Woher soll ich wissen, ob das was zu bedeuten hat?« Sein Blick gab mir jedoch ein mulmiges Gefühl.

»Verdammte Scheiße.« Er riss die Tür auf, ging ins Bad, kletterte auf die Toilette und nahm eine Fliese aus der Wand. Dann kehrte er mit einem schwarzen Brillenetui zurück und streckte es mir hin.

Ich öffnete es.

»Ohne das Teil ist sie nie aus dem Haus. Beim ersten Mal hab ich's ihr weggenommen und kaputt gemacht. Beim nächsten Mal hat sie sich gewehrt. Mich gekratzt. Und danach meinte sie, dann holt sie sich das eben woanders, und das hat mir erst recht nicht gepasst. Sie soll sich keine Nadeln teilen.«

»Ich muss das hier mitnehmen.« Ich starrte auf den rußgeschwärzten Löffel, das Röhrchen und die Spritze. Daneben lag ein briefmarkengroßes Tütchen Heroin.

»Na, ich brauch es bestimmt nicht. Hör zu, ich weiß, was das für uns bedeutet.« Seine Stimme klang erstickt. »Aber man kann eben nicht alles im Leben haben. Solange Eo in guten Händen ist … ich will einfach nur Penny zurück.«

»Weißt du, wo sie das Zeug herkriegt?«

Kevin schwieg.

»Von Mikey?«

Er wischte sich über die Augen und blitzte mich an, als wäre ich schwer von Begriff. »Ab und zu hat ihr jemand was aus New York State mitgebracht. Manchmal war sie selbst da. Dann kam das Zeug zu uns. Ja, von Mikey weiß ich, dass er dealt. Dir ist schon klar, dass die mir dafür was antun könnten. Ich … sie wollte aufhören. Wollte nicht, dass irgendwer davon weiß. Ich will sie einfach nur zurück. Ich sag dir alles.«

»Ist ja gut. Jetzt ruh dich erst mal aus. Ich stelle dich hiermit unter Hausarrest.«

»Du kannst mich doch hier nicht einsperren.«

»Nein, aber wenn du rausgehst, bin ich dir sofort auf den Fersen.«

»Ich bleib hier, wenn du mir hilfst. Du hilfst mir doch, stimmt's? Ich kenne dich. Ich weiß, dass du mir hilfst.« Kevin warf einen Blick zurück in seine leere Wohnung, und ich sah, wie er erneut von Entsetzen gepackt wurde. Er deutete auf eine Stelle zwischen Küche und Schlafzimmer. »Da haben ihre Haare gelegen.«

»Ruh dich aus. Ich melde mich morgen.«

Ich parkte meinen Truck ein Stück weiter nördlich und durchkämmte das Gelände noch einmal zu Fuß. Am Südhang war die Sonne bis zum Waldboden durchgedrungen und hatte das Unterholz zum Austreiben gebracht. An manchen Stellen war der Wald so dicht, dass ich mich im endlosen Grün fast verlor.

Ich konnte Kevin nicht allein lassen, noch nicht. Ich machte es mir auf der Ladefläche meines Pick-ups bequem und rief bei den Brennans an. Ed ging ran. Der Empfang war ziemlich schlecht, doch ich erklärte ihm, wo ich war und dass ich Kevin wieder nach Hause gebracht hatte, er es aber womöglich morgen nicht zur Arbeit schaffen würde. Zu Penny schwieg ich mich aus, selbst als Ed sich nach ihr erkundigte. »Na, wo du schon da bist, sieh zu, dass er morgen früh aus dem Bett kommt. Ich brauch ihn auf der Baustelle.«

»Wusste gar nicht, dass ich jetzt sein Butler bin.« Ich suchte nach den richtigen Worten. »Vielleicht ist es besser, wenn er nicht zur Arbeit kommt.«

»Was soll er denn sonst mit sich anfangen?«

Bei Sonnenuntergang machte ich es mir mit einem Buch über die Schlacht am Antietam gemütlich und sehnte mich nach meiner Fiedel, die ich im Sommer oft für solche Gelegenheiten dabeihabe. Als ich nicht mehr weiterlesen konnte, spielte ich im Kopf ein paar Melodien. Wenn man lange genug dabei ist, klappt das, es ist einfach eine andere Form des Musizierens. Ich ließ mich eine Weile von meinen Gedanken davontragen, dann spielte ich ein paar Variationen von

Ways of the World in A. Die meisten alten Songs bestehen lediglich aus zwei Teilen, zwischen denen man hin und her wechselt, AABBA-ABB und endlos so weiter. Ich sah den Song vor mir: als Erstes die schwungvolle Hauptmelodie, dann ein Kratzen oben am Hals, gefolgt von einem wilden Bogen runter zu G, der dem Ganzen eine gewisse Ernsthaftigkeit verlieh. Ist man am Ende ein Zugvogel auf einer einsamen Reise? Oder einfach einer von zehntausend Fröschen in einem lärmenden Chor? Ich gehöre zu euch, und ihr seid ein Teil von mir. Die Musik rollte vor meinem geistigen Auge die Auffahrt hinab und rief Penelope Pellings nach Hause, damit ich auch nach Hause gehen und mir einen faulen Lenz machen konnte.

Es war schon nach zehn, als ein Ford Mustang neben mir zum Stehen kam. Ich rutschte von der Ladefläche und bedeutete dem Fahrer zu warten. Ich sah zwei Gestalten im Auto, eine davon war eine Frau. Der Fahrer stieg aus: ein glatzköpfiger, rotgesichtiger Mann, nicht schlecht gebaut, um die vierzig. Er trug noch Bürokleidung, doch seine Krawatte war gelöst und hing ihm lose um den Hals. Die oberen zwei Hemdknöpfe standen offen. Er stellte sich vor die Beifahrertür, um die Frau vor meinem Blick zu schützen. Ich schaute an ihm vorbei. Die Frau war schlank, braun gebrannt, und ihr blondes Haar sah aus, als hätte sie in die Steckdose gegriffen. Sie winkte mir zu.

»Andy Swales.« Der Mann streckte mir die Hand hin. Auch das Minzbonbon konnte seine Ginfahne nicht überdecken.

»Wir haben telefoniert«, sagte ich. »Henry Farrell.«

»Normalerweise steht bei mir nicht so oft die Polizei in der Auffahrt.«

»Ich bin wegen Ihrem Mieter Kevin O'Keeffe hier.«

»Das ist vielleicht ein Bekloppter«, sagte Swales liebevoll.

»Er war bei uns und meinte, Penelope Pellings ist verschwunden.«

»Das stimmt also?«

»Darf ich Ihnen ein paar Fragen zu vorgestern Nacht stellen? Damit könnten Sie uns sehr weiterhelfen.«

Swales schien dabei nicht ganz wohl zu sein und warf einen Blick zum Auto. »Ich habe Besuch.«

»Und wie sieht es morgen aus?«

Er reichte mir eine Visitenkarte, die ihn als Partner in einer Anwaltskanzlei auswies. »Ich weiß zwar nicht, wie ich Ihnen weiterhelfen kann, aber kommen Sie doch um vier bei mir im Büro vorbei.«

Während der Mustang sich hoch zu dem imposanten Anwesen schlängelte, machte ich es mir wieder gemütlich und lauschte dem Wald ringsum, suchte den schmalen Himmelsstreifen nach Satelliten und Sternschnuppen ab. Offenbar hatte ich ausreichend Vertrauen zu Kevin, denn ich döste ein und wachte erst wieder auf, als die Fliegentür des Wohnwagens zuschlug. Ich war schon auf und folgte ihm in den Wald, bevor ich überhaupt wusste, was ich da tat, als hätte ich im Schlaf eine Vorahnung gehabt. Kevin ging weder leise noch unauffällig hinunter in Richtung See. Als ich ihm näher kam, hörte ich ihn stöhnen. Im Grunde war es kein Stöhnen, eher ein Gemurmel. Immer wieder sagte er: »Oh«, und dann irgendwas anderes, dann wieder: »Oh«. Er stürzte über einen Baumstamm und stand sofort wieder auf, als wäre nichts passiert. Ich packte ihn am Arm, musste ihn aber ein paarmal schütteln, bevor er sich umdrehte. Zunächst nahm er mich gar nicht wahr.

»Wo bin ich?«, fragte er dann.

»Na los, komm.«

»Sie war da unten.«

»Komm mit.« Ich drehte ihn um und entdeckte an der Stelle, wo er gestürzt war, eine leere Flasche Billigwodka. Die war mir im Wohnwagen nicht aufgefallen. Aber Leute wie er haben ihre Tricks. Penny auch, schätzte ich. Was sich wohl sonst noch in ihrem Zuhause finden ließe?

Nachdem ich Kevin in Seitenlage ins Bett gelegt und gewartet hatte, bis sein Atem ruhig geworden war, war ich einigermaßen zuversichtlich, dass er mir nicht mehr entwischen würde, und machte mich endlich auf den Weg nach Hause. Es war noch nicht spät, gerade mal Mitternacht.

ZWISCHEN Apalachin und Owego, New York, kann man auf dem Susquehanna River mit dem Paddelboot nach Westen zur Hiawatha Island fahren, dort aussteigen, picknicken und ein bisschen wandern. Genau das hatten ein paar Masterstudenten an diesem wunderbar sonnigen Morgen vor. Aber als sie auf die erste von mehreren kiesigen Sandbänken zupaddelten, bemerkte eine der Studentinnen etwas an einem Ast im Wasser und fuhr so nah heran, wie das in dem flachen Gewässer über den Kieseln möglich war. Sie war zu schockiert, um auch nur loszuschreien, paddelte so schnell sie konnte rückwärts und verscheuchte mit ihren hektischen Bewegungen einen Karpfen, der gerade an der Wunde im Brustkorb des Leichnams geknabbert hatte.

Als Erste trafen die Leute des Sheriffs von Tioga County ein – mit Boot, damit sie die Leiche einsacken konnten, bevor sie vom Fluss davongetragen wurde. Auch eine Leichenbeschauerin war mit von der Partie, aber im Fluss fanden sich keine weiteren Hinweise. Nachdem der Leichnam ins Leichenschauhaus gebracht und die Kleiderüberreste weggeschnitten worden waren, meldete der Sheriff sich bei den Gesetzesvollziehern der umliegenden Bezirke.

Es war nicht mal Mittag, bevor ich die Baustelle in Bradford County ausfindig gemacht hatte, auf der Kevin O'Keeffe und ein paar andere Männer für Ed arbeiteten. Sie zerlegten eine Scheune, die nicht gerade durch Schönheit bestach – sie war noch so neu, dass ihr der eindrucksvolle Baustil des neunzehnten Jahrhunderts fehlte, aber andererseits schon wieder so alt, dass das Dach in der Mitte erschreckend durchhing. Unter den Männern auf dem Dach erkannte ich Kevin sofort; er war derjenige mit dem größten Sonnenhut, den ich je im Leben gesehen hatte: ein runder Strohhut von der Größe eines Mülltonnendeckels. Ich winkte ihn zu mir. Die anderen stellten die Arbeit ein, als Kevin sich in einiger Entfernung von ihnen zu mir gesellte. Sein Gesicht war mit Teer verschmiert, und er sah albern und verängstigt und müde aus.

»Was gibt's, Henry?«

»Du musst mitkommen, Kevin.«

»Und wohin?«

»Tioga County. Leichenschauhaus.«

Er fiel auf die Knie und fing an zu schluchzen.

Einer von den Bauarbeitern sagte: »Ach du Scheiße. Jetzt wird's ernst.«

»Nein«, sagte ich. »Hör zu, Kumpel, es ist nicht …«

»Habt ihr sie gefunden?«

»Du musst einfach mitkommen und dir die Sache ansehen.«

»Habt ihr sie oder nicht, verdammt noch mal?«

»Komm jetzt erst mal mit.«

Von der Baustelle fuhren wir die kurze Strecke über den Fluss nach Norden, rüber zu den Nachbarn in New York. Dort waren in einem hässlichen gelben Gebäude das Sozialamt, das Büro der Leichenbeschauer, das Leichenschauhaus und andere öffentliche Einrichtungen des Bezirks untergebracht. Neben mir im Streifenwagen verknotete Kevin seine Arbeitshandschuhe und starrte aus dem Fenster.

Als wir auf den Parkplatz fuhren, erkannte er den Wagen von Sheriff Dally und fing an, tief zu schnaufen. Auf dem Weg zum Amtsgebäude verlor er auch noch das letzte bisschen Haltung und sank mitten auf dem Parkplatz auf die Knie. Ich war froh, dass ich mit den Versteckspielchen aufhören konnte, und erklärte ihm, dass er sich keine junge Frau, sondern einen toten jungen Mann ansehen müsse.

»Du Arschloch, du verdammter Idiot!« Kevin machte kehrt und wollte zurück zum Streifenwagen.

»Kevin, du gehst da jetzt rein.«

»Vergiss es, das ist dein Job. Du hast einen Scheißdreck für mich getan, warum soll ich dir helfen?«

»Trotzdem.«

»Und warum soll ich mir einen Kerl angucken, den ich erschossen habe? Ja, okay, das ist er. Kannst mich jetzt einknasten. Was hast du unternommen, um Penny zu finden, hm? Was? Ich muss zurück zur Arbeit.«

»Dann erzähl mir einfach, dass du den Kerl nicht kennst, und ich lasse dich auf der Stelle in Ruhe. Rein mit dir, Kevin.«

Tioga County beschäftigt vier Leichenbeschauer, die auch als Gerichtsmediziner tätig sind. Die Abteilungsleiterin war Dr. Andrea Catlin, eine freundliche Einheimische mit Kurzhaarfrisur und derart hochgezogenen Schultern, dass man den Eindruck gewinnen konnte, sie müsse in einem fort die Achseln zucken über den Zustand der Welt. Sie war vor Ort, um die Leiche zu begutachten, wie bei den meisten verdächtigen Todesfällen. Sheriff Dally war wie verabredet auch schon da. Dr. Catlin kam mir in der Tür ihres kleinen, ordentlichen Büros entgegen und gab mir die Hand.

Zu viert gingen wir nach unten ins Leichenschauhaus, wo der Tote aus dem Fluss unbedeckt und aufgeschnitten auf einem Stahltisch lag. Kevins Atem ging schneller, und sämtliche Farbe wich aus seinem Gesicht. Erstaunlich, einen sonnenverbrannten Menschen so bleich werden zu sehen. Der Tote war ein schmächtiger junger Mann mit Ziegenbärtchen und an den Armen hochwuchernden Tattoos.

»Charles Michael Heffernan«, erklärte der Sheriff. »Sechsundzwanzig.«

Dr. Catlin streifte sich Handschuhe über und zeigte auf seinen Brustkorb. »Schussverletzung hier, Durchschuss des linken Lungenflügels. Der Großteil der Luft wurde schlagartig aus ihm herausgedrückt, dann war die Lunge voller Blut, und durch die Wunde in der Brust ist Wasser in den Rumpf eingedrungen. Das heißt, es war nicht mehr genug Luft in der Leiche, um an der Oberfläche zu treiben. Wahrscheinlich wurde er ein oder zwei Tage lang am Grund entlanggeschleift. Wir haben eine Menge Sediment aus seinem Mund geholt, auch aus Nase und Ohren. Er hat Schädelfrakturen hier, die rechte Schulter ist ausgekugelt, der Arm an mehreren Stellen gebrochen, außerdem gebrochene Rippen und einen Beckenbruch, was alles darauf hindeutet, dass er aus einiger Höhe in den Fluss gefallen ist. Vermutlich von einer Brücke.«

»Er ist also ertrunken«, vermutete Dally.

»Ich zeig Ihnen, was ihn umgebracht hat.« Catlin hob einen langen Knochensplitter mit der Pinzette hoch. »Das hier ist ein Stück Rippe, das in seinem Herz gelandet ist. Grund könnte der Schuss oder aber der Aufprall nach dem Fall gewesen sein.«

»Mensch, ihr braucht mich hier doch überhaupt nicht, Henry. Lass mich bitte einfach wieder raus zum Auto.« Kevin starrte eine Stelle an der Decke in größtmöglicher Entfernung zum Leichnam an. Das roch verdächtig nach Schuldbewusstsein, wie wir das im Gesetzesvollzug nennen. Dally merkte es auch.

»Möglicherweise war er nicht sofort tot«, fuhr Dr. Catlin fort. »Vielleicht ist er auch langsam verblutet, ich kann es nicht mit Bestimmtheit sagen. Anscheinend ist Druck auf die Brust ausgeübt worden. Aber keine Chance, dass der Junge das überlebt hätte.« Sie legte die Knochennadel wieder hin und hielt ein Geschoss hoch, das von seinem Weg durch den Körper verformt war. »9mm, 8-Gramm-Geschoss.«

»Und, was meinen Sie dazu, O'Keeffe?«, fragte Dally. »Kennen Sie den von irgendwoher?«

Kevin zwang sich, dem Leichnam direkt in das aufgeweichte, ramponierte Gesicht zu sehen; die abgestorbene Haut hätte man sich mit einem Buttermesser aufs Brot schmieren können. »Das kann ich Ihnen nicht sagen«, erwiderte er. Was er damit meinte, teilte er nur mir mit – mit seinem Blick. Das war der Mann, den er erschossen hatte. Aber wieso sollte er das zugeben? Und eigentlich war es ihm wahrscheinlich sowieso egal.

Ich spendierte Kevin ein Mittagessen bei einer Fast-Food-Kette, dann fuhren wir schweigend über die Hügel und Flussläufe zurück nach Holebrook County.

»Ich hoffe nur, du hast die Waffe sicher entsorgt«, sagte ich.

»Welche Waffe?«

Ich setzte ihn an der Baustelle in Bradford County ab, wo die anderen Männer die Arbeit unterbrachen und uns voll unverhohlener Neugier anstarrten.

Später an diesem Nachmittag rief Sheriff Dally bei mir an, um mir mitzuteilen, was Tioga County, Broome County und die Polizei von Binghamton über Charles Michael Heffernan wussten. Seine Daten: ein Meter achtundsiebzig groß, achtzig Kilo schwer, sechsundzwanzig Jahre alt. Seine Mutter wohnte in Binghamton und war Friseurin, sein Vater arbeitete als Barkeeper in Florida. Er hatte einen jüngeren Bruder, der an der State University of New York in Potsdam studierte. Charles selbst hatte seine Collegejahre hingegen mit der Arbeit in diversen Restaurantküchen und dem Aufbau eines hübschen Strafregisters verbracht: zwei Körperverletzungen, viermal Drogenbesitz, davon einmal mit Verkaufsabsicht, einmal Trunkenheit am Steuer. Dafür hatte er insgesamt vierzehn Monate in New Yorker Gefängnissen abgebrummt, bevor er schließlich im Susquehanna River gelandet war.

»Irgendwelche Verbindungen zu O'Keeffe oder Pellings?«, fragte ich und wühlte auf der Suche nach einem leeren Blatt in den Papierbergen auf meinem Schreibtisch herum. »Irgendwelche Bekannten hier bei uns in der Ecke?«

»Wird gerade untersucht. Möglich wäre es schon. Tioga County ist mit O'Keeffe als Täter und Fitzmorris als Tatort einverstanden. Die wollen uns den Fall zurückschicken.«

»Wie steht Ross dazu?«

»Sie kennen ihn ja«, erwiderte Dally. »Wir müssen alles direkt an ihn weiterreichen.«

»Ich verrat Ihnen was. Ich gehe davon aus, dass Kevin den guten Mann umgelegt hat. Warum und ob das alles Absicht war – keine Ahnung. Aber weshalb die Leiche dann bis hoch nach New York schleppen? Bei uns in der Gegend gibt's einen Haufen Orte, wo man eine Leiche versenken kann.«

»Die Wasser hier sind tief, wie man so schön sagt.«

Ich fuhr mit einem Foto von Charles Michael Heffernan aus der Verbrecherkartei bewaffnet zu den Royal Lodges, um Shepcott zu fragen, ob das der verschwundene Mieter war.

»Ja, ich glaube, das ist er«, antwortete Shepcott. »Was hat er angestellt?«

Als ich gehen wollte, traf ich zufällig Casey Noonan, den weißhaarigen, älteren Herrn, dem die Häuser früher mal gehört hatten. Das Gelände war von einem schmiedeeisernen Zaun umgeben, von dem die schwarze Farbe auf den Bürgersteig abblätterte. Noonan saß im Schneidersitz im Gras, kratzte Rost vom Zaun und grundierte ihn vor dem neuen Anstrich.

»Für zehn Dollar habe ich vielleicht noch einen Pinsel im Kofferraum«, sagte er. »Dann geb ich Ihnen ein Stückchen Zaun zum Streichen ab.«

Noonan erklärte, er kenne die Leute nicht, an die er die Mietshäuser verkauft hatte, und wisse nur, dass sie als Personengesellschaft organisiert waren. Den Kaufvertrag habe er mit einem Anwalt aus Scranton gemacht, der selbst auch beteiligt zu sein schien. »Andy Swales heißt er, kennen Sie den?«

»Ja, schon mal gesehen«, sagte ich.

»Wahrscheinlich sind sie davon ausgegangen, dass hier demnächst die Hölle los sein würde wegen der Gasbohrungen. Aber momentan ist ziemlich tote Hose.«

Ich zeigte dem pensionierten Anwalt das Bild von Heffernan. »Kennen Sie diesen Mann?«

»Früher hatte ich mehr mit den Leuten zu tun. Die Miete wird bar bezahlt, im Umschlag. Das bringe ich für die neuen Eigentümer zur Bank, repariere mal was, wenn's irgendwo tropft, streiche den Zaun. Dafür kriege ich ein Taschengeld, und aus dem Haus komme ich auch.«

Wenn die Leute hier bei uns sagen, dass sie »in die Stadt« fahren, dann meinen sie nicht Fitzmorris oder die anderen Kleinstädte, die im Grunde nur größere Straßenkreuzungen sind. Sie meinen damit, dass sie die Grenze nach New York und den Fluss überqueren und nach Norden in eine der Städte im Southern Tier fahren. Wir haben die Wahl zwischen Elmira im Westen, vielleicht noch Owego, wenn man das als Stadt durchgehen lassen will, was ich nicht tue, und Binghamton im Osten.

Binghamton, der rostige Anker von Broome County, wurde früher »die Salonstadt« genannt, weil dort so viele Zigarren gedreht wurden. Als die Zigarren nicht mehr waren, kam Endicott Johnson, ein Schuhhersteller, der Einwanderern billige Häuser zur Verfügung stellte. Das lockte viele ausländische Arbeitskräfte in die Gegend, die man heute die »Triple Cities« nennt: Binghamton, Johnson City und Endicott. Der Begründer des Schuhimperiums ließ überall in den Parks die von ihm geliebten Karussells aufstellen, auf denen die Kinder der Gegend kostenlos fahren durften. Dank seiner Fabriken brummte die Gegend über eine lange Zeit hinweg – das Arbeiterlied *Hand me down my peg, my peg, my peg, my awl* war in aller Munde. 1998 schloss dann die allerletzte Produktionsstätte von Endicott Johnson ihre Tore. IBM war noch da, baute aber bereits Stellen ab. Heute kaum noch vorstellbar, dass diese Firma hier ihren Ursprung gehabt haben soll.

Ich parkte in der Innenstadt an einer Parkuhr neben einem der Karussellpferde, die vor einigen Jahren in die Gehsteige gedübelt worden waren, als sich Binghamton zur »Karussellhauptstadt der Welt« erklärte. Die bunten Plastikpferde vor den vielen leer stehenden Gebäuden und Geschäften wirkten ungefähr so fröhlich wie Kreuze für Verunglückte am Straßenrand. Die Fuchsstute vor mir war über und über mit schwarzen Tags verunstaltet. Eine schrecklich müde Stadt, in der nur noch das schwache Echo der Geschäftigkeit des zwanzigsten Jahrhunderts nachhallte und sich die meisten Einwohner entweder die guten alten Zeiten zurückwünschten oder nie bessere Zeiten gekannt hatten. Mir persönlich bot die Stadt nichts, abgesehen von einem seltenen Restaurantbesuch oder einer Grillparty, zu der Ed und Liz Brennan mich mitschleppten. Den Glauben, dass man irgendwas verpasst, nur weil woanders mehr Leute auf einem Fleck wohnen und man mehr kaufen kann, hatte ich schon immer für einen Trugschluss gehalten. Ein halbnackter Penner in Jogginghose kam den Fußweg vom Fluss hoch, sah mich, machte umgehend kehrt und verschwand unter der Court-Street-Brücke. Nicht mein Problem.

Andy Swales' Arbeitgeber, die Carmichael & Williams LLP, war eine große, in Scranton ansässige Anwaltskanzlei. Die Tochterniederlassung ganz in der Nähe von New York hatten sie wahrscheinlich in der Hoffnung auf neue Kundschaft gegründet. Vielleicht hatten sie damit gerechnet, dass sich blühende Gasgeschäfte auftun würden, sobald das Bohrverbot im Staat New York aufgehoben wurde. Aber wir wissen ja, wie der Hase gelaufen ist. Na, jedenfalls musste Broome County damals wie leichte Beute gewirkt haben. Swales hatte sich bereit erklärt, die Geschäfte dieser Niederlassung zu führen, und glaubte offensichtlich so fest an den Erfolg, dass er sich in Wild Thyme eine Riesenvilla hingesetzt hatte.

An Büroraum mangelte es in der Innenstadt nicht. Die zwei Partner, vier Anwälte und sechs Bürokräfte hatten sich im vierten Stock eines Gebäudes mit himmelblau gestrichenen Eisenverstrebungen eingerichtet. Ich fuhr mit dem Aufzug hoch, zeigte der Empfangsdame meine Marke und wartete. Nach ungefähr fünf Minuten tauchte Andy Swales, RA, ohne die geringste Spur von Nervosität auf. Er schien sein vorhergehendes Gespräch gerade erst beendet zu haben und nahm mich direkt an der Schulter, öffnete eine Glastür mit einer Schlüsselkarte und führte mich in sein Büro. Bei seiner Sekretärin ließ er kurz den Witz fallen, sie solle sich benehmen, er habe einen Gesetzeshüter bei sich, und schloss dann die Tür hinter uns. Von Swales' Fensterfront aus blickte man auf die grün patinierte Kuppel des Bezirksgerichts von Broome County und dahinter auf ein glitzerndes Stück des Susquehanna River. An der Wand hingen neben zwei Diplomen mehrere beruhigende Landschaftsgemälde.

Ich entschuldigte mich, dass ich ihn bei der Arbeit störte, aber er winkte ab. »Die werden sich fragen, warum Sie hier sind, aber von mir aus sollen sie doch«, sagte er. »Also, Kevin O'Keeffe.«

»Und Penny Pellings.«

»Was haben Sie mir zu sagen?«, fragte er.

»Sie wissen wahrscheinlich mehr als ich.«

Er schüttelte den Kopf, die Unschuld in Person.

»Vor drei Tagen ist bei den beiden womöglich etwas vorgefallen«, sagte ich. »Haben Sie irgendwelche Erinnerungen an die Nacht?«

Er legte eine angemessene Pause ein, damit es aussah, als müsste er nachdenken. »Ja, da war was. Gegen halb eins, das weiß ich noch, weil ich davon aufgewacht bin und in dem Augenblick auf den Wecker geguckt habe.«

»Null Uhr dreißig, ganz sicher?«

»Klar«, sagte Swales. Dann zögerte er. »Oder vielleicht war es auch null Uhr vierzig? Ich war jedenfalls überzeugt, dass es die beiden waren. Ich muss sagen, dass ich sie öfter streiten höre, als mir lieb ist. Wie die sich gezofft haben. Es ist so still da, man hört alles. Diesmal ging es ein bisschen härter zur Sache, aber dann wurde es irgendwann ruhig, und ich bin wieder eingeschlafen. Aber jetzt …«

»Härter?«

»Meistens haben sie sich nur angebrüllt. Dieses Mal, ich weiß nicht, wurden Türen geknallt, irgendwas ging zu Bruch. Ich war ja gerade erst aufgewacht. Da ist so was schwer einzuordnen.«

»Und gab es sonst noch etwas, das Ihnen diesmal anders vorkam?«, fragte ich.

Swales dachte nach. »Diesmal habe ich nur Pennys Stimme gehört.«

»Und Sie sind ganz sicher, dass sie das war?«

»Na, hundertprozentig natürlich nicht, aber wer hätte es denn sonst sein sollen?«

»Klang sie wütend? Verängstigt?«

»Ich weiß es nicht«, antwortete Swales, wobei sein Gesicht rosa anlief. »Ich versuche mich ja zu erinnern. Manchmal weiß man nicht, was da vor sich geht.«

»Aber sie hätte schon wütend oder verängstigt sein können?«

»Ja.«

»Die Einheimischen gelangen oft über Ihr Grundstück an den See. War es vielleicht einer von denen?«

Swales winkte ab. »Kann schon sein. Die Leute gehen auf dem Trampelpfad runter ans Wasser, aber das wissen Sie ja. Wenn es je zum Problem werden sollte … tja, bisher war es jedenfalls noch kein Problem. Warum sollen die nicht auch an den See dürfen. Kevin hält die Chaoten fern.«

Das bezweifelte ich allerdings sehr. »Ja, und was für ein, äh, Verhältnis haben Sie eigentlich genau zu den beiden? Es wirkt schon etwas, wie soll ich es ausdrücken, ungewöhnlich, dass die zwei dort wohnen. Bei Ihnen. Was ich damit sagen will: Ihr Haus macht einiges her. Und dann steht da so ein klappriger Wohnwagen.«

»Ich habe es gerne ruhig. Vielleicht hätte ich sie einfach wegschicken und den Wohnwagen in gutem Zustand halten sollen, dann hätte ich ihn übers Wochenende mal vermieten können oder was weiß ich. Oder das Ding wegschaffen lassen. Aber ich habe darin gewohnt, während das Haus gebaut wurde. Zurück zur Natur. Kevin hat mein Haus mitgebaut, damals für Milgraham und seine Crew – den kennen Sie ja bestimmt –, und manchmal haben wir abends zusammen ein paar Bier getrunken. Das war eine schöne Zeit während des Hausbaus. So frei habe ich mich noch nie gefühlt. Als die Bauarbeiten fertig waren, hat mir Kevin seine Dienste angeboten, als Handwerker, Hausverwalter, was weiß ich. Ich bin nicht immer da, insofern ist es ganz gut, wenn da jemand ist, der ein Auge auf den Laden hat. Aber dann ging's steil bergab mit den beiden. Was soll ich tun, ihnen das Leben noch schwerer machen? Ich kann sie doch nicht einfach vor die Tür setzen. Die beiden haben etwas Besseres verdient, und das Baby auch.«

»Und kannten Sie Penny auch schon, bevor sie eingezogen sind?«

Er wandte den Blick ab, dann sah er mich wieder an. »Ein bisschen. Ein gutes Mädchen. Anständig. Ernst.«

»Und in dieser Nacht, wann ist Kevin da heimgekommen?«

Swales starrte an die Decke und dachte nach. »Ich weiß noch, dass ich ihn ein paar Stunden nach Penny gehört habe, und dachte: Nicht schon wieder. Ja, es muss gegen drei, vier gewesen sein, weil ich noch weiß, wie sauer ich war, dass ich zum zweiten Mal in der Nacht geweckt wurde.«

»Und was hat Kevin gegen drei oder vier Uhr gemacht?«

»Ist im Wald rumgestolpert und hat nach Penny geschrien. Da ist es mir zu bunt geworden, und ich bin aufgestanden und habe ihn zur Rede gestellt.«

»Was haben Sie gesagt?«

»Ich habe ihn gefragt, ob er besoffen ist. Er meinte immer nur, Penny ist weg, und ich habe versucht ihn zu beruhigen, sie kommt schon wieder und er soll ins Bett gehen.«

»Was hat er dazu gesagt?«

»Ich würde das nicht verstehen.« Der Anwalt machte einen gequälten Eindruck. »Wahrscheinlich habe ich ihn nicht ernst genommen. Für mich war klar, dass sie sich aus dem Staub gemacht hatte. Jedenfalls hat sich Kevin dann kurz darauf auch beruhigt.« Swales blickte aus dem Fenster, dann wieder zu mir. »Sie ist also … ist ihr etwas zugestoßen?«

»Das wissen wir nicht. Irgendwelche regelmäßigen Besucher?«

»Nur die Leute, die runter an den See gehen, aber von denen kenne ich eigentlich niemanden. Nein, mir fällt keiner ein. Ich wünschte, ich hätte Sie in der Nacht verständigt.«

»Und warum haben Sie das nicht getan?«

Swales lief feuerrot an, und er hielt sich die Hände vors Gesicht, ließ sie wieder fallen, blickte weg. »Warum sollte ich deswegen ein schlechtes Gewissen haben? Habe ich aber. Kevin ist öfter ausgerastet. Hat gesoffen. Die beiden haben sich viel gestritten, da fand ich es schon verständlich, dass sie einfach abhaut. Ich war auch sauer, weil ich aufstehen musste.«

»Sie leben allein?«

»Ich bin geschieden. In Scranton war mein Leben festgefahren, da kam mir die Gelegenheit gerade recht. Neue berufliche Chancen, Luftveränderung, und das an einem Ort, zu dem ich auch eine persönliche Verbindung habe.«

»War in der Nacht jemand bei Ihnen?«

»Nein.«

»Ich will ja nicht indiskret sein …«

»Dann lassen Sie's. Entschuldigung, war nicht unhöflich gemeint. In der Nacht war ich allein.«

Ich ließ es auf sich beruhen. »Sie haben einen Schlüssel zum Wohnwagen, stimmt's?«

»Natürlich. Glaube ich jedenfalls.«

»Aber Sie haben ihn nicht mehr betreten, seit …«

»Nein. Dafür gab es keinen Grund.«

»Hat Kevin den Schlüssel für Ihr Haus?«

»Ja.«

»Penny?«

»Auch. Sie putzt einmal die Woche. Ich bin zwar allein, aber ich putze nicht gern Klos. Außerdem brauchen die zwei das Geld dringender als ich.«

»Haben Sie Waffen im Haus?«

»Ich habe eine .22er-Pistole und ein .30-06er-Gewehr wegen der Bären. Die sind in einem Schrank eingeschlossen, und für den habe nur ich den Schlüssel. Sagen Sie mal, wie ernst ist die Sache? Wenn Sie irgendwas Neues erfahren, dann …«

»Wird gemacht. Ach, übrigens, haben Sie irgendwas von einer Auseinandersetzung in den Royal Lodges unten in Fitzmorris gehört, vorgestern Nacht?«

»Sie überschätzen mich, Officer.«

»Aber Sie sind doch Mitbesitzer, oder?«

»Ja«, antwortete er müde.

»Kennen Sie den hier?« Ich reichte ihm das Foto von Heffernan.

»Nein. Über die Immobilie kann ich Ihnen gar nicht viel sagen, außer dass sie nicht den Gewinn abwirft, den wir uns erhofft hatten.«

»Und ›wir‹ sind …«

»Wir sind ein privates Unternehmen, das Immobilien kauft und verkauft. Geschäft ist Geschäft, darüber darf ich nur in beschränktem Umfang sprechen, das verstehen Sie sicher.«

»Na schön«, antwortete ich. »Können Sie mir dann wenigstens verraten, wie Sie neue Mieter finden? Warum hat dieser Kerl bei Ihnen gewohnt?«

»Wenn er da gewohnt hat, habe ich zumindest nichts davon gewusst«, erwiderte der Anwalt. »Casey Noonan muss ihn … was weiß ich. Wir hatten eine Zeit lang eine Anzeige in der Zeitung.«

»Verstehe«, sagte ich. »Und was Penny betrifft – in den nächsten paar Tagen werden Sie mich häufiger als gewöhnlich am See antreffen.«

»Fühlen Sie sich ganz wie zu Hause«, sagte er. »Nicht in meinen vier Wänden, aber draußen, im Wohnwagen, was weiß ich. Bis wir der Sache auf den Grund gegangen sind. Und grüßen Sie Kevin von mir.«

Ich verließ die Kanzlei, stieg in meinen Truck und fuhr nach Süden Richtung Pennsylvania. Im Lauf meiner Jahre in Wild Thyme hatten der Staatsanwalt und ich zweimal bei Paaren eingreifen müssen, bei denen die Frau meiner Meinung nach Gefahr lief, unter der Erde zu enden. Im einen Fall musste der Lebensgefährte einsitzen, der Richter erließ eine Schutzverfügung, und der Mann ward nie mehr gesehen. Im anderen Fall hatte Ross die Strafe zur Bewährung ausgesetzt, damit der Mann weiter arbeiten gehen und seine Familie ernähren konnte – mit dem Bewusstsein, dass er beim kleinsten Fehltritt in den Knast wandern würde. Bei Kevin und Penny hatte ich nicht dieselbe hilflose, düstere Vorahnung gehabt wie bei diesen beiden Paaren. Selbst wenn ich das Schlimmste vermutet hätte, wäre es mir schwergefallen, ständig ein Auge auf sie zu haben, so weitab vom Schuss, wie sie wohnten. Ich konnte mir kaum vorstellen, dass Kevin etwas wirklich Hässliches zu verbergen hatte. Nein, so war er mir nicht vorgekommen. Aber ich habe mich auch früher schon hin und wieder geirrt.

In einer normalen Polizeidienststelle durchläuft eine Vermisstensache verschiedene Stufen. Als Erstes klappern die Streifenpolizisten die Verwandten, Freunde, Mitarbeiter und so weiter ab. Sollte irgendjemand nicht ganz koscher wirken, übernehmen die Detectives. Aber da meine Dienststelle nur aus mir bestand, musste ich das alles allein erledigen. Auf dem Rückweg nach Wild Thyme machte ich einen Abstecher in die Gemeinde Airy. Nach vierzig Minuten gelangte ich zu einem putzigen Häuschen in der Mitte eines bewaldeten Tals. Ich erkannte das Haus daran wieder, dass der gesamte Garten voller Blumen stand. Der Frühling war bereits fortgeschritten, und die Osterglocken waren von Unmengen weißer Tulpen und niedrigwüchsigem lila Phlox abgelöst worden. Jemand, der so viel Arbeit in einen Blumengarten steckt, ist mir automatisch sympathisch: Man kann die Pflanzen zwar nicht essen, bereitet sich und allen Passanten aber eine große Freude. Meine Frau war auch so, als sie noch am Leben war.

Ich klopfte an die Tür, doch niemand öffnete. Hinter dem Haus war das rhythmische Geräusch einer Schaufel zu hören, die in die Erde gestochen wurde. Ich folgte ihm und erblickte eine ältere Dame mit schlabberigem Sonnenhut, die mir den Rücken zugewandt hatte. Mit einer kurzstieligen Schaufel grub sie Löcher in ein mit schwarzer Folie bedecktes Beet, das von losen Backsteinen begrenzt wurde. Neben ihr standen mehrere Tomatenpflanzen, die in die Erde sollten.

Ich rief ihr einen Gruß zu. Erst blickte sie erschrocken und ein wenig verwirrt hoch, zog dann aber einen Gartenhandschuh aus, gab mir die Hand und stellte sich als Jillian Pellings vor. Ich vermutete, dass sie um die fünfzig war. »Reese ist in der Stadt.«

»Ist das Ihr Mann?«

»Ja«, sagte sie misstrauisch. »Er ist beim Schwimmen. Ist ihm was zugestoßen? Was ist los?«

»Ich bin für Wild Thyme zuständig. Ich bin wegen Kevin O'Keeffe hier –«

»Oh je. Ja, klar, er hat angerufen.«

»Er macht sich Sorgen um Penny. Sie … er vermutet, dass sie verschwunden ist, und da habe ich mich gefragt …«

»Ich habe sie seit, hm, mindestens einem Monat nicht mehr gesehen.«

»Haben Sie von ihr gehört? Haben Sie ein enges Verhältnis zu ihr?«

»Nicht mehr so eng wie früher. Ich bin ihre Stiefmutter, wissen Sie, seit Penny acht war. Hören Sie, wenn Sie Fragen haben, setzen wir uns lieber ein bisschen hin.«

Jillian führte mich zu einem breiten, aus dem Berg herausragenden Felsen im Schatten mehrerer Eichen. Um uns herum machten Funkien, Geranien und bunte Taubnesseln den Eindruck, als wollten sie sich aus dem Garten stehlen und ein Tänzchen im Wald aufführen. Wir setzten uns auf altersschwache Holzstühle, und Jillian nahm den Hut ab und fächelte sich damit Luft zu.

»Ich habe Ihren Garten beim Vorbeifahren immer schon bewundert.«

»Danke, das ist nett. Manchmal halten die Leute extra an und besichtigen ungefragt meinen Garten.«

»Sie sind ungebetene Gäste also gewöhnt.«

Sie lächelte. »Ist kein Problem, Officer.«

»Henry. Ich habe Sie unterbrochen. Früher hatten Sie ein gutes Verhältnis zu Penny, aber dann …«

Jillian dachte nach. »Als ich sie und ihre Schwester kennengelernt habe, waren sie zwei süße kleine Mädchen mit einem schweren Stand im Leben. Mutter Alkoholikerin. Außerdem tablettensüchtig. Abby hieß sie, Abby Chase Pellings. Nach der Scheidung nannte sie sich wieder Abby Chase. Sagt Ihnen der Name was?« Er kam mir bekannt vor, aber ich hatte keinen blassen Schimmer, woher, also nickte ich nur und ließ sie weitersprechen. »Als Kind muss man auf seine Eltern zählen können, bei großen wie kleinen Problemen. Vielleicht besonders bei kleinen. Die anderen Kinder hier aus der Gegend haben garantiert gemerkt, dass es bei Penny zu Hause anders zuging als bei ihnen. Penny hat ihre Mutter vergöttert, natürlich, wie sollte sie auch nicht, die Frau benahm sich wie ein Teenager. Abby hing noch eine Weile rum, nachdem Reese das Trinken aufgegeben und die Scheidung eingereicht hat. Es gab eine Zeit … Sie wissen ja bestimmt, dass die Geburtstage der Kinder in der Schule gefeiert werden und die Eltern was für die Klasse mitbringen?«

Ich nickte.

»Na, jedenfalls wollte ihre Mutter sich unbedingt darum kümmern, als Penny zehn wurde. Und es ging Abby gar nicht gut zu dem Zeitpunkt, aber sie hat Muffins gebacken, und den Kindern in der

Klasse ist schrecklich schlecht geworden. Ein paar mussten sogar ins Krankenhaus. Man hat nicht rausgefunden, woran es lag, aber vermutlich war irgendeine von den Zutaten schlecht geworden … die Eier vielleicht? Penny war jedenfalls völlig außer sich. Sie konnte danach wochenlang nicht zur Schule gehen, weil sie sich so furchtbar geschämt hat. Wenn ich jetzt darüber nachdenke … Abby war auf dem absteigenden Ast. Danach war sie dann jahrelang von der Bildfläche verschwunden. Na, ich will damit nur sagen, dass ich für Penny und ihre Schwester immer da war, egal, ob bei großen oder kleinen Problemen. Und wir haben uns gut verstanden.« Jillian schüttelte den Kopf, als ärgerte sie sich über sich selbst. »Sie sehen also, dass Penny es nicht so leicht gehabt hat im Leben, und auf der Highschool ist es dann nicht leichter geworden. Leider haben wir damals einen Punkt erreicht, an dem ich ihr nicht mehr helfen konnte. Es war nicht nur das lange Wegbleiben und die Jungs. Es gab irgendeinen … einen Bruch in ihrem Leben, und danach war sie dann überzeugt, dass jemand wie ich sie sowieso nicht verstehen würde.«

»Wie sieht es mit Pennys Vater aus, weiß er vielleicht, wo sie sein könnte?«

»Ich wünschte, Reese hätte mehr für sie getan. Ihm geht es genauso. Wir haben beantragt, dass Eolande zu uns kommt, aber wir sind schon ein bisschen alt und müssen jeden Cent zweimal umdrehen. Jedenfalls hat das Jugendamt sich wohl gedacht, wenn Eolande zu uns kommt, könnten sie sie genauso gut Penny und Kevin zurückgeben, weil wir den Eltern gegenüber nicht streng genug sein würden. Und da haben sie wahrscheinlich recht. Jetzt, da Eo bei Fremden aufwächst, hat Penny hoffentlich mehr Anreiz, clean zu werden und ihre Tochter wiederzubekommen. Aber ich bin davon überzeugt, dass Sarah die Kleine liebt und bis dahin gut für sie sorgen kann.«

»Sarah Cavanagh, die Pflegemutter?«

»Genau«, antwortete Jillian. »Reese weiß garantiert auch nicht mehr als ich. Penny hat eine Weile in einer Kneipe in Binghamton gearbeitet, im *Stingy Jack's* in der Nähe der Main Street. Da ist sie aber rausgeschmissen worden.«

Ich schrieb mir den Namen auf. »Kennen Sie irgendwelche Bekannten von ihr? Könnte sie bei ihrer Mutter sein?«

Jillian sah mich durchdringend an. »Das ist nicht lustig.« Sie musste mir meine Verblüffung ansehen, denn sofort wurden ihre Züge weicher. »Ach, ich dachte, Sie wüssten das. Abby wurde vor acht Jahren ermordet. Tot aufgefunden unter einer Plane am Bahndamm in der Innenstadt. In Binghamton. Erstochen. Vielleicht hatte es was mit Drogen zu tun oder mit einem Mann. Wer weiß. Da war sie schon mehrere Male von der Polizei aufgegriffen worden. Der Täter ist nie gefunden worden.«

Ungelöste Mordfälle sind in unserer Gegend so selten, dass ich als Polizist eigentlich darüber hätte Bescheid wissen müssen. Aber vor acht Jahren führte ich noch ein völlig anderes Leben in Wyoming, das ebenso wie das von Abby Chase ein abruptes Ende fand. Oder vielleicht konnte man mein Leben eher mit Pennys vergleichen: Der Fluss meines Lebens wurde durch den Tod eines geliebten Menschen blockiert und umgeleitet. Wie dem auch sei. Jillian gab mir die Namen und Adressen von Pennys Schwester und von Bobby, einem Cousin mütterlicherseits.

Mit einer etwas besseren Vorstellung davon, wo Penelope Pellings abgeblieben sein könnte und wer sie war, verließ ich das Haus und den blühenden Garten. Ich rief beim Sheriff an, bekam Deputy Jackson zu sprechen und berichtete ihm alles, was ich für sinnvoll hielt. Ihm war der Mordfall Abby Chase bekannt, aber die Verbindung zu Penelope Pellings hatte er nicht hergestellt, woraufhin ich mir schon ein bisschen weniger wie ein Idiot vorkam.

Die Owens Road, die zu Sarah Cavanaghs Haus führte, war unbefestigt, und ich wirbelte eine riesige Staubwolke hinter mir auf. Den Cavanaghs gehörte ein kleines Stück Land neben einer verlassenen Farm, mittlerweile von einem Gasbohrturm gekrönt. Vor einem gelb gestrichenen Ranchhaus schlugen zwei Jungen um die acht oder zehn Jahre mit selbst gebastelten Spielzeugäxten aufeinander ein. Sarah, eine strenge, hochgewachsene Frau, kam mit misstrauischer Miene und der kleinen Eo auf dem Arm aus der Tür. »Jungs«, rief sie mahnend zur Seite. Sie winkte mich herein.

Seit ich Eolande das letzte Mal gesehen hatte, war ihr ein blonder Flaum auf dem Kopf gewachsen. Sie war immer noch nicht so pummelig, wie ich das an Babys mag, aber was verstehe ich schon von Babys. Sarah Cavanagh hielt Eo auf dem Schoß, während wir uns unterhielten, bis die Kleine sich freigekämpft hatte und im Affenzahn unter den Küchentisch kroch.

»Sie ist immer noch ein bisschen hinterher«, berichtete Sarah. »Meine Jungs konnten mit einem Jahr schon laufen, sogar noch früher. Ihre Stenose wird mit einem Katheter behandelt, das haben wir alles unter Kontrolle. Aber sie ist ein zufriedenes Kind, stimmt's, mein Mäuschen?«

»Und wie oft sehen Sie die Kindsmutter?«

»Jedes zweite Wochenende ein paar Stunden. Kevin und sie kommen ganz regelmäßig, obwohl die Frau vom Jugendamt immer dabei ist. Kevin bringt Eo was mit, Wiesenblumen, die er für sie gepflückt hat. Ein schönes Stöckchen. Eine CD, die ihm gefällt. Donuts. Und wenn ich die beiden dann frage: Habt ihr euch über die Erkrankung eurer Tochter informiert? Habt ihr den Kurs absolviert? Nein, haben sie natürlich nicht.«

»Und Penny?«

»Sie ist eine seltsame Person. Reserviert, sogar ihrem eigenen Kind gegenüber. Ich glaube schon, dass sie sie liebt, aber … Kommen tut sie jedenfalls, das ist nicht das Problem.« Sarah tauchte unter den Tisch ab, um die Kleine hervorzuholen. »Eigentlich wollte ich ja nichts sagen, weil Penny schon genug Probleme am Hals hat. Aber sie war in meinem Haus.«

»Wie bitte?«

»Das war vor ungefähr zwei Monaten. Da taute es schon. Ich bin aufgewacht, weil ich etwas gehört habe. Eolande klang anders als normal, ich meine, sie schläft nie gut und quengelt immer viel. Aber diesmal hat sie gar nicht geschrien. Ich bin dann in ihr Zimmer, aber sie war nicht in ihrem Bettchen, und ich dachte, ich dreh durch. Ich bin nach unten gerannt, und da saß sie, mitten auf dem Boden, alles voll mit Schlamm. Sobald es hell war, habe ich Eolande in den Kindersitz gepackt und bin rübergedonnert zu den beiden, um ihnen mal richtig die Meinung zu geigen. Kevin hat mich nicht zu Penny gelassen, weil sie angeblich krank war, und er meinte, er hätte keine Ahnung, was sie angestellt hat, aber sie würde es nie, nie wieder tun. Er hat mich angefleht und versprochen, dass es nie wieder vorkommt. Das will ich auch hoffen, habe ich gesagt. Aber ich habe ein weiches Herz.«

»Glauben Sie, die beiden werden sich jemals um Eolande kümmern können?«

»Völlig ausgeschlossen«, antwortete sie. »Der kleine Schatz bleibt hier bei mir, habe ich recht, meine Süße?«

Ich rief Eolandes Sachbearbeiterin Cassidy Reynolds in Fitzmorris an, und ihre Einschätzung von Penny und Kevin lief, soweit sie mir das angesichts der Verschwiegenheitspflicht mitteilen durfte, auf genau das Gleiche hinaus wie Sarahs: lieb, völlig unfähig und ohne klare Vorstellungen von den Bedürfnissen eines Kleinkindes. Ob sie wieder rückfällig geworden waren oder ob es zu gewalttätigen Auseinandersetzungen kam, wusste sie nicht. Wer konnte das schon sagen?

Ich war zum Abendessen bei Ed, Liz und ihren beiden Kindern eingeladen. Von der ehemaligen Farm, auf der die Brennans wohnten, konnte man gen Süden zur nächsten Bergkette schauen, wo sich die untergehende Sonne im Metalldach einer Scheune spiegelte. Der gleißende Fleck sah aus wie ein in der Zeit festgefrorener, springender Fisch. Liz beobachtete für ihr Leben gern Vögel, und ich entdeckte sie auf der Veranda, wo sie mit einem Feldstecher ein paar Carolinakleibern dabei zusah, wie sie an ihrem Apfelbaum, Sorte Harrison, auf und ab hüpften. Die Kinder rannten im Garten herum. Ich schlüpfte ins Haus, holte mir ein Bier aus dem Kühlschrank und gesellte mich zu Liz. In der Krone ihrer Douglasie flatterte ein Zedernseidenschwanz herum, den sie mir zeigte. Ich liebe Zedernseidenschwänze. Schön und stolz sehen sie aus mit ihrer Federhaube, so geschäftig und auf sich selbst konzentriert.

»Und?«, sagte sie und sah mich über den Rand ihres Fernglases hinweg an. »Ed hat mir erzählt, du hättest Kevin eingesackt.«

»Ich darf nicht drüber reden.«

»Mensch, komm schon.« Sie legte das Fernglas beiseite. »Dieses ständige Nichtwissen geht mir auf den Zeiger.«

»Aber ich weiß doch auch nichts«, erwiderte ich. »Ich glaube nicht, dass er Penny etwas angetan hat. Aber eins kann ich dir sagen, Lizzy. Er ist womöglich nicht der, für den wir ihn gehalten haben.«

»Na, ganz offensichtlich nicht.« Sie nahm den Feldstecher wieder hoch, aber der Vogel war davongeflattert. »Wir schulden dem Kerl gar nichts. Er arbeitet für Ed, fertig. Damit ist er nicht der Einzige. Warum er mit seinen Problemen ausgerechnet bei uns vor der Tür auftauchen musste …«

»Ihr seid einfach zu nett, sag ich ja schon lange.«

»Ich kapier einfach nicht, warum Ed sich ständig mit diesen ganzen Säufern und … kaputten Typen abgeben muss. Es wird immer schlimmer.«

So etwas hörte man selten von Liz, die in ihrer Funktion als Dorfärztin schon mehr als einen kaputten Typen wieder gesund gepflegt hatte, unter anderem auch mich. Sie behandelte alle gleich und beklagte sich nie, zumindest meines Wissens nicht. Aber ich sah ein, was es für sie bedeutete, sollte sich jemand wie der friedliche Dauerkiffer Kevin O'Keeffe als Killer entpuppen: Wenn er zu so etwas in der Lage war, dann war es jeder andere auch.

»Yeah«, sagte ich, »ich weiß auch nicht.«

Ich nahm mir den Feldstecher und suchte nach dem Zedernseidenschwanz. »Damals in Big Piney kriegte ich mal einen Anruf, es ging um einen alten Cowboy, der mittlerweile auf Elektriker umgesattelt hatte. Seine Frau suchte nach ihm. Sie meinte, er säuft schon seit Jahren wie ein Loch, das würde man ihm auch ansehen. Aber dann hatte er sich an der Schulter verletzt und auch noch Tabletten für sich entdeckt. Seiner Frau wurde das irgendwann zu bunt, und da hat sie ihn vor die Tür gesetzt. Wahrscheinlich hat sie gehofft, er würde sich bessern und dann lieb bitten, dass er zurückkommen darf. So war es früher schon mal gelaufen. Aber diesmal kam es anders. Drei Wochen war er schon verschwunden, als seine Frau mich anrief.

Dann bekam ich eine Nachricht von einem Mann, der am Ortsrand ein wenig Land besaß, und der hatte ein Zelt auf einer Lichtung gefunden, zu der Fahrspuren führten, alter Truck, neue Feuerstelle. Von den Nachbarn war es keiner. Ich also hin, es ist tatsächlich der Truck von dem vermissten Ehemann. Ich rüttele am Zelt, und es kommt ein komischer Geruch raus. Ich rufe nach ihm. Keine Antwort.«

»O Gott.«

»Also öffne ich den Reißverschluss von dem Zelt, und –«

In diesem Augenblick kam Eds Truck die Auffahrt hochgerumpelt. Liz eilte hinunter in den Garten, und ich kam nicht mehr dazu, meine Geschichte fertig zu erzählen.

Ed parkte, öffnete die Fahrertür und sprang barfuß hinaus. Er fasste auf die Ladefläche des Pick-ups und hievte sich eine Großpackung Bier auf die Schulter. In der anderen Hand trug er eine Flasche in einer Papiertüte. Sein Gesicht strahlte mit einem fast entrückten Lächeln. Ich wusste, dass er auf einen Auftrag hingearbeitet hatte: Ein örtlicher Supermarktbesitzer wollte ein luxuriöses Außengebäude in Holzrahmenbauweise errichten lassen. Ed hatte gegen Milgraham und mindestens noch ein weiteres Unternehmen um den Zuschlag gefeilscht. Er ließ die Alkoholika auf der Verandatreppe stehen, ging geradewegs hinunter an den See, zog sich bis auf die Boxershorts aus und sprang ins Wasser. Die Kinder hüpften hinterher.

Wassertretend wusch sich Ed den Staub aus dem Gesicht und rief: »Ich fühle mich wie neugeboren!«

»Hast du ihn gekriegt?«, fragte Liz.

»Jawohl.« Ed ließ sich auf dem Rücken treiben und spie eine Wasserfontäne wie ein Wal. »Zwei Millionen.« Er lachte. »Zwei Millionen, Frau! Henry, du kennst den Typ vielleicht: Willard Meagher? Hat mehrere Supermärkte. Er will, dass ich ihm ein Atelier auf einer Bergkuppe baue, zum Malen; er ist abstrakter Maler. Die Sache ist nur, dass es in einem Jahr fertig sein muss.«

Liz und ich sahen uns an. Ed galt als bester Holzbauer der Gegend, sogar als einer der besten in der Mid Atlantic-Region. Aber er war auch dafür bekannt, dass er Ewigkeiten für alles brauchte, weil er jedes Detail todernst nahm. Alles immer schön ordentlich, nur nichts überstürzen, das war sein Motto.

Nach einem guten Schluck Scotch zum Anstoßen und einem Krocketspiel auf dem Rasen grillten wir Schweinekoteletts von der Farm von Liz' Onkel im Norden von Broome County, dazu gab es Couscous und Mangold aus dem Garten, gedünstet in Olivenöl und Knoblauch. Über Kevin O'Keeffe wurde nicht mehr gesprochen. Wir wollten den Kindern keine Angst einjagen, und Ed hatte sowieso mehr Lust, über sein neues Projekt zu reden. Man konnte ihm richtig ansehen, wie er das Geld im Geiste schon ausgab. Nach dem Essen sorgte Ed dafür, dass die Kinder sauber geschrubbt ins Bett kamen, und ich lehnte an der Anrichte, während Liz die Arme bis zu den Ellbogen in der Spüle versenkte. Ich half ein bisschen beim Abtrocknen.

Als die Kinder schliefen, versammelten wir uns draußen an der Feuerstelle und stimmten unsere Instrumente: Ed die Gitarre, Liz das Clawhammer-Banjo und ich die Fiedel. Angefangen hatte es als Jamsession unter Freunden, größere Ambitionen hatten wir nicht. Aber da es abgesehen von bluesrockspielenden Männern in Basecaps nicht viel Livemusik in der Gegend gab, hatte sich mehr daraus entwickelt. Unsere spätabendlichen Klimpereien auf Partys hatten Aufmerksamkeit erregt und uns ein paar Auftritte verschafft. Des Geldes wegen machten wir's nicht, aber die Aussicht, vor Fremden zu spielen, war ein guter Anlass, häufiger zu proben und neue Lieder einzustudieren. Mit einem Namen für die Band taten wir uns schwer. Ich schlug The Fateful Mornings vor. In Songs, in denen es ein schlimmes Ende nimmt, fährt man immer im Morgengrauen eines schicksalhaften Tages hinab in die Zeche oder zieht aus, um James A. Garfield totzuschießen. Aber Liz fand The Country Slippers witziger; so nennen wir hier die hohen Gummistiefel, die man an schlammigen Tagen trägt, und bei dem Namen blieben wir dann auch.

Wir gingen ein paar alte Lieder durch, *Soldier's Joy*, *Turkey Buzzard*. Ed wollte *Run to the Hills* von Iron Maiden spielen. Liz wechselte für *Old Groundhog* zum Kürbisbanjo mit seinem seltsamen, schnappenden Sound, als würde man mit dem Fahrrad über Stock und Stein fahren.

Wir spielten, bis das letzte Bier ausgetrunken war, dann packte ich die Fiedel ein. Eds Augenlider hingen schon auf Halbmast; als es im Lagerfeuer knackte, riss er sie erschrocken wieder auf. Ich war zu betrunken zum Heimfahren, wollte es aber trotzdem wagen. Mit dem Blick gen Sternenhimmel überquerte ich den silbrigen Rasen. Altair, Vega, Deneb. Ed kam hinterhergestolpert.

»Warte mal, Kumpel. Hätte ich fast vergessen.« Er drückte mir einen Papierfetzen in die Hand.

Ich versuchte ihn zu entziffern:

John Blaine, Besitzer Stingy Jack's.
Bobby Chase, Cousin, Endicott
»Dizzy«. Arbeitet im Excelsior?

»Von du weißt schon wem«, sagte Ed. »Er meint, er will nichts mehr mit der Polizei zu tun haben und nicht mit einem Bullen zusammen gesehen werden. Aber heute hat er mir das gegeben: für dich persönlich.«

Am nächsten Morgen rief ich als Allererstes bei Dally in der Dienststelle an. Sie sollten in der Verbrecherdatei von New York State nach den drei Namen suchen, die Kevin mir aufgeschrieben hatte. Dazu musste der Sheriff einen Kollegen bei den Jungs in Binghamton kontaktieren. Dann begab ich mich auf Patrouillenfahrt durch mein kleines Stückchen Erde. Niemand schien in Wild Thyme irgendwelche Verbrechen begehen zu wollen, also ließ ich mich einfach von der Landstraße davontragen.

Penelope Pellings' Schwester Rianne wohnte in Vestal Center, New York, einem Städtchen am Ufer des Choconut Creek nördlich von Wild Thyme, das praktisch direkt an die Stadt Endicott grenzte. Bis zum Abend hatte ich nichts Besseres vor, also beschloss ich, mal bei ihr vorbeizufahren, dort nach Penny Ausschau zu halten und vielleicht ein paar Fragen zu stellen, falls Rianne zu Hause war. Ich hielt es allerdings für klüger, erst noch meinen Waffengürtel im Schließfach auf der Wache abzulegen und den Polizeiwagen gegen meinen privaten Pick-up einzutauschen.

Die Häuschen in Vestal Center waren von bescheidener Größe und bunt angestrichen, an manchen blätterte die Farbe ab oder die Aluminiumverkleidung hing herunter. Am Ende der Grand Street stand ein auberginenfarbenes, zweistöckiges Haus, in dessen unterer Hälfte Rianne wohnte. Da ein Auto in der Einfahrt stand, hielt ich an. Die junge Frau, die an die Tür kam, erblasste beim Anblick meines Uniformhemds. Ihre Haare waren blond gefärbt, und sie hatte nichts von der Zerbrechlichkeit ihrer Schwester an sich, aber die gleichen vorstehenden Schneidezähne. Wir stellten uns einander vor.

»Ich bin nur hier, um Kevin O'Keeffe einen Gefallen zu tun.«

»Super. Falls Sie Penny suchen, die ist nicht hier.«

»Und Sie wissen nicht zufällig …«

»Nein.«

»Na dann … können Sie mir irgendwas über Kevin und Penny sagen? Ich meine, haben sie sich öfter gestritten, oder …«

»Worüber sollen die zwei sich wohl streiten? Kevins ganzes Leben dreht sich nur um Bier, und Penny …« Rianne blickte ins Leere. »Sie hat ihr eigenes Ding am Laufen. Ich bin kein großer Fan von Kevin, aber ich glaube nicht … Wenn sie sich hier blicken lässt, sage ich natürlich Bescheid. Aber ich bezweifle, dass sie mich sehen will. Sie hat andere Bedürfnisse.«

»Entschuldigen Sie, das müssen Sie mir erklären.«

Sie holte Luft, begnügte sich dann aber mit: »Wir leben jetzt in verschiedenen Welten.«

»Und was ist Pennys Welt?«, fragte ich, obwohl ich es haargenau wusste. »Hat sie irgendwelche Freunde?«

»Tut mir leid, ich kann's nicht erklären. Ist halt eine andere Welt.«

»Sie haben also gewusst, dass sie wieder drauf ist?«

Sie schwieg.

»Und Ihnen fallen keine alten Freundinnen ein? Vielleicht sogar aus der Schulzeit? Irgendjemand, an den sie sich wenden oder den sie ausnutzen würde?«

Riannes Antwort kam wie aus der Pistole geschossen: »Teri Filippi. Bei Teri hat sie sich früher schon mal gemeldet. Sie waren in der Middle School befreundet. Waren wir alle.« Bei dieser Erinnerung verlor Rianne schließlich die Haltung und brach in Tränen aus. »Tut mir leid«, schluchzte sie. »Teri wohnt in Port Dickinson und arbeitet als Krankenschwester oder so in der Ambulanz am Vestal Parkway.« Sie sah auf ihrem Handy nach und gab mir eine Adresse und Telefonnummer.

»Na gut, danke schön«, sagte ich. »Und das Haus hier gehört Ihnen? Darf ich fragen, wer oben wohnt?«

»Es gehört meinem Onkel. Den kennen Sie vielleicht, er war Feuerwehrmann in Endicott. Ron Chase? Egal, jetzt ist er in Rente. Er wohnt schon seit Ewigkeiten in Endicott. Ich miete die Wohnung von ihm.«

»Und da wohnen Sie allein?«

»Offiziell ja.« Sie lief rot an. »Mein Freund ist öfter mal da, aber mein Onkel meint, wir sollen erst heiraten.«

»Aha. Tja, das war's dann auch schon.«

Ich wandte mich ab, aber sie rief mir hinterher: »Sagen Sie mir Bescheid, wenn sie wieder auftaucht?«

Nicht von ungefähr war mein nächster Halt das Haus von Ron Chase in Endicott. Ich hoffte außerdem, Rons Sohn Bobby anzutreffen, der noch bei seinem Vater wohnte. Sobald ich den Susquehanna River überquert hatte, fand ich mich in der entvölkerten Innenstadt wieder. Auf dem Weg zu Rons Haus zeigte sich Endicott in seiner ganzen Verwahrlosung: die leer stehenden Fabrikgebäude, die früher einmal Mittelpunkt der Region gewesen waren, das verlassene Krankenhaus mit dem über die North Street hinwegführenden Fußgängertunnel, der einen toten Monolithen mit dem anderen verband. Endicott war nicht an der Wirtschaftslage allein zugrunde gegangen, sondern auch an einer Giftkatastrophe, die in der Gegend nur »die Fahne« genannt wurde, ein widerlicher Mix aus Lösungsmitteln, den IBM jahrzehntelang in die Erde abfließen ließ, bis die Firma schließlich ihre Tore schloss und weiterzog.

Es gibt immer noch hübsche Ecken in der Stadt, so auch nördlich des Watson Boulevard, wo Ron Chase wohnte. Ich parkte vorm Nachbarhaus an der Oak Hill Avenue und ging auf ein schmuckloses, weißes Einfamilienhaus mit einem großen Garten zu. An einem schönen Frühlingstag wie diesem hatte die Stadt so weit außerhalb des Zentrums nichts besonders Giftiges an sich. Nichts als Vogelgezwitscher, das beständige Murmeln des Verkehrs und der Rasenmäher von Ron Chase waren zu hören. Chase war ein untersetzter Mann mittleren Alters in einem schlabberigen, ärmellosen Shirt, der auf einem uralten Rasentraktor in immer engeren Kreisen auf seiner Grünfläche herumfuhr, die vollständig unkrautfrei war, soweit ich das beurteilen konnte. Als er mich sah, hob er einen Finger, und ich wartete, während er den Abschnitt, auf dem er zugange war, fertig mähte, dann in den Schatten eines Ahorns zockelte und den röchelnden Motor ausstellte. Ron stieg ab, zog die Ohrenschützer aus und stolperte auf mich zu. Seine Beine waren im Eimer. Seine Nichte hatte gesagt, er sei im Ruhestand. Ich vermutete, dass er wegen Erwerbsunfähigkeit frühverrentet war.

»Ich weiß, wer Sie sind«, sagte Ron freundlich und schüttelte mir die Hand. Wir gingen unsere Liste gemeinsamer Bekannter durch. Er kannte eine Menge alte Hasen von der Freiwilligen Feuerwehr in Wild Thyme. Vor meiner Zeit hatte er drei Einsätze bei uns geleistet, von denen zwei möglicherweise Brandstiftung gewesen waren. »Na, jedenfalls hat Rianne Sie schon angekündigt«, meinte er schließlich. »Sind mal wieder alle hinter Penny her, hm?«

»Sieht ganz danach aus. Hier ist sie nicht zufällig vorbeigekommen, oder?«

»Nein.«

»Würde sie sich an Sie wenden?«

»Nein. Wir kommen ganz gut miteinander zurecht, aber nur, solang keiner was vom anderen will. Sonst wird man enttäuscht, und das hat keiner gern.«

Das erinnerte mich dunkel an Riannes Worte. »Wie steht's mit Bobby, ist er da?«

»Nein.«

»Die zwei verstehen sich gut?«

»Yeah, die verstehen sich gut, seit der Kindheit schon. Bobby geht gern in die Kneipe an der Main Street, das *Stingy Jack's*. Er hat ihr da sogar mal einen Job besorgt, am Tresen. Die stehen auf hübsche Mädchen, aber sie ist rausgeflogen. Kreuzt trotzdem noch ständig dort auf. Wahrscheinlich sehen die beiden sich da ab und an mal, oder in der Stadt. Hier zu Hause lässt sie sich nicht oft blicken.«

»Und sie würde auch nicht herkommen, wenn sie ernsthaft in Schwierigkeiten wäre?«

»Tja, wenn's hart auf hart käme, würde ich alles für Penny tun, und das weiß sie auch. Glaube ich zumindest. Aber dann unter meinen Bedingungen, und davon will sie nichts hören.«

»Verstehe«, antwortete ich. »Also, falls Sie sie sehen …«

»Dann schicke ich sie sofort heim zu dem Kotzbrocken, mit dem sie in diesem Wohnwagen haust, oder werd's zumindest versuchen. Wollen Sie mir ne Nummer dalassen?«

»Mach ich. Und können Sie Bobby meine Karte geben?«

Ron schob die Brille in die Stirn, las sich meine selbst gedruckte Visitenkarte durch und sah dann wieder mich an. »Alles klar. Hören Sie, das ist nicht das erste Mal, dass sie einfach so verschwindet. Ich würde mir ja Sorgen machen, aber ich kann da nichts ausrichten. Bleibt nur Hoffen und Beten.«

Ich verabschiedete mich und fuhr davon. Keine Ahnung, wodurch ich von schlechten Angewohnheiten verschont geblieben bin, richtig schlechten Angewohnheiten, meine ich. Hatte wahrscheinlich was mit meinen Eltern zu tun, die höchstens in Gesellschaft mal ein leichtes Bier tranken. Und selbst damals war mir nicht klar, ob sie einfach keinen Alkohol mochten oder nicht genug Geld oder das Gen dafür nicht hatten. Das Sucht-Gen. Wahrscheinlich von allem etwas. In Anbetracht der ganzen Kaputtniks auf der Welt ist die Versuchung jedenfalls groß, sich selbst als Menschen mit eisernem Willen zu betrachten, aber da sollte man sich nichts vormachen.

Ich wartete in meinem Pick-up vor einem gepflegten Häuschen mit Blumenkästen an der Rochelle Road. Die Ortschaft Port Dickinson lag nördlich von Binghamton am Chenango River, alles sah hier hübsch und sauber und komplett langweilig aus. Ich klopfte bei Teri Filippi, doch niemand öffnete, und ich erkundigte mich per Telefon in der Ambulanz am Parkway nach ihr. Sie trug mir auf zu warten, ihre Schicht sei in einer Dreiviertelstunde zu Ende. Nach dem Anruf umrundete ich das Haus. Der Garten war von einem zwei Meter hohen Zaun umgeben, und ich hoffte fast, Penny Pellings würde versuchen, zur Hintertür herauszuschlüpfen und mich abzuschütteln. Aber das tat sie nicht, und bald darauf fuhr ein himmelblauer VW Beetle in die Einfahrt. Eine übergewichtige Frau mit kurz geschorenen Haaren stieg aus und winkte mir zu.

Teri Filippis Zuhause war sauber, das Wohnzimmer wurde von einem großen Aquarium voll tropischer Fische erleuchtet, und in einem gläsernen Terrarium saß ein Leguan namens Overlord. An sämtlichen Wänden standen Bücherregale aus Spanplatten voller Comics und dicker Taschenbücher. Nichts deutete auf eine Beziehung hin, und Teri erzählte, sie lebe allein. Sie bot mir Wasser oder eine Cola an, aber ich lehnte ab.

»Ich habe sie nicht gesehen«, sagte Teri. »Schon seit dem Winter nicht mehr. Ich glaube nicht, dass sie sich hier blicken lassen würde. Rianne hat Ihnen wahrscheinlich erzählt, dass wir Freundinnen sind, oder? Aber vor der Sache mit der Buchhandlung hatte sie sich ewig nicht gemeldet, und das mit der Buchhandlung hat mir die Freundschaft ordentlich vergällt … wissen Sie, wovon ich rede? Hat Rianne Ihnen das nicht erzählt? Eigentlich hatte ich versprochen, dass ich nichts sage, aber ich glaube, jetzt erzähl ich's Ihnen doch. Jedenfalls hat mich Penny im Januar angerufen und meinte, ihr Auto wär im Eimer, Kevin fährt sie nirgendwohin und gibt ihr kein Geld für die Werkstatt. Sie hat keinen Job mehr, fühlt sich so allein, will mal raus, braucht Gesellschaft. Ich hab mir gedacht, warum gehen wir nicht mal wieder zusammen in die Buchhandlung, das haben wir früher immer so gern gemacht. Damit mache ich meiner alten Freundin eine Freude, immerhin hat sie es gerade nicht ganz leicht, wir trinken zusammen einen Kaffee und setzen uns in der Science-Fiction-

Abteilung auf den Boden, genau wie früher. Also bin ich nach Wild Thyme gefahren, und als ich dann bei ihr vor der Tür stand, hat sie gerufen, sie steckt fest, der Schlüssel liegt unter der Treppe, ich soll aufschließen und reinkommen. Habe ich auch. Und drinnen hat sie dann immer noch geklopft und nach mir gerufen. Sie war im Schlafzimmer eingeschlossen. Ich habe sie dann rausgelassen. Das war ein Mief da drin, Wahnsinn, aber ich habe drüber weggelacht und gefragt: Warum bist du in deinem eigenen Schlafzimmer eingesperrt? Bevor wir losgefahren sind, hat sie erst mal alles durchwühlt, Schubläden und Schränke. Ich hab sie gefragt, was los ist, da dreht sie sich um, als würde sie mich zum ersten Mal sehen, und lächelt und … und ich fand, sie war wieder ganz die Alte. Wunderhübsch. Im Auto hab ich sie dann gefragt, wie's ihr geht, und sie meinte, sie hätte sich schon mal besser gefühlt, aber jetzt würde es wieder bergauf gehen. Sie würde viel lesen und hätte auch ein bisschen was geschrieben. Wir haben über Bücher geredet, über unsere Kindheit. Die meiste Zeit ging es um mich, die meiste Zeit habe ich geredet. Im Barnes & Noble haben wir's uns dann gemütlich gemacht, sie hat ein Buch gefunden, das ihr gefiel, eine Graphic Novel. Das wollte sie kaufen, aber, oh je, sie hatte ihr Portemonnaie im Auto vergessen. Ob sie einen Zwanziger von mir leihen könnte? Dann könnte sie das Buch bezahlen, ihr Geld aus dem Auto holen und es mir zurückgeben? Ich meinte, ach was, ich schenk dir das Buch, kein Problem! Aber das kam ihr nicht in die Tüte. Ich dachte, ich lass mich doch nicht für dumm verkaufen, hab ich dann aber wohl doch. Ich habe ihr nämlich den Schlüssel gegeben, damit sie ihr Geld holen und dann einfach selbst bezahlen kann.«

»Und wo wurde Ihr Auto dann gefunden?«

»Irgendwo in Johnson City, zwei Tage später. Penny wurde in einer Obdachlosenunterkunft in der Stadt aufgegriffen, sie war draußen rumgeirrt und fast erfroren. Kevin hat mich angefleht, ich soll ihr verzeihen, er würde sich um alles kümmern, dafür sorgen, dass Penny von den Drogen runterkommt und sie vielleicht irgendwann Eo zurückbekommen. Was sollte ich dazu sagen?«

»Nur noch mal, damit ich das richtig verstehe«, sagte ich. »Penny war in ihrem eigenen Zuhause eingesperrt?«

Teri wirkte betreten. »Jep. Schon irgendwie. Ich nehme an, sie wollten das beide so. Wahrscheinlich wollte sie weg von den Drogen und hat sich zum Entzug einsperren lassen, und dann … ich habe Kevin jedenfalls ordentlich die Meinung gegeigt. Aber er würde keiner Fliege was zuleide tun, jedenfalls nicht mit Absicht. Wie er's mir erzählt hat, hatte er das Gefühl, keine andere Wahl zu haben. Und das glaube ich ihm auch.«

»Na schön«, sagte ich. »Falls sie hier aufkreuzt …«

»Ich wünschte, ich würde ihr so viel bedeuten. Aber das wage ich zu bezweifeln. Wenn ich sie sehe, werde ich das Richtige tun.«

An meinem Schreibtisch angekommen, rief ich bei den Kollegen in Binghamton an und wurde zum Wachhabenden am Empfang durchgestellt.

»Henry Farrell hier«, sagte ich. »Polizei Wild Thyme.«

Der Polizist stutzte. »Ach ja?«

»Genau, wir haben hier eine vermisste Person, Penelope Pellings, mögliche Verbindung zu Heffernan, äh, Charles Michael Heffernan.«

»Hören Sie, das ist eine große Dienststelle hier.«

»Heffernan ist erschossen aus dem Fluss gefischt worden. Tioga County hat ihn. Er hat dort auch gearbeitet und anscheinend in Johnson City gewohnt. Wollte nur Bescheid sagen«, sagte ich. »Wie dem auch sei, Sie haben jedenfalls gestern eine Vermisstenmeldung für uns rausgeschickt, Pellings ist immer noch nicht aufgekreuzt, und ich fahre jetzt in die Stadt, um mit ein paar Leuten zu reden.«

»Aha.« Der Beamte klang, als hätte er keinen Schimmer, was um Himmels willen ihn das angehen sollte.

»Wie steht's mit einem gewissen Dizzy? Haben Sie irgendjemanden, der –«

»Wie ich schon sagte, Kollege. Keine Ahnung. Ich würde Ihnen ja wirklich gerne helfen, aber …«

»Alles klar.«

»Viel Spaß. Seien Sie vorsichtig.« Dann fügte er noch hinzu: »Brauchen Sie Verstärkung?«

»Ach was, allein komme ich besser zurecht.«

Ich rief beim Sheriff's Department von Holebrook an und bekam Deputy Jackson an die Strippe. Ich bettelte so lange, bis er sich schließlich bereit erklärte, einen Freund drüben in New York anzurufen. Ich hing im Büro rum, bis endlich mein Faxgerät hustend ansprang und ein Foto von Christian Kostis ausspuckte, genannt »Dizzy«, dazu eine Adresse an der Clinton Street. Seine Bewährungszeit für fahrlässige Körperverletzung war fast abgelaufen.

Am Abend überquerte ich also erneut den Fluss, diesmal in meinem alten Truck. Ich trug Karohemd und Jeans. Es war zwar heiß, aber ich hatte trotzdem ein leichtes Jackett übergezogen, um die .40er in meinem Schulterholster zu verdecken. Unter einer maroden Eisenbahnbrücke bog ich nach links in die Clinton Street. Viele unserer Väter – nicht der Waldschrat, der mich aufgezogen hat, aber andere – waren früher beim sogenannten Clinton Street Run dabei gewesen: Vor vierzig Jahren oder so reihte sich hier eine Kneipe an die andere, die blinkenden Neonlichter lockten immer weiter, bis man besoffen war, pleite und weit entfernt von seinem fahrbaren Untersatz. Heutzutage ist die Clinton Street ein heruntergekommener, zubetonierter Elternalbtraum. Die meisten Kneipen sind inzwischen geschlossen, genau wie die Geschäfte, die das Viertel früher tagsüber versorgten; nur ein paar vereinzelte Bars halten sich noch mit letzter Kraft an den langen, toten Straßenzügen. Und eingeklemmt zwischen der Clinton Street und den bewaldeten Hügeln liegt eine Wohngegend namens First Ward, die sich verzweifelt gegen Verwahrlosung und Trostlosigkeit stemmt.

An der Wilson Street fuhr ich auf einen leeren Parkplatz, der im Norden an die Clinton Street grenzte; am südlichen Ende befand sich der Bahndamm. Sonnenstrahlen fielen schräg auf die Straße und erleuchteten die Fassade eines dreistöckigen Hauses – Kostis' Adresse. Auf der anderen Straßenseite rasten zwei schwarze Kinder, ein Junge und ein Mädchen, mit ihren Rollern den Bürgersteig auf und ab, ohne sich zu weit vom Eingang eines Waschsalons zu entfernen, in dem eine Frau saß und telefonierte, wahrscheinlich die Mutter der beiden. Der einsame Pappelast, der vom Nachbargrundstück über den Parkplatz hing, war nicht gerade die beste Tarnung, also holte ich ebenfalls mein Handy hervor und tat so, als würde ich telefonieren, während ich das Wohnhaus gegenüber beobachtete. Ich sah die junge Frau nicht an, um ihre Aufmerksamkeit nicht zu erregen. Irgendwann überquerten die Kinder die Clinton Street und vollführten dort, wo auf meiner Seite das Straßenpflaster vereinzelten, harten Lehmhügeln wich, ein paar Offroadroller-Kunststückchen.

Die vielfach gesprungene Glastür zu dem Wohnhaus ging auf, und ein bärtiger Weißer mit schwarzem Haar und scharfen Gesichtszügen schlappte die Treppe herunter. Die Haare hatte er sich oben auf dem Kopf zu einem Knoten gebunden. Er hatte einen Bierbauch und trug eine Reisetasche. Ich ließ ihm ein gutes Stück Vorsprung, bevor ich den Gang einlegte und ihm im Schritttempo folgte. Sechs Straßen weiter betrat er eine Bar, über der ein Neonzeichen mit der Aufschrift EXCELSIOR hing, das mindestens aus den Sechzigern stammen musste.

Ich parkte vor dem Laden und ging rein. Es roch nach Chicken Wings, altem Frittieröl und ungewaschenen Putzlappen. Gerüche, die sich tief in die Wände und Einrichtungsgegenstände eingegraben hatten. Auf dem Schild hatte etwas von »Hotelbar« gestanden, aber ich bezweifelte stark, dass die Zimmer über uns bewohnt waren. Das war vermutlich auch besser so, sonst wäre das Gebäude womöglich unter dem Gewicht zusammengebrochen und hätte die drei rauchgetrockneten Hexen am Tresen und die vier schlanken, jungen Schwarzen in Schlabberklamotten am Billardtisch unter sich begraben. Ich setzte mich an die Bar, bestellte ein Bier und sah mich um. Keine Spur von Kostis. Schließlich ging die Bedienung, eine gestrenge, dicke Frau, zur Küchentür und hielt sie auf, während sie sich mit jemandem in der Küche unterhielt. Es dauerte einen Augenblick, aber dann erkannte ich Kostis: die Haare unter einer weißen Malerkappe, ein Schürzenriemen über der Schulter. Bis zu seinem Schichtende würde ich hier bestimmt nicht warten, da gab es Interessanteres.

Die Eingangstür des Wohnhauses an der Ecke Clinton und Wilson war unverschlossen. Ich schlug einen Bogen um einen Stoß plastikverpackter Werbebroschüren im Foyer und trat auf den farblosen Teppichboden, der bis auf die dünne Acrylhaut abgewetzt war. Alles roch schrecklich unsauber. Ich stieg zwei Treppen hoch und klopfte an Kostis' Wohnungstür. Nichts rührte sich, und nach einer kurzen Pause klopfte ich erneut. Die Tür erbebte unter meinen Knöcheln. Ich holte meine Brieftasche heraus und hatte die Tür in weniger als fünf Sekunden mit einer Kreditkarte geöffnet. Die schlauchartige Wohnung war ein wenig wie ein Wohnwagen aufgebaut: sämtliche Zimmer waren Durchgangszimmer. Vorne gab es einen kleinen Fernseher mit Kabelanschluss, die Fenster gingen zur Straße hinaus. Ich hörte einen Bus vorbeifahren. Im fensterlosen Schlafzimmer lagen eine Matratze und ordentlich gefaltete Männerkleidung auf dem Boden. In der Küche standen Styroporbehälter aus dem Restaurant. Nirgendwo das kleinste Anzeichen einer Frau, nicht im Bad, nirgends. Nichts, was sich als Versteck geeignet hätte. Sorgfältig zog ich die Wohnungstür hinter mir zu und achtete darauf, dass sie wieder verschlossen war.

Das *Stingy Jack's* war das einzige öffentliche Etablissement in der Wohngegend, die an der Grenze von Binghamton und Johnson City lag. Die Kneipe wurde zu beiden Seiten von geschotterten Brachen flankiert, die Parkplatz und Müllhalde zugleich waren. Ich stellte meinen Truck zu den anderen Autos am dunklen Ende des Parkplatzes und ging zum Eingang. Aus den Wohnhäusern zur Linken drangen Geräusche in die Nacht. Nur zwei Blocks entfernt schleppte sich der Verkehr auf der Main Street über eine Kreuzung; über mir rauschten die Autos nonstop auf einer hohen Brücke vorbei, die zu Autobahnen und Highways in alle Richtungen führte. Ein Gefühl der Einsamkeit überkam mich.

Eigentlich gehe ich nicht gern in Kneipen. Meine Erfahrung mit Schenken und Tavernen beschränkte sich im Grunde auf die beiden ruhigen Saloons, in die Polly und ich damals in unserer Zeit in Big Piney, Wyoming, gegangen waren. Manchmal sahen wir uns eine Countryband im *Corral* an. Nach ihrem Tod versuchte ich nicht zu viel zu trinken, weil mich das auf einen dunklen Pfad führte. Ein gelegentliches IPA schien allerdings eine gesundheitsfördernde Wirkung auf mich zu haben, und dagegen hatte ich absolut nichts.

Im *Stingy Jack's* gab es Flower Power vom Fass, mein Lieblingsbier. Das Mädchen hinterm Tresen war hübsch und noch keine fünfundzwanzig. Mir fielen ihre Katzenaugen und ihre sauberen, sehnigen Arme auf, aber ich versuchte, sie nicht anzustarren. Der Besitzer stand offensichtlich auf einen ganz bestimmten Frauentyp an der Bar, denn auch die andere Bedienung sah in ihrem schwarzen Hemdchen sehr hübsch und mager aus. Beide erinnerten mich an Penny Pellings. Ich ging zur Jukebox und tat so, als würde ich mir die Titelauswahl anschauen, sah mich aber mithilfe der spiegelnden Glasscheibe des Geräts im Raum um. Abgesehen von ein paar heruntergekommenen Oldies, die an der Bar herumhingen, war das Publikum eine bunte Mischung aus jungen Leuten und vierschrötigen Männern mit sonnenverbrannten Gesichtern. Es war eine Weile her, dass ich mit so vielen attraktiven jungen Frauen im selben Raum gewesen war. Außerdem wimmelte es von gefärbten Haaren, Piercings und Secondhandklamotten. Der Laden wurde mir allmählich sympathisch. Ich meine, die jungen Leute bemühten sich so sehr, anders zu sein. Doch sobald sie erwachsen waren, würde doch nur der nächste Pat und die nächste Kelly aus ihnen werden, die in einer längst abgehängten Stadt festsaßen und sich einredeten, für ihre Kinder würde es schon gut genug sein. Bis dahin sollten sie sich ruhig noch ein bisschen was vormachen.

Ich suchte mir einen Stehplatz in der Nähe des Eingangs und trank mein erstes Bier zu schnell. Ich gab vor, aus dem Fenster zu schauen, sah mir aber wieder die Spiegelung an.

Ich konnte schlecht mit leerem Glas in der Gegend herumstehen und fand mich deshalb kurz darauf erneut der Bardame gegenüber, einen verschwitzten Zehndollarschein in der Hand, als die Tür aufging und die Atmosphäre sich merklich verschob. Zwei junge schwarze Männer kamen herein, setzten sich an den Tresen und schienen nichts von dem Eishauch zu bemerken, den sie mit hereingebracht hatten.

Der eine hatte lange Zöpfe und ein schwaches Kinn. Beide wirkten nicht gerade glücklich. Die Mädchen hinter der Theke ignorierten sie, solange sie konnten, und nahmen dann ihre Bestellung entgegen.

Die Musik aus der Jukebox wechselte abrupt mitten im Song von fröhlichem Pop zu einem schrillen, stampfenden Irish Traditional im Hardrockstil. Ein bulliger, sonnenverbrannter Mann mit einem zu großen Hawaiihemd und mehreren Kupferarmbändern hatte sich hinter den Tresen geschoben und machte es sich nun gegenüber den beiden Schwarzen gemütlich, das Kinn ganz unverfänglich in die Hand gestützt, vor ihm eine Fernbedienung. Ein weiterer Weißer mit schütterem Pferdeschwanz tauchte an der Bar auf, stellte sein Getränk vor sich hin, ohne etwas davon zu trinken, und warf den am anderen Ende sitzenden Schwarzen gelegentlich einen Blick zu. Mir auch. Sobald der Song zu Ende war, fing er wieder von vorne an, und der Mann hinter dem Tresen beäugte die Fernbedienung, hob sie hoch, schlug ein oder zwei Mal dagegen und sagte: »Scheiße. Die Jukebox ist kaputt.«

Es war nur noch eine weitere Wiederholung nötig, bis die Schwarzen wortlos zahlten und verschwanden.

Der Mann blickte mich an und sagte: »Irische Musik können die nicht ausstehen.«

»Anscheinend nicht.«

»John Blaine.« Der Mann reichte mir die Hand über den Tresen hinweg. »Ich bin der Geschäftsführer hier.« Die angehende Glatze über den fehlenden Augenbrauen hatte er kurz rasiert, und er trug ein gepflegtes Ziegenbärtchen.

»Freut mich«, sagte ich. »Schon lange hier?«

Er schnaubte. »Und woher kommen Sie?«

»Pennsylvania.«

»Ach ja? Ich hab mir gerade was unten in Airy zugelegt. Wir sind übrigens schon seit Ewigkeiten hier. Vielleicht hat Ihr alter Herr früher hier heimlich einen gehoben?« Ich zuckte die Achseln, und er sah mich vielsagend an. »Natürlich nicht.« Blaine schaffte es sogar ohne Augenbrauen, einen ironischen Gesichtsausdruck hinzubekommen.

Ironisch und nicht unbedingt freundlich. »War jahrelang geschlossen, bis letztes Frühjahr, da haben wir wieder aufgemacht«, fuhr er fort. »Früher gab's hier ein Hinterzimmer mit Tänzerinnen und allen Schikanen. Neon und Einrichtung – wir haben versucht, alles wieder so wie damals hinzukriegen ... diese Kunstlederbezüge, die haben wir aus einem Schuppen in Youngstown rausgeholt. Erinnern Sie mich noch mal an Ihren Namen.«

»Henry. Farrell.«

Blaine zwinkerte mir zu. »Jetzt wissen Sie jedenfalls Bescheid. Sagen Sie's Ihren Freunden weiter.« Er wandte sich ab.

»Ach, übrigens«, sagte ich. »Ich suche nach jemandem.«

»Willkommen im Club.«

»Penny Pellings.«

Blaine kam zurück, sagte aber nichts.

»Aus Holebrook«, fuhr ich fort. »Hab sie länger nicht gesehen. Aber ich dachte, ich komm mal vorbei und sag Hallo.«

»Sie hat ne Zeit lang für mich gearbeitet, hier hinterm Tresen.« Er schüttelte den Kopf. »Hat mehr getrunken als gearbeitet. Den Job ist sie los.«

»Und seitdem haben Sie sie auch nicht mehr gesehen?«

»Ich erzähl Ihnen mal einen Witz.« Er lächelte kalt. »Ein Bulle hält einen Mann auf der Straße an und sagt: ›Sie sehen ein bisschen beschwipst aus, mein Guter, ist alles in Ordnung?‹ Sagt der Mann: ›Ach, da bin ich aber froh, dass ich Sie treffe, Officer. Jemand hat mir das Auto geklaut.‹ Darauf der Bulle: ›Und wo war das Auto, als Sie es zum letzten Mal gesehen haben?‹ Der Besoffene hält die Hand hoch, in der hat er einen Schlüsselbund. ›Hier am Ende von dem Schlüssel.‹ Da meint der Bulle: ›Gehen Sie am besten auf die Wache und erstatten Anzeige.‹ Der Besoffene schlappt los Richtung Wache, da ruft der Bulle: ›Aber mach dir erst mal den Hosenstall zu.‹ Guckt der Besoffene an sich runter auf seine Hose und meint: ›O Mann, mein Mädchen haben sie mir auch geklaut.‹ Sie wissen so gut wie ich, dass Kevin O'Keeffe säuft. Der ist nicht ganz klar im Kopf. Und nein, Penny habe ich nicht gesehen.« Blaine schnippte mir eine Marke für ein

Freibier hin und verschwand hinter einer Tür, wahrscheinlich die zu seinem Büro. Der Mann mit dem Pferdeschwanz am anderen Ende des Tresens musterte mich einen Augenblick zu lang, dann wandte er sich wieder seinem Getränk zu.

Ich schlüpfte hinaus in die Nacht und bahnte mir den Weg durch ein Rauchergrüppchen, das quatschend an der Treppe stand. Auf dem Parkplatz schlug ich einen Bogen um einen Wildpinkler und stieg in meinen Pick-up. Auf der Main Street hielt ich an einer roten Ampel und beobachtete ein paar Teenager, die auf der Suche nach Ärger die Straße überquerten.

Ab einer gewissen Uhrzeit finden sich die ganz fertigen oder verzweifelten Gestalten auf der Clinton Street ein, um mit Sex, Drogen oder beidem zu handeln, aber dafür war es jetzt wohl noch nicht spät genug. Ich parkte eine Ecke vom *Excelsior* entfernt und betrat den Schuppen zum zweiten Mal. Mehrere Dutzend Leute hatten sich in der Zwischenzeit dort eingefunden, es war nun laut und belebt. Auffällig war nur ein einzelner, gesetzt wirkender Mann, der es sich am Spielautomaten gemütlich gemacht hatte; die wirbelnden bunten Farben des Bildschirms spiegelten sich in seiner Brille und auf seiner Glatze. Aus der Jukebox schallte Siebzigerjahre-Crap-Rock, die Beleuchtung war schummrig.

Ich bestellte ein Bier an der Theke. Als ich die Hälfte getrunken hatte, beugte ich mich vor und fragte die Bedienung leise, ob Dizzy in der Küche sei.

»Nicht mehr da«, gab sie zurück. »Hast ihn gerade verpasst, mein Hübscher. Was willst du von ihm?«

»Nichts, nur mal Hallo sagen.«

»Bist du auch ein alter Kumpel?«

»Genau.«

»Na, wenigstens kannst du dir dein Bier leisten. Guck dich mal um, Süßer. Wir brauchen hier bestimmt keine Aushilfe. Haben die bei euch nicht jemanden, der euch wieder auf die Füße hilft?«

Sie hielt mich für einen Ex-Knacki, und das nutzte ich aus. »Scheiße schippen musst du überall«, erwiderte ich.

Die Bedienung lachte. »Ja, was Besseres haben wir hier auch nicht zu bieten. Was meinst du, was der gute Mister Dizzy für uns macht? Tut mir leid, Süßer.«

»Irgendeine Ahnung, wo ich ihn finden kann? Jetzt bin ich so weit gefahren.«

»Keinen Schimmer, was er so treibt. Aber lang ist er noch nicht weg.«

Ich verabschiedete mich und trat hinaus in die Nacht. Im Schutt eines abgerissenen Kaufhauses wucherte hüfthohes Unkraut, Glühwürmchen flogen geradezu anmutig blinkend von einer Grasinsel zur nächsten. Mehrere Autos fuhren an mir vorbei, normale Wagen mit normalen Typen hinterm Steuer, allein und auf der Suche nach schneller Befriedigung. Verlangsamten, wurden wieder schneller und rollten davon.

Ich betrat das nächste Etablissement, das *Georgian*. Die Barhocker waren mit einem Mosaik aus Kunstleder und Klebeband bezogen. Ein junger Mann mit Igelfrisur und Kreuzkettchen knallte schwappende Getränke vor ungefähr ein Dutzend Gäste. Ich schwang mich auf einen der Hocker, bestellte und sah mich um. Niedrige Sitzecken zogen sich in einer Reihe bis zur Rückwand, wo ein rotes Notausgangsschild leuchtete. Die Tische standen voll mit Bierkrügen, leeren Gläsern und Pizzakartons. Eine Gruppe spielte Dart. Die Musik aus der Anlage war laut, der allgemeine Lärmpegel hoch.

Es dauerte nicht lang, bis mich eine stämmige Frau mit gefärbten Strähnchen anrempelte und sich dafür entschuldigte. Sofort befand ich mich auf dünnem Eis, denn ich wollte ihr einerseits keine Hoffnung machen, andererseits aber auch nicht unhöflich sein. Mitten in ihrer langen, mäandernden Story über ihre Schwägerin fiel mir ein Berg von einem Mann auf, ein Koch mit Papiermütze und fleckiger weißer Schürze, der in der Küchentür lehnte und sich mit einem Mann in Straßenkleidung unterhielt. Schummriges Licht fiel aus der Küche auf die beiden, sonst war es düster. Der kleinere der Männer hatte die schwarzen Haare zu einem Knoten gebunden und trug ein bleistiftdünnes Bärtchen.

»Entschuldige mich«, sagte ich zu meiner unfreiwilligen Begleitung und stand auf. »Da hinten ist ein Bekannter von mir.«

Ihre Miene wechselte von verständnislos über beleidigt zu sauer, und mit einer wegwerfenden Handbewegung zog sie davon. Von meiner Warte am Tresen aus sah ich zu, wie der Koch wieder in der Küche verschwand und der andere seine Runde machte. Er schien ziemlich viele Leute in der Kneipe zu kennen, würdigte mich jedoch keines Blickes. Um nicht aufzufallen, trank ich ein Bier. Die Frau, mit der ich gequatscht hatte, schickte mir einen Tequila rüber. Was auch immer das bedeuten sollte, stehen lassen konnte ich ihn jedenfalls nicht. Zum Runterspülen noch ein Bier. Meine Wahrnehmung wurde immer unpräziser, mein Erinnerungsvermögen versank in dunklen Strömen und tauchte dann wieder auf, meine Zunge saß locker. War das derselbe gesetzt wirkende Alte aus dem *Excelsior*, der mir jetzt an der Bar des *Georgian* gegenübersaß? Egal, wen juckte es. Die Frau mit den Strähnchen war schon wieder da. Kurz darauf stand ich auf dem Raucherhof, der von einem windschiefen Holzzaun eingefasst wurde, und konnte mich nicht recht daran erinnern, wie ich dorthin gekommen war. Der Mann mit dem Dutt war schon draußen und rauchte eine schnelle Zigarette.

»Tag auch«, sagte er.

»Hallo.« Ich nickte leicht.

Ich musterte Dizzy eingehender. Die Samurai-Frisur gab ihm ein jugendliches Aussehen, aber sein Gesicht war von feinen Linien durchzogen, und seine Stimme klang alt. Ein Dorothy-Gale-Tattoo lugte unter seiner aufgeknöpften Guayabera hervor: nach unten geneigter Kopf, geflochtene Zöpfchen, ein Stück des blauen Schürzenkleidchens, die Augen ekstatisch niedergeschlagen. Die Füße in den roten Schuhen ragten weit gespreizt aus Dizzys Hemdsärmel auf dem Oberarm. Weitere Details wollte ich gar nicht wissen.

»Dich hab ich hier noch nie gesehen. Tausend Dreckslöcher in der Stadt, und du suchst dir gerade das hier aus.«

Ich zuckte die Achseln. »Ist das hier etwa ein Drecksloch?«

Er trat seine Kippe aus und holte etwas heraus, das ich zuerst für eine weitere Zigarette hielt, aber als er sich das Ding zwischen die

Knöchel von Mittel- und Ringfinger klemmte, erkannte ich darin einen One-Hitter. Er gab ihn an mich weiter, ich zog pflichtbewusst daran und blies den Rauch zusammen mit dem Rest meines gesunden Menschenverstands hinaus in die Nachtluft. »Gutes Zeug«, sagte ich.

»Ich weiß«, erwiderte er. »Ich heiße Dizzy.«

»Aha«, meinte ich. »Henry.«

Dizzy betrachtete meine abgeschabten Arbeitsstiefel und abgetragenen Klamotten. Er grinste. »Landei.«

»Ich habe einen Steinbruch, draußen in Sidney«, behauptete ich. »Steine sprengen, Steine spalten, Steine verladen, Steine verkaufen. Da verdient man gutes Geld, und zum ersten Mal seit, lass mich überlegen, sechzehn Jahren bin ich endlich mein eigener Boss. Alles fließt in meine Tasche. Und wenn man in die Stadt kommt, will man sich auch mal was gönnen. Meine Frau hat die Fliege gemacht, da ist es jetzt auch egal.«

»Kenn ich. Meine Söhne haben bei meiner Ex gewohnt, drüben in der Nähe von Johnson City. Neulich wollte ich hin, sie besuchen, da erzählt mir der Vermieter, sie wären weggezogen. Nach Florida, stell dir das mal vor, und zu mir kein Wort. Hart, oder?«

Ich schüttelte den Kopf.

»Ich hab eine Neue gefunden. High sein, frei sein und so weiter. So einfach kann das Leben sein.«

»Klingt gut.«

»Meinst du?« Dizzy kam ein Stück näher und holte sein Handy aus der Tasche. Er drückte auf dem Bildschirm herum und hielt ihn mir dann vor die Nase. Gemeinsam betrachteten wir das Foto eines barbusigen Mädchens auf Knien und Ellbogen, fotografiert von hinten, lediglich von einem Stringtanga geschützt. Ihr Po war mit Pickeln übersät. Lange, dunkle Haare verdeckten ihr Gesicht. »Da ist sie. Die fickt so gut, da vergeht dir Hören und Sehen«, prahlte Dizzy. »Die vögelt dir das Hirn weg, ich schwör's.«

Das Mädchen wirkte derart jung, dass ich schlagartig wieder halb nüchtern war. Penny konnte ich sofort ausschließen – sie war zwar auch eine zierliche, junge Frau, aber die Kleine auf dem Foto sah aus wie ein Teenager. Dizzy bemerkte, dass etwas in mir vorging, interpretierte es aber falsch. »Ja, ja, ist jetzt keine klassische Schönheit, aber sie hat's echt drauf. Ehrlich.«

»Hm«, meinte ich. »Sehr hübsch. Hat die Kleine auch nen Namen?«

Dizzy steckte das Telefon weg. »Komm doch mit und frag sie selbst.«

Gegen meinen Willen verspürte ich eine boshafte Lust. Natürlich würde ich ihr nicht nachgeben, aber so würde sich der erste Schritt in die Unterwelt anfühlen. Schwerfällig setzten sich die Rädchen in meinem Hirn in Bewegung. »Wie viel?«, hörte ich mich sagen.

Eine Pause entstand. »Jetzt mach mal halblang«, meinte Dizzy schließlich.

Er tat empört, merkte aber, dass er mich an der Angel hatte. Das würde er natürlich ausnutzen, würde versuchen, den Preis des Mädchens zu steigern. Ich vermutete, dass er die Sprache wieder auf sie bringen würde, wenn der Moment gekommen war. Wir quatschten noch kurz, dann ging er wieder hinein.

Ich wartete einen Augenblick, dann öffnete ich die Tür zum Schankraum. Direkt vor mir stand der gesetzte Alte und zuckte nicht mit der Wimper. Wahrscheinlich war er auf der Suche nach einem Partner für die Nacht. Ich schlüpfte an ihm vorbei und setzte mich wieder an die Theke. Dizzy machte seine Runden, mied mich dabei aber. Ich wartete. Schließlich wollte ich mich auf den Heimweg machen, doch sobald ich draußen in der Nacht war, ging die Kneipentür wieder auf, und Dizzy stand vor mir.

»Hey, Landei«, sagte er. »Kommst du mit?«

»Wo steht dein Auto?«, fragte ich.

»Ist nicht weit. Wir können zu Fuß gehen.«

Ich folgte Dizzy in Richtung des verlassenen Grundstücks, an dem ich bereits vorbeigekommen war. Er zwängte sich durch ein Loch im Maschendrahtzaun. »Abkürzung«, erklärte er.

Dahinter schlitterten wir eine asphaltierte Böschung hinunter und standen mitten auf einer Brachfläche. Wir suchten uns einen Weg durch das Geröll und das hohe Gras. Beim Blick nach unten offenbarten sich leere Flaschen, eine Kindersocke, zugebundene schwarze Müllsäcke und mehrere Scheißhaufen, die verdächtig menschengemacht aussahen.

Ich schaute zurück und sah einen mannsgroßen Schatten in der Nähe der Clinton Street. Dizzy ging einfach weiter. Nach ein paar Schritten sah ich mich erneut um. Der Schatten bewegte sich noch immer mit uns. Am anderen Ende der Brache ging es wieder eine Böschung hinauf. Dort verlief hinter einem Maschendrahtzaun und ein paar Bäumen der Bahndamm. Ich folgte Mister Dizzy über den Zaun, sprang auf der anderen Seite ins Gebüsch, und wir fanden uns in einem von Bäumen gebildeten Tunnel wieder. Hohe Gräser ragten aus dem Schotter der Bahngleise. Die Stadt war verschwunden. Die Dunkelheit um die Gleise wurde von Tausenden Glühwürmchen durchbrochen, und in ihrem Licht wurde das Astgewirr sichtbar. Ich entsicherte meine Waffe.

Dizzy bog auf einen lehmigen Trampelpfad ab. Wir schoben Zweige aus dem Weg, bis wir schließlich zu einem stockdunklen Straßenabschnitt gelangten, der zwischen dem Bahndamm und einem Supermarktparkplatz eingekeilt lag. Zwei der Wohnhäuser dort waren verlassen und verrammelt, ein drittes grenzte an das Bahngelände. Es war stumpfgrün wie ein Seerosenblatt und derart baufällig, dass man die Veranda mit bloßen Händen hätte einreißen können. In einer schmalen Einfahrt standen zwei Kleinwagen japanischen Fabrikats. Im Obergeschoss brannte ein einsames Licht. Wir gingen nach hinten in den Hof, wo sich eine Garage befand. Aus dem offen stehenden Garagentor dröhnte Heavy Metal in die Nacht, und ein hagerer, hemdloser Mann, der liebevoll einen Triumph Roadster aus den Achtzigern betrachtete, hob die Hand zum Gruß. Wir stiegen die Treppe in den ersten Stock hinauf und standen in einer Küche mit verblichener Blumentapete.

»Hübsch«, sagte ich.

»Die Bude? Gehört mir nicht. Bin aber die meiste Zeit hier, nach Hause komm ich fast nur noch zum Postholen.« Dizzy öffnete den

Kühlschrank, spähte hinein und machte ihn wieder zu. »Ich würd dir ja ein Bier anbieten, aber wie's aussieht, hat Max mal wieder alles leer gesoffen. Wenn der einmal anfängt, hört er so schnell nicht wieder auf.«

»Max?«

»Dem gehört die Bude. Eigentlich seiner Mutter. Ich geh mal gucken, ob er den Arsch hochkriegt.« Dizzy verschwand in einem schummrig beleuchteten Wohnzimmer, aus dem ein Fernseher herüberlärmte.

Dizzy, Max und der Typ in der Garage. Das hieß also drei gegen einen, wenn ich das Mädchen hier herausholen wollte. Blitzschnell fällte ich mehrere Entscheidungen. Ich würde sie so unauffällig wie möglich hier rausbringen und dann die Kollegen in Binghamton alarmieren. Sollte daraus nichts werden, würde ich einfach meine Marke zücken, die Waffe ziehen und mich mit ihr aus dem Staub machen. Wenn sie daran etwas auszusetzen hätten, würde ich mich vor das Mädchen stellen.

Als Dizzy wieder in der Küche auftauchte, versuchte ich zu erkennen, ob er eine Waffe bei sich hatte, aber sein Hemd saß zu locker. In der Hand hielt er eine kleine, verzierte Schatulle. Wir setzten uns, und er klopfte damit schweigend auf die Tischplatte. Max, wer immer das auch sein mochte, blieb im Nebenzimmer.

»Im Steinbruch macht man also fett Kohle«, sagte Dizzy.

»Worauf du einen lassen kannst.«

»Und wie fett ist die Kohle?«

»Zweihundert hab ich dabei«, sagte ich.

»Lass mal sehen.«

»Wo ist dein Mädchen?«, fragte ich.

Nach einer Pause stand er auf. »Komm mit nach hinten.«

Wir gingen an der Garage vorbei über den Hof. Der Typ mit dem Roadster sah nicht auf, stellte lediglich den Ghettoblaster lauter. Abgesehen von dem Werkzeug konnte ich keine Waffen in seiner Nähe ausmachen. Über eine Außentreppe gelangten wir ins Obergeschoss. Bäume reckten ihre Zweige von allen Seiten über eine kleine Terrasse und verdeckten die Sicht. Außen an der Tür hing ein Vorhängeschloss. Dizzy sperrte auf, und wir traten ein.

Wir standen in einem engen Raum. Kochecke, zwei Sofas in L-Form. Zwei geschlossene Türen, unter der einen drang ein gelber Lichtstreifen heraus. Mein Blick blieb an einem gerahmten Foto von Papst Johannes Paul II. hängen.

»Setz dich«, ordnete Dizzy an. Er klopfte an eine der Türen und ging hinein.

Kurz darauf öffnete sich die Tür wieder, und er setzte sich mir gegenüber auf das Sofa, zog eine kleine Pistole aus dem Hosenbund und massierte sich mit Daumen und Zeigefinger den Nasenrücken.

»Na, geh rein«, sagte er. »Aber wenn du keine zweihundert hast ...« Er blickte auf die Pistole, die neben ihm auf der Armlehne lag. »Oder wenn ich dadrin irgendwas höre, was mir nicht gefällt ...« Wieder der Blick zur Pistole. »Jetzt mach schon.«

Ich ging zur Schlafzimmertür und drehte den Türknauf. Es war nicht Penny. Dafür war das Mädchen, das in Unterwäsche auf der Kante eines ungemachten, schmalen Bettes saß, viel zu jung. Ihre glanzlosen Augen lagen tief in ihrem aknegeplagten Gesicht. Das Nasenpiercing erinnerte mich an meine tote Frau, der Augenbrauenring nicht. Sie trug eine handgestrickte Mütze – ein kleiner Lichtstrahl in dem traurigsten Zimmer, das ich je gesehen hatte.

»Hübscher Bart«, sagte sie zu mir. Sie klang wie ein Teenager.

»Zieh dich an«, sagte ich. »Und mach schnell.« Ich hielt ihr meine Dienstmarke hin, die sie eine ganze Weile anstarrte, bis sie schließlich ein Paar Jeans unter dem Bett hervorzog. Als sie endlich angezogen war, fragte ich: »Wo sind deine Schuhe?« Sie zuckte die Achseln, ich zuckte ebenfalls die Achseln und zückte meine .40er. »Bleib hinter mir«, befahl ich.

Als ich durch die Tür kam, die Pistole hinter dem Oberschenkel verborgen, stand Dizzy auf. Er bemerkte das Mädchen hinter mir und machte ein verwirrtes Gesicht. »Hey!« Er griff nach seiner Pistole, stieß sie aber versehentlich zu Boden. Er angelte über die Sofalehne hinweg nach ihr und schrie: »Bobby! Bobby!« Das Mädchen rannte zurück ins Zimmer. Ich machte einen Satz nach vorn, rammte Dizzy das Knie in den Magen und schlug mit dem Griff der .40er auf ihn ein. Die ersten paar Schläge landeten auf seinem Arm, aber dann traf ich ihn so heftig am Schädel, dass mir die Hand wehtat. Er sackte mit offenen Augen, die nichts mehr sahen, auf dem Sofa in sich zusammen. Auf der Außentreppe waren Schritte zu hören. Ich schnappte mir eine Marmorlampe von einem Beistelltisch und riss den Stecker unter blau sprühenden Funken aus der Steckdose. Als der Automechaniker zur Tür hereinstürzte, zog ich ihm die Lampe über. Er stolperte über den niedrigen Couchtisch und landete mit dem Gesicht voran auf dem Boden, die untere Hälfte seines Körpers noch auf dem Tisch. Wie in Zeitlupe rutschten die Beine hinab und schlugen ebenfalls auf.

Ich nahm Dizzys Waffe und rief nach dem Mädchen, aber jetzt kamen noch mehr Leute die Treppe hochgepoltert. Ich stellte dem Mechaniker den Fuß in den Nacken und zielte auf die Tür.

Als sie aufflog, brüllte ich: »Polizei! Runter mit der Waffe!« Es war der ältere Glatzkopf, der mir in beiden Kneipen aufgefallen war. Er hielt eine Automatikwaffe mit beiden Händen fest umklammert, an seinem Hals baumelte ein Ausweis.

Er brüllte ebenfalls: »Polizei!«

Das Gleiche schrie ich ihm sicher noch zwanzig Mal entgegen, während ich meine Hände in Zeitlupe hochnahm. Auf den gesetzten Alten folgten ein schlanker Schwarzer in schlabberiger Jugendmode und die Frau, die mir im *Georgian* auf die Pelle gerückt war und nun auf einmal stocknüchtern wirkte. Als ein wenig Ruhe im Raum eingekehrt war, hielt ich meine freie Hand weiter hoch erhoben und legte meine .40er zusammen mit Dizzys Pistole langsam auf den Tisch.

»Meine Dienstmarke ist in der linken Innentasche«, sagte ich. »Unten ist noch mindestens ein weiterer –«

»Wir haben alle.«

Der schwarze Polizist fasste mir in die Jacke, warf einen Blick auf die Wild-Thyme-Marke, reichte sie dann an den älteren Weißen weiter und steckte seine Waffe wieder ein. »Ich bin Detective Oates. Detective Larkins kennen Sie ja schon aus der Kneipe«, sagte er und zeigte auf die Frau. »Das hier ist Lieutenant Sleight. *Sie* kennen wir allerdings nicht.« Ich zeigte ihm, dass der Name in meinem Ausweis mit dem auf meiner Marke übereinstimmte.

Mrs. Larkins schob sich mit dem barfüßigen Mädchen an uns vorbei. Jetzt wurde mir auch klar, dass sie im Gedränge der Bar wahrscheinlich die Pistole unter meiner Jacke gespürt hatte.

»Sie sind also dienstlich hier bei uns?«, fragte Oates. »Mir ist nicht recht klar, was Sie hier machen.«

»Jay«, mahnte der ältere Kollege.

»Von mir aus nimm du ihn dir vor.« Oates ging in das Zimmer des Mädchens.

Ich erläuterte Sleight, dass ich mit einem Wachhabenden in Binghamton gesprochen hatte, und machte ein paar vage Angaben, weshalb ich in der Stadt war.

Sleight nickte und deutete ein Lächeln an. »Ich weiß, wer Sie sind.«

Oates tauchte wieder auf und sagte im Hinausgehen zu mir: »Keine Ahnung, was das Ganze hier sollte. Jetzt ist es jedenfalls zu spät. Lieutenant, wären Sie so gut, mit Officer Farrell auf die Wache zu fahren und seine Aussage aufzunehmen? Dann kümmere ich mich solange um die schöne Bescherung, die er hier angerichtet hat.«

Lieutenant Sleight machte einen Schritt auf mich zu und fragte freundlich: »Ob Sie wohl den Fuß da wegnehmen könnten?«

Ich stand immer noch auf dem Nacken des Automechanikers. Der Lieutenant sah dem Mann in das erschlaffte Gesicht. »Sie wissen nicht, wer das ist?«

»Nein, wieso?«

»Bobby Chase. War früher bei der Berufsfeuerwehr Endicott. Wurde letztes Jahr wegen Drogenkonsums zwangsbeurlaubt. Jetzt verdingt er sich als Türsteher und Dealer. Ich würde vermuten, dass er mittlerweile einiges auf dem Kerbholz hat. Eine Schande. Ich kenne seinen Dad.« Er sah mich vielsagend an. »Und seine Cousins auch.«

Verblüfft nahm ich den Fuß von Chase.

Ein uniformierter Polizist ging neben Dizzy in die Hocke, während wir die Wohnung verließen. Als wir an der Garage vorbeikamen, drehte Sleight die Musik ab. Auf dem Weg zur Straße drang uns immer lauter werdendes Schluchzen entgegen. Ein Mann, in dem ich Max vermutete, saß mit geschlossenen Augen auf der Vordertreppe und hatte den Kopf an einen morschen Treppenpfosten gelehnt. Seine Schlabberklamotten ließen ihn noch dicker wirken, als er ohnehin schon war. Aus den überlangen Shorts ragten stämmige, mit Insektenstichen übersäte Beine heraus. Eine untersetzte ältere Frau, vermutlich über siebzig, saß in einem weißen Nachthemd und Handschellen auf den Verandabrettern. Sie weinte bitterlich, und obwohl sie kein Wort von sich gab, hatten ihre Schluchzer etwas Fremdländisches an sich.

»Sie sollten mal das Päckchen sehen, das sie in der Unterwäscheschublade versteckt hatte«, meinte Sleight. »Damit hätte sie den ganzen Ort einen Monat lang ins Delirium versetzen können.«

Wir gingen um die Ecke, stiegen in Lieutenant Sleights brandneuen SUV und fuhren los.

»Es tut mir echt leid wegen heute Abend«, sagte ich.

»Ja, Sie haben uns einen schönen Strich durch die Rechnung gemacht«, erwiderte Sleight. »Wir wollten Kostis zum Reden bringen. Er war schon mal im Knast, und bei der Aussicht auf eine längere Haftstrafe hätte er vielleicht den Mund aufbekommen. Dann sind Sie aufgekreuzt und haben alles vermasselt. Eigentlich wollten wir ihn unauffällig abführen, in dem Haus treiben sich nämlich ne ganze Menge raue Gestalten rum. Kostis hätte nur geredet, wenn von denen keiner mitgekriegt hätte, dass er einkassiert wurde. Jetzt weiß die ganze Stadt Bescheid.«

»Und Sie wussten, dass das Mädchen hier festgehalten wurde?«

»Nein. Das war noch so eine Überraschung.«

Wir glitten durch die nachtleeren Straßen, bis wir ein riesiges Parkhaus erreichten, stellten den Wagen im Erdgeschoss ab, gingen über die Straße, stiegen eine breite Treppe hinauf und überquerten einen betonierten Vorplatz. Dann betraten wir das Rathaus durch Glastüren, hinter denen uns ein uniformierter Polizist durch den

Metalldetektor winkte. Nachts herrschte im Polizeihauptquartier von Binghamton immer noch Geschäftigkeit, und es roch überall nach Überdruss, Kaffee und Putzmittel. Schließlich gelangten wir in ein kleines Büro mit Fenster, das hinaus auf das Großraumbüro des Kommissariats blickte. Sleight schloss die Tür hinter uns.

»Sie sind also hinter der kleinen Chase her«, sagte er.

»Genau, Penny Pellings.«

»Richtig, Pellings. Daran denke ich in letzter Zeit öfter.«

»Wieso das? Sind Sie nicht von der Sitte?«

»Nein. Ich mache bloß manchmal bei deren Einsätzen mit, weil sie der Meinung sind, ich würde einen guten Freier abgeben. Wenn meine Frau das wüsste … Aber ich bin ein stinknormaler Ermittler. Mord und unaufgeklärte Delikte.« Sleight rüttelte an seiner Maus, bis der Computerbildschirm zum Leben erwachte.

»Unaufgeklärte Delikte?«

»Man ist Ansprechpartner für die Familien, falls sie sich melden. Hält die Augen offen, lauscht, ob's irgendwo ein Echo gibt, versucht Deals zu machen, wenn sich die Gelegenheit ergibt. Gräbt ein bisschen tiefer.«

»Ein Echo«, wiederholte ich.

»Ganz genau. Ein Echo. Wenn ein Fall hier auf der East Side einem offenen Fall auf der North Side gleicht, sucht man nach der Verbindung. Als wir damals Abby Chase gefunden haben, mussten wir unbedingt der Presse zuvorkommen. ›Tote Prostituierte am Bahndamm gefunden‹ – so will natürlich kein Angehöriger davon erfahren. Wir mussten also schnell runter nach Pennsylvania düsen und den Exmann erwischen, damit der es den Töchtern schonend beibringen kann. Ich weiß noch, wie überrascht ich war, als ich das Haus gesehen habe – machte den Anschein, als ob die Mädels da ein ganz schönes Leben gehabt hätten. Trotzdem lag die Mutter tot in der Gosse. Ich musste jedenfalls ihren Ex beiseitenehmen, aber es war früh am Morgen, die Kinder waren zu Hause und haben das natürlich sofort geschnallt. Die eine hat angefangen zu weinen, und dann haben wir auch geweint, ich und, äh, Sergeant McKey war das damals. Die andere Tochter ist einfach erstarrt. Als könnte die Nachricht ihr nichts anhaben, wenn sie sich einfach nicht bewegt. Welche von beiden das war, weiß ich allerdings nicht mehr. Ich erinnere mich nur noch an den Morgen.«

»Manchmal frage ich mich, wie viele von den Fällen wirklich ungelöst sind, und bei wie vielen man im Grunde weiß, wer's getan hat, und nur irgendwie nicht an den Täter herankommt.«

Sleight schwieg.

»Könnten Sie mir nachher den Fundort der Leiche zeigen?«

Er ging nicht darauf ein, tippte nur etwas in den Computer. »Folgendes werden Sie mir gleich zu Protokoll geben«, erklärte er. »Sie waren heute Abend sozusagen privat in der Stadt auf der Suche nach Informationen zu einer vermissten Person, als Kostis Sie angesprochen hat. Was hat er …?« Ich erzählte Sleight von dem Bild auf Kostis' Handy. »Sehr gut, das passt uns gut in den Kram. Das holen wir uns von seinem Handy. Besorgt um das Wohlergehen der Minderjährigen, bla bla bla, wir sind Ihnen zum Tatort gefolgt, und fertig ist die Laube.«

Sehr viel anders war es ja im Grunde tatsächlich nicht gelaufen, und das teilte ich ihm auch mit.

»Na schön«, meinte Sleight. »Wahrscheinlich wird Kostis irgendeinen Deal mit uns machen wollen. Aber wie ich schon sagte – da er sich um seine körperliche Unversehrtheit sorgt, wird er seine Kumpels nicht verpfeifen, viel werden wir also nicht aus ihm rausbekommen. Kann also gut sein, dass die Sache vor Gericht landet. Können Sie sich die Story so merken?«

»Ja.«

»Glauben Sie, Ihre Aussage könnte uns Probleme machen?«

»Ich hatte einiges getrunken und an einem Joint gezogen, aber ich will Ihnen natürlich nicht Ihren Fall vermasseln.«

»Okay, wenn das Thema aufkommt, leugnen Sie's einfach.«

»Und was wird aus dem Mädchen?«

»Wir werden versuchen, ihre Eltern oder nächsten Angehörigen ausfindig zu machen. Ihr einen Therapieplatz besorgen. Was können Sie mir sonst noch über den heutigen Abend erzählen? Egal was.«

Ich dachte nach. »Nichts.«

»Sie sind vielleicht kein Detective, aber einen Plan hatten Sie sicher trotzdem. Womit haben Sie angefangen?«

»Penny hat früher in einem Lokal auf der West Side gearbeitet, *Stingy Jack's*.«

»Na, das ist doch schon mal interessant. Der Laden gehört Blaine. Zusammen mit seinen Partnern.«

»Was für Partnern?«

»Haben Sie mit jemandem geredet?«

»Kurz mit Blaine persönlich. Kam aber nichts bei rum. Außer ...«

»Was hat er gesagt?«

»Ach, nichts. Er hat mir einen Witz erzählt«, antwortete ich.

»Okay. Versetzen Sie sich mal geistig in die Kneipe zurück. Sehen Sie sich im Raum um. Wirkt da irgendjemand fehl am Platz?«

Die Einzigen, die mir einfielen, waren die beiden Schwarzen, die sich an den Tresen gesetzt hatten, nicht bedient und dann von Blaine mit irischer Musik vertrieben wurden. Das erzählte ich ihm.

Sleight lachte. »Ich fass es nicht. Er hat Sie sofort als Polizist identifiziert, als Sie reingekommen sind. Scheiße. Ich kenne natürlich nicht alle Schwarzen in Binghamton, aber ich wette, die zwei kamen von außerhalb, und irgendwo draußen auf dem Parkplatz lag mehr Heroin im Kofferraum eines unauffälligen Honda Accord, als Sie oder ich je auf einem Haufen gesehen haben.«

»Aber wenn Sie das alles so genau wissen ...«

»Hören Sie, wir beide haben nie darüber gesprochen, ist das klar? Wenn wir nur hinter Blaine her wären ...« Er zuckte die Achseln. »Und Sie haben nie mit Blaine geredet.«

Der Lieutenant und ich tauschten Visitenkarten aus, damit er mich kontaktieren konnte, falls ich gebraucht wurde.

»Lieutenant«, wagte ich mich vor. »Sucht hier, äh, ich meine, wer sucht bei Ihnen nach Penny? Ich frage nur, weil –«

»Nach so kurzer Zeit dürfte das noch auf Streife-Level laufen, vermute ich. Ich kann mal nachhaken, dann wird sich vielleicht ein bisschen mehr Mühe gegeben«, meinte er. »Ich hätte da noch eine andere Idee. Hat die Gute ein Handy?« Ich zuckte die Achseln. »Rufen Sie den Netzbetreiber an, er soll es anpingen lassen. Dann wissen Sie wenigstens, ob sich das Telefon bewegt. Wo es ist und so weiter. Ich würde vorschlagen, dass Sie sich erst mal von Binghamton fernhalten. Falls die Neugier doch noch mal mit Ihnen durchgeht, schlagen Sie dem armen Kollegen Oates zuliebe einen Bogen um die Clinton Street. Wir sind jeden Abend da unterwegs und werden die Augen nach Pellings offen halten.«

Nach der Aufnahme meiner Aussage fuhren wir in Sleights SUV die State Street entlang Richtung Norden zum Fundort der Leiche von Pennys Mutter. Wir hielten an einer unbeleuchteten Brache am Rand der innerstädtischen Gleisanlagen, und als Sleight den Motor abstellte, umgab uns völlige Dunkelheit.

»Zuerst haben wir den Bahnmitarbeiter durchleuchtet, der sie gefunden hat«, erzählte Sleight. »Dann haben wir uns den Exmann vorgenommen, aber der hatte ein ziemlich gutes Alibi. Ein paar armselige Strichmädchen haben wir auch ausgequetscht. Das war einer von diesen Todesfällen, wo man … scheußliche Sache, dass Menschen einfach so weggeworfen werden. Wir haben uns wirklich bemüht, den Fall aufzuklären.«

Wir stiegen aus und rutschten die Böschung hinunter zu den Gleisen, die eine Schneise durch die Stadt schlugen. Fünfzig Meter entfernt standen zwei über und über mit Graffiti besprühte Güterzüge, die aussahen, als ob sie sich nie wieder in Bewegung setzen würden. Sleight ging mir voran auf dem Streifen zwischen Böschung und Bahnschienen in Richtung eines stärker überwucherten Abschnitts. Auch hier blinkten die Glühwürmchen durch die Dunkelheit. Sleight zeigte auf einen bestimmt anderthalb Meter hohen Stoß Bahnschwellen, hinter dem die Leiche gefunden worden war. Ich sah mich in alle Richtungen um, konnte jedoch partout nicht nachvollziehen, wieso jemand ausgerechnet diese Stelle ausgesucht hatte und jemand anderes so weit durch das hohe Gras gestapft war und die Tote gefunden hatte.

»Krähen«, sagte Sleight, als er meine Verwirrung bemerkte. »Aasfresser. Im Dunkeln sieht es abgelegener aus, als es ist.«

Ich umrundete den Stoß Bahnschwellen, wobei mir im hohen Gras etwas ins Auge fiel. Ein Ring aus weißen Steinen schimmerte im schwachen Licht der Straßenlaterne – Quartzbrocken, die jemand in einem Kreis von ungefähr einem Meter Durchmesser in den Boden gebettet hatte.

»Sie haben's entdeckt«, kommentierte Sleight. »Das ist ungefähr ein Jahr nach dem Fund der Leiche aufgetaucht. Nicht alle Steine auf einmal, immer nur ein paar. Wir haben sogar einen Streifenpolizisten hier aufgestellt. Aber das hier war natürlich nicht der Täter.«

»Muss wohl Penny gewesen sein. Oder Rianne.«

»Es war Penny. Wir waren enttäuscht, andererseits ist es natürlich verständlich. Eine Gedenkstätte, so etwas in der Art.«

»Aber in letzter Zeit scheint sie nicht mehr hier gewesen zu sein.«

Sleight nannte ein Motel an der Upper Front Street, eins in Vestal und ein paar Rastplätze. »Wenn Sie nach einem Mädchen aus dem Gewerbe suchen, würde ich mich da mal umsehen.«

»Sie ist nicht aus dem Gewerbe«, entgegnete ich.

»Wenn Sie sich da mal nicht täuschen.«

SHERIFF Dally setzte eine Klageschrift auf und überredete Staatsanwalt Ross, beim Gericht auf die Dringlichkeit hinzuweisen. Der diensthabende Richter erließ eine Verfügung, dass Pennys Netzanbieter ihr Handy anpingen sollte. Falls wir es fänden, durften wir die letzten Telefonkontakte überprüfen. Der Akku könnte uns dabei Probleme bereiten, womöglich war er schon leer. Doch wie sich herausstellte, war das Handy noch an und befand sich keine zehn Meter vom Wohnwagen entfernt. Ein Kriminaltechniker der State Police aus Dunmore kam uns zur Hilfe.

Das Handy lag in einem Waldstück, das auf der anderen Seite an die Dunleary Road grenzte. Deputy Jackson entdeckte es nach kurzer Zeit zwischen ein paar austreibenden Farnen. Ringsum waren keine menschlichen Spuren zu sehen. Wahrscheinlich war das Handy von der Auffahrt weggeschleudert worden und vielleicht an einem Baumstamm abgeprallt. Der Techniker, ein pummeliger Kerl Mitte dreißig, der für die Polizeiarbeit eine respektable IT-Karriere aufgegeben hatte, fotografierte das Handy und tütete es dann mit spitzen Fingern ein. Es war ein einfaches silbergraues Klappmodell. Blut und ein paar Blätter klebten daran. Wir brachten es zum Gerichtsgebäude.

Penny benutzte ihr Handy nur selten. Im vergangenen Monat hatte sie lediglich zweimal ihre Schwester Rianne angerufen, und das war inzwischen über zwei Wochen her. Außerdem schrieben sie und Kevin sich täglich. Ein paar Tage zuvor hatte sie ihren Cousin Bobby angerufen, aber er war nicht rangegangen. Allerdings gab es auch ein paar verdächtige Telefonate in der Nacht ihres Verschwindens und danach. Um 00:37 Uhr hatte sie Kevin angerufen, doch entweder hatte sie aufgelegt, bevor er abhob, oder er hatte den Anruf ignoriert. Um 2:18 Uhr versuchte Kevin es bei ihr, hinterließ jedoch keine Nachricht. Das Gleiche um 9:44 Uhr. Gegen Mittag dann doch: Kevin flehte sie heiser an, ihn zurückzurufen. Um 17:54 Uhr hinterließ er eine ähnliche Nachricht, und von jenem Abend fanden sich zudem Nachrichten von Pennys Stiefmutter, ihrem Vater, ihrer Schwester und ihrem Cousin Bobby, in denen alle ihre Sorge zum Ausdruck brachten, jedoch mit einem Hauch Resignation in der Stimme. Um 22:03 Uhr schluchzte Kevin ihr erneut auf die Mailbox. »Du fehlst mir«, brachte er heraus, mehr nicht. Am nächsten Tag folgten mehrere Anrufe. Einer war auffällig: Andy Swales, der der Nummer nach aus Pennsylvania anrief, und zwar kurz nachdem ich mit ihm über die Nacht von Pennys Verschwinden gesprochen hatte.

Wir saßen im Büro von Staatsanwalt Ross, lauschten den blechernen Stimmen aus dem Lautsprecher und verstanden langsam den Ernst der Lage. Penny war nicht bei irgendeiner Tante untergekommen, an die sie sich plötzlich wieder erinnert hatte, sie hatte sich nicht irgendwo in der Stadt verkrochen, war auch nicht davonspaziert, um über ihr Leben nachzudenken. Egal, was ich jetzt unternahm – für Penny würde es zu spät kommen. Ross spielte Kevins Nachricht noch mehrmals ab.

Dally verlor langsam die Geduld mit dem Staatsanwalt und drehte sich zu mir um. »Was gibt's Neues zu Kevins Truck? Ist schon eine Waffe aufgetaucht?«

»Hatte viel zu tun, Sheriff.«

»Ach ja«, meinte Ross. »Tioga County hat angerufen. Die wollen, dass wir O'Keeffe anklagen, damit sie sich nicht mit Heffernan herumschlagen müssen. Ich habe ihnen gesagt, dass wir ein paar Hinweisen nachgehen und sie sich noch gedulden sollen.«

»Die Kollegen in Binghamton waren in Heffernans letzter bekannter Wohnung«, ergänzte Dally. »Eine Bruchbude in Johnson City. Da wohnt eine Ex-Freundin mit ein paar Kindern, ich glaube, das sind nicht alles seine. Sie hat ihn seit Wochen nicht gesehen, aber das ist wohl nichts Ungewöhnliches. Sie sagt, dass er vor fünf Tagen angerufen und mit seinen Söhnen gesprochen hat. Meinte, sie kennt keine Penny Pellings, und Kevin O'Keeffe kennt sie auch nicht.«

Ross spielte Kevins Nachricht erneut ab. »Es wäre wirklich einfacher, wenn wir eine Leiche hätten.«

»Irgendwo liegt die schon«, erwiderte der Sheriff.

»Falls wir O'Keeffes Anrufe für bare Münze nehmen …«, setzte Ross an.

»Wieso sollten wir?«, unterbrach der Sheriff. »Ich sehe die Sache so: Er hat sie umgebracht und in seinem Truck weggeschafft. Dann hat er sich gedacht, hey, vielleicht will ich doch nicht den Rest meines Lebens im Knast verbringen, ohne Bier und ohne Tochter. Also wie komme ich am besten wieder raus aus der Nummer? Ich verscharre die Leiche, verstecke den Truck, schrubbe die Wohnung blitzblank und gebe dann den sterbenden Schwan: Erst warte ich ein wenig, dann mache ich mir scheinbar Sorgen und rufe sie an. Ich veranstalte ein bisschen Theater in der Stadt, und dann passiert auf einmal irgendwas, womit ich nicht gerechnet hatte, und noch jemand ist tot. Jetzt fehlt mir plötzlich die Zeit, in der ich Pennys Verschwinden genau planen wollte. Was mache ich also? Ich gehe zur Polizei und streu denen ein bisschen Sand in die Augen. O'Keeffe ist kein Genie, aber für das, was er abzieht, muss man auch nicht besonders schlau sein. Bloß motiviert.«

Ross nickte. »Oder er hat Pellings und Heffernan gleichzeitig umgebracht, im Affekt. Hat sie in der Stadt zusammen entdeckt, und dann peng, peng.«

»Moment«, sagte ich. Meine grauen Zellen ackerten. »Wieso sollte Heffernan dann im Fluss landen, aber Penny nicht?«

»Das wissen wir noch nicht«, sagte Dally. »Vielleicht liegt sie ja auch im Fluss.«

»Ganz rund ist die Sache noch nicht«, gab Ross zu. »Aber dann ist da das blutverschmierte Handy. Das dürfte ihm eine Heidenangst einjagen. Ich würde gern eine Anklageschrift wegen Mordes an Pellings einreichen, mal sehen, wie weit wir damit kommen. Keine Kaution, dann haben wir zwei Wochen, in denen wir mehr über Heffernan herausfinden können. Für eins von beidem kriegen wir O'Keeffe schon dran. Ich wette, dass er auf schuldig plädiert.« Der Staatsanwalt drehte sich auf seinem Bürostuhl hin und her. »Dann schreiben Sie mir also eine Anklage im Fall Pellings, aber werden Sie nicht zu genau. Das Handy bezeichnen wir als ›Blutspuren in der Wohnung‹. Die Auseinandersetzung im Winter nicht vergessen, die Aussage von Swales zu anhaltendem Was-weiß-ich auf dem Grundstück und die widersprüchlichen Aussagen des Tatverdächtigen. Das lege ich dann Richter Heyne vor, und damit können wir O'Keeffe hoffentlich heute Nachmittag festnehmen.«

Da ich mich Kevin nähern konnte, ohne dass er sich aus dem Staub machte, fiel mir die Aufgabe zu, ihn festzunehmen. Ich fuhr zu Eds Baustelle in Bradford County und parkte neben den Autos der Zimmerleute. Kevins Truck war natürlich nicht darunter. Macho-Rock schrammelte durch die Luft, unterlegt von Hammerschlägen und dem Quietschen uralter Nägel, die aus dem Holz gestemmt wurden. Das Dach war inzwischen komplett abgedeckt, sodass nur noch ein Brustkorb aus Sparren über drei Ständer ragte. Die meisten Sparren waren wohl nicht mehr zu retten, aber die wichtigsten Teile der Scheune schienen noch ganz gut in Schuss zu sein. Ich entdeckte Kevins riesigen Sonnenhut oben, wo zwei Sparren aufeinandertrafen, schlug mich durch die umliegenden Dornenbüsche und schwang mich auf den Rahmen. Ed stand oben auf der breiten Fußpfette, inspizierte ein Verbindungsstück und hatte eine schmauchende Pfeife mit Tabak und Gras zwischen den Zähnen.

»Ist was Gutes dabei?«, fragte ich.

»Leidlich.« Ed streckte mir die Pfeife hin, doch ich lehnte ab. »Bist du wieder hier, um Kevin einzusammeln? Nimm ihn mir nicht zu lange weg.«

»Das könnte schwierig werden.«

»Oh.« Ed musterte mich fragend, ich versuchte mir jedoch nichts anmerken zu lassen.

»Penny?«

»Darf ich dir nicht sagen.«

»War er's?«

»Er braucht zumindest einen Anwalt. Kannst du ihn runterrufen?«

Wir stiegen hinab auf den Lehmboden. In den paar Minuten seit meiner Ankunft hatte die Konzentration der Mannschaft deutlich nachgelassen. Nur Kevin arbeitete oben mit blinder Arbeitswut weiter. Erst rief Ed nach ihm, dann ich. Er hielt sich mit einer Hand am Sparren fest, stützte die Füße an den Balken und baumelte kurz in der Luft, den Körper über dem Nichts. Dann besann er sich und kletterte herunter. Bei einem Mann, der womöglich zum letzten Mal den Duft der Freiheit schnupperte, ließ ich lieber nichts anbrennen und legte ihm sofort Handschellen an. Während ich ihn in meinen Dienstwagen verfrachtete, rührte keiner der Arbeiter einen Finger, aber es gab auch niemand irgendwelche Kommentare zum Besten.

Wir fuhren mit offenen Fenstern Richtung Osten nach Fitzmorris, und als wir auf der 189 beschleunigten, machte Kevin endlich den Mund auf. Er sprach so leise, dass ich ihn kaum hörte. »Wo habt ihr sie gefunden?«

Jeremiah Heyne war Bezirksrichter und damit auch zuständig für Wild Thyme. Er war nicht mehr der Jüngste, hatte ein rötliches Gesicht, eine graue Mähne und trug einen Ring am kleinen Finger. Besonders gesprächig war er außerhalb der Arbeit nicht, und die wenigen Male, die ich mit ihm zu tun gehabt hatte, hatte er sich in erster Linie durch Augenzwinkern ausgedrückt. Als Richter hatte er den Ruf eines Querdenkers oder eines Quälgeists, je nachdem, wen man fragte. Sein Gerechtigkeitsempfinden war in jedem Fall sehr individuell, und angeblich trug er ein Klappmesser unter der Robe.

Der Gerichtssaal in Fitzmorris war noch nie sonderlich beeindruckend gewesen. Unter der niedrigen Decke hing seelenlose Kunst, und die Stühle sahen aus, als stammten sie aus dem Keller eines Gemeindehauses. Das Fenster hinter der Richterbank eignete sich hervorragend zur Vogelbeobachtung, während man darauf wartete, aufgerufen zu werden. Ich saß hinter Ross, der sich auf der Seite der Staatsanwaltschaft breitgemacht hatte. Er hatte mich hauptsächlich deswegen dazugebeten, weil man bei Richter Heyne nie genau wusste, womit man zu rechnen hatte. Heute sollte im ersten Schritt eigentlich nur die Anklage verlesen werden, damit sich Kevin im Klaren war, was ihm vorgeworfen wurde. Normalerweise würde ich erst später zur Aussage gebeten werden, aber da Kevin bereits einen Anwalt hatte, befürchtete Ross, Heyne könnte alles auf einmal abwickeln wollen.

Gegenüber von Ross, am Tisch der Verteidigung, saß Lee Hillendale, einer der zwei oder drei Anwälte in ganz Holebrook County, die sich auf Strafverteidigung spezialisiert hatten. Hillendale war stämmig, trug elegante Anzüge und zog auf Schritt und Tritt eine anwaltgerechte Ginfahne hinter sich her. Ich freute mich für Kevin, hatte aber keine Ahnung, wie er sich den Kerl leisten konnte. Ich kannte Hillendale, seit ich meine Stelle hier im Bezirk angetreten hatte. Man kam nicht um ihn herum, und obwohl er mich in Schnellverfahren regelmäßig zur Schnecke machte, hatte ich persönlich kein Problem mit ihm. Er und seine Frau waren mit Ed und Liz befreundet, und trotz seiner bedenklichen Schwäche für Kleinkriminelle konnte ich ihn gut leiden. Bei unserer ersten Konfrontation verteidigte er James Magro, einen Landfriedensbrecher, über den sich eine kleine alte Dame namens Lynn Lawrence aus Wild Thyme beklagt hatte. Magro hatte wiederholt auf ihrem Grundstück gejagt, trotz zahlreicher »Betreten verboten«-Schilder und lautstarkem Gezeter von der Veranda. Hillendale hatte Mrs. Lawrence eine verschwommene Aufnahme eines Mannes, vermutlich Magro, mitten in einem beliebig anmutenden Wald vorgelegt und dann verlangt, sie solle auf einer topografischen Karte ihres Grundstücks und der angrenzenden Parzellen den genauen Standort bestimmen. Mrs. Lawrence saß in peinlichem Schweigen im Zeugenstand und konnte darauf keine Antwort geben. Dann zeigte der Anwalt mehrere Bilder von Mrs. Lawrences Schildern, die auf dem Grundstück eines Nachbarn standen. Ich fand diese Strategie billig, und das teilte ich Hillendale auch mit, nachdem Magro freigesprochen worden war und ich Mrs. Lawrence in ihrem uralten Pontiac verstaut hatte.

»Sie haben ja recht«, hatte er zerknirscht eingeräumt. »Aber so funktioniert nun mal unser System. Ich weiß auch nicht, wieso ich immer wieder solche Fälle annehme. Dixieklovermietung wäre einfacher.«

Ein paar Monate später hatte ich mit Genugtuung dabei geholfen, einen von Magros Kleinlastern als Zahlungsmittel für Hillendales Honorar zu konfiszieren. Soweit ich wusste, war der ganze Ablauf damals ein typischer Fall für Hillendale gewesen. Mal sehen, wie er sich in einem Mordfall machen würde.

Deputy Sheriff Jackson führte Kevin in Handschellen in den Gerichtssaal. Kevin trug immer noch seine Arbeitskleidung, sah niemandem in die Augen und setzte sich mit gesenktem Kopf. Richter Heyne kam hereingerauscht, und alle Anwesenden erhoben sich unaufgefordert. Heyne rief mit dem Hammer zur Ordnung, spähte hinüber zum Angeklagten und eröffnete die Verhandlung.

»*Der Commonwealth gegen Kevin O'Keeffe.* Mr. O'Keeffe, ich bin Richter Jeremiah Heyne. Sie sprechen mich bitte mit ›Herr Richter‹ an. Ich werde Ihnen jetzt die Anklageschrift vorlesen. Unterbrechen Sie mich nicht. Mr. O'Keeffe?« Kevin sah auf. »Unterbrechen Sie mich nicht. Falls Sie Fragen haben, warten Sie bis zum Ende. Das Sheriff's Department von Holebrook County klagt Sie des Mordes an Penelope Pellings, wohnhaft 1183B Dunleary Road, Gemeinde Wild Thyme, sowie der Behinderung der Justiz an. Nach einer handgreiflichen Auseinandersetzung mit Miss Pellings sollen Sie diese am 18. Mai gegen halb ein Uhr morgens ermordet haben. Hiernach sollen Sie Beweise versteckt oder zerstört haben, insbesondere Miss Pellings' Leiche. Verstehen Sie, was Ihnen zur Last gelegt wird?«

Kevin schüttelte den Kopf. »Nein.«

Heyne verdrehte die Augen. »Was verstehen Sie denn nicht?«

»Heißt das, Sie haben sie gefunden?«

»Kevin«, mahnte Hillendale sanft.

»Ja, ich verstehe, was mir zur Last gelegt wird. Herr Richter.«

»Wunderbar. Dann lege ich Ihre vorläufige Anhörung auf, mal sehen, den 3. Juni um fünfzehn Uhr fest. Aufgrund der Schwere der Ihnen zur Last gelegten Verbrechen besteht während der Untersuchungshaft keine Möglichkeit, auf Kaution freizukommen.«

Kevin wurde wieder in seine Zelle gebracht. Ich stand zusammen mit Staatsanwalt Ross und Sheriff Dally auf der Vortreppe des

Gerichtsgebäudes und sah Lee Hillendale nach, der bereits auf dem Rückweg zu seinem Büro an der Main Street war und sich in der Hitze das Jackett aufknöpfte.

»Jetzt hoffen wir mal, dass er auf schuldig plädiert«, meinte Dally.

»Wenn er es wirklich war, macht er es garantiert«, erwiderte Ross. »Den Druck hält er nicht aus. Wie dem auch sei, wir haben zwei Wochen bis zur Anhörung, also macht ihr euch besser mal auf die Suche nach Beweismaterial.«

Als ich auf den Parkplatz der Gemeindeverwaltung einbog, fiel mir sofort das Heck von Shelly Brays Kombi ins Auge. Ich parkte, atmete einmal tief durch und ging dann zu ihr. Das hast du dir selbst eingebrockt, du Trottel, schimpfte ich mit mir.

Shellys untergeschlagene Beine ragten aus der Fahrerseite. Sie trug Sportklamotten und hatte sich die Haare zusammengebunden. Als sie mich bemerkte, stand sie lächelnd auf.

»Ich hatte viel zu tun«, erklärte ich.

»Ach ja?« Sie hatte meine Stiefel in einer Papiertüte dabei und scheuchte mich damit in Richtung Büro.

Drinnen war ihr Schweißgeruch deutlicher, und mein Herzschlag beschleunigte sich augenblicklich.

Sie drehte sich um und fummelte am Türgriff herum. »Wie … wie schließt man dieses Ding denn ab?«

»Aber das war's dann«, sagte ich. »Das hier ist das letzte Mal.«

»Mach dich locker«, erwiderte sie.

EIN paar Tage zuvor hatte ich bei Kevin O'Keeffes Mutter angerufen und mich nach ihm und seinem Pick-up erkundigt. Sie meinte, sie hätte ihren Sohn seit fast einem Monat nicht zu Gesicht bekommen. Da der Truck immer noch verschollen war, fuhr ich trotzdem zu ihr nach Sayre, um selbst einmal nachzusehen. Yvonne O'Keeffe wohnte dort in einem Trailerpark am Stadtrand. Ich rollte an den Reihen bescheidener Wohnwagen vorbei, entdeckte jedoch weder einen gelben Pick-up noch ein geeignetes Versteck dafür. An meinem Truck klapperte der Auspuff, weil im letzten Winter eine Schraube durchgerostet war. Das musste mal repariert werden, falls ich nicht überall auffallen wollte wie ein bunter Hund. Wahrscheinlich wäre es mit einer Schelle oder ein bisschen Draht schon getan. Während ich durch die Anlage rumpelte, flitzten hier und da Katzen vor mir davon und versteckten sich unter den Wohnwagen. Ein Stück weiter standen drei Jungs in einem Garten um ihre Fahrräder, die sie kopfüber aufgestellt hatten, und frönten dem Ritual des Herumschraubens an ihrem fahrbaren Untersatz. In wenigen Jahren würde sich ihr wissendes Nicken auf gebrauchte Quads beziehen, später dann vielleicht auf einen alten Hyundai mit nachgerüsteten Scheinwerfern, eine Dreckskarre, auf die man stolz sein konnte, weil es die eigene war. Ich winkte ihnen zu und grüßte, woraufhin sie erst erstarrten und sich dann verkrümelten. Eigentlich war heute ein Schultag.

Auf der Veranda von Yvonnes Wohnwagen erwartete mich ein junger Mann mit kurz rasierten Haaren, Goldkettchen und freiem Oberkörper.

»Sie ist nicht da«, rief er mir zu. »Arbeitet drüben bei Pilot's. An der 17.«

»Macht nichts«, erwiderte ich und stieg aus. »Mit wem habe ich das Vergnügen?«

»Brian O'Keeffe.« Er stand auf. Auf seiner schmalen Brust prangte ein Ankertattoo mit einem Motto darunter: *Lieber Tod als Schande.*

»Navy?«

»USS Theodore Roosevelt. War die letzten zwei Jahre im Golf. Bootsmannsmaat.«

»Sehr schön.«

»Na ja.« Er senkte die Stimme. »Sind Sie wegen meinem Bruder hier? Ich weiß nichts über die Sache.«

»Ach nein?«

»Außer, dass er das nie im Leben gemacht hat. Lassen Sie ihn frei und kümmern Sie sich um das, was wirklich wichtig ist. Suchen Sie seine Freundin.« Er klang nicht feindselig, eher erschöpft. »Oder vielleicht ist es besser, wenn Sie sie nicht finden, ich weiß auch nicht.«

»Sie meinen, Kevin wäre nicht zu einem Mord in der Lage?«

»Um Gottes willen, niemals. Ich meine, er ist mein großer Bruder, und ich war derjenige, der sich in der Schule mit den Jungs in seinem Alter gekloppt hat. Ich habe zu Hause eins auf den Deckel bekommen, wenn ich Dad nur falsch angeschaut hab. Kevin lag derweil mit Kopfhörern im Bett und hat an solchen Tagen lieber nichts zu Abend gegessen. Kevin kämpft nicht. Und jetzt hat er den Salat.« Er trank sein Bier leer.

»Kennen Sie Penny ein bisschen?«

»Nicht besonders gut. Die beiden sind zusammengekommen, während ich im Einsatz war.«

»Hatten die beiden Probleme?«

»Probleme gibt's doch immer. Aber Kevin erzählt mir ja nichts.«

»Haben Sie jemals was zu dritt unternommen?«

»Nein. Nach meiner Rückkehr war ich einmal bei ihnen, und er meinte, sie würden versuchen, die Kleine zurückzubekommen und so. Er traute sich nicht, mit unserer Ma zu reden, die ist vor Scham fast gestorben, also hat er mir lauter Bullshit erzählt, dass sie alles in den Griff kriegen und so, damit ich das Ma weitererzähle. Penny war die meiste Zeit über im Schlafzimmer und hat wahrscheinlich drauf gewartet, dass ich wieder verschwinde.«

»Verstehe.« Ich ließ den Blick noch einmal durch den Trailerpark schweifen. »Sind Sie hier aufgewachsen, Sie und Kevin?«

»Nein, Ma ist irgendwann allein hierhergezogen. Dad hat oben in der Nähe von Waverly gewohnt, ist jetzt aber schon seit ner Weile in Texas.«

Ich gab ihm meine Karte. »Kevins Truck ist verschwunden.«

Brian zuckte die Schultern.

»Ich weiß nicht, was ich machen würde, wenn es hier um meinen Bruder ginge«, meinte ich. »Vielleicht würde ich ihm helfen, ohne allzu viele Fragen zu stellen.«

»Ich weiß schon, was Sie damit sagen wollen«, erwiderte Brian. »Aber wenn er sich was vormachen will, ist das sein Problem.«

»Alles klar. Grüßen Sie Ihre Mutter von mir.«

»Die hat doch gar keine Ahnung, wer Sie sind.« Erneut lag nichts Böses in seiner Stimme, er war einfach nur zu müde, um es für sich zu behalten.

Kein Truck, keine Leiche, keine Tatwaffe. Ich hatte mir noch keine abschließende Meinung darüber gebildet, ob Kevin schuldig war, um nicht am Ende enttäuscht zu werden. Trotzdem beschäftigte mich die Frage auch jetzt, während ich seinen Wohnwagen ein weiteres Mal umrundete. Männer wie er benutzen ihre Verletzlichkeit, wo andere ihren Charme oder Gewalt anwenden.

Ich parkte in Sichtweite des Wohnwagens, von wo ich auch Andy Swales' imposantes Haus sehen konnte. Die untergehende Sonne schien purpurfarben über den See, und ich lauschte in der Dämmerung auf Erschütterungen und las weiter in meinem Antietam-Buch. Als die Schatten länger wurden, sah ich mich noch einmal auf dem Grundstück um, konnte jedoch nichts Auffälliges entdecken und fuhr nach Hause.

Nachdem ich erneut auf der Suche nach meinem Truthahn das Unterholz unsicher gemacht hatte, fuhr ich am Montagmorgen nach Fitzmorris, um mich mit dem Sheriff zu beratschlagen. Er hatte bereits seine Kollegen in Tioga County abwimmeln müssen, die wissen wollten, wie weit wir in Sachen Heffernan waren. Ich hatte nichts Neues zu berichten. Dally versuchte die Untersuchung von Pennys Handy zu beschleunigen, da ihr Leben womöglich noch auf dem Spiel stand. Das Labor in Bethlehem meinte, sie würden mal sehen, was sich tun ließe. Wir lehnten gerade auf dem Revier am Schalter und tranken Kaffee, als Deputy Jackson hereingestürmt kam.

»Wir brauchen einen Arzt.« Wir folgten ihm zu den Zellen, wo Kevin nahe der Toilette auf dem Boden hockte. Sein Gesicht war reglos, bleich und schweißüberströmt.

»Mir geht's gut«, sagte er, als würde er das wirklich glauben. »Auf einmal … auf einmal … sieht man alles anders, in einem anderen Licht, in einer anderen Dimension, und sie zeigen einem den Weg. Das sind keine Monster. Aber Freunde sind die auch nicht, o nein. Die sind nicht … das ist man selbst.« Er schaute mich an. »Du hattest recht. Das ist man selbst. Man erklärt sich selbst, wie man dahin kommt. Muss man ja, wenn einem keiner hilft. Wie soll man das denn auch sonst schaffen?« Er lächelte, dann kippte er nach hinten um, schlug mit dem Kopf auf den Boden auf und krampfte sich in einem Anfall zusammen.

Jackson und ich drückten ihn auf die Pritsche, und ich schob ihm mein Portemonnaie zwischen die Zähne, während Dally den Krankenwagen rief.

In dieser Nacht saß ich in einer dicken Insektenspraywolke mitten auf der Wiese an meiner Feuerstelle und lauschte dem knackenden Holz. Ich hatte mir ein Wildsteak auf dem Campingkocher gebraten, dazu gab es Folienkartoffeln und junges Frühjahrsgemüse. Außerdem rauchte ich eine kleine Graspfeife. Hin und wieder musste ich mein Ich ein wenig infrage stellen, weil ich ja eigentlich gar nicht ich selbst sein wollte. Ein Ich – eine Person – konnte verletzen und morden oder auf Nimmerwiedersehen verschwinden. Aber wenn ich nicht mehr ich war, dann war ich alles rings um mich herum, und auch die früheren Versionen meines Ichs waren vertreten. Ich hatte zwar meine

Geige mitgebracht, schaute aber lieber hoch in die Galaxie und wartete auf Sternschnuppen. Die Sterne vermischten sich mit den Glühwürmchen im hohen Gras, Frühlingspfeifer lärmten in der Schlucht, Rauch und Glut kräuselten sich hoch in die Luft, und ich war eins mit der Welt. Mit diesem schönen Gedanken war es allerdings sehr schnell wieder vorbei.

Scheinwerfer durchbrachen die Dunkelheit und schwenkten an meinem Haus vorbei aufs freie Feld. Mein erster Impuls war, mich zu verstecken. Dann gingen die Scheinwerfer aus, und sehr zu meinem Missfallen stieg jemand aus dem Auto. Ich stand auf und ging über die Wiese, was überraschend lange dauerte, dann hatte ich einen kurzen Aussetzer und stand mit einem Mal Lee Hillendale gegenüber, Kevins Anwalt.

»Guten Abend«, sagte er. »Ich habe es erst auf Ihrem Handy versucht. Ich würde Sie nicht stören, wenn's nicht wichtig wäre. Aber Sie sind der Einzige, dem Kevin vertraut.«

»Ist was passiert?«

»Ich war gerade bei ihm. Er will reden, aber nur mit Ihnen.«

»Was ist denn los mit ihm?«

»Entzug, sonst nichts. Die Krankenschwester meinte, er hätte irgendwas von Dämonen erzählt. Und dann wollte … dann wollte er anscheinend sterben.« Hillendale wirkte erschöpft. »Ich meine, was soll er machen? Hört man mit dem Trinken auf, haut es einen um und bringt einen am Ende noch ins Grab, wenn man es falsch anstellt. Und wenn man nicht aufhört, bringt es einen auch ins Grab, nur langsamer.«

»Man weiß oft nicht, wie tief man in der Scheiße steckt, bis man versucht rauszukriechen.«

»Das klingt … Sie haben recht. Aber kein Alkohol ist auch keine Lösung. Egal. Er ist jetzt jedenfalls auf Diazepam und hat das Schlimmste hinter sich, deliriert auch nicht mehr. Und Sie wird bestimmt interessieren, was er zu sagen hat. Ross liegt falsch. Mein Mandant hat Penny nicht umgebracht.«

»Das höre ich nicht zum ersten Mal.« Ich versuchte meine verknoteten Gedanken zu ordnen.

»Aber da ist noch mehr. Kommen Sie morgen vor sieben in die Klinik. Zimmer 265. Tun Sie so, als würden Sie Hanluain ablösen. Die echte Ablöse kommt erst um halb acht. Das verbuchen wir dann einfach als Missverständnis. Kevin hat Angst, jemand könnte mitbekommen, dass er mit den Behörden kooperiert.«

»Der sollte lieber vor was anderem Angst haben.«

»Henry«, sagte der Anwalt. »Betrachten Sie es einfach als Beweisaufnahme. Ich verrate Ihnen, was ich in der Hand habe, und im Gegenzug sagen Sie mir, was Sie in der Hand haben. Und falls Sie nichts haben, würden wir das auch gerne wissen. Ich vertraue Ross einfach nicht, dass der die Sache vernünftig hinkriegt. Dally übrigens auch nicht. Und Kevin hätte da auch noch ein paar andere Anliegen.«

»Das ist doch …« Ich schüttelte den Kopf.

»Vor sieben Uhr, wenn Sie das Richtige tun wollen.«

»Okay.«

Ich ging zurück zu meinem Lagerfeuer. Plötzlich war die Nacht bevölkert von Anwälten, Vermissten und unbekannten Entführern. Ich legte mich auf meine Decke und starrte in den Himmel, ohne etwas zu sehen.

Am nächsten Morgen hatte ich keine Zeit für die Truthahnjagd. Ich zog mich an und fuhr zur Klinik, wo Kevin und Hillendale schon auf mich warteten. Gasfirmen hatten das Geld für den Neubau gestiftet, wogegen ich natürlich nichts hatte. Die Fracker hatten ernsthafte Imageprobleme, und wenn sie dem Bezirk ein neues Krankenhaus oder einer Schule ein neues Naturwissenschaftsgebäude schenken wollten, dann immer her damit. Liz mochte noch so gut in ihrem Job als Landärztin sein, aber der Bezirk brauchte mehr als die kleine Klinik in Fitzmorris. Das Krankenhaus stand an einem kargen Hang. Viel war nicht los, und ich parkte neben Hanluains Streifenwagen.

Zimmer 265 war dank des davor postierten, schlecht gelaunten, pummeligen Deputys schnell identifiziert. Hanluain hatte die Augen geschlossen, aber ich bezweifelte, dass er schlief. »Haben Sie nicht gerade erst nach ihm gesehen?«, fragte er erbost, ohne die Augen zu öffnen.

»Nein«, erwiderte ich.

»Ach, Henry, Scheiße.« Er rieb sich das Gesicht.

»Konntest du wenigstens ein bisschen schlafen?«

»Nein, er steht wegen Selbstmordgefahr unter Beobachtung. Alle Viertelstunde rennt da irgendwer rein, Ärzte, Krankenschwestern, sogar der Scheißhausmeister.«

»Hat O'Keeffe irgendwas gesagt?«

»Nicht dass ich wüsste. Außerdem soll ich nicht mit ihm sprechen.«

»Geh nach Hause und hau dich hin«, sagte ich. »Na los.«

Hanluain stand auf, streckte sich und ging davon. Ich betrat das Zimmer. Lee Hillendale war auf einem Stuhl eingeschlafen und röchelte vor sich hin, den Kopf im Nacken, ein aufgeschlagenes Buch auf der Brust. Als ich hereinkam, setzte er sich ruckartig auf. Er blinzelte einen Augenblick lang verwirrt und legte dann das Buch beiseite.

Kevin hing an einem Tropf und wurde mit allem Möglichen vollgepumpt. Hillendale rüttelte ihn sanft wach, um mit ihm zu sprechen, bevor die Schwestern mit weiteren Medikamenten hereinkamen. Kevins Augen gingen einen trägen Spaltweit auf, aber als er mich sah, wurden sie etwas größer. Ich las ihm seine Rechte vor.

»Warst du in der Stadt?«, fragte Kevin.

»Ja.« Ich erzählte ihm, wo ich gewesen war und was ich gesehen und getan hatte, wobei ich ihm die Festnahmen und alles, was mit den laufenden Ermittlungen zu tun hatte, verschwieg. Während ich mit dem Teil über Dizzy und das Haus in First Ward abschloss, schien Kevin etwas klarer, und Hillendale schaute mich ungläubig an.

»Okay«, meinte Kevin. »Aber noch mal wegen *Stingy Jack's.*« Er redete langsam; die Worte mussten sich erst einen Weg durch die medikamentöse Watte in seinem Hirn bahnen.

»Wo Penny früher hinter dem Tresen gearbeitet hat.«

»Genau. Das war, als sie … sie ist damals richtig draufgekommen. Sie wurde gefeuert, weil sie zu viel getrunken hat, umgekippt ist und nicht geputzt hat.«

»Und du denkst, sie könnte dort auftauchen?«

»Nicht so richtig.«

»Woher kennst du Blaine?« Ich wartete auf eine Antwort. »Woher kennt Penny ihn?«

»Nach außen hin ist das ein völlig korrekter Businesstyp.« Er rutschte hin und her. »Aber er hatte trotzdem eine Anklage am Hals.«

Ich wartete.

»Angeblich hat er vor ein paar Jahren dreizehn Monate lang wegen Drogenbesitz gesessen, wahrscheinlich Crack. Als er rauskam, haben seine Freunde eine Party geschmissen, und da war so eine Stripperin am Start. Blaine meinte, er hätte nicht gewusst, dass die erst sechzehn war und auf ein Auto gespart hat, um auf Nimmerwiedersehen aus ihrem beschissenen Zuhause zu verschwinden. Irgendwas ist mit der Kleinen passiert, weiß auch nicht genau. Aber dann hat sie ihre Aussage zurückgezogen.«

»Und Blaine ist davongekommen«, sagte ich.

»Jep. Angeblich ist das ja ein anständiger Kerl. Ein richtig anständiger. War früher mal Dachdecker, stellen Sie sich das mal vor.«

»Überrascht mich nicht.« Von allen Handwerkern in Amerika sind Dachdecker die abgefeimtesten Kanaillen. Mit denen und ein paar Steinbrucharbeitern im Revier wird einem Kleinstadtpolizisten das ganze Leben nicht langweilig.

»Irgendwie hat er sich mit seinem Ersparten in die Kneipe eingekauft. Wie, kann ich dir nicht sagen. Weißt du, was ich an dem Laden mag?«, fuhr Kevin fort. »Ist richtig gut gelegen. Da können solche wie ich direkt auf die 17 oder nach Westen auf die 35 fahren, ohne irgendwem aufzufallen.« Kevins Augen schimmerten verschwörerisch. Mir schwante, dass er eigentlich gar nicht über Trunkenheit am Steuer redete. »Ich würde ja sagen, stellt ein paar Kontrollen auf, aber die überraschen einen sowieso nie wirklich. Aber wer weiß, vielleicht erwischt man eben doch mal ein paar. Ein paar Betrunkene am Steuer, meine ich.«

»Wer ist Dizzy Kostis?«

»Noch so ein Privatunternehmer. Ich kenne den Kerl aber nicht richtig. Hab ihn ein paarmal mit Bobby gesehen. Penny kennt die alle. Ich brauch eine Kippe.«

»Kostis hat auch schon gesessen.«

»Kann sein. Überrascht mich nicht, aber darüber weiß ich nichts.«

»Kevin, damit kann ich nicht viel anfangen. Du musst mir schon ein bisschen mehr liefern.«

»Und dann bringt mich dieser Scheiß früher oder später ins Grab.«

»Wir verschwenden hier unsere Zeit«, warf Hillendale ein.

»Okay«, sagte Kevin. »Ich erzähl euch, was passiert ist.«

Es dauerte eine Weile, bis wir ihm alles aus der Nase gezogen hatten, doch ich brauchte diese Einzelheiten, um ihm den Arsch zu retten. Das hier ist die Geschichte, die er uns erzählte:

Am 18. Mai 2009 um 00:40 Uhr trat Kevin am Maiden's Grove Lake in Häuschen Nummer 7 ein Kellerfenster ein und kletterte hinein. Hinter ihm folgte Sage Buckles, ein fünfunddreißigjähriger Ex-Knacki aus Airy, der im Frühjahr nach Holebrook County gezogen war. Die beiden hatten sich gerade an die Dunkelheit gewöhnt und wollten hoch ins Haus, da klingelte oben das Telefon.

Klingelte immer weiter.

»Vergiss es«, sagte Kevin. »Wir hauen ab.«

»Moment.« Buckles schaltete die Taschenlampe aus und stieg die Treppe hinauf. Er nahm ab und sagte so ruhig und sachlich wie möglich: »Wissen Sie eigentlich, wie spät es ist?«

Die Frau am anderen Ende fragte: »Wer ist am Apparat?«

»Prosser.« Der Name stand am Briefkasten.

Nach einer kurzen Pause sagte die Frau. »Mr. Prosser, hier spricht Ann von ADT. Ihre Alarmanlage wurde ausgelöst. Aus Sicherheitsgründen …«

Buckles legte auf. »Komm hoch«, rief er in den Keller. »Wir haben den Alarm ausgelöst.«

»Was?«, fragte Kevin. »Dann hauen wir aber wirklich ab!«

»Nein, die rufen jetzt erst mal die Leitstelle an, dann müssen die jemanden herschicken. Weißt du, wie lang das hier draußen dauert?«

»Nein. Du?«

»Mensch, O'Keeffe, die kriegen uns schon nicht, und jetzt beweg deinen Arsch hier hoch.«

Innerhalb von drei Minuten entwendeten sie Rhonda Prossers Flachbildfernseher, einen DVD-Spieler und ein paar Teile einer Stereoanlage, von deren Hersteller, McIntosh, sie noch nie gehört hatten, daher musste sie wohl was wert sein. Mit den Arbeitshandschuhen an ihren zittrigen Händen ließ sie sich nur schwer auseinandernehmen. O'Keeffe sammelte alle Schnapsflaschen ein, die noch mehr als halb voll waren, außerdem eine geladene 9mm, die er in einer Nachttischschublade fand. Er kannte Sage Buckles inzwischen so gut, dass er die Waffe lieber selbst an sich nahm. Unten war Buckles gerade damit beschäftigt, ein goldgerahmtes Ölgemälde abzuhängen. Keiner der beiden konnte wissen, dass es mit Abstand der wertvollste Gegenstand im Haus war: Der Künstler war Hollis Rhodes, ein Vertreter der Hudson River School, und das Bild war auf neuntausendfünfhundert Dollar versichert.

»Was willst du mit dem Teil? Wie sollen wir das verticken?«, fragte Kevin.

»Ich wollte nur gucken, ob dahinter ein Safe ist.«

»Ein Safe? Komm schon, wir verschwinden.«

Buckles starrte Kevin an, wartete kurz, um das Gesicht zu wahren, und verließ dann das Haus. Doch irgendwas an dem Bild fesselte Kevin. Sein Blick verschleierte sich, als er darüber sprach, und ich unterbrach ihn nicht. Das Gemälde zeigte einen Fluss, der durch eine Wiese mäanderte, dazu ein paar Kühe und Bäume bei Sonnenuntergang. Kevin knipste die kleine Messinglampe über dem Rahmen an und rührte sich nicht von der Stelle. Die Wolken über der dunkler werdenden Landschaft waren nicht einfach rosa, nicht einfach golden, auch nicht einfach nur weiß, und der blaue Himmel wirkte ungemein lebendig. Seit seiner mit Gras, Pilzen und hin und wieder auch LSD angereicherten Jugend hatte Kevin keine derartige Offenbarung mehr erlebt – ein Gefühl, als würde man ins ewige Licht schauen. Er hatte solche Sonnenuntergänge schon oft in der Natur gesehen und nicht weiter beachtet. Aber vor diesem hier ging ihm das Herz auf, trotz des billigen Wodkas, der seine Sinne schon vor langer Zeit abgestumpft hatte. Das Bild fing etwas ein, das nicht käuflich war, einen tieferen

Sinn, ein Ziel, das zu erstreben sich lohnte. Kevin stand davor und spürte den Ruf eines längst vergessenen Lebens. Seine kleine Tochter Eo rief nach ihm. Morgen früh würde er sein Leben grundlegend ändern, das nahm er sich vor.

Er ließ das Licht brennen und ging.

Die beiden verstauten ihre Beute in einem Plastikfass in den staatlichen Wäldereien. Dann gingen sie zurück zur Party, auf der sie sich kurz zuvor kennengelernt hatten. Kevin leerte einen großzügigen Rest Whiskey in einen Plastikbecher und schleuderte die Flasche ins Feuer. Penny war anscheinend gerade nach Hause gegangen, doch das beunruhigte ihn nicht, da sie oft allein unterwegs war und der Weg nicht weit. Er trank den Scotch aus, ohne ihn zu schmecken.

Nach und nach gingen auch die anderen nach Hause. Sage Buckles' Mitfahrgelegenheit hatte sich aus dem Staub gemacht. Er war stinksauer und bestand darauf, dass Kevin ihn nach Hause brachte, also stiegen die beiden erneut in den gelben Truck. Kevin hielt wacker die Spur und fuhr nur knapp über Tempolimit, als sie den Walker Lake passierten. In ein paar Häuschen wurde noch gefeiert, Fackeln spiegelten sich auf der Seeoberfläche. Oben in den Hügeln zog Kevin eine Flasche mit irischem Billigwhisky unter dem Sitz hervor, und sie ließen sie hin und her gehen. Kevin setzte Buckles an einem kleinen Haus in Airy ab und blieb noch kurz in der Auffahrt stehen. Aus dem Haus dröhnte Thrash Metal.

Von Moskitos umringt öffnete Kevin den Hosenstall und pinkelte unter seinen Truck, hinten links, wo er ein Stück des Fahrgestells mit Holzbalken ersetzt hatte, die mit Schrauben und Klemmen befestigt waren. Alles, womit er sich am Leben hielt, war auf der überdachten Ladefläche verstaut: Kreissägen und Bohrer, Munitionskisten voller Handwerkszeug, Nägel, Schrauben, Holzreste, leere Coleslawbehälter und einige Dosen geräucherte Austern.

Er setzte sich wieder ans Steuer und drehte den Schlüssel im Zündschloss. Der Motor erwachte brüllend zum Leben und knatterte durch das Auspuffsystem, das nur noch von Panzerband zusammengehalten wurde. Alles an Kevin vibrierte, er konnte das Getöse förmlich sehen und in den Zähnen spüren. Die Inspektion des Trucks war seit zwei Monaten überfällig, jede Fahrt ein reines Glücksspiel – würde er am Zielort ankommen oder richtig Pech haben und angehalten werden? Ein einziger Vorfall, und der Truck würde aus dem Verkehr gezogen. Manchmal erreichte Kevin den Punkt, an dem ihm egal war, ob er am nächsten Morgen aufwachte oder nicht. Doch irgendetwas in dieser Nacht, ein Funkeln, sagte ihm, er könnte es schaffen und sein Leben ändern, wenn er sich nur am nächsten Tag noch dran erinnern würde.

Er versuchte den tiefen inneren Frieden heraufzubeschwören, den das Gemälde in ihm hervorgerufen hatte, das Gefühl, zu Hause zu sein. Er sah die lichtdurchwobenen Wolken eines anderen Lebens noch vor sich. In den wenigen Augenblicken, die er vor dem Bild stand, hatte er geglaubt, er könne die Zeit anhalten. In einer anderen Nacht wäre er vielleicht runter an den Fluss gefahren und hätte dort im Halbschlaf herumgelegen, bis er von der Sonne geweckt wurde, oder er wäre so weit gefahren, dass es zu aufwendig gewesen wäre, je wieder umzukehren. Der Gedanke versetzte ihm einen freudigen Stich. Doch er musste zurück.

In jener Nacht stellte sich Kevin zum ersten Mal wirklich den Tatsachen. Penny brauchte Hilfe, und er konnte sie ihr nicht geben, indem er in fremde Häuser einbrach oder sich in ihr Chaos verwickeln ließ. Sie war mit einem kleinen Tütchen abgehauen, das Sage Buckles gehörte, und da sie es sich schon in die Adern gespritzt hatte, war Buckles offen für alternative Zahlungsmittel gewesen. Das Ganze war mittlerweile nicht mehr nur ihr Problem, sondern auch Kevins. Zum ersten Mal beschloss er, Penny zu verlassen. Er würde ihre Eltern anrufen und verschwinden, und ohne ihn würde es ihr vielleicht besser gehen. Anfangs hatte sie sich das Zeug nur durch die Nase gezogen, und damit konnte er noch umgehen. Eines Tages hatte er dann aber ihr Spritzbesteck gefunden und Einstichstellen an ihren Füßen entdeckt. Das Einzige, was noch mehr wehtat, als sie komplett weggetreten zu sehen, waren ihre Entzugsversuche. Während er den langen Waldweg zu ihrem Wohnwagen hinauffuhr, hoffte er stets, dass sie schon bewusstlos auf der Couch, auf dem Boden, im Idealfall auf dem Bett lag. Er würde ihr womöglich die Nadel aus dem Arm oder dem Fuß ziehen und ihre Utensilien verstecken müssen, die sie jedoch früher oder später wiederfinden oder einfach ersetzen würde.

Als er neben dem Wohnwagen zum Stehen kam, sah er, dass die Tür offen stand. Normalerweise hieß das, dass Penny noch wach war. Er trampelte die Holzstufen hinauf und steckte den Kopf hinein. Etwas war passiert. Die Falttür zwischen Wohnzimmer und Küche war praktisch aus der Aufhängung gerissen worden, mehrere Bilder waren von den Wänden gefallen. In der Küche entdeckte er zerschlagenes Geschirr, Besteck und Töpfe auf dem Boden. Ein Küchenstuhl war umgekippt. Kevin wusste nicht mehr, ob er Penny auf dem Handy angerufen hatte. Hatte er, um 2:18 Uhr. Er erinnerte sich nicht daran, Swales im Wald begegnet zu sein. Zu dem Zeitpunkt befand er sich völlig auf Autopilot, im Grunde schon seit der Rückfahrt von Buckles' Haus.

Am nächsten Morgen wurde er gerade noch rechtzeitig wach, um sich Arbeitskleidung überzustreifen und auf die Baustelle zu fahren. Auf dem Weg nach draußen bemerkte er, dass eine andere Falttür ebenfalls eingerissen und die billige Tür zum Bad eingetreten worden war. Durch diese Tür hindurch hatte er das letzte Jahr über die Auswirkungen ihrer Sucht so deutlich mitbekommen, als wäre er selbst mit ihr im Badezimmer gewesen.

Den ganzen Tag über hatte Kevin sich Sorgen gemacht, hatte sie wiederholt angerufen und war nach Feierabend heimgefahren.

Und dann entdeckte er die Blutspritzer auf dem Linoleum, die aus dem Schlafzimmer herausführten. Den blutigen Haarklumpen, der zu Penny gehört, auf dem Boden.

Und damit wären wir hier.

Nachdem Kevin seinen Bericht abgeschlossen hatte, saß ich schweigend da und versuchte alles einzuordnen. Zum Beispiel hatte ich noch nie zuvor von Sage Buckles gehört.

»Falls ihr weiter gegen Kevin vorgehen wollt«, meinte Hillendale, »können wir mit einem Alibi kommen, Zeugen nennen, sie vorladen. Das bringt für meinen Klienten natürlich einige Verwicklungen mit sich. Wir haben versucht, Buckles zu erreichen. Derzeit rodet er wohl für Landschaftsbau Grace Bohrstellen. Jedenfalls hat er mich bislang noch nicht zurückgerufen, und zu Hause macht er auch nicht auf.«

»Wer ist dieser Kerl überhaupt?«

Kevins Blick schnellte kurz zu Hillendale. »Ich habe Sage in der Kneipe kennengelernt. Ist im Frühjahr hierhergezogen, keine Ahnung woher. Penny und er … kannten sich.«

»Ach ja?«

»Beim ersten Mal habe ich sie aus irgendeinem Dachverschlag rausgeholt. Er hatte sie da hochgeschafft, konnte uns dann aber nicht aufhalten.«

»Wieso nicht?«

»Ihm ging's … nicht so gut. Wir sind runter in die Kneipe und raus. Dann hat sie ihm einmal das Gesicht und den Hals zerkratzt, vor einer Kneipe in Fitzmorris. Er soll wohl ziemlich geblutet haben. Hast du das nicht gewusst?«

»Nein. Das heißt also …«

»Ja, Sage stand auf Penny. Er hat alles versucht, um an sie ranzukommen. Ich wollte ihn stoppen, aber ich war selbst nicht gerade in Bestform. Und tagsüber habe ich gearbeitet und konnte sie nicht ständig im Blick behalten.«

»Eins musst du mir erklären«, sagte ich. »Wie konntest du dich mit so einem zusammentun? Hatte er sie nicht zum Sex gezwungen?«

»Nein, aber er hat's versucht. Penny war ihm was schuldig für das Tütchen, das sie nie bezahlt hatte. Soweit stimmt das ja. Er wollte … der Einbruch war jedenfalls die sicherste Zahlungsmöglichkeit, die er mir angeboten hat. Es stand so schlimm um sie, dass ich in der Nacht …« Kevin seufzte. Er war zu vollgepumpt, um wirklich Reue zu zeigen. »Ich war kurz davor, Penny aufzugeben. Die Auflagen vom Jugendamt würde sie eh nie im Leben erfüllen, und ich dachte, allein steh ich den Entzug vielleicht durch.«

»Ihr müsst Buckles was anbieten, Sie und Ross«, sagte Hillendale. »Am besten Immunität.«

»Um Himmels willen, Lee …«

»Der Einbruch ist keine große Sache, es war doch niemand zu Hause. Verstehe nicht, warum das als so ein schlimmes Delikt gilt. Hier geht's um ein Leben. Vielleicht auch um das von Penny. Ich meine, mittlerweile muss Ihnen doch klar sein, dass Kevin nicht der Täter ist.«

»Und Sie verlassen sich auf Sage Buckles, um das zu beweisen.« Insgeheim setzte ich Buckles auf meine Liste der Tatverdächtigen; durch ihn entstanden in der Tat berechtigte Zweifel an Kevins Schuld. »Ich brauche Namen«, fuhr ich fort. »Nicht nur den von Buckles. Jemand, der am See war und weiß, wann Penny abgezogen ist. Außerdem jemanden, der Kevin nach dem Einbruch zusammen mit Buckles am See gesehen hat. Ich brauche die Namen von allen, die an dem Abend am See waren.«

»Schon fertig.« Hillendale reichte mir ein zusammengefaltetes Blatt Papier. »Wir haben unser Bestes gegeben. Der Anruf der Sicherheitsfirma hilft bestimmt mit dem Alibi, sofern Buckles alles bestätigt. Die Lampe über dem Gemälde kann uns auch nützen.«

»Wie das?«

»Ein, zwei Wochen lang hat niemand in der Hütte Strom benutzt, und auf einmal geht ein Licht an. Das lässt sich garantiert am Energieverbrauch ablesen.«

Kevin war weggedöst, während wir uns unterhielten, oder tat zumindest so. Draußen im Flur hatte Deputy Jackson Hanluains Posten eingenommen. Er schaute zwischen uns hin und her.

»Was ist hier los?«, fragte er misstrauisch.

»Kevin wollte bloß kurz mit Henry sprechen«, erwiderte Hillendale. »Kein Grund zur Aufregung.«

Jackson musterte mich einen Augenblick zu lang, zog sich dann die Kappe ins Gesicht und murmelte: »Scheiße.«

Hillendale wich mir bis zum Parkplatz nicht von der Seite. »Dann sehen Sie mal zu, was Sie bei den Leuten vom See rausfinden. Eins sag ich Ihnen gleich, und das können Sie von mir aus auch so an Ross weitergeben: Die Mordanklage muss so bald wie möglich vom Tisch. Ross hat bestimmt keine Lust, ein Problem wegen doppelter

Strafverfolgung zu bekommen, also lässt er sie am besten ganz fallen, bevor die Sache eine Instanz höher geht. Er hat nichts zu verlieren, wenn er das Verfahren erst einstellt und dann später neue Beweise ans Licht kommen. Dann klagt er Kevin eben erneut an. Später. Aber wenn er das jetzt weiterverfolgt, hat er ein Problem, und wenn der Richter die Klage nicht direkt abweist …«

»Wir reden hier von Heyne. Das macht der bestimmt nicht, bei der Beweislage.«

»Aber wenn wir mit diesen Beweisen in die Verhandlung gehen, gewinne ich. Das ist Ihnen doch klar, oder?«

Ich hob skeptisch eine Augenbraue, war aber insgeheim der gleichen Meinung.

»Also stellt Ihre Seite das Verfahren am besten noch vor der ersten Anhörung ein. Dann plädieren wir natürlich schuldig beim Einbruch.«

»Jetzt zäumen Sie das Pferd mal nicht von hinten auf.«

»Und Sie passen besser auf, dass das Pferd Sie nicht beißt.« Der Anwalt rückte sich die Krawatte zurecht. »Ich will ja gar nicht, dass Sie mir bei der Verteidigung helfen. Wir sind kooperativ auf Sie zugekommen, Kevin und ich, damit Sie nach Penny suchen können. Falls sie sich noch finden lässt. Kevin ist schrecklich um sie besorgt und weiß, dass er gerade nichts mehr für sie tun kann.«

»Hören Sie, wo ich schon den ganzen Weg hierhergefahren bin«, meinte ich. »Könnten Sie mir einen Gefallen tun? Was hat es mit dieser Firma auf sich, die Casey Noonans Immobilien aufkauft? Oder zumindest die Royal Lodges gekauft hat. Wissen Sie da Genaueres?«

Wusste er nicht, versprach mir aber, mal nachzuforschen. Wir verabschiedeten uns voneinander und gingen zum jeweiligen Tagesgeschäft über.

Am Ende der Liste, die Lee Hillendale mit Kevin erstellt hatte, stand »Jen Stewart«. Mit vollem Namen hieß sie Jennie Lyn Stiobhard, war die beinahe vertrauenswürdige Schwester der örtlichen Tunichtgute Danny und Alan und vom gleichen Schlag wie ihre Brüder. Dennoch war sie kürzlich bei der weitaus bürgerlicheren Pamela Maddox eingezogen. Pamela war mit einem ehemaligen Finanzberater verheiratet, der einige Menschen um ihr Erspartes gebracht hatte und gerade eine Haftstrafe verbüßte. Sie wohnte in einem einstöckigen Haus in Wild Thyme, dessen Einfahrt sich zwischen ein paar Bäumen hindurch schlängelte und zu einem knapp vier Hektar großen Grundstück führte. Tim Maddox würde nicht ewig einsitzen, für das Arrangement der beiden bestand also kaum Langzeithoffnung. Ich machte mir sogar ein bisschen Sorgen, was passieren würde, wenn er wieder auf freiem Fuß war.

Trotzdem überraschte mich die irrationale Hoffnung, die ich verspürte, als ich vorfuhr und Jennie Lyn und ein kleines Mädchen im Prinzessinnenkleid im Vorgarten gemeinsam Seifenblasen pusten sah. Sie hatte ihr typisches Militäroutfit gegen Jeans und Tanktop getauscht, trug das Haar zurückgebunden und hatte es über den Ohren wegrasiert. Sie war barfuß, ein kleines Detail, doch es zeugte von einer sanften Seite an ihr, die mir bislang verborgen war. Die kleine Prinzessin war zwei, drei Jahre alt und begrüßte mich mit missbilligendem Schweigen. Ich ging in die Hocke, um ihr auf Augenhöhe zu begegnen, doch sie versteckte sich trotzdem hinter Jennies Bein.

»Na komm«, sagte Jennie. »Wir schauen mal, was im Fernsehen läuft. Aber nur ganz kurz, und du darfst deiner Mutter nichts davon erzählen. Und pass auf, dass du Jamie nicht aufweckst.« Sie drehte sich zu mir. »Ihr Bruder schläft gerade. Kommen Sie doch hoch auf die Veranda.«

Nachdem Jennie Lyn die Kleine vor dem Fernseher geparkt hatte, setzten wir uns. Von hier aus hatte man eine schöne Aussicht auf die Hügel.

»Was wollen Sie von mir?«, fragte sie einigermaßen freundlich.

»Ich bin auf der Suche nach Penny Pellings.«

»Und woher soll ich wissen, wo sie ist?«

»Das behaupte ich ja gar nicht. Aber von Kevin O'Keeffe weiß ich, dass Sie sie womöglich in der Nacht ihres Verschwindens gesehen haben.«

»Ja, oben am See. Ich bin da mittlerweile kaum noch.«

»Verstehe.«

»Aber ja, ich war da. Ich weiß auch nicht, war ne komische Nacht. Vielleicht lag's auch an mir und ich hab's vorher nie gemerkt. Ich hab nichts gegen eine Flasche Wein, aber Heroin rühre ich nicht an. Da will man sich mit jemandem unterhalten, und auf einmal …« Jennie mimte jemanden, der das Bewusstsein verlor. »Alles lief total langsam. Normalerweise kenne ich das genau andersrum. Egal. Jedenfalls habe ich gemerkt, dass es Kevin nicht so gut ging. Ich meine, er ist ein Clown, Sie kennen ihn ja, deswegen war's ziemlich seltsam, ihn so zu sehen. Er hatte irgendwelche Probleme mit so einem Typen, der ganz merkwürdig gesprochen hat …«

»Inwiefern?«

»Ich weiß auch nicht, als ob er die Wörter nicht richtig rausbekommt. Jedenfalls war der Typ sauer, Kevin hat sich auch komisch aufgeführt, sie haben sich gestritten, und dann sind sie irgendwann zusammen den Hang hoch.«

»Wissen Sie, wie er heißt? Können Sie ihn mir beschreiben?«

»Nein, ich hatte den vorher nie gesehen. Ein Schrank von einem Mann, gebrochene Nase, Stacheldrahttattoos an beiden Armen.«

»Kann es sein, dass er Sage Buckles hieß?«

»Das hätte ich mir gemerkt.«

»Dann vielleicht Heffernan?«

»Keine Ahnung.«

»War er allein oder mit jemand anderem unterwegs?«

»Kann ich Ihnen nicht sagen.«

»Ist Ihnen schon mal ein grünes Auto mit rosa Unterbodenbeleuchtung begegnet?«

»Was ist das denn für eine Frage?«

»Egal«, sagte ich. »Um wie viel Uhr sind die beiden verschwunden?«

»Nach Mitternacht. Ich hab da nämlich auf die Uhr geguckt und gedacht: Scheiße, ich muss auch los. Hierher zurück.«

»Und was hat Penny in der Zeit gemacht?«

»Saß einfach nur da. Sie war drauf, aber das ist ja nichts Neues. Als Kevin weg war, hab ich nur noch gesehen, wie sie hoch zu ihrem Wohnwagen ist.«

»Sind Sie sich sicher mit den Zeitangaben?«

Sie zuckte mit den Schultern. »Ziemlich.«

»Ist ihr irgendwer gefolgt?«

»Nein. Da waren nicht viele Leute, und wir kannten uns alle.«

»Ist Ihnen sonst irgendwas Ungewöhnliches aufgefallen? Hat sich irgendwer seltsam verhalten?«

»Wie gesagt, ich kannte alle, bis auf den einen Kerl.«

»War Andy Swales auch da?«

»Nein«, antwortete sie. »Der taucht bloß ab und zu mal betrunken auf, manchmal in Damenbegleitung. Ich glaube, das ist kein schlechter Kerl. Ich weiß auch nicht. Er lässt uns jedenfalls in Ruhe.«

Ich ging noch einmal den Ablauf mit ihr durch, und sie wiederholte alles noch einmal genauso. Dann rief die Kleine von drinnen nach ihr, und auch der kleine Bruder meldete sich schreiend zu Wort.

»Können Sie mir noch irgendwas zu Penny Pellings erzählen? Irgendwelche Gerüchte, was sie für einen Ruf hatte, egal was.«

Jennie Lyn überlegte. »Die Jungs standen alle auf sie, aber Penny Pellings ist nichts Besonderes, auch wenn sie einem das weismachen will. Man kann auch gar nicht mit ihr reden, da kommt nichts zurück.«

Ich machte mich auf den Weg zu meiner Dienststelle, um dort ein paar Nachforschungen anzustellen. Sage Buckles hatte in Pennsylvania keinen Eintrag im Polizeiregister. Ich probierte es bei meinem neuen Freund Lieutenant Sleight in der Polizeibehörde von Binghamton. Er gab den Namen im New Yorker System ein und fand heraus, dass Buckles vor neun Jahren sechzehn Monate wegen Körperverletzung in Collins gesessen hatte. Anschließend verfasste ich eine Anzeige sowie eine eidesstattliche Erklärung zum Einbruch bei den Prossers, damit Ross einen Blick darauf werfen und ein Richter, vermutlich Heyne, sie unterschreiben konnte. Natürlich hoffte ich, dass die Vernunft obsiegen, Ross Immunität oder zumindest so etwas in der Art anbieten und Buckles sich des Einbruchs schuldig bekennen würde.

Ich erwischte Ross, als er das Gericht gerade durch den Hinterausgang verließ. Er lächelte müde, als er mich bemerkte.

»Tut mir leid«, sagte ich. »Wir sind auf ein paar Schwierigkeiten gestoßen.«

Ich begleitete ihn zu seinem Auto und erzählte, was ich am Morgen erfahren hatte, wie die Zeugenaussagen, die Anrufe und die zeitlichen Abläufe gegen Kevins Schuld sprachen. Die Anzeige gegen Buckles hielt ich die ganze Zeit in der Hand. Ross wusste genau, was auf dem Blatt stand, verlangte mit einer ungeduldigen Geste danach und überflog es fluchend.

»Wenn das alles stimmt, werde ich bestimmt keinen Prozess anstreben«, meinte er. »Haben Sie einen Stift?« Ross kritzelte ein »Okay« und seinen Namen unter die Anzeige. »Gehen Sie damit zu Heyne.«

»Falls ich Buckles auftreiben kann«, sagte ich, »will ich ihn eigentlich nicht festnehmen. Was kann ich ihm hinsichtlich Ihrer Einstellung zu dem Einbruch sagen?«

»Was erwarten Sie von mir? Er ist in ein Haus eingestiegen, das ist ein Verbrechen.«

»Falls er aussagt …«

»Von mir aus«, gab Ross nach. »Falls er aussagt und er Rhonda den Schaden ersetzen kann, können wir vielleicht von einer Freiheitsstrafe absehen. Für Buckles, nicht für O'Keeffe.« Ein Windstoß hob eine Haarsträhne auf seinem Kopf an und legte sie ihm dann wie einen Grashalm wieder über die Halbglatze.

Der Tag war schon fast vorbei. Ich rief bei Heyne im Büro an, obwohl ich wusste, dass er bereits Feierabend gemacht hatte, hinterließ eine Nachricht und versuchte es anschließend bei ihm zu Hause. Seine Frau empfahl mir, am Walker Lake vorbeizuschauen, da er dort oft segele.

Der Walker Lake ist meist überfüllt und laut, genau das Gegenteil vom Maiden's Grove. Der See ist gänzlich von Häusern und Gästehäuschen gesäumt, bis auf einen kleinen Fleck für die öffentliche Bootsrampe. Frisch von der Gemeinde genehmigte Pontons treiben auf dem See. Ich mag den Walker Lake, es ist immer was los. Wenn man den gespenstischen Ruf des Seetauchers im Morgennebel hören will, muss man sich allerdings woanders umsehen. Am Walker Lake gibt es außerdem einen wenig eleganten Yachtclub, wo man gegen Gebühr kleinere Boote einlagern kann. Im vorigen Sommer hatte ich sämtliche Gewässer im Umkreis von fünfzehn Kilometern abgeklappert, um ein gestohlenes Segelboot ausfindig zu machen, aber ohne Erfolg.

Ich ging einen Sperrholzsteg hinab, der von Plastikfässern getragen wurde, und entdeckte nur ein einziges Segelboot auf dem See. Ich winkte ihm zu, doch Heyne hielt Abstand und kreuzte scheinbar ziellos auf dem See hin und her. Dafür erschien ein älterer Herr mit stattlichem Schnurrbart und rosa Frotteemütze, um ein Boot zu Wasser zu lassen. Er nickte mir grüßend zu.

»Wie ruft man hier jemanden an Land?«

Der Mann verschwand im Clubhaus und kehrte kurz darauf mit einem Drucklufthorn zurück. Ich hupte dem Richter das Signal zu, und er hupte zurück, ich solle zu ihm kommen.

»Ich brauche Ihr Boot«, sagte ich.

Der ältere Herr, der sich als Fred vorstellte, ließ mich vorne in dem schmalen Bug Platz nehmen und schob uns aufs Wasser. Der Wind blies ins Segel, und das Boot erwachte zum Leben. Ich hielt die Finger ins kühle Nass. Nahe der Seemitte hatten es die Algen fast bis an die Oberfläche geschafft, da unten musste sich ein undurchdringliches Dickicht befinden. Die Seeoberfläche wirkte lebendig und kräuselte sich fast schon spielerisch, wenn ein Windstoß sie erfasste. Hin und wieder rief Fred mir zu, ich solle mich ducken, bevor der Baum bei einem Kurswechsel zur anderen Seite schwenkte. Ich war zum ersten Mal auf einem Segelboot und musste die Begriffe erst lernen. Langsam holten wir den Richter ein, der am anderen Ufer umherschipperte.

Als wir in Hörweite waren, rief Heyne: »Fred, du alter Verräter!«

»Richter Heyne«, sagte ich. »Tut mir leid, dass ich Sie störe.«

»Kann ich nicht mal einen Nachmittag verbringen, ohne darüber nachzudenken, welcher Dorftrottel den anderen umgebracht hat?«

Damit übertrieb er wirklich. »Leider nicht«, gab ich zurück.

»Scheiße.«

Heyne ließ die Großschot los – die Leine, die den Großbaum kontrolliert –, sodass er keinen Wind mehr im Segel hatte. Wir schlossen zu ihm auf, und ich reichte ihm Anzeige und Erklärung hinüber. Richter Heyne warf Fred ein Dosenbier aus seiner Kühlbox zu, und ich stieg über die Reling zu ihm und brachte ihn auf den neuesten Stand, während er die Dokumente durchlas. Das Segel flatterte matt über uns.

»Dieser Buckles behauptet also, er hätte den Einbruch mit O'Keeffe begangen? In der Nacht, als Pellings verschwunden ist?«

»Andersrum, aber im Grunde ja. Buckles kann O'Keeffes Alibi bezeugen. Für den Mord.«

»Laden Sie ihn vor«, meinte Heyne. Ich reichte ihm einen Stift, und er unterschrieb schwungvoll die Anzeige. »Waidmannsheil.«

Garten- und Landschaftsbau Alexander Grace war eine der örtlichen Erfolgsgeschichten, die der Schiefergasboom in der Marcellus-Formation geschrieben hatte. Noch vor ein paar Jahren vermietete Alexander Grace lediglich Bagger und Kompaktlader, begründete bald darauf jedoch mit einem mittelgroßen Hackschnitzler, einem Muldenkipper, mehreren Kettensägen und drei Angestellten einen weiteren Geschäftszweig: Baumdienst Grace. Sie fällten und beseitigten sterbende und lästige Bäume in ganz Holebrook County und Umgebung; kein Auftrag war zu knifflig, keine Hochspannungsleitung zu nah. Alexander Grace besaß östlich von Fitzmorris ein Grundstück, auf dem er das Holz kleinhackte und dann mit einem saftigen Aufschlag an faule oder gebrechliche Zeitgenossen weiterverkaufte. Außerdem hatte er dort mit dem Steinabbau begonnen und bot diesen Service auch der Allgemeinheit an.

In den frühen Tagen des Schiefergasfiebers, als Leute von außerhalb wie die Heuschrecken über den Bezirk herfielen und alles aufkaufen wollten – *Hey, brauchst du das noch?* –, hatte Alexander Grace einen guten Riecher gehabt. Er steckte Gott weiß wie viel, wahrscheinlich über hunderttausend Dollar, in einen Holzvollernter, eine Baumfräse und einen Skidder – schließlich mussten die Bohrstellen erst noch gerodet werden. Dann überhäufte er die Gasfirmen mit Anrufen, E-Mails und Briefen und schaltete Anzeigen in sämtlichen Lokalblättern: Landschaftsbau Grace, stets zu Diensten. Wenn die Gasfirmen nicht an örtlichen Arbeitskräften interessiert waren, nutzte er das, um die aufgeheizte Stimmung gegen die Industrie anzufachen. Nicht nur ich hatte ihn auf Gemeindeversammlungen in Aktion erlebt, sondern auch die Zuständigen für die örtliche Beziehungspflege der Gasfirmen. Als Alexander Grace den ersten Vertragszuschlag erhielt, investierte er noch mehr in Maschinen und machte so einen der Mythen des Gasbooms wahr: die Schaffung von Arbeitsplätzen. Jeder, der mit einer Kettensäge umgehen konnte oder einen Führerschein für Land- und Forstmaschinen besaß, konnte jetzt Beschäftigung finden. Das verdiente Respekt.

Sage Buckles etwa arbeitete bei Grace, was mich an sich für ihn freute. Anscheinend verdiente er aber nicht genug. Auf der Dienststelle notierte ich mir Kennzeichen, Hersteller und Modell seines Wagens – er fuhr einen fünfzehn Jahre alten Viertürer eines amerikanischen Autobauers – und stieg dann in meinen eigenen. Die verschiedenen Geschäftszweige von Garten- und Landschaftsbau Grace lagen über einen Talboden verstreut. In riesigen Wellblechhallen wurden Baumstämme gefräst, auf dem Hof wurde Feuerholz gehackt. Sattelschlepper transportierten Holzstapel und Schieferpaletten vom Gelände, leere Lkw kehrten zurück. Dreckige Männer in Warnkleidung wuselten umher. Ich beobachtete das Geschehen bis etwa halb fünf, trat dann durch das Tor und sah mich auf dem Parkplatz nach Buckles' Auto um. Es war nicht da.

Ich öffnete die Tür zum Bürowagen und wurde von einer breit lächelnden Mittvierzigerin begrüßt. Sage Buckles hatte sich offenbar wegen einer familiären Angelegenheit freigenommen, doch sie wusste nicht, wo genau er war. Sie ließ mich widerstandslos einen Blick in Buckles' Akte werfen. Als Notfallkontakt hatte er eine Hope Martinek angegeben, die am anderen Ende von Pennsylvania in einer

Kleinstadt in Beaver County wohnte. Ich notierte mir ihren Namen, dazu Buckles' Adresse in Airy, und verabschiedete mich.

Nach Airy brauchte ich knapp vierzig Minuten. Im südlichsten Zipfel dieses Bezirks wurde früher Kohle abgebaut, wobei die Hauptabbaugebiete noch weiter im Süden gelegen hatten – Lackawanna, Luzerne und so weiter. Die Kohle war jedenfalls verschwunden und hatte merkwürdige rechte Winkel in der Landschaft hinterlassen, seltsam gefärbte Seen unbekannter Tiefe und Hügelkuppen, auf denen die Bäume sich gichtartig krümmten und nie höher als zweieinhalb Meter wurden. Die Täler waren jedoch bewaldet, und dort standen auch in losen Verbänden Häuser und Wohnwagen zusammen. Bauernhöfe oder deren Überreste gab es kaum, nur ein paar verstreute Hütten, die jemand gebaut hatte, um allein zu sein.

Sage Buckles wohnte am Ende einer steilen Auffahrt in einem einstöckigen weißen Häuschen mit schwarzen Fensterrahmen mitten auf einer ungepflegten Wiese. Die abgelegene Straße hieß Hurrier Lane, und hinter dem Haus befand sich ein Hügel mit einem kleinen Wald, der zur Kuppe hin in Büschen auslief. Ich parkte neben dem Haus. Außer meinem war kein anderer Wagen zu sehen. Die Fenster waren geschlossen, die Vorhänge zugezogen. Niemand reagierte auf mein Klopfen. Unter einem rostigen Überdach hinter dem Haus hatten sich Reifenspuren ins Gras gegraben. Daneben standen Geräte, wahrscheinlich zum Ausschlachten oder weil sonst nirgendwo Platz war. Ich entdeckte unter anderem einen Rasentraktor ohne Sitz, ein Kinderquad, dem zwei Räder fehlten, und einen Einkaufswagen, an dem sich schwarzer Nachtschatten emporrankte. Mr. Buckles hatte sich anscheinend aus dem Staub gemacht.

Ich rief Sergeant Louis Resnik an, den Chef des Reviers der State Police in Beaver, für den Fall, dass Buckles dort auftauchen sollte.

»Noch nie von dem Kerl gehört«, meinte er. »Haben auch keinen Haftbefehl für ihn. In welcher Sache?«

Ich schilderte ihm grob die Geschehnisse. »Hat sich mittlerweile zu unserem Hauptzeugen gemausert«, sagte ich. »Wir müssen rausfinden, wo er ist. Was ist mit seiner Freundin, Hope Martinek?«

»Ach, die haben miteinander zu tun? Die wird immer mal wieder in die Klinik eingeliefert, ansonsten einfacher Diebstahl, Bettelei, Prostitution. Habe aber keine Adresse im System. Gut, ich gebe das weiter an die Kollegen in Beaver, vielleicht auch an den Bezirk. Viel Glück.«

ALS wir endlich den Laborbericht zu Pennys Handy bekamen, versammelten wir uns in Ross' Büro. Ihr Telefon war voll von Kevins Fingerabdrücken, die wir als Beweismaterial in der Voranhörung verwenden würden. Keiner davon befand sich jedoch *in* den Blutflecken, und natürlich gab es tausend gute Gründe, wieso er das Handy mal in der Hand gehalten haben könnte, ohne dass damit seine Schuld bewiesen wäre. Von seinen abgesehen waren nur noch Pennys Fingerabdrücke darauf. Sie stimmten mit denen überein, die wir von anderen persönlichen Gegenständen gewonnen hatten.

Aber das war nicht alles. Die Kollegen aus Bethlehem hatten uns eine CD mit Daten und Dateien vom Handy geschickt, alltägliche Textnachrichten und Fotos, darunter auch welche, die Penny eigentlich gelöscht hatte, die aber immer noch irgendwo im Schaltkreis umherschwirrten. Ein paar Bilder zeigten Eolande im Haus der Cavanaghs, auf Kevins Arm und auf ihrem. Auf den Selfies vor dem Badezimmerspiegel sah Penny immer gleich aus: schlecht gelaunt, traurig, mysteriös. Für diese Gegend war sie wirklich umwerfend schön; wenn man erst einmal erkannte, was man da vor sich hatte, hatte man das Gefühl, eine Perle in einer Auster gefunden zu haben. Außerdem hatte Penny das Terrain rund um den Maiden's Grove hingebungsvoll dokumentiert. Ich hatte genug gesehen, doch das Labor hatte noch tiefer gegraben, tief in den Abgründen von Pennys Leben.

Eine Armbanduhr aus Weißgold auf einem Nachttisch. Die Rückansicht eines nackten Mannes auf der Schwelle zu einem Bad, und im Vordergrund weibliche Umrisse, wahrscheinlich Pennys, nackt auf zerwühlten Laken. Der Mann war nicht Kevin, und das Schlafzimmer gehörte nicht zum Wohnwagen. Das Mobiliar war zu elegant, das Bett zu groß und zu weiß. Penny hatte noch weitere Aufnahmen des Schlafzimmers gemacht, darunter von Bildern an der Wand. Dann ein Selbstporträt ihres Gesichts, das umrahmt von dunklem Haar in einer großen, weißen Badewanne trieb. Darauf folgte eine Bilderstrecke, die ihr laut Labor von einem anderen Gerät geschickt worden war: Penny beim Oralverkehr und anderen sexuellen Akten mit einem Mann. Von ihm war nicht viel zu sehen; er war jünger als Kevin und der andere und befand sich in einem unbekannten Wohnzimmer.

»So was sieht man nicht gerne«, meinte Ross. Er schloss das letzte Foto und lehnte sich zurück. »Aber trotzdem.«

»Damit hätten wir ein Motiv«, sagte der Sheriff. »Sie hat ihn betrogen.«

Ich setzte zu einer Antwort an, verkniff sie mir jedoch. Ross warf mir einen prüfenden Blick zu und sprach meine Gedanken aus. »Hillendale würde mit Sicherheit argumentieren, es könnte genauso gut einer von den Männern auf den Fotos oder ein ganz anderer gewesen sein, Motiv und Gelegenheit wären ja da. Ein eifersüchtiger Liebhaber, was weiß ich. Zweischneidige Sache.«

»Wer sind diese Typen?«, fragte der Sheriff. »Ist das da Heffernan?« Er deutete auf die zweite Fotoserie. »Am besten schicken wir die nach Tioga County, die können das vielleicht abgleichen.«

»Können wir damit noch mal bei Heffernans Freundin vorbeischauen?«, fragte ich. »Noch mal mit ihr reden?«

»Wenn Sie scharf auf so ein Gespräch sind, nur zu«, erwiderte Dally.

»Hillendale will, dass wir diese Woche die Beweismittel offenlegen, dann kriegt er auch das hier zu Gesicht«, sagte Ross. »Ich würde die Fotos auch gerne Kevin vorlegen, um zu sehen, wie er reagiert. Buckles haben wir immer noch nicht. Das heißt, Hillendale wird um Aufschub bitten und den auch genehmigt kriegen, während wir durch die Gegend rennen und seine Arbeit erledigen. Beziehungsweise, Sie, meine Herren.« Damit meinte er mich, Dally und die Trooper von der State Police, die wir mit etwas Glück noch hinzuziehen könnten.

Wir verabschiedeten uns, und ich trat vor die Tür. Im Frühling und Sommer fuhr ich auf einem bewaldeten Hügel am Ende einer unbefestigten Straße, die dort auf die 37 trifft, sehr oft Streife.

Manchmal stieg ich aus und suchte mir einen Bach, hängte die Füße hinein, lauschte dem plätschernden Wasser und döste ein, bis mein Funkgerät mich weckte oder mein schlechtes Gewissen die Oberhand gewann. Auf einem unbebauten Grundstück, von dem mich noch nie jemand weggescheucht hatte, gab es eine Schlucht, die man über einen steilen Abhang erreichte und durch deren moosbewachsenen Boden sich ein Flüsschen wand. Dort fuhr ich nun hin, zog mir die Schuhe aus und war zufrieden. Mein Handy piepste. Natürlich war die Nachricht von Shelly Bray, der einzigen Person, die mir jemals schrieb. Ihre Stippvisite in der Dienststelle hatte mir klargemacht, dass ich die Sache beenden musste, falls mir mein Job und mein Ruf etwas bedeuteten. Aber natürlich würde sie weder ein Nein noch Schweigen als Antwort akzeptieren. Der neutrale Boden dieser hübschen Lichtung eignete sich perfekt für ein letztes Gespräch. Ein guter Ort für einen Abschied. Ich schrieb ihr, wo ich war.

Kurz darauf hörte ich Shelly oben auf der Straße halten. Ich sah ihr zu, wie sie sich Baumstamm für Baumstamm die Böschung herunterhangelte. Sie trug Wanderstiefel, Shorts und ein T-Shirt mit V-Ausschnitt. Sie lächelte, als sie meinen Blick bemerkte, und obwohl ich sie nicht ermutigen wollte, freute ich mich, sie zu sehen, und winkte ihr zu.

Unten angekommen stemmte sie die Hände in die Hüften, betrachtete die Sonnenstrahlen, die verstreut durchs Espenlaub fielen, den Bach, meine bloßen Füße. »Das ist ja ein richtiges Problemviertel hier.«

»So ein Bach überwacht sich auch nicht von alleine.«

Irgendwo in der Nähe plapperte eine Wanderdrossel vor sich hin, eine Walddrossel flötete ihr Tirili. Shelly machte es sich neben mir bequem. Sie trug keinen BH, und ihre Brüste streiften meinen Arm. »Ich bin so froh, dass du zurückgeschrieben hast.« Sie gab mir einen Kuss auf den Nacken und machte sich an meinem Gürtel zu schaffen.

»Wir müssen reden. Ich mein's ernst.«

»Können wir auch später noch. Du denkst zu viel. Kannst du nicht einfach …«

»Ich muss dir was sagen.« Während Shelly mir Waffe und Klamotten abstreifte, wiederholte ich innerlich: Warum nicht, warum nicht, warum nicht. Das sage ich mir oft. Ich bin ein Mensch, und Menschen haben Bedürfnisse. *Warum eigentlich nicht.* Und als sie aufstand, sich auszog, sich dem Wald hingab, mir hingab, Zeit für eine Weile keine Rolle mehr spielte, dachte ich immer noch: Warum nicht, warum nicht. Die Lichtung war wie für uns gemacht. Und in genau jenem Moment wurde mir bewusst, was ich ihr sagen musste. Shelly lag seitlich auf einem flachen, moosigen Fels, ein Bein über meiner Schulter, schaute mir in die Augen und hielt eine Hand in den Bach. Ich wusste, dass mir nicht viel Zeit blieb. Sie schloss die Augen und griff sich zwischen die Beine. Der Sex mit ihr tat so gut, schien natürlich und richtig, ein neues Gefühl für mich. Doch plötzlich wurde ich von einem ebenso neuen schlechten Gewissen überwältigt, oder vielleicht auch einem alten, das gerade wieder hochkam. Shelly hatte bisher nie eine Bedrohung für meine Frau Polly dargestellt, nun mit einem Mal aber schon. Damit hatte ich die Antwort auf mein »Warum nicht«. Sie drückte den Rücken durch, ich kam in ihr, und dann lagen wir nebeneinander. So konnte ich unser Verhältnis nicht beenden.

Zurück in der Dienststelle rief ich bei Francis Sleight an, um mich nach dem Stand der Dinge zu erkundigen. Der Lieutenant war jedoch nicht am Platz, und ich hinterließ ihm auch keine Nachricht. Lee Hillendale schrieb mir in einer E-Mail, er habe mit Casey Noonan gesprochen, aber auch nicht viel Neues in Erfahrung gebracht. Eine auf Andy Swales registrierte Personengesellschaft habe ihm einige Immobilien abgekauft, darunter auch ein Grundstück mit einem leer stehenden Haus in Airy. Die Recherche im Handelsregister brachte lediglich den Namen der Firma, Ton L, LLC, sowie eine Adresse in Scranton zutage. Weitere Mitglieder wurden nicht genannt.

Gegen Mittag bekam ich Besuch aus New York. Penny Pellings' Onkel Ron Chase stand in der Tür. Der aus dem Leim gegangene Mann stolperte herein und ließ sich sofort unaufgefordert auf einen Stuhl fallen. Seine Begrüßung war zwar freundlich, doch in seinem

Auftreten schwang auch eine gewisse Aggressivität mit, als würde ihm der Laden hier gehören. Ich fragte ihn, weshalb er den weiten Weg auf sich genommen habe, hatte jedoch schon so eine Vermutung, wie die Antwort ausfallen würde.

»Ach, ich war bloß neugierig, wie es mit der Sache um Penny steht, und da dachte ich mir, ich komm einfach mal rüber und schaue bei meinen Jungs vorbei.« Damit meinte er wahrscheinlich die Freiwillige Feuerwehr von Wild Thyme. »Mal hören, wie es so läuft.« Seinen Sohn Bobby, dessen Festnahme ich vor ein paar Tagen in First Ward beigewohnt hatte, erwähnte er nicht.

»Tja, wir gehen da ein paar, ähm, also wir haben ein paar laufende …« Ich schob die Unterlagen auf meinem Schreibtisch von rechts nach links. »Gibt's denn bei Ihnen was Neues?«

Chase sah mich verärgert an. »Das wissen Sie doch am besten.«

»Heißt das, Sie haben mit Bobby gesprochen?«

»Ja, habe ich. Nur saß er dabei leider hinter einer Glasscheibe und musste durch einen Scheißtelefonhörer mit mir reden. Und um ihn rum lauter Neger!«

»Einen Augenblick. Nicht in diesem Ton.«

»Was erwarten Sie denn? Wir reden hier von meinem Sohn! Und ich will jetzt endlich wissen, was zum … was hier los ist.«

»Selbst wenn ich was wüsste, könnte ich es Ihnen nicht sagen.«

»Sie waren doch dabei.«

Ich zuckte die Schultern.

»Geben Sie's doch zu. Bobby hat Sie haarklein beschrieben.«

»Von mir aus, ja. Da wusste ich aber nicht, wer er ist.«

»Wer war bei ihm?«

Ich schraubte mir eine Mischung aus Mitleid und Genervtheit ins Gesicht und schwieg.

»Was hat er verbrochen? Haben Sie ihn bei irgendwas erwischt? Ich weiß ja, dass er wegen Drogenbesitz mit Verkaufsabsicht angeklagt wird. Aber diese Prostitutionsgeschichte mit der Minderjährigen …«

Ich sah ihn weiter stumm an.

»Hören Sie, mit den Cops in Binghamton kann ich nicht reden. Die lachen mir ins Gesicht. Aber Sie verstehen das doch sicher. Bobby ist keiner von denen. Er gehört zu uns.«

»Ach ja?«

Der alte Mann sprang auf und stürmte fluchend aus dem Zimmer.

Charles Michael Heffernans Freundin Vicki Jelinski wohnte mit den gemeinsamen Kindern in einem Zweifamilienhaus gegenüber einer Betonbaufirma in Johnson City, dort, wo das Wohngebiet endete. Lkw und Anhänger rosteten hier in Wellblechhallen hinter einem Maschendrahtzaun vor sich hin. Im Norden lag der Highway 17. Im Süden schlugen die Eisenbahnschienen, die auch durch First Ward führten, eine zugewucherte Schneise durch die Stadt.

Das Haus war mit gelben Asphaltschindeln verkleidet, an manchen Stellen kam darunter eine braune Schicht zum Vorschein. Ich verglich den Namen auf der Klingel mit dem auf der Akte in meiner Hand, in der sich Ausdrucke von Penelope Pellings' unzweideutigen Fotos befanden. Der Gerichtsmediziner von Tioga County hatte einen der Männer anhand von Unterarmtattoos zweifelsfrei als Heffernan identifiziert. Doch Vicki Jelinski wusste davon nichts, und mir war die Aufgabe zugefallen, so viel wie möglich aus ihr herauszubekommen. Die Kinder waren zu dieser Tageszeit hoffentlich in der Schule, ich wollte noch größere Schwierigkeiten gern vermeiden. Warum blieb so was bloß immer an mir hängen?

Ich klingelte. Die wenig überrascht wirkende Vicki öffnete die Tür. Ihre rot und lila gefärbten Haare waren mit Gel glatt nach hinten gekämmt, und sie trug ein Baby auf der Hüfte.

»Kommen Sie rein«, sagte sie. »Aber ich werd Ihnen auch nichts anderes erzählen als den Cops, die neulich hier waren.« Ihre Stimme war tief, voll und gelassen, fast schon monoton. Das Baby starrte mich schweigend und unergründlich an.

Drinnen roch es nach Rührei. Überall lag buntes Plastikspielzeug herum. An den Wänden hingen gerahmte Fotos von vier Kindern, darunter auch ein im Fotostudio aufgenommenes Porträt von Heffernan als Familienvater. Ansonsten deutete jedoch nichts darauf hin, dass hier ein Mann wohnte.

Vicki legte das Baby auf einer Decke auf dem Boden ab und setzte sich auf das Sofa. Mir teilte sie einen Ledersessel zu, der von Katzenklauen zerkratzt worden war.

»Ich kenne seine Freunde nicht, ich habe keine Ahnung, wieso ihn jemand umbringen wollte, und ich war's nicht. Ich war auf Arbeit.«

»Wo arbeiten Sie?«

Sie nannte eine Restaurantkette an der Schnellstraße. »Meine Mutter hilft mir mit den Kindern«, sagte sie. »Er hat uns zwar jeden Monat Geld gegeben, aber richtig häuslich war er nie.«

»Wie viele Kinder hat er, zwei?«

»Ja. Daniella ist seine.« Sie schaute auf die Kleine am Boden. »Und einen Sohn, Colin. Meine zwei anderen Jungs sind älter, acht und zehn.«

»Hübsches Kind. Kam er mit dem anderen Vater zurecht?«

»Die beiden kennen sich nicht.«

»Hat er womöglich noch andere Kinder?«

Der Gedanke schien sie zu beunruhigen, doch sie schwieg.

»Ich meine, er hat sich doch auch mit anderen Frauen getroffen, Sie beide waren nicht fest zusammen, oder?«

»Wenn er hier war, war er mit mir zusammen.«

Ich nickte, verstand aber nicht, was sie damit meinte. »Er wurde Mikey genannt, oder? Mikey hat also in der Gastronomie gearbeitet, richtig? Haben Sie sich dadurch kennengelernt?«

»Nein, er hat Drogen gedealt.«

Ich lachte auf.

»Er ist tot, wieso soll ich da noch lügen? Und das wissen Sie doch eh schon, Sie sind Polizist. Keine Ahnung, mit wem er da zu tun hatte. Wenn ich's wüsste, würde ich es Ihnen auch nicht sagen.«

Ich schaute auf die Akte in meinem Schoß, dann wieder zu ihr. »Mir geht es nur um die Art Ihrer Beziehung. Wussten Sie nicht, dass er sich mit anderen Frauen traf?«

»Keine Ahnung.« Sie klang verletzt.

»Sagt Ihnen der Name Penelope Pellings etwas? Penny?«

Vicki sah mich überrascht an. »Nein.«

Ich glaubte ihr nicht. Wieder schaute ich auf die Akte. »Was würde das für Sie bedeuten … was würde es bedeuten, wenn ich Ihnen sagte, dass er Sie betrogen hat?«

»Was das bedeuten würde?« Vickis Stimme wurde lauter und höher. »Ich habe zwei Kinder von ihm. Er ist tot. Was wollen Sie von mir hören?«

»Ich will herausfinden, wer ihn umgebracht hat und warum.«

»Wollen Sie damit sagen, er ist wegen irgendeiner Schlampe abgeknallt worden?«

»Ich weiß es nicht. Möglich ist es.«

»Er hatte nun mal einen gefährlichen Job.«

»Das stimmt.« Ich stand auf, die Akte mit den Fotos unter dem Arm. »Falls Ihnen noch was einfällt, das ich wissen sollte …«

Sie brachte mich zur Tür. Ich ließ den Blick über die Straße schweifen und entdeckte einen Mann, der von einem geparkten Auto aus Vickis Haus beobachtete. Ich stieg in meinen Diensttruck, wartete noch kurz und fuhr dann los. Der Wagen folgte mir bis zurück in die Stadt. Erst an der Polizeistation überholte er mich schließlich. Bevor ich jedoch einen Blick auf den Fahrer erhaschen oder ihm folgen konnte, war er auch schon hinter der nächsten Kurve verschwunden.

Da sie nicht allzu weit entfernt war, schaute ich in der Kanzlei Carmichael & Williams vorbei. Ich hatte keinen Termin und wollte auch keinen. Nach fast einer Stunde Warterei in der Lobby führte mich ein Assistent zu Swales' Büro. Swales winkte mich herein. Ich setzte mich und musterte ihn unvoreingenommen. Er hatte sich zu sehr im Griff, um als Erster etwas zu sagen. Seine Miene war praktisch undurchdringlich, gleichzeitig strotzte er geradezu vor Gesundheit.

Ich schlug die Akte auf und legte die ihn betreffenden Fotos auf seinen Schreibtisch. Er schaute nicht hin.

»Was zeigen Sie mir da?«

»Nichts, was Sie noch nicht wüssten.«

Er griff nach Pennys freizügigem Selbstporträt und gab dabei den Blick auf eine Weißgoldarmbanduhr frei. Nachdem er das Bild eine Weile angestarrt hatte, sagte er: »Sie wird mir fehlen. Sie ist tot, oder?«

Ich schwieg.

»Stellen Sie sich mal Folgendes vor, Officer. Sie sind geschieden, einsam, und ein hübsches junges Ding putzt bei Ihnen. Und dann steigt sie eines Morgens einfach so zu Ihnen ins Bett und stellt Dinge mit Ihnen an …«

»Einfach so, hm?«

»Dinge, die Sie wieder lebendig machen. Einfach so. Vielleicht fühlt sie sich zu Hause nicht geliebt …«

»Hören Sie doch auf, Andy.«

»Nein, im Ernst. Und noch dazu macht sie sich womöglich Hoffnungen auf mehr. Ein besseres Leben. Ich weiß, das spricht nicht gerade für mich, aber das hatte sie bestimmt irgendwo im Hinterkopf.«

»Und was hat sie bekommen?«, fragte ich. »Ich meine, stattdessen. Was haben Sie ihr gegeben?«

»Darauf falle ich nicht rein.«

»Wie viel haben Sie ihr fürs Putzen gezahlt? Wussten Sie, dass sie drogenabhängig ist?«

»Unser Gespräch ist hiermit beendet. Falls Sie noch etwas von mir brauchen, melden Sie sich bei meinem Anwalt.« Ich stand auf. Swales seufzte tief. »Henry, tun Sie doch nicht so, als könnten Sie das nicht nachvollziehen. Sie sind doch auch nicht besser. Aber das macht Sie noch lange nicht zum Mörder, und mich auch nicht.« Er sah mich mit einem wissenden Funkeln in den Augen an. Sein aufgesetztes, gezwungenes Lächeln brachte mich zur Weißglut.

»Sie verlassen Holebrook County nicht«, wies ich ihn an, »bis die Sache aufgeklärt ist.«

DER Fremont Lake liegt in der Nähe von Pinedale und Big Piney, Wyoming, wo ich früher gelebt und gearbeitet habe, als ich noch verheiratet war. Der See ist knappe siebzehn Kilometer lang und relativ schmal. Abgesehen von ein paar Campingplätzen, auf denen die Leute Abstand vom Alltag suchen oder mal so richtig die Sau rauslassen wollen, sind die Ufer unberührt. In der Mitte ist der See fast hundertachtzig Meter tief. Ich zog damals regelmäßig eine stattliche Anzahl Forellen raus. Polly und ich hatten ein Kanu.

Wir von der Wache in Big Piney waren alle als Rettungstaucher ausgebildet gewesen, ein paar von den Feuerwehrmännern und Sanis auch. Unsere Ausbildung kam allerdings nie zum Tragen, weil es dafür ja Profis gab. Doch nun in Wild Thyme war meine Zeit gekommen.

Um neun Uhr morgens, als die Strahlen der aufgehenden Sonne die Oberfläche des Maiden's Grove streiften, stiegen ich und ein muskulöser Ex-Marine namens Matty Lehl in unsere Neoprenanzüge. Matty, ein mürrischer, auf Vorschriften bestehender Mann, war stellvertretender Hauptmann der Freiwilligen Feuerwehr von Wild Thyme. Tage wie dieser waren ganz offensichtlich seine persönlichen Highlights. Meine waren es nicht. An Land machten mir Tod und Verwesung nichts aus, nicht mal der Geruch. Ich konnte mir stets einreden, dass das Ganze ja nichts mit mir zu tun hatte, und in Ruhe meine Arbeit machen. Die Toten an Land suchten mich, wenn überhaupt, erst später heim, und das auch nicht, um mir Angst zu machen, sondern weil sie mir etwas mitteilen wollten. Bei Ertrunkenen jedoch fehlte mir dieser Sicherheitsabstand. Sie lösen sich gnadenlos auf und verbreiten den Tod in alle Richtungen, überziehen einen äußerlich und innerlich damit.

Ich schob mir die Maske in die Stirn und warf die geliehenen Flossen in das Polizeischlauchboot. Matty stieg ein, Deputy Jackson ließ den Außenbordmotor an, und wir fuhren auf den See. Dank Druckluftflaschen, Enterhaken und dem Rest der Ausrüstung lag das Boot tief im Wasser. Matty saß im Bug.

»Die State Police wollte wohl niemanden schicken, hm? Mit ein paar Leuten mehr hätten wir den See an einem Tag komplett durch. So sind wir bestimmt morgen noch beschäftigt.« Genau darauf schien Matty auch zu hoffen.

»Das stimmt«, meinte ich. »Wir haben allerdings keine Verstärkung angefordert. Ich persönlich bezweifle, dass sie da unten liegt.«

»Davon geht die Suche auch nicht schneller. Meinst du eigentlich, dieser Junge war's wirklich, dieser O'Keeffe?«

Ich schwieg. Am Südufer stand Rhonda Prosser und beobachtete uns mit einem Fernglas. Womöglich hatten wir am Ende noch eine Fernsehcrew am Hals, bevor wir durch waren.

»Na, falls sie abgetrieben ist, müsste sie inzwischen an der Mündung zum January Creek sein.« Matty nickte in Richtung der südöstlichen Ecke. »Wollen wir da anfangen und uns dann nach Norden vorarbeiten?«

»Du bist hier der Chef.«

»Ich meine, in der Mitte ist der See knapp zwanzig Meter tief, oder? Wir müssen ja nicht gleich am Anfang so weit runter. Wenn sie ertrunken ist, treibt sie wahrscheinlich eher irgendwo in Ufernähe.«

Insgeheim dachte ich, falls sie tatsächlich hier irgendwo lag, dann bestimmt in Ketten und mit offenen Augen ganz unten am Seeboden. Doch wir folgten Mattys Vorschlag, tuckerten rüber zur Mündung und ließen uns rücklings ins seichte Wasser fallen. Nachdem sich die Wellen wieder beruhigt hatten, war ich umgeben von der seltsamen Stille, die stets unter Wasser herrscht; hin und wieder wurde sie von unseren Luftblasen durchbrochen. Wir schwammen bis auf einen Meter ans Ufer heran, eine Ödnis aus Schlamm und Steinen. Sonnenbarsche stoben vor mir davon. Vom January Creek ging nur ein schwacher Sog aus, gegen den wir leicht anpaddeln mussten. So sauber der Maiden's Grove angeblich war, alle zwanzig Meter fiel der Schein unserer Taschenlampen auf Autoreifen, die wir dann genau wie die vielen anderen menschlichen Artefakte aus dem Schlamm zerrten. Sediment wirbelte auf. Es war kalt, und die Arbeit ging nur langsam voran. Hin und wieder tauchte im trüben Wasser urplötzlich ein Baumstamm vor uns auf. Wir näherten uns der Mitte des Sees. Grünalgen schwenkten ihre feinen Tentakel, dazwischen rotes und violettes Laichkraut. Von oben weckte dieser Unterwasserdschungel stets meine Neugier, was wohl darunter verborgen lag. Doch ich hätte mich auch gut an den Unterwasseranblick gewöhnen können; vom seichten Wasser aus erinnerten die Pflanzen an einen Vorhang, aus der Nähe an einen dichten Wald. Wenn ich ihnen zu nahe kam, wiegten sie sich im Wasser und umschlangen meine Flossen.

Ich schwamm hindurch, und zu meiner Überraschung hörte der Urwald plötzlich auf. Ich warf einen Blick zurück auf die Grenze, die die Vegetation anscheinend nicht überschreiten wollte. Sie erstreckte sich zu beiden Seiten wie eine Mauer, so weit das Auge reichte. Ich schaute nach unten in den dunklen Abgrund, konnte jedoch keinen Boden ausmachen. Das Spiel des Sonnenlichts oben an der Seeoberfläche war auf einmal viel weiter entfernt, als mir lieb war.

Nach der Mittagspause suchten wir unter Wasser das Südufer ab und entdeckten dabei mehrere Bierflaschen, Reifen, Fernseher, Flip-Flops und Spielzeug. Von Penny jedoch keine Spur. Ein gesunkenes Boot barg ebenfalls keine Geheimnisse.

Matty und ich schwammen nach oben, um die Druckluftflaschen zu wechseln, stützten die Ellbogen auf das Schlauchboot und reckten die Gesichter in die Sonne. Eine Paddlerin hatte sich zu uns auf den See gesellt. Die grauen, glitzernden Dreadlocks verrieten Rhonda Prosser schon von Weitem.

»Sieht so aus, als müssten wir da unten mal nach Davey sehen«, verkündete Matt düster. Ich hielt das für eine mir unbekannte Redensart unter Tauchern. »Ich weiß ja nicht, wie oft du schon so tief unten warst …«

»Nicht sonderlich oft.«

»Dann bleib in meiner Nähe, immer in Sichtweite. Das ist kein Zuckerschlecken da unten.«

Wir tauchten hinab in die Tiefe. Die Lichtkegel unserer Handlampen durchschnitten die Dunkelheit und wurden sofort wieder verschluckt. Ich glich den Druck in meinen Ohren aus. In fünfzehn Metern Tiefe war er so heftig, dass ich gegen den Drang ankämpfen musste, gleich wieder nach oben zu schwimmen. Der Grund des Sees wirkte auf den ersten Blick so leer wie die Oberfläche eines fremden Planeten. Ein kleiner Zylinder ragte aus dem Schlamm. Ich griff danach, und der Sedimentmantel löste sich widerstandlos: ein Keramikgefäß mit Salzglasur und einem blassblauen Vogelmuster. Ein Trinkbehältnis, das ein Eisangler vor langer Zeit dort verloren haben musste. Plötzlich wurde das Licht meiner Lampe in der Ferne von etwas reflektiert. Mein Herz schlug schneller. Ich gab Matty ein Zeichen und schwamm darauf zu. Ein Gefährt unter einer dünnen Sedimentschicht, zu klein für ein Auto. Ein auf dem Kopf stehendes Schneemobil, ein älteres Modell, womöglich aus den Sechzigern oder Siebzigern. Darunter verbarg sich ein formloser Stoffklumpen. Ich zog daran, und sofort löste sich der Stoff in Fetzen auf, die vom Wasser weggetragen wurden, und gab den Blick auf menschliche Knochen frei. Panisch ruderte ich zurück. Matty machte auf sich aufmerksam und leuchtete mit seiner Handlampe rings um uns. Dort lagen noch einige weitere tote Maschinenrümpfe, aber anscheinend keine anderen Leichen. Wir tauchten auf. Am Boot nahm ich mein Mundstück heraus und keuchte: »Was war das?«

»Das war Davey«, erwiderte Matty. »Davey MacCabba. Seinetwegen sieht man hier nicht allzu viele Sporttaucher.«

»Warum ist er noch da unten? Ich meine …«

»Gute Frage. Liegt jetzt schon seit, lass mich überlegen, neununddreißig Jahren da unten. Seit 1970 oder so. Da sind ein paar von den alten Knaben zu früh zum Eisfischen raus auf den See gefahren, und als das Eis gebrochen ist, sind alle von ihren fahrbaren Untersätzen gesprungen und zum Ufer gerannt. Aber Davey … willst du das wirklich hören?«

»Jetzt bleibt mir wohl nichts anderes mehr übrig.«

»Er ist mit hundert Sachen übers Eis gebrettert und eingebrochen. Ist so schnell ins Wasser gerast, dass ihn die Eisplatte geköpft hat, und sein Schädel ist noch ein gutes Stück weiter gerollt. Der kleinste Feuerwehrmann hat sich ein Seil umgebunden und den Kopf eingesammelt. Den Rest wollten sie dann eigentlich im Frühjahr hochholen, aber daraus wurde nie was.«

»Wieso nicht?«

»Davey hatte keine Angehörigen. Und der Kopf war ja da.«

Lee Hillendale bat Richter Heyne um Aufschub, da der Alibizeuge Sage Buckles immer noch spurlos verschwunden war. Heyne gewährte Kevin drei Wochen bis zur Voranhörung. Warum nicht, uns passte das auch ganz gut in den Kram, und ich verbrachte zahlreiche Stunden auf der Suche nach dem gelben Pick-up und irgendeiner Spur von Penny. Draußen wurde es wärmer, und obwohl die Chance, Penny lebend zu finden, mit jedem Tag geringer wurde, wohnte diesen Wochen eine gewisse trotzige Freiheit inne. Natürlich nicht für Kevin, der nach wie vor in Untersuchungshaft saß.

Auf Drängen des Sheriffs schaute ich einmal bei ihm vorbei, um ihm die Bilder von Pennys Handy zu zeigen. Mir kam das grausam vor, doch wir mussten sehen, wie er reagierte. Ich ging zu seiner Zelle, damit ich ihn nicht an einen Tisch ketten lassen musste. Er streckte die Hand durch das Gitter, vermutlich um die Fotos zu zerreißen, wirkte aber die meiste Zeit apathisch. »Macht jetzt auch keinen Unterschied mehr«, sagte er.

Bei meinen darauffolgenden Besuchen gab er nicht mehr viel von sich. Schwer zu sagen, ob durch den Entzug ein Teil von ihm abgestorben oder ein anderer wieder zum Leben erweckt worden war, ob vielleicht Gedanken und Gefühle wieder hochgekommen waren, die er lange Zeit unterdrückt hatte.

Kevins Haft machte auch Ed Brennan zu schaffen, der sich vor dem Supermarktmagnaten zu verantworten hatte und nun unter Arbeitskräftemangel litt. Kevin war zwar ein Säufer und in mancherlei

Hinsicht unglaublich schlicht gestrickt, aber er konnte sich mit bemerkenswerter Genauigkeit auf die Feinheiten des Holzrahmenbaus konzentrieren. Ed schätzte seine Arbeit über alle Maßen. Dank irgendeiner kranken Logik gab er mir eine Teilschuld am Verlust seines Arbeiters und überzeugte mich Anfang Juni schließlich, nach Dienstschluss bei ihm auszuhelfen.

Ich schloss also nach Feierabend meine Bürotür von innen ab, verstaute den Waffengürtel im Schrank und zog mich aus. Aus einer Tasche unter dem Schreibtisch holte ich Arbeitsshorts und ein T-Shirt, in dem noch der Schweiß vom Vortag klebte, und streifte beides über. Dann stieg ich in meinen Truck und fuhr nach Fitzmorris. In der Einfahrt von Liz' und Eds Farm stolzierte ein Gockel umher. Der siebenjährige Little Ed hatte einen rostigen Rasentraktor aufgebockt und schraubte am Unterboden herum. Nur die Ellbogen und seine nackten Füße ragten unter dem Gefährt hervor.

Eds Werkstatt umfasste mehr als nur ein Gebäude. Das Baumaterial war über ein paar Tausend Quadratmeter offener Fläche verstreut, die am Ende in ein Waldstück überging: ein Holzplatz voller uralter Balken, Sparren und Bretter, Alteisen und Gerüstteile, dazu eine Handvoll breiter, beinahe funktionstüchtiger Kleinlaster, die von Brombeergestrüpp umrankt wurden. In der Mitte dieses Labyrinths stand eine geräumige Garage mit mehreren Toren, und unmittelbar daneben auf einer Kiesfläche eine sehr alte Scheune. Aus einem Radio plärrte Classic Rock. Ed sang mit, zwischen den Zähnen eine Pfeife mit einer Mischung aus Tabak und selbst angebautem Gras. Er stand gerade über einen antiken Balken gebeugt und hielt Holzhammer und Stemmeisen in der Hand. Im Gegensatz zu seiner ständig wechselnden Mannschaft widmete er sich seiner Arbeit mit absoluter, fast schon religiöser Hingabe. Also fiel es jetzt mir zu, mit ihm bis Einbruch der Dunkelheit Balken zu schleppen und Hohlungen auszuarbeiten, während der Rest der Belegschaft zu Hause oder in der Kneipe den Feierabend genoss. Ed verrechnete meinen Lohn auf meine Bitte hin mit dem Pachtvertrag über das Grundstück seiner verstorbenen Tante Medbh, auf dem ich wohnte.

»Henry«, rief er mir zur Begrüßung zu, setzte Hammer und Eisen ab und seufzte aus tiefstem Herzen. »Weißt du was? Ich liebe es, mit Holz zu arbeiten und dabei ein Bierchen zu trinken.«

»Das ist ja nichts Neues.«

»Was Besseres gibt es einfach nicht.«

»Mir fallen da schon ein paar Sachen ein.«

»Was denn, o heiliger Franz von Assisi? Auf einem einsamen Waldspaziergang Vogelnester entdecken?« Er sah sich um, wandte den Blick nach oben und zeigte mit dem Pfeifenstiel in einen Baum. »Guck mal, ein Indigofink.« Er beugte sich wieder über seine Arbeit, spante etwas Holz aus einer Nut und inspizierte das Ergebnis mit Kennerblick.

In der Garage stand ein halb mit einer Plane abgedeckter Roadster mit Faltdach. Waschbärenspuren bedeckten die staubige Windschutzscheibe. Ich holte mir Hammer und Stemmeisen von einer Werkbank und ging wieder nach draußen, wo ein Balken auf zwei Böcken bereitlag. Die Bauhölzer stammten aus Bradford County, von einer Scheune aus den 1850er-Jahren. Unsere erste Aufgabe bestand darin, sie auf die Maße des neueren, kleineren Baus zu bringen, der bislang nur als Entwurf existierte. Wieder und wieder hatte Ed nachgemessen, Nuten in Fensterbänke und Schwellen gearbeitet, in die später die Dachsparren beziehungsweise Bodenbalken eingepasst würden, und Zapfen an den Balken angebracht, die wir mit Stiften aus frisch gefällter Robinie fixierten, damit die Balken später ineinandergreifen und halten würden. Ich nahm Eds Bleistiftmarkierungen in Augenschein, die über den Originalmarkierungen lagen; römische Ziffern, die vor anderthalb Jahrhunderten in die dunkle Oberfläche geritzt worden waren. Ich setzte mein Stemmeisen an, schlug zu und verlor mich in der Arbeit.

Ich genoss diese Abende, wenn das Sonnenlicht wie in einem Kaleidoskop durch die Baumkronen fiel und ich Zeit mit Liz und den Kindern verbringen konnte. Später, als die Moskitos anrückten und die Sonne fast untergegangen war, setzten Ed und ich uns auf die Ladefläche meines Pick-ups und genehmigten uns ein kühles Pale Ale.

»Ich weiß auch nicht«, meinte Ed.

»Hm.«

»Willard Meagher war vorhin da.« Er schüttelte den Kopf. »Anscheinend glaubt er, wir schaffen das hier nicht.«

»Hm.« Das glaubte ich allerdings auch.

»Das ist wie bei einem Künstler, der drei Jahre lang in einem Kokon arbeitet, und dann ist auf einmal ein wunderschöner Schmetterling fertig. Weißt du, was ich meine? Wir befinden uns gerade auch in so einer Übergangsphase, aber Willard sieht nur einen Haufen Schrott und hält uns für faul. Fragt sich, wo der Fortschritt ist.«

»Fortschritt wird überschätzt.«

»Eben. Was macht man, wenn man mit dem Fortschritt durch ist?«

»Noch mehr Fortschritt wahrscheinlich.«

»Ganz genau. Und wenn man ständig nur Fortschritt macht, widerspricht das nicht dem Konzept von Fortschritt an sich?«

»Hast du eigentlich ein paar neue Leute gefunden?«, fragte ich.

»Damit hab ich's im Moment nicht eilig.«

Wir aßen zu Abend, dann wurden die Kinder unter lautstarkem Protest zu Bett gebracht. Während es draußen dunkel wurde, setzten Liz, Ed und ich uns an die Feuerstelle, um mal wieder die Country Slippers zum Leben zu erwecken. Wir hatten einen Gig im Juli und waren mit entsprechendem Ernst bei der Sache, ließen unser Bier aber auch nicht warm werden.

Nach einer langen, schlingernden Heimfahrt zurück in die Hügel von Wild Thyme und einer recht scharfen Bremsung stieg ich aus und stellte mit Blick zu den Sternen einen dicken Strahl ins Feld. Die Welt flackerte an und dann wieder aus, und in diesem Zustand von Trunken- und Bekifftheit redete ich oft leise mit meiner Frau Polly. Ich dachte zwar sowieso ständig an sie und versuchte, mit ihr in Kontakt zu treten, aber diese berauschte Form der Kontaktaufnahme war etwas anderes, und ich hatte sie eigentlich schon länger als Selbstbetrug abgehakt. Trotzdem erzählte ich Polly gerade wahrscheinlich auch wieder irgendetwas, als ich bemerkte, dass ich nicht allein war. Mit großer Mühe verdrängte ich den Rausch und konzentrierte mich ganz auf die Scheinwerfer, die langsam an meiner Auffahrt vorbeirollten.

ED und ich fuhren in der Nachmittagshitze mit seinem Pritschenwagen über eine unbefestigte Straße voller tiefer Spurrillen. Wir hatten mehrere lange Bauhölzer geladen, die für Willard Meagher bestimmt waren. Die Fahrt verlief schweigend, kein Gequatsche, kein Radio, keine Nervennahrung in Form von Eds üblichem Kraut. Da Meagher weder in Eds Werkstatt noch auf der Baustelle selbst irgendwelche Ergebnisse sehen konnte, hatte er auf die nettestmögliche Weise endlich etwas sichtbaren Fortschritt verlangt und wartete höchstpersönlich auf dem Hügel über dem Walker Lake auf uns. Sein braunes Haar wurde langsam silbergrau, sein silbergrauer Kinnbart gelb. Nichts an dem wohlhabenden Mann wirkte angeberisch, von einer großen goldenen Armbanduhr mal abgesehen. Er trug ein kurzärmeliges Hemd, kurze Hosen und Ledersandalen.

Neben ihm stand eine junge Blondine in Tanktop und kurzen Arbeitshosen. Wir gaben einander die Hand. Willard stellte die Frau als seine Tochter Julie vor. Wir kannten uns bereits. Sie arbeitete als Rettungssanitäterin in Fitzmorris und war mir schon öfter an Unfallorten sowie einmal am Tatort eines Mordes begegnet. Sie kannte sich aus in ihrem Job, und wir hatten die stillschweigende Vereinbarung getroffen, uns angesichts solcher Szenen Betroffenheitsbekundungen jeglicher Art zu ersparen. Denn natürlich waren wir betroffen.

Willard zündete sich eine kleine Zigarre an, stemmte die Hände in die Hüften und sah sich um. Ed führte ihn zur Baustelle, und die beiden diskutierten, wo die Scheune einmal stehen sollte, wobei sie fachmännisch gestikulierten. Julie schien ihnen erst folgen zu wollen, blieb dann aber bei mir.

»Ich habe dich noch nie ohne Uniform gesehen«, sagte sie.

»Ich bin eigentlich immer im Dienst.«

»Ist das hier dein Zweitjob?«

»Nur ein paar Stunden nebenher«, erwiderte ich. Eine offizielle Nebenbeschäftigung war mir vertraglich untersagt. »Ich tue Ed einen Gefallen. Sag's bloß keinem, sonst werde ich noch gefeuert.«

»Ha, ist klar. Moment, bist du überhaupt hier?«

»Mir war gar nicht bewusst, dass du zu Willard gehörst.«

»Ja … tja. Dad hat so seine Projekte. Das hier interessiert mich zur Abwechslung mal.« Wir beobachteten, wie Ed und Meagher die Luft und den Himmel umgestalteten.

Kurzer Exkurs zu Ed Brennans Bauweise. Ed war ein wahrer Meister, was Rekonstruktion und Restaurierung betraf, und ließ in seinen Entwürfen stets ein Stück Geschichte wiederaufleben. Ihm war die Herkunft eines bestimmten Pfostens oder Verbindungsstücks genauso wichtig wie die ursprüngliche Verbindung mit dem Rahmen, der ehemalige Standort des Gebäudes, der Besitzer und die bisherige Bestimmung. Und weil ihm das wichtig war, war es auch mir wichtig. Wenn einen so etwas nicht interessierte und man lediglich einen stabilen Bau ohne Rücksicht auf die Baugeschichte wollte, konnte man sich mit der sogenannten Square-rule-Bauweise begnügen. Das bedeutete, dass man seine Hölzer – unbehandelte Stämme, die teilweise auf drei Seiten noch rund waren – an ein Standardmaßsystem anpasste, den Rahmen entsprechend baute, und fertig. Ed hatte sich hingegen der Scribe-rule-Bauweise verschrieben, bei der man mit den ganz unterschiedlich geformten Hölzern arbeitet, die einem gerade zur Verfügung stehen. Genau diese Einzigartigkeit liebte Ed an diesen Stücken. Gleichzeitig muss man immer wieder aufs Neue planen und zurechtlegen, den Rahmen erst im Kopf konstruieren, dann auf dem Werkstattboden, anschließend die Teile zusammenfügen, auseinandernehmen und erneut zusammensetzen, bis es stimmt. Danach wird alles markiert – früher wurden römische Ziffern an die Verbindungsstellen geritzt –, dann noch einmal auseinandergenommen, und schließlich folgt der eigentliche Bau.

Wir hatten lediglich drei Hölzer mitgebracht: zwei Pfosten und einen Binderbalken. Ed hatte außerdem ein knappes Dutzend handgefertigter Stifte aus Robinienholz sowie ein paar Holzhämmer dabei.

»Henry und ich zeigen Ihnen heute das Herz Ihrer Scheune«, erklärte Ed.

»Sehr gut«, meinte Meagher. »Ich wollte gerade fragen.«

Wir ließen die Hölzer vorsichtig zu Boden. Dann stellte ich einen Pfosten auf und hielt ihn fest, während Ed den Binderbalken einpasste. Er schob den Zapfen nur wenige Zentimeter in den Schlitz und hämmerte dann von außen dagegen. Stück für Stück rückte der Zapfen an seinen Platz, bis Tageslicht durch die Löcher für die Stifte fiel. Das war Eds liebste Holzverbindung: ein durchgesteckter Schwalbenschwanzzapfen. Er hämmerte erst die Stifte in die Verbindung und schlug dann von außen ein längliches Dreieck aus Holz in den Schlitz. Anschließend befestigten wir den anderen Pfosten auf dieselbe Weise am Binderbalken. Ed holte das Kabel aus der Winde vorne am Truck, warf es über den Ast einer einsamen Esche, wickelte es um den Binderbalken und stellte die H-förmige Konstruktion auf, sodass sie wie ein Teil von Stonehenge über uns aufragte.

»Bitteschön«, sagte Ed. »Das Herz.«

»Das ist meine Scheune«, sagte Meagher. Er trat feierlich durch das massive Tor. »Ich hätte ja nicht schlecht Lust, das hier einzubetonieren und das Projekt für beendet zu erklären. Was meinst du, Schatz?«

Julie nickte wenig enthusiastisch.

»Wenn ich Ihnen das eben erklären dürfte.« Ed deutete auf die zwei Verbindungen. »Diese Konstruktion ist das Herz Ihrer Scheune beziehungsweise Ihres Ateliers, ein H-Rahmen. Davon stellen wir sechs hintereinander auf, die oben durch Pfetten verbunden werden. Das sind lange Balken über die gesamte Scheunenlänge. Darauf kommen sechs kleinere Trägerkonstruktionen, wieder oben mit Pfetten abgeschlossen. Die Pfetten tragen die Sparren, und die Sparren tragen das … Dach … ja?«

Meagher inspizierte eine der Verbindungen und strich sich währenddessen über den Ziegenbart. »Was ist das?« Er deutete auf das Ende des Zapfens, der aus dem Pfosten hinausragte. »Kann man das reparieren?«

»Nein, das muss so sein, und es sorgt für eine äußerst stabile Verbindung, da der Zapfen durch den ganzen Pfosten gesteckt wird. Je länger der Zapfen, desto kleiner die Berstgefahr.«

»Ah.« Meagher strahlte. »Dann hat das ja so seine Richtigkeit.«

»Um das Material zu finden, das zu dieser Scheune passt und aus der richtigen Zeit stammt, suchen wir den ganzen Bezirk ab. Die gesamte Gegend. Manchmal haben wir Glück und können so richtig zuschlagen. Wir greifen uns alles, was wir kriegen können, stimmt's, Henry?«

»Stimmt.«

»Und dann setzen wir es zusammen. Die einzelnen Glieder ergeben zusammen ein rundes Ganzes.«

»Aber Sie könnten doch einfach eine ganze Scheune plattmachen und jetzt schon fertig sein. Ich meine, Sie könnten die Teile doch einfach passend *machen.*«

»Das wäre eine Möglichkeit.« Ich merkte Ed das Entsetzen deutlich an. »Aber so arbeite ich nicht.«

»Wissen Sie, ich sehe das inzwischen auch anders als früher«, sagte Meagher. »Ich will keinen Komfort oder Luxus, sondern was Echtes. Ich kenne mich zwar nicht so gut aus wie Sie, aber ich glaube, darum geht es hier.«

Wir tranken Bier und unterhielten uns über alles und nichts. Als wir kurz unter uns waren, raunte Ed mir zu: »Er versteht uns.«

Kurz darauf standen Meagher und Julie auf, um runter zum See zu spazieren. »Ed«, sagte er. »Ich kann Ihnen nicht noch mehr Zeit geben. Das ist das andere, woran es mir im Leben fehlt. Ich könnte Ihnen allerdings tatkräftige Unterstützung anbieten, die Sie nichts kosten wird.«

»Ach ja?«, fragte Ed höflich. »Sie haben also Erfahrung in diesem Bereich?«

»Ha, ich doch nicht«, erwiderte er. »Meine Tochter dafür schon.«

Julie winkte uns fröhlich zu. Eine kühle Brise durchschnitt für einen Moment die Hitze. Ed wirkte wenig begeistert. »Klar«, antwortete er. »Sicher doch. Willkommen an Bord.«

»Meine Arbeitszeiten sind ziemlich chaotisch«, meinte sie. »Nachmittags passt es mir am besten. Ich melde mich.«

»Irgendwann gehört die Scheune ihr«, erklärte Meagher. »Deswegen interessiert sie sich natürlich dafür.«

»Richtig so«, erwiderte Ed. Bisher hatte noch nie eine Frau für ihn gearbeitet. Es hatte sich einfach nicht ergeben.

Auf der Rückfahrt blickte Ed finster auf die Straße.

»Was ist?«, fragte ich belustigt.

»Meagher«, gab er zurück. »Meaghers Tochter.«

»Sie ist bloß auf der Suche nach einer Beschäftigung«, sagte ich. »Jeder braucht ein Hobby.«

»Sie ist eine Spionin.« Ein, zwei Minuten verstrichen, bevor Ed meinte: »Von der Bettkante würde ich sie allerdings nicht stoßen.«

»Schäm dich.«

»Wieso? Hat doch ein Hammergestell. Da kann man hinten drauf schon fast ein Bier abstellen.«

Manchmal ist Schweigen Gold.

»Na ja«, meinte Ed schließlich. »Dann kommen die Jungs wenigstens pünktlich zur Arbeit.«

Eines Morgens dann ein einsamer Lichtblick in Kevin O'Keeffes düsterem Dasein. Meine gelegentlichen Ausflüge zu Buckles' Haus in Airy waren bisher fruchtlos geblieben, das Häuschen war nach wie vor verlassen, doch dieses Mal stand ein violettes Auto in der Auffahrt, und auf mein Klopfen hin öffnete eine Frau die Tür. Sie war um die vierzig, hatte krauses, graues Haar und die gelbe Haut einer Langzeitraucherin. Noch bevor ich die Veranda erreichte, rief sie mir zu: »Er ist auf der Arbeit, drüben bei Landschaftsbau Grace. Hat da wieder angefangen.«

»Ach ja? Wusste gar nicht, dass er gekündigt hatte.« Ich wartete, dass sie etwas sagen würde, doch aus irgendeinem Grund wurde sie auf einmal misstrauisch. Ich stellte mich erst mal vor. »Und Sie sind?«

»Hope Martinek.«

»Ich kenne Sie gar nicht, kommen Sie hier aus der Gegend?«

»Aus Beaver.«

»Darf ich reinkommen?«

»Ich hab doch schon gesagt, er ist auf der Arbeit.«

»Gut, wir suchen ihn nämlich schon seit einer ganzen Weile.«

»Ich weiß. Er hatte zu Hause in Beaver Probleme. Deswegen war er nicht hier.«

»Familienprobleme?«

»Meine Bewährungshelferin hat gesagt, ich darf herkommen. Das Gericht war auch einverstanden. Ich bin jetzt schon seit einem Monat clean. Was wollen Sie von mir?«

»Richten Sie ihm aus, dass er sich bei mir blicken lassen soll. Wenn er uns freiwillig alles erzählt, was wir wissen wollen, bleibt er auf freiem Fuß. Aber wenn ich erst mit einem Haftbefehl anrücken muss, kann ich für nichts garantieren. Ewig werde ich sicher nicht warten.«

»Sag ich ihm. Auch wenn ich nicht ganz kapiere, was das alles soll.«

Ich raste rüber zu Grace, aber er war natürlich schon wieder weg. Ich informierte das Sheriff's Department, damit die Kollegen die Augen offen hielten.

Nach meiner Schicht fuhr ich zu den Brennans, um meinen Dienst bei Ed abzuleisten. Von Liz keine Spur. Ed plapperte wie üblich gut gelaunt vor sich hin, bis es dunkel wurde und ich von einer Schicht Sägespäne bedeckt und mit einer Flasche Bier zwischen den Beinen nach Hause fuhr. Eigentlich hatte ich mich auf einen ruhigen Abend mit meiner Fiedel und einem Buch gefreut, doch Shelly Brays Auto stand in meiner Auffahrt, und sie selbst wartete tränenüberströmt und mit verquollenem Gesicht auf der Veranda.

»Er weiß Bescheid.« Sie schluchzte wütend auf. »Keine Ahnung, ob er in meinem Handy rumgeschnüffelt hat oder was, ich meine, ich lösche eigentlich immer gleich alles. Ich habe niemandem was davon erzählt. Niemandem, Henry.«

»Komm rein.«

»Er will mir die Kinder wegnehmen.«

»Komm erst mal rein.«

Ich schenkte ihr einen Scotch auf Eis ein – was anderes Starkes hatte ich nicht im Haus –, und wir setzten uns an den Küchentisch. Ihr verweinter Anblick war nur schwer zu ertragen. Ich legte ihr die Hand auf die Schulter und bemerkte dabei, dass sie keinen BH unter dem Tanktop trug, was mich gegen meinen Willen erregte. Sie erstarrte, und ich zog die Hand schnell wieder weg.

»Er hat immer wieder mal so Sachen gesagt, harmlose kleine Andeutungen. Wenn Steve Milgraham da war und sie einen getrunken hatten, hat Steve … über dich gelästert.«

»Was hat er denn gesagt? Bestimmt nichts, was ich noch nicht gehört hätte.«

»Der selbstgefällige kleine Wichser. Irgendwas Belangloses, ich weiß es gar nicht mehr. Die beiden haben ihre kleinen Insiderwitzchen. Haben nur drauf gewartet, dass ich es nicht mehr aushalte.«

»Das weißt du doch nicht mit Gewissheit.«

»O doch, und wie ich das weiß. Er hat mich nämlich …« Wieder wurde sie von Schluchzern geschüttelt, und ich musste warten. »Josh hat einen Freund hier in der Gegend, einen alten Schulkameraden. Ich weiß auch nicht, wie … ist ja auch egal, Andy Swales heißt er jedenfalls. Und er hat mir deutlich zu verstehen gegeben, dass alle Bescheid wissen. Und dann, dann hat Swales mich angefasst.«

»Okay.« Ich stand auf.

»Wo willst du hin?«

»Raus.«

»Nein, bloß nicht. Bitte, Henry, das will ich nicht!«

Ich blieb stehen. »Was hat er gemacht?«, brachte ich hervor.

Shelly holte tief Luft. »Er hat mich nicht begrapscht oder so. Nur so eine leichte Berührung, unten am Rücken. Und dann meinte er, wenn mir mal langweilig sein sollte, könnte ich ihn freitags gern mal am See besuchen, da arbeitet er immer von zu Hause. ›Aber dir wird ja nicht langweilig, hm?‹ Mir war augenblicklich klar, was er meinte, keine Ahnung, warum.«

»Okay.« Ich setzte mich wieder. Jetzt ergab auch Andy Swales' Bemerkung mir gegenüber in seinem Büro einen Sinn. Er wusste

Bescheid. Und Steve wahrscheinlich auch, aber da war ich mir nicht ganz sicher. Welcher Mann erzählte seinen Kumpels schon, dass seine Frau sich anderweitig vergnügte? Vielleicht war Swales mal an unseren nebeneinander geparkten Autos vorbeigefahren, oder er hatte Shelly etwas angemerkt, das sie eigentlich geheim halten wollte. Vielleicht bluffte er auch nur. Jedenfalls saß ich in der Falle, und das machte mich überraschend wütend. Auf mich und auf sie. »Und ich sag noch die ganze Zeit …«

»Ich weiß. Aber ich liebe meine Kinder!«

»Jetzt reg dich doch nicht so auf.«

»Ich will mich nicht entscheiden müssen. Jedes Mal, wenn ich mir ihre Gesichter vorstelle …« Tränen erstickten ihre Stimme. Plötzlich richtete sie sich auf und saß kerzengerade da. »Ich bin so wahnsinnig sauer auf diesen Kerl!«

Wir wussten beide, dass das nicht die ganze Wahrheit war. Wut unterdrückt nur Schmerz. Genau wie Lust, Liebe und Highsein. Aber nicht ewig.

»Leb wohl, Henry.«

Ich glaubte, sie meinte es ernst. Ich glaubte, wir meinten es beide ernst.

Am darauffolgenden Nachmittag kam kein Geringerer als Sage Buckles ins Sheriff's Department von Holebrook County spaziert. Der Kollege am Empfang verstand seinen Namen erst nicht – Buckles hatte wohl irgendwas am Mund, sodass er nur flüsternd und durch die Nase sprechen konnte. Später erfuhr ich, dass es sich dabei um eine innere Gaumenspalte handelte. Sein Mund und die schiefe Nase wirkten verkniffen, die Oberlippe fehlte teilweise.

Im Büro des Sheriffs musterte ich das seltsame Gesicht. War der Schlag, der ihm die Nase gebrochen hatte, auch für die Gaumenspalte verantwortlich, oder war sie angeboren? Mit dem Schläger würde ich mich jedenfalls lieber nicht anlegen. Buckles hatte die Statur eines Ochsen, erinnerte mich aber gleichzeitig auch an einen schlafenden Leoparden. Da sein Sprachfehler und sein penetranter Schweißgeruch alles andere überlagerten, kam ich erst nach einer Weile auf den Gedanken, dass er womöglich betrunken war. In jedem Fall verhielt er sich die ganze Zeit so verwirrt, wie ich es von langjährigen Drogenabhängigen kannte: gerissen, aber ohne jede Logik dahinter, Worte, die sich wiederholten, einander widersprachen, Sprünge machten.

Ross erklärte gerade zum vierten Mal, dass Immunität vom Tisch war, und fragte Buckles, ob er nicht lieber einen Anwalt dazuholen wollte.

»Brauch ich nicht, ich hab ja nichts verbrochen.«

»Wieso wollen Sie dann Immunität?«

»Sagen Sie's mir.«

»Wie ich bereits erwähnt habe«, erwiderte Sheriff Dally, »hat Kevin O'Keeffe Sie als Komplizen bei einem Einbruch am Maiden's Grove Lake genannt. Wir könnten Sie auch einfach anklagen.«

Buckles schnaubte verächtlich. »Keine Ahnung, wer dieser Kevin O'Keeffe ist, aber ich schlag ihm gern die Rübe ein.«

»Meine Güte«, stöhnte Ross genervt.

Er stand auf und gab Dally ein Zeichen, woraufhin die beiden das Zimmer verließen. Ich überlegte mitzugehen, spürte jedoch Buckles' abwartenden Blick auf mir.

»Sie waren bei Hope«, sagte er.

»Stimmt.«

»Sie hätten mich eh nicht festgenommen. Nicht ohne Verstärkung.« Er wartete auf eine Antwort, doch ich sah keinen Sinn darin. Sein Lächeln wirkte geradezu sanft, und daran erkannte ich deutlicher als an seiner körperlichen Kraft oder seinem kaputten Gesicht, dass ich es mit einem gefährlichen Menschen zu tun hatte. »Ich hab's schon mal gesagt, und ich sag's gerne noch mal: Ich geh nicht in den Knast. Wieso auch? Weil irgendwer behauptet, ich hätte irgendwas gemacht?«

»Ja, Sie haben was gemacht, und dann ist eine junge Frau verschwunden. In derselben Nacht, am selben Ort.«

»Bin ich jetzt für jeden Scheißdreck verantwortlich, den ihr nicht gelöst bekommt, oder was?«

»Wo waren Sie in der Nacht? Ich habe schon alles Mögliche darüber gehört, nur leider noch nicht von Ihnen. Von Ihnen kommt seltsamerweise nur Schweigen.«

»Wer erzählt Ihnen denn alles Mögliche?«

»Wie sind Sie in der Nacht vom 17. auf den 18. Mai zum Maiden's Grove gekommen?«

»Wer sagt, dass ich überhaupt da war?«

Ross und Dally kamen wieder herein. »Hier ist unser Angebot«, sagte Dally. »Sie bekennen sich des Einbruchs schuldig und sagen unter Eid und in sämtlichen Einzelheiten über die Nacht aus – Uhrzeiten, Orte, Beute und so weiter. Immunität können wir nicht bieten, aber Sie landen wenigstens nicht hinter Gittern. Je nachdem, was die ärztliche Untersuchung ergibt, werden Sie zu einem Entzug verdonnert.«

»Brauch ich nicht.«

»Das werden wir ja sehen. Und Sie müssten Ms. Prosser Schadenersatz leisten.«

Buckles sah ihn verständnislos an.

Ross sagte: »Das heißt, Sie müssen ihr das Geld zurückzahlen, das sie durch den Diebstahl verloren hat.«

»In bar? Kann ich ihr nicht einfach das Zeug wiedergeben?«

Darauf folgte eine absurde Diskussion, in der Staatsanwalt Ross Buckles davon zu überzeugen versuchte, sich rechtlichen Beistand zu holen; ohne Anwalt könne er den Deal ohnehin nicht annehmen. Keiner von uns glaubte, dass Buckles seinen Verzicht auf einen Anwalt wirklich durchdacht hatte oder überhaupt zu einem Denken auf diesem Niveau fähig war. Ohne Anwalt konnte er später jedoch alles, was wir hier mit ihm vereinbarten, wieder zurückziehen.

»Ich hab doch schon alles gesagt«, beharrte Buckles. Schließlich winkte Ross ab und erklärte, er würde ihm vom Gericht einen Anwalt zuteilen lassen, der ihm dann die nächsten Schritte erläutern würde.

»Na also«, meinte Buckles. »Herzlichen Dank. Hab nämlich keinen Goldesel zu Hause.«

Ich folgte Buckles zu seinem Auto, in dem Hope Martinek bei offenen Fenstern schwitzend auf dem Beifahrersitz saß.

Bevor er sich ans Steuer setzte, schaute Buckles mich noch einmal an. »Was wollen Sie denn jetzt noch von mir? Haben wir nicht alles besprochen? Ich werde schon pünktlich wieder auftauchen.«

»Reine Neugier«, sagte ich. »Kevin meinte, er hätte Sie am 17. Mai nach Mitternacht, also eigentlich am 18., nach Hause gefahren.«

»Der Junge kann einfach nicht das Maul halten.«

»Möglich. Wir wissen also, wie Sie nach Hause gekommen sind. Aber wie sind Sie vorher zum See gekommen?«

»Mit dem Auto«, antwortete er. »Ist so ein Ding mit Benzin, das einen wo hinbringt. Und dann ging es Dopey Hopey nicht so gut, und sie ist nach Hause. Stimmt's, Süße?«

Hope, die ziemlich elend wirkte, stritt es nicht ab.

»Ihnen hat es am See nicht so gut gefallen?«, fragte ich.

»Ich kannte doch keinen da«, erwiderte sie.

Einmal angenommen, man ist ein armer Mann, dem eine einjährige Haftstrafe wegen Einbruchs bevorsteht. Wir hatten uns für Kevin O'Keeffe auf ein Jahr im Staatlichen geeinigt, danach sechs Monate Bewährung und ein Alkoholkontrollprogramm. Damit waren alle Beteiligten einverstanden, inklusive Rhonda Prosser, die wir als Geschädigte miteinbeziehen mussten. Hillendale konnte den Staatsanwalt dazu bringen, Kevin keinen der beiden Morde zur Last zu legen. Noch fehlten die Beweise. Kevin bekannte sich lediglich des Einbruchs schuldig. Laut Zeugenaussagen war er bei den Morden zu den entscheidenden Zeiten woanders, seine Anrufe deuteten darauf hin, dass er keinen Schimmer hatte, wo Penny sich befand, und zu dem jeweiligen Zeitpunkt glaubte, dass sie noch am Leben war; ein paar andere Personen hatten sowohl Motiv als auch Gelegenheit; der Truck war verschwunden, es gab keine Spur von der Tatwaffe – ein Prozess wäre keine sichere Sache, und das wusste Ross. So vermied er potenzielle Doppelbestrafung und konnte die Anklage bei veränderter Beweislage jederzeit neu aufrollen. Ob Kevin sich jemals für Pennys Verschwinden würde verantworten müssen, würde sich noch herausstellen.

Aus Strafverfolgersicht passte uns eine milde Strafe ganz gut. Falls Kevin Penny tatsächlich getötet hatte – was hatten wir dann davon, ihn für einen kleinen Einbruch hinter Schloss und Riegel zu bringen? Wenn er sich dagegen dem Alltag und damit seiner mutmaßlichen Tat stellen musste, würde er uns womöglich nach einer Weile zu ihr führen. Ross bereitete die ganze Sache Kopfschmerzen. Er stand demnächst zur Wiederwahl, und vermutlich wäre ihm eine Verurteilung wegen Mordes oder zumindest ein aufsehenerregender Prozess lieber gewesen. Für ihn war es wichtig, dass Kevin für den Einbruch eine Weile einsaß. Der zuständige Richter war bereits seit fünfzehn Jahren im Amt und würde es wahrscheinlich bis zum Ruhestand bleiben. Mit seinem Urteil hielt er sich meist in der Mitte des möglichen Strafmaßes. Wir, das heißt, hauptsächlich Dally und Hillendale, konnten ihn davon überzeugen, dass eine mildere Strafe nicht nur praktisch, sondern auch fair und modern war.

Angenommen, das ist also die Lage: ein Jahr hinter Gittern. In so einem Fall verschwinden die Habseligkeiten eines armen Mannes nicht nach und nach, wie das vielleicht bei Ihnen oder bei mir vonstattengehen würde, nein, sie werden wie von einem starken Windstoß mit einem Mal davongetragen.

Der Himmel war grau, die schwarzen Wolken hingen tief. Oben am Wohnwagen beobachtete ich, wie die Leute sich um Elektrogeräte und Möbel stritten, die Kevin O'Keeffes Bruder zu Bargeld machte – abgenutzte Scheine und teilweise auch Münzgeld, womit vermutlich Kevins Anwalt bezahlt werden sollte. Und mittendrin verteidigte Rianne Pellings die Besitztümer ihrer Schwester gegen die Aasgeier, packte sie langsam und traurig in Kartons, als wären die Gegenstände Teile Pennys, als würden sie zusammen Penny ergeben, oder zumindest das, was von ihr übrig war.

An jenem Morgen hatte Kevin mich im Bezirksgefängnis gebeten, ein Buch für ihn zu retten. Eigentlich gehörte es Penny und war eine Art Tagebuch, das in den Einband eines anderen Buchs geklebt war und direkt neben dem Bett lag. Erst war ich überrascht, dann sauer, dass er uns das vorenthalten hatte.

»Da steht nichts drin«, versicherte er mir. »Glaub mir, ich habe selbst reingesehen. Nur Zeichnungen, Geschichten, so was. Rein privat. Sonst will ich gar nichts.«

Ich wartete, bis Rianne gerade voll bepackt zu ihrem Auto stiefelte, und betrat dann den Wohnwagen. Neben Pennys Seite des Betts waren etwa hundert Bücher aufgestapelt, hauptsächlich Romane, Fantasyschinken mit wilden Covern, dazu ein paar Bände mit Gedichten aus dem neunzehnten Jahrhundert, darunter Wordsworth und Keats. Aus ihrem Geschmack ließ sich bestenfalls schließen, dass sie ganz gern mal vor der Realität floh, beziehungsweise es gern getan hatte. All die Durchsuchungen des Wohnwagens hatten den Stapel durcheinandergebracht. Ich fand trotzdem, wonach ich suchte: einen ledergebundenen Band, der angeblich *Bullfinch's Mythology* enthielt. Die Blankoseiten waren voll mit handgeschriebenen Versen, Tagebucheinträgen und Bleistiftskizzen.

Den Nachmittag über lag das Tagebuch auf meinem Beifahrersitz, während ich hinter einer inzwischen geschlossenen Minigolfanlage Rasern auflauerte. Später in der Dienststelle legte ich es auf meinen Schreibtisch und starrte es an. Es war eine knifflige Angelegenheit, das Tagebuch ins Bezirksgefängnis zu schaffen, geschweige denn von dort in die staatliche Vollzugsanstalt SCI Dallas (in Pennsylvania, nicht in Texas). Die Frage war nur: Würde ich es aus Respekt, Aberglauben und Ehrgefühl wegschließen, oder würde ich es lesen, um mehr über Pennys Leben vor ihrem Verschwinden herauszufinden? Natürlich würde ich es lesen. Vielleicht würde mir ja ein Name oder ein Ort ins Auge fallen. Doch im Laufe des Tages kam mir immer wieder die Pflicht in die Quere. Irgendwer brauchte Hilfe, weil ein Buschfeuer ausgebrochen war, und ich sprang so lange in die Bresche, bis die Feuerwehr ein Löschfahrzeug schickte. Außerdem wurde ich zu einem Minieinbruch gerufen – ein Fenster stand offen und nur eine Dose Kleingeld fehlte. Ich war gerade mal drei Minuten am Tatort, da kam eine Nachbarin mit ihrem Sohn anmarschiert, der das Geld zurückgab und sich entschuldigte.

Zu Hause machte ich es mir mit einem großen IPA in meinem Sessel gemütlich und schlug das Buch auf, das ich bei mir *Pellings's Mythology* nannte. Auf den ersten Seiten fanden sich Bleistiftskizzen eines Teils des Maiden's Grove Lake, von den Hügeln aus gesehen. Den genauen Blickwinkel konnte ich nicht zuordnen. Vielleicht war es der vom Dach des Wohnwagens oder eine freie Interpretation, womöglich eine Kombination aus beidem. Erst rührte es mich nicht großartig an – die Arbeit einer Autodidaktin, etwas Zerbrechliches an dem kleinen Stück See, der sich in die Landschaft schmiegte. Die Zeichnungen entwickelten sich jedoch weiter. Andere Blickwinkel, neue Details. Kevin O'Keeffes Truck, von wildem Wein überwuchert. Ein tätowierter Kneipengast, der sich zurücklehnt und Gelächter aus einem viel zu großen Mund speit. Ein Mann von hinten, sein Kopf ein schattierter Nebel, Hautfalten am Oberkörper. Mund und Kinn eines Mannes, zu nah. Und immer wieder der See. Farbstriche tauchten in Pennys Arbeit auf, zarte grüne Linien, die sich durch den Wald zogen, blutrote Punkte. Auf einer Seite im Buch hatte sie die Oberfläche des Sees mit Silberfaden bestickt.

Eine andere Seite war leer bis auf sechs Wörter in der Mitte. »Heute Abend ist es so weit.«

Darauf folgte ein Songtext, keine Ahnung, ob er aus ihrer Feder stammte. Mir sagte er nichts.

Nach etwa einem Viertel des Buches erscheint eine Frauengestalt. In der ersten Zeichnung hängt sie über der Oberfläche des Maiden's Grove in der Luft. Gemäß gängiger Naturgesetze müsste sie sich mitten in einem Sprung befinden, doch es wirkt eher, als würde sie schweben. Sie hat kein Gesicht. In der nächsten Zeichnung ist sie ohne Spritzer im See verschwunden, nur ein Fuß ragt noch aus dem Wasser. Ich wusste einfach, dass der Fuß zu derselben Frau gehört, keine Ahnung, warum genau.

Der erste längere Text war verschmiert, ausradiert, von Streichungen durchzogen und passte zu den vorausgehenden Bildern und Fragmenten. Die Einträge erstreckten sich manchmal über mehrere Seiten, manchmal versandeten sie nach wenigen Sätzen. Viel davon war Wiederholung oder einfach nur unverständlich. Die Wörter allein erzählten keine Geschichte, genauso wenig wie die Zeichnungen. Doch wenn man beides wie in einem Traum zusammenfügte, ergab sich etwas. Wenn ich es wiedergeben müsste, dann vielleicht so:

Am Anfang sehen wir Anna, eine junge Frau, die auf der Flucht vor etwas durch den Wald schleicht. Der Mond ist fast voll und steht hoch am Himmel, deswegen muss sie sich im Schatten halten. Doch auch der dunkle Wald wäre nach einer Weile zu gefährlich. Nach nicht allzu langer Zeit erreicht sie einen See; hohes, weiches Gras wiegt sich ringsum im aufkommenden Wind. In den Hügeln auf der anderen Seite leuchtet eine Laterne im Haus ihres Vaters. Der schnellste Weg nach Hause führt durch den See. Sie hat drei Möglichkeiten – schnell am Ufer entlangrennen, sich langsam durch den Wald schleichen oder durch den See schwimmen –, doch sie weiß nicht, welche sie wählen soll, und steht wie erstarrt am Wasser. Sie fürchtet sich nicht unbedingt vor den unsichtbaren Kreaturen im See, sondern vielmehr vor der unendlichen, unbekannten Tiefe unter ihr, oder ist diese am Ende gar über ihr? Sie hat eine Vision von sich selbst an der Oberfläche, ein kriechender Schatten, von Mondlicht umgeben. Eine Vision aus weiter Ferne.

Sie streift die Stiefel ab und watet hinein. Erst zupft das Wasser an ihrem Kleid, scheint sie in die Richtung zu ziehen, aus der sie gekommen ist. Sie schwimmt, so geräuschlos sie kann, hält die Ohren gespitzt, die Arme und Beine unter Wasser. Da hört sie, wie ein Stein aufschlägt, gleichzeitig zuckt Schmerz durch ihren Rücken. Sie schreit und bekommt einen Schwall Wasser in den Mund. Ihr Kopf zeichnet sich schwarz vor dem gespiegelten Mondlicht ab. Er würde sie immer wieder finden. Sie taucht unter.

Sofort ist sie so frei, als würde sie durch die Luft schweben. Doch da ist noch etwas anderes, eine Strömung, die sie durchfährt, stärker als der Selbstgebrannte ihres Vaters, aber schwächer als das Gefühl, wenn sie sich zwischen den Beinen berührt. Die Gefahr über Wasser ist nur noch eine schwache Erinnerung. Ein Teil von ihr weiß, dass sie sich der Strömung nicht hingeben sollte, aber dafür fühlt sie sich einfach zu gut an.

Erneut schlägt ein Stein neben ihr ein, zieht Luftblasen hinter sich her. Sie folgt ihm mit dem Blick. Dort unten ist Licht – oder da oben.

Am nächsten Morgen entdeckt ein Angler eine dunkelhaarige Männerleiche am Ufer, Gesicht nach unten, die Arme ausgebreitet, die Beine noch an Land. Niemand in der Stadt kennt ihn. Auf einen Zeitungsartikel mit Personenbeschreibung hin meldet sich ebenfalls niemand, und obwohl es seltsam ist, dass unweit der Leiche ein Paar kleine Stiefel gefunden werden, lässt der Sheriff den Toten auf dem Armenfriedhof begraben und erklärte den Fall für erledigt.

Anna hat die Nacht überlebt und wacht am nächsten Morgen in der Sicherheit ihres Bettes auf. Einzig die feuchten Laken zeugen von ihrem Ausflug. Tagelang schweigt sie über den Ertrunkenen und meidet den See, bis sie es nicht länger aushält.

Eines sonnigen Tages zieht sie sich ein leichtes, weites, dunkelblaues Baumwollkleid an und packt ein altes Kleid zum Wechseln ein. Sie geht abseits der von den Anglern benutzten Wildpfade durch den grünen Wald zum See und hält sich hinter einem Lorbeerrosenstrauch versteckt, bis sie sicher ist, allein zu sein. Dann gleitet sie die von roten Kiefernnadeln bedeckte Böschung hinab ins Wasser und taucht unter.

Sie spürt keine Veränderung. Sie taucht auf und wieder ab und zwingt sich diesmal, die Augen offen zu halten, wie in jener Nacht. Außer Schlamm, Steinen, Wurzeln und Algen sieht sie nichts. Sie schwimmt weiter hinaus, holt tief Luft und taucht so weit hinunter, wie sie sich traut – bis zu den Algen, die den Boden bedecken. Sie bleibt so lange dort unten, bis sie entweder sterben oder auftauchen muss. Sie versucht einzuatmen, schafft es jedoch nicht und gerät in Panik. Ihr Kleid treibt um sie herum, zerrt an ihr. Sie strampelt zum Ufer und zieht sich an Land.

Sie wartet mehrere Tage, bis ihr Vater eines Abends wieder mal in eine Alkoholfahne gehüllt das Bewusstsein verliert. Auf Zehenspitzen schleicht sie zur Tür und geht unter dem Sternengürtel hinab zum

See. Sie zieht sich bis auf ein dünnes Unterkleidchen aus und geht ins Wasser. Schlamm quillt zwischen ihren Zehen herauf. Sie spürt Blutegel an den Füßen und will sie erst noch entfernen, gibt dann jedoch auf und lässt die Würmer fressen. Neben ihr an der Oberfläche treibt eine Blase, die sie mit Luft gefüllt und zugeschnürt hat.

Erst ist Anna nicht klar, dass sie unter Wasser ist, doch irgendwann bemerkt sie die veränderte Umgebung. Der Anblick der Oberfläche über ihr – oder unter ihr? – erfüllt sie mit Frieden, und obwohl sie schon länger keine Luft mehr geholt hat, fehlt sie ihr nicht. Tief unten im See spürt sie leichte Strömungen, doch in welche Richtung, das kann sie nicht mehr mit Bestimmtheit sagen. Ein Leuchten nahe des Grundes. Selbst aus der Nähe wirkt es, als würden die sich wiegenden Algen Licht verströmen, doch als sie sich noch tiefer sinken lässt, entdeckt Anna die Locken von etwas sehr Kleinem, womöglich Lebendigem, das sich zielstrebig durch den Unterwasserhain bewegt.

Wieder wacht sie klatschnass in der Sicherheit ihres Zimmers auf, während ihr Vater in dem Raum nebenan rumort, der ihnen als Küche, Ess- und Wohnzimmer dient. Sie hofft, dass Pfeifenrauch und Schnaps den modrigen Seegeruch überdecken.

Allein auf einer Seite: »Die Ozeane anderer Welten.«

Anna hat nicht vor, ewig mit ihrem Vater Bernard zusammenzuleben. Seine Schnapsbrennerei wird von der Gemeinschaft toleriert, und aus ihr unbekannten Gründen weigert er sich standhaft, ihr Zuhause in den Hügeln zu verlassen. Anna dagegen hängt nicht an diesem Fleckchen. Sie ist zwar jung und arm und zu ungebildet, um in einer Stadt zu bestehen, doch sie kann jagen, angeln, Land bewirtschaften, Tiere schlachten, kochen, nähen und lesen.

Anna wird vom Maiden's Grove angezogen und fürchtet sich gleichzeitig vor dem See. Ihr Körper weiß, dass sie unter Wasser leben kann, ihr Verstand sagt ihr jedoch, dass das unmöglich ist. Wenn ihre Mutter zu Hause wäre, könnte Anna bestimmt herausfinden, ob sie damit vielleicht nicht allein ist. Doch so lange Anna zurückdenken kann, hat sie keine Mutter gehabt. Als sie ihren Vater danach fragt, schweigt dieser zunächst nur, mustert sie im Laufe der Zeit jedoch immer misstrauischer, bedroht sie und greift sie eines Abends tätlich an. Anna kann ihm nach den ersten Schlägen entwischen. Sie geht ins Dorf, zu den paar Häusern, die wie Samen im Tal verstreut liegen, um dort Schutz zu suchen und vielleicht im Gasthaus zu arbeiten, dessen Besitzer regelmäßig Schnaps bei Bernard kauft und immer ein freundliches Wort für sie übrighat. Doch der Besitzer ist nicht da, und da sie ein Mädchen ist, lädt man sie nicht zum Verweilen ein. Ein dunkelhaariger Fremder folgt ihr nach Hause und lässt sein Leben im See.

Anna kann lediglich anhand ihres eigenen Gesichts darauf schließen, wie ihre Mutter womöglich ausgesehen hat: hohe Wangenknochen, spitz zulaufende Ohren, das Haar so glatt wie schwarze Seide. Anna zieht die Blicke der Männer auf sich, und sicher ist es ihrer Mutter früher genauso gegangen. Damals war Bernard ein achtbarer Bauer, hatte vierzig Hektar Wald gerodet und dort Futtermais und Weizen angebaut, einen Garten und einen kleinen Obsthain angelegt. Das war wohl auch das Mindeste, um eine hübsche Frau an sich zu binden, denkt Anna. Inzwischen ist das sehr lange her. Bernard hat einen Großteil seiner Geräte verkauft, darunter Wagen, Pflug, Zaumzeug, Hufeisen, Sensen und praktisch alles, was sonst noch von Nutzen war. Um den Obsthain zu finden, muss sie sich durch das Unterholz und das Unkraut schlagen, mit denen die ehemaligen Nutzflächen und das Skelett einer verhungerten Milchkuh bedeckt sind.

Dann auf einer anderen Seite nur zwei Buchstaben: »Eo.«

Auf einem zehn Kilometer entfernten Hof tut ein gewisser Mr. Morris genau das, was ihr Vater aufgegeben hat, und fährt von seinen achtzig Hektar Land reiche Ernte ein. Seine Belted-Galloway-Herde liefert Fleisch und Milch, und seine Zuchtbullen sind im ganzen Bezirk gefragt. Morris hat mehrere Söhne, und John, der älteste, ist in Annas Alter. Sie haben es kurz miteinander versucht. Sie spürte nicht die Liebe zu ihm, die sie aus Büchern kannte, und er war für sie nur eine mögliche Zukunft. Dennoch haben sie sich das vergangene Jahr über immer wieder in Wald und Flur getroffen. Sie erinnert sich noch an ihre Verwunderung, als sie im August in einem Möhrenfeld lagen und sein Schwanz aus dem offenen Hosenstall barst, hart wie Eisen unter dem weichen Hautmantel. Als sie ihn in die Hand nahm, wunderte sie sich über den Strahl, der ihr sogleich von den Knöcheln tropfte. John lag wie benommen da und wurde dann erneut steif. Er wollte zwischen ihre Beine. Noch nicht, mahnte sie ihn.

Ihr Vater trinkt immer mehr und will nicht mehr essen. Auf einer Bleistiftzeichnung kümmert sich Anna um Bernards erloschenes Feuer, Mondlicht fällt durch den Wald, kleine Radiergummispuren bilden Glühwürmchen im Nebel. Eines frühen Herbstabends bricht Bernard schließlich zusammen. Sein Atem geht immer flacher, er verliert das Bewusstsein. Anna rennt die zehn Kilometer bis zum Morris-Hof.

Was dort geschah, wissen wir nicht. Das Tagebuch schweigt sich darüber aus. Wir finden uns am Maiden's Grove wieder: Anna vor einer glänzenden Oberfläche, umgeben von Schwärze.

»Ein neuer Ort hinter der Zeit. Da lag er. Er streckte sich zu Anna aus und sie sich zu ihm.«

Darauf folgte ein Bild von Anna, die nackt den Hügel hinaufläuft, der alte Hof ist verfallen, ein Baum wächst aus einem Fenster und aus einem Loch im Dach. Neben dem Haus befinden sich der Grabstein ihres Vaters und ihr eigener.

Penny hatte den Rest der Geschichte in Notizen festgehalten: Seit sechzehn Jahren hat sie niemand mehr zu Gesicht bekommen. Sie ist nicht gealtert. Sie ist verwirrt, fremd, nackt, aber nicht schwach. Anna wehrt den Angriff eines Jägers ab, bricht ihm das Genick und begräbt die Leiche. Im Schutz der Dunkelheit stiehlt sie Kleider und gibt sich als verloren geglaubte Cousine und nächste lebende Angehörige aus, um das Grundstück zu übernehmen. Doch es hilft nichts. Sie kehrt in den See zurück.

Zweiter Teil

PAT George trank noch einen Bourbon, ließ wie immer ein letztes Bier im Ärmel verschwinden und trat dann hinaus in die kühle Septembernacht. An diesem Abend hatte er es beim Hufeisenturnier der Hafenkneipe in Watkins Glen, New York, auf den ersten Platz geschafft und ein Preisgeld in Höhe von zweihundertfünfzig Dollar kassiert. Während der Abend langsam in die Nacht überging, gab er Runde um Runde aus und trank selbst kräftig mit. Eben hatte der Laden geschlossen, und nun stand er auf dem fast leeren Parkplatz und bereitete sich mental auf die Heimfahrt vor.

Er setzte sich ans Steuer und ließ den Motor seines klapprigen japanischen Sportwagens an. Als saufender Autoverkäufer mittleren Alters war er kein sonderlich erfolgreicher Mann und hatte auch sonst im Leben nicht allzu viel Glück gehabt. Sah er selbst genauso. Doch an diesem Nachmittag hatte irgendetwas in der Luft gelegen, seine Hand geleitet und ihm geholfen, die Hufeisen an ihr Ziel zu befördern. Er konnte den entscheidenden Wurf noch in den Fingerspitzen spüren, sah das Eisen durchs Licht gleiten, hoch über den wachsamen Blicken der Zuschauer. Ein Schluck Wasser nach langer Dürre war das gewesen, als das Eisen mit einem saftigen Klonk auftraf. In diesem Moment hatte Pat das merkwürdige Gefühl gehabt, er könnte die Zeit für immer anhalten.

Und obendrein hatte er die Kneipe mit der Telefonnummer einer Frau verlassen! In der sicheren Dunkelheit der Berge nahm Pat einen Schluck aus seiner halb leeren Bierflasche. Auf der Sugar Hill Road bog er nach Westen in den Staatsforst ab. Glücklicherweise kannte er den Weg in- und auswendig, denn so langsam drehte sich alles. Er beschleunigte und ließ sich von der Nacht dahintragen. So spät war auf dieser Straße niemand mehr unterwegs, erst auf der Kreuzung zur 23 würde er ein bisschen langsamer machen müssen. Als er über eine

Kuppe schoss, war es schon zu spät, um dem Wagen noch auszuweichen, der aus einer namenlosen, nicht einsehbaren Straße kam, die ins Nichts führte. Die linke Ecke seines Kühlergrills traf mit voller Wucht auf die Motorhaube des anderen. Zeitgefühl und Kontrolle entglitten ihm, sein Auto wurde quer über die Straße gegen eine Schierlingstanne geschleudert, und Pat flog durch die Windschutzscheibe. Das Auto rollte langsam rückwärts zurück auf die Straße. Pat landete in ein paar Ästen, die über einem Bachlauf hingen, und blieb noch eine Weile bei Bewusstsein, bevor er schließlich doch ohnmächtig wurde und erst mehrere Tage später im Krankenhaus aufwachte. Er würde nie wieder selbstständig atmen, essen oder sich bewegen können. Er unterzeichnete seine Patientenverfügung mit einem Blinzeln und starb noch am selben Nachmittag.

Ein spätnächtlicher Fahrer, der vermutlich ebenfalls betrunken war, meldete, dass er einen Unfall an der Straße gesehen habe, und fuhr weiter. Das andere Auto, das gegen einen Baum im Schatten der namenlosen Straße geschleudert worden war, sah er nicht, und auch Pats heisere Hilferufe verhallten ungehört. Alex Poole, Deputy Sheriff von Schuyler County, war also im Grunde der Erste am Unfallort. Bei seiner Ankunft fand er ihn in eine falsche Morgendämmerung getaucht vor, die von Pats Auto ausging, einem glühend heißen Gewirr aus Metall, berstendem Glas und öligen Flammen, die sich in den Nachthimmel reckten. Und aus den bebenden Schatten an der Stelle, wo das zweite Auto zum Stehen gekommen war, stürzte sich eine Frau mit lila Haaren und hinter dem Rücken gefesselten Händen auf Poole und schrie mit zugeklebtem Mund. Der Deputy erkannte sie nicht, wir dagegen wussten, um wen es sich handelte: Vicki Jelinski, die Mutter der Kinder des verstorbenen Charles Michael Heffernan.

Aus den Aufnahmen von Deputy Pooles Durchsagen, Jelinskis Aussage und der kriminaltechnischen Untersuchung setzte sich folgendes Bild zusammen: Als der Kleinwagen von Pat Georges Auto gerammt und gegen einen Baum geschleudert wurde, löste sich die Kofferraumverriegelung. Der Kofferraum war mit Plastikfolie ausgekleidet, und außer Vicki Jelinski fanden sich darin eine Rolle

Stahldraht, zwei Großpackungen Abflussreiniger, eine Schaufel und mehrere Schalsteine. Beim Aufprall verlor Jelinski kurz das Bewusstsein. Als sie wieder zu sich kam, sah sie, dass der Kofferraum einen Spaltbreit offen stand und sie ihn auftreten konnte. Erst hatte sie Angst. Dann erkannte sie die blau-roten Polizeilichter und wusste, dass der Moment des Handelns gekommen war.

Zwischen der Ankunft von Deputy Poole und der des nächsten Einsatzwagens verstrichen sieben Minuten. Poole meldete sich um 1:17 Uhr vom Unfallort, und um 1:20 Uhr wurden erstmals Vicki Jelinski, der Kleinwagen im Wald und die dringende Forderung nach Verstärkung durchgegeben. Jelinski flehte Poole an, sie sofort in Sicherheit zu bringen. Er konnte den Unfallort jedoch nicht einfach verlassen und schloss sie stattdessen in seinem Streifenwagen ein. Er zog seine Waffe, suchte mit aufmerksamem Blick die umstehenden Bäume ab und näherte sich dem Kleinwagen. Vom Fahrer keine Spur.

Poole trat an Pat Georges brennendes Auto heran, wo Jelinski ihn nicht mehr sehen konnte. Hätte er das nicht getan, wäre er vielleicht noch am Leben. Sie hörte einen lauten Knall, den sie für einen Schuss hielt. Es war jedoch einer der vorderen Stoßdämpfer, dessen Gas sich überhitzt hatte und mit der Gewalt eines 50-mm-Feldgeschützes explodiert war. Er fuhr Poole unterhalb des linken Knies durchs Bein, pulverisierte ihm die Knochen und hinterließ lediglich einen dünnen Streifen Haut, der die Wade gerade noch so mit dem Oberschenkel verband. Jelinski hörte ihn schreien und sah, wie er aus dem Wald über die Straße gekrochen kam. Dann brachen seine Schreie ab. Poole starb schnell, die Kehle war ihm mit einem Angelmesser aufgeschlitzt worden.

Ihr Entführer kam auf den Streifenwagen zu, und zum ersten Mal konnte Vicki Jelinski ihn direkt ansehen. Er hatte einen Pferdeschwanz, ein schmales Gesicht und war beinahe gut aussehend, wenn da nicht der Überbiss gewesen wäre. Sein Gesicht war schmerzverzerrt, die riesigen Schneidezähne entblößt. Er presste sich eine Hand in die Seite. Sie rollte sich auf dem Boden zusammen, und er feuerte einen Schuss aus Pooles Dienstwaffe durch die Fensterscheibe. Keine

Ahnung, warum er ihr nicht an Ort und Stelle den Garaus machte, wahrscheinlich hatte er sich das Ganze einfach anders vorgestellt. Er hielt die .44er auf sie gerichtet und befahl ihr auszusteigen.

In diesem Moment stieß Mrs. Alice Campbell mit zwei freiwilligen Sanitätern dazu. Campbell, eine siebenundsiebzigjährige Rettungskraft und bereits Urgroßmutter, konnte nicht fassen, was sie da sah, und bremste scharf ab. Doch als der Mann die Waffe auf sie richtete, trat sie beherzt aufs Gas und hielt direkt auf ihn zu.

Löschfahrzeug Orange 2 kam durchs Tal geheult, dicht gefolgt vom Team des Bezirkssheriffs und der State Police, doch sie waren zu langsam. Der Mann schaffte es in dem ganzen Trubel irgendwie zu seinem Auto, dessen Motor noch lief, und machte sich aus dem Staub. Alice Campbell spielte kurz mit dem Gedanken, ihm zu folgen, konzentrierte sich dann jedoch auf die Verletzten.

Fünf Bezirkssheriffs, sechs Städte, drei Gemeinden und die State Police von New York begannen noch in derselben Nacht mit der Großfahndung, doch der Unbekannte war wie vom Erdboden verschluckt. Im Umkreis von fünfhundert Kilometern tauchte er in keinem Krankenhaus auf. Mehrere Tage später wurde sein Auto in der Nähe von Wolcott, New York, gefunden. Die Fahrzeug-Identifizierungsnummer des '89er Cadillac de Ville war weggefeilt worden, die Nummernschilder hatten zuletzt zu einem '94er Honda Accord mit abgelaufener Zulassungsbescheinigung in New Jersey gehört. Anscheinend war der Mann auf dem Weg nach Kanada. Für Hinweise zu seinem Verbleib wurde eine Belohnung von zehntausend Dollar ausgesetzt, doch er blieb verschwunden.

Vicki Jelinski hatte den Mann noch nie zuvor gesehen. Er hatte ihr von hinten einen Schlag auf den Kopf verpasst, ihr eine Tüte übergestülpt und sie in den Kofferraum geworfen, während ihr jüngstes Kind allein in ihrem Haus in Johnson City zurückblieb. Sie sah sein Gesicht zum ersten und letzten Mal, als er die Scheibe des Streifenwagens einschoss, und sie hatte nicht die geringste Ahnung, wieso ihr irgendjemand etwas antun wollte.

ICH war Teil eines dreißig Mann starken Suchtrupps. Während Hubschrauber über uns hinwegknatterten, durchkämmten wir langsam ein Feld in Wayne County, New York. In der Nähe war der Wagen des Entführers gefunden worden, und State Police, örtliche Einsatzkräfte und Freiwillige machten nun zwischen den Bauernhöfen und Landhäusern südlich des Lake Ontario Jagd auf das verletzte Tier. Wayne County lag ein ganzes Stück nördlich von Wild Thyme, und der Herbst tauchte die Landschaft bereits in Gold- und Rottöne. Auf einer nahegelegenen Straße reckten Schaulustige neugierig die Hälse.

Sheriff Dally und ich hatten für die Suche einen Ausflug nach Norden unternommen, uns die Unfallstelle angesehen, Phantombilder des Entführers betrachtet und sowohl mit der örtlichen als auch mit der State Police geredet. Vicki Jelinski war zurück nach Binghamton und dann zusammen mit ihren Kindern an einen geheimen Ort gebracht worden. Kriminaltechniker hatten das Auto abgesucht wie ein Affe seinen verlausten Freund, jedoch nur sehr wenig Beweismaterial gefunden – nichts, womit man den Fahrer hätte identifizieren können.

Als Dally und ich ankamen, war der erste Fahndungsrausch bereits Bürokratie und Schichteneinteilungen gewichen. Wir waren keine große Hilfe, das merkten wir schnell.

Zurück in Holebrook County breiteten wir uns mit unseren Strafanzeigen, Strafregistern und Gerichtsunterlagen in einem leer stehenden Büro im Sheriff's Department aus. An der Wand hingen Phantombilder des Mannes: schmales Gesicht, hervorstehende Zähne, lange Haare, die am Hinterkopf bereits dünner wurden. Ich hatte Kopien davon an Jennie Lyn Stiobhard und Andy Swales weitergereicht, doch sie kannten ihn nicht. Swales hatte mir das über einen Anwalt in Binghamton ausrichten lassen.

Kevin O'Keeffe war im Juli aus Dallas in die Vollzugsanstalt Mahanoy in Frackville verlegt worden. Eines Septembernachmittags saß ich ihm in einem Verhörzimmer des Gefängnisses gegenüber. Sein Gesicht war innerhalb weniger Monate eingefallen und hatte einen verkniffenen Ausdruck angenommen. Er schaute sich die Phantombilder frei von jeglicher Gefühlsregung an, schüttelte schließlich knapp den Kopf und verließ den Raum ohne ein weiteres Wort.

Die kühle Morgenluft hing schwer über der Erde und besprenkelte sie mit Tau. Ich lag getarnt im hohen Gras. Noch im Dunkeln hatte ich meinen Diensttruck auf einer Forststraße geparkt und war durch das Sumpfdreieck gestapft, das von drei Straßen umrahmt wurde, darunter die Hurrier Lane, an der Sage Buckles wohnte. Sein Grundstück sah aus wie eine Müllhalde, aber daraus sollte man keine falschen Schlüsse ziehen. Er wäre durchaus in der Lage gewesen, die kaputte Waschmaschine, den Herd, die alten Fahrräder und Rasenmäher, blauen Fässer, Paletten und so weiter zur Müllkippe zu bringen. Doch für einen praktisch veranlagten Hinterwäldler waren das alles Dinge, die sich irgendwann als nützlich erweisen konnten. Ich war ebenfalls mit so einem zugemüllten Garten aufgewachsen. Wir kauften nie etwas neu, weil es immer irgendwelche Trottel gab, die den wahren Wert gebrauchter Sachen nicht erkannten.

Buckles nahm seit dem Sommer an einem ambulanten Entzugsprogramm in Fitzmorris teil, wodurch er auf freiem Fuß bleiben konnte. Ansonsten hätten ihn garantiert keine zehn Pferde in die Gasse abseits der Main Street bekommen, wo die Suchtis aller Altersstufen auf ihre Partner oder Mitfahrgelegenheiten warteten, Stellenanzeigen durchsuchten und ihre Kinder noch einen Monat länger davon abhielten, sich endgültig von ihnen abzuwenden. Beim ersten Mal hatte ich noch zugeschaut, wie Buckles die Einrichtung betrat, und mir danach den Bericht durchgelesen. Weder gut noch schlecht. Er hatte geschworen, dass er das harte Zeug nicht mehr anrührte. Damit meinte er wahrscheinlich Methamphetamin und Heroin. Doch von der Flasche kam er nicht weg, und seine Sachbearbeiterin drohte, sie würde mich zu ihm nach Hause schicken. Als Notfallkontakt hatte er Hope Martinek angegeben, angeblich seine Frau, mit der er zusammenwohne. Zum nächsten Termin hatte Hope Martinek ihn dann begleitet, und der Bericht fiel schon etwas wohlwollender aus. Im ersten Monat bestand er sämtliche Urintests, sodass der Bezirk von einer Fußfessel absah. Ich lockerte meine Überwachung und fuhr nur noch alle zwei Wochen an seinem Haus oder bei Landschaftsbau Grace vorbei, sprach jedoch nicht mit ihm.

An diesem Morgen war Sage Buckles zu Hause; zumindest stand sein braunes Auto vor der Tür. Hopes lila Wagen war nicht da. Um kurz vor acht ging die Haustür auf, und Buckles kam heraus. Ich drückte mich enger auf den Boden. Er stampfte mit einer Kühlbox in der Hand die Treppe hinunter, stieg ins Auto und fuhr davon. Ich wartete noch zwanzig Minuten, ob etwas passieren würde, doch nichts geschah. Ich stand auf, trat aus dem Schutz der Bäume heraus und ging die Auffahrt hinauf, um keine Spuren im Gras zu hinterlassen. Dann umrundete ich das Haus und spähte durch die Jalousien. Es sah ganz danach aus, als wohnte er allein hier.

Ich ging zurück Richtung Wald und warf einen Blick auf meine topografische Karte. Eine Quadpiste führte an einer Hecke entlang Richtung Norden. Auf der anderen Seite des Hügels, außerhalb meiner Sichtweite, erstreckte sich das Grundstück von Ton L, der von Swales gemanagten Immobilienfirma, zehn Hektar den Kamm hinauf und noch ein Stück weiter. John Blaine, der Boss des *Stingy Jack's*, hatte sich den ganzen Sommer über dort oben herumgetrieben. Die südöstliche Grundstücksecke berührte die Nordgrenze von Buckles' zweieinhalb Hektar großer Parzelle. Diese Verbindung überraschte mich, und ich folgte dem Pfad.

Auf dem Grundstück von Ton L schmiegte sich ein großes modernes Haus an einen Steilhang. Es hatte vier Eingänge: die Haustür auf der Ostseite, die anscheinend nicht benutzt wurde, die Küchentür im Norden, die ich nicht einsehen konnte, die Schiebetür auf der Südterrasse und eine Kellertür aus Metall. Ich schlüpfte zwischen den Bäumen hindurch und ging in die Hocke. Nichts regte sich. Ich stieg den Hang hinab in Richtung der Wellblechgarage, von wo aus ich den hinteren Teil des Hauses, die Küchentür und den freistehenden Pool sehen konnte. In der Auffahrt standen keine Autos, und das Haus wirkte, als wäre die Saison vorbei. Ich beobachtete es eine Zeit lang, dann ging ich zurück zu meinem Truck, um mir den Tag mit Strafzetteln für Geschwindigkeitsüberschreitungen zu vertreiben.

Am späten Nachmittag wartete ich erneut in meinem Versteck am Rand von Buckles' Grundstück. Um kurz vor halb sechs schepperte der braune Wagen die Auffahrt herauf. Buckles' neongelbes T-Shirt war von Schmutzstreifen übersät, und er wirkte müde. Er schleppte sich die Stufen hinauf ins Haus, überraschte mich dann aber, indem er in kurzen Hosen und Laufschuhen wieder herauskam und davonjoggte. Ich vergrub das Gesicht im Gras und lauschte seinen Schritten, die sich auf der Hurrier Lane entfernten. Nach nicht allzu langer Zeit kehrte er zurück. Buckles hatte sich eine Fettschicht zugelegt, doch darunter war er immer noch stahlhart, und jeder Schritt glich dem Schlag eines Vorschlaghammers. Am Haus blieb er stehen, stützte sich auf die Knie und erbrach sich. Dann richtete er sich wieder auf, rotzte verirrtes Erbrochenes aus der kaputten Nase, wischte sich den Mund ab und sah sich suchend um. Ich hatte das Gesicht im Gras verborgen, und als ich schließlich aufsah, war Buckles mit dem Gerümpel in seinem Garten zugange. Er hob den Deckel von einem blauen Fass und spähte hinein. Etwas in seinem Gesicht spannte sich an. Er holte eine Flasche irgendeiner knallgrünen Flüssigkeit hervor, wahrscheinlich Schnaps, nahm einen großen Schluck und ging wieder ins Haus.

Ich schlich langsam zurück zu meinem Dienstwagen, zog die Tarnkleidung aus, tauschte den Buschhut gegen eine Baseballkappe und fuhr zu Buckles' Haus. Ich stieg aus und war noch nicht einmal auf der Veranda, da hörte ich ihn schon brüllen.

»Hau ab! Hau ab! Hau ab!«

Ich legte die Hand an meine .40er und gab mich als Polizist zu erkennen.

»Mir egal.« Er trat mit einer geladenen Jagdarmbrust – der Schusswaffe verurteilter Verbrecher – auf die Veranda. »Hau ab.«

»Sie kennen mich doch, Sage«, sagte ich. »Legen Sie das Ding weg. Oder wollen Sie etwa in den Abendnachrichten landen?«

Er musterte mich weiterhin böse, zielte mit der Armbrust jedoch ein Stück von mir weg und drückte ab, ohne hinzusehen. Der Bolzen nahm eine Ecke des Holzgeländers mit und landete im Garten. Dann legte er die Waffe ab. »Was wollen Sie von mir?«

»Darf ich vielleicht reinkommen?«

»Nein.«

»Sage, gemäß Ihrer Verurteilung habe ich das Recht, Ihr Haus zu betreten.«

»Machen Sie doch, was Sie wollen, verdammt noch mal.«

Ich steckte den Kopf hinein und roch altes Essen. »Ist Hope da?«

»Die wohnt nicht mehr hier, ist zurück nach Beaver. Man kann hier ja nicht mal in seinen eigenen vier Wänden machen, was man will, ohne dass Hinz und Kunz zur Tür reinkommt. Ich habe ihr von Anfang an gesagt, dass man im Wald garantiert nicht nüchtern wird, aber sie meinte, hier wimmelt es von Bullen, das hilft bestimmt. Hat es natürlich nicht. Jetzt ist sie wieder zu Hause.«

»Im Entzug?«

»So was in der Art, keine Ahnung. Was wollen Sie von mir?«

»Ich möchte Ihnen etwas zeigen.«

Sage nahm die beiden Phantombilder in die Hand. »Hab ich im Fernsehen gesehen. Woher soll ich den kennen?«

»Weiß ich nicht. War nur so ein Gefühl.«

»Ihr schiebt mir aber auch echt für alles die Schuld in die Schuhe, was? Ich kenn den nicht, woher auch? Sie sehen doch, wo ich wohne.«

»Kennen Sie Vicki Jelinski?«

»Ich kenne überhaupt niemanden.«

»Penny Pellings kannten Sie schon.«

»Stimmt, die ja … na und? Da war ich nicht der Einzige.«

Ich wurde nicht recht schlau aus dem Mann. Er hielt die Arme verschränkt, das Kinn gesenkt, sein Blick blieb nie auf einer Stelle, sondern schnellte die ganze Zeit gehetzt von einem Gegenstand zum nächsten. »Können Sie mir ein bisschen mehr über Penny erzählen?«

»Ich habe Ihnen doch gesagt, sie war abends oft unterwegs, ich auch. Sie hatte ne Menge Bekannte.«

»Und Sie hatten etwas, das sie wollte.«

»Dazu könnte ich was sagen, mache ich aber nicht.«

Ich beachtete sein hässliches Grinsen nicht. »Wie kommt's, dass Ihr Vorrat hier draußen groß genug ist, um ihn mit Penny zu teilen?«

»Keine Ahnung, was Sie meinen.«

»Heroin. Wo hatten Sie das Zeug her?«

»Haben Sie's mit den Ohren?«

»Schon möglich, aber mit meiner Nase ist alles in Ordnung«, erwiderte ich. »Und irgendwas stinkt hier gewaltig. Was veranstalten Sie da eigentlich für einen Weiberabend? Ist das Melonenschnaps?«

»Hope«, sagte er nach einer kurzen Pause. »Dopey Hopey hat ein Tütchen von dem Zeug aus Beaver mitgebracht. Ich wollte nur ein bisschen Geld verdienen, wieder auf die Beine kommen.«

»Und ein ehrlicher Job hat da nicht gereicht?«

»Doch. Ich wollte bloß Stroh zu Gold spinnen.«

»Verraten Sie mir mal was«, sagte ich. »Wieso sind Sie überhaupt hier eingezogen? Was gibt es hier, das es in Beaver nicht gibt?«

»Arbeit, was weiß ich. Dort habe ich das Gleiche gemacht, aber irgendwann gab's nix mehr zu tun. Also bin ich auf nach Osten.« Buckles schien froh über den Themenwechsel zu sein. »Da habe ich das Haus hier gefunden, stand jahrelang leer, war billig, und ich dachte, vielleicht renovier ich das, verkauf es dann irgendwann wieder und mach dabei ein paar Scheinchen.«

»Wenn es leer stand, von wem haben Sie es denn gekauft?«

»Von so nem Kerl hier aus der Gegend. Anwalt.«

»Andy Swales?«

»Hä? Nee, von so einem Alten, Noonan hieß der.«

»Kommen Sie mit Ihren Nachbarn gut zurecht?«

»Ich habe Ihnen doch gesagt, Kumpel: Ich kenn hier keinen. Habe bloß Bäume gefällt und mich betrunken. Und jetzt fäll ich nur noch Bäume. Das ist ja wohl immer noch ein freies Land hier, oder?«

Wegen Kevins Ausfall wurde mein Nebenjob bei Ed Brennan zur Dauerbeschäftigung, und ich zog mit seiner Mannschaft von einer baufälligen Scheune zur nächsten, um das Material für Meaghers Atelier zusammenzutragen. Ed war ganz in seinem Kunsthandwerker-Element, immer auf der Suche nach dem besten Holz, gab sein Geld mit vollen Händen aus und fachsimpelte über jedes noch so kleine Detail.

Eines Abends war ich gerade damit beschäftigt, mithilfe eines Brecheisens die Verkleidung unter einer Dachkante zu entfernen. Hundert Jahre Vogel-, Fledermaus- und Nagerscheiße, Stroh, Staub und Holzmehl hatten sich zwischen den Sparren angesammelt, und bei den ersten Brettern hatte ich eine Ladung davon ins Gesicht bekommen. Ich spähte nach oben, rammte das Brecheisen unter ein Brett, hörte plötzlich ein panisches Quietschen und spürte, wie mir etwas Warmes in Augen und Mund spritzte. Ich spuckte aus. Fledermausblut. Teile des Tieres hingen noch an der Spitze meines Brecheisens. Ein schneller, ungerechter Tod.

Ich fluchte. Schräg unter mir stemmte Julie Meagher Nägel aus den Scheunenbrettern. Hin und wieder machte sie eine kurze Pause und sammelte die Nägel mit einer Magnetstange in der Auffahrt ein. Das tat sie schon den ganzen Tag. Sie schaute auf und sah mein blutbespritztes Gesicht.

»Fledermaus«, erklärte ich.

»Fies!«

Ich ließ das Brecheisen fallen. »Ich geh mal kurz zum Bach.«

»Ich komme mit.« Sie schnallte sich den Werkzeuggürtel ab. Rings um die Hüfte war ihr Shirt durchgeschwitzt. Wir gingen Richtung Wald. »Ich habe ja wirklich nichts dagegen, Nägel rauszuziehen«, meinte sie. »Aber ich kann auch mit einem Tischlerwinkel und einer Kreissäge umgehen. Wir nehmen hier immer nur irgendeinen Scheiß auseinander, und ich frag mich langsam, ob wir irgendwann auch mal was zusammenbauen.«

»Manchmal ist der Weg eben das Ziel.«

»Heute Nacht träume ich bestimmt von Scheunenbrettern.«

Ich dachte oft darüber nach, was Eds Rahmenbauten in den Augen mancher Leute zur Kunstform erhob. Es heißt, in der Kunst sei alles schon einmal dagewesen, seit der Entdeckung des Feuers habe die Menschheit nichts Neues mehr entdeckt, höchstens frische Anschauungsweisen. In ganz Holebrook County überdauerten Scheunen ihre eigentliche Bestimmung und verschmolzen irgendwann mit der Landschaft. Wenn jemand eine säuberte, die Verbindungen und Balken freilegte, Fenster einbaute und die Natur vertrieb – wie sollte man das bezeichnen? Falls wir hier Kunst schufen, war die Fledermaus jedenfalls nicht umsonst gestorben.

Julie zog sich die Arbeitsstiefel aus und setzte sich auf einen kleinen Felsen flussaufwärts, während ich mir Gesicht und Hände wusch. Sie lehnte sich zurück, und hin und wieder sah ich verstohlen hinüber zu ihren schönen Rundungen, zu ihrem kräftigen, kein bisschen schwerfälligen Körper. Sie war etwas jünger als ich und hier in der Gegend aufgewachsen, immer mit den Sportlern unterwegs gewesen, hatte im Herbst Fußball gespielt und war im Frühling Langstrecke gelaufen. Ich war in der Highschool im Footballteam gewesen und daher ein bisschen mit dem Sportlerleben vertraut. Ansonsten gehörten wir verschiedenen Welten an. Sie kannte anscheinend den ganzen Ort, egal ob jung oder alt, war begeisterungsfähig und überall dabei. Ich dagegen war von meinem Vater hart und stumm wie ein Baum erzogen worden. Seine Tarnkleidung legte er nur sonntags ab, wenn wir zu irgendeiner Splitterkirche gingen und dort merkwürdigen, radikalen Ansichten lauschten. Mein Elternhaus war klein und am Arsch der Welt in den Bergen gewesen, und ich schaffte die Highschool nur knapp. Ich hatte keine Ahnung, was ich zu jemandem wie Miss Julie sagen sollte, wenn es nicht gerade um einen Verkehrsunfall oder eine Überdosis ging.

Als wir zur Scheune zurückkehrten, schüttelten zwei Arbeiter gespielt tadelnd den Kopf. Ed war gerade von einer anderen Baustelle gekommen und mischte sich in jedermanns Arbeit ein. Julie flitzte an seine Seite, versetzte ihm einen kleinen Stoß mit der Hüfte und folgte ihm. Die beiden amüsierten sich ständig über irgendwelche Witzchen.

Am Abend rief ich Liz an und fragte, was ich wegen der Fledermaus unternehmen sollte. Sie sagte, ich solle in die Klinik kommen, damit sie mich gegen Tollwut impfen könne. Wahrscheinlich sei das nicht unbedingt nötig, aber ich solle lieber kein Risiko eingehen.

Am nächsten Morgen wartete ich schon früh vor der Klinik auf sie. Sie lächelte mich freundlich an, als sie vorfuhr. Wir gingen die Treppe hoch zu ihren Räumlichkeiten. Die weiß gestrichenen Wände waren schon etwas mitgenommen, das Wartezimmer bestand aus zusammengewürfeltem Mobiliar. Ich setzte ihr in allen Einzelheiten auseinander, was sich ereignet hatte.

»Aber wird Tollwut nicht durch den Speichel übertragen?«, fragte ich. »Dann wäre das hier ja andersrum. Meine Spucke, ihr Blut.«

Liz zuckte die Schultern, band sich die Haare zusammen und packte eine Spritze aus. »Ich gebe dir trotzdem was.«

»Fledermäuse sind hier überall. Bei mir auf der Veranda wohnt eine hinter den Fensterläden.«

Sie gab mir die Spritze. »Du hast bestimmt keine Tollwut, aber wenn doch, ist das kein schöner Tod. Lieber auf Nummer sicher gehen.« Sie verschwand mit Verpackung und Spritze im Nebenzimmer und rief mir von dort zu: »Du passt auf dich auf, oder, Henry?«

»Wie meinst du das?«, fragte ich, dabei wusste ich es genau.

Sie kam zurück. »Ich meine bloß, falls du … falls es da draußen was gibt, was dir gefällt – behalte deine Hände trotzdem bei dir. Das hier ist eine Kleinstadt. Die Leute reden.«

Ihre Stimme hatte einen weichen Unterton, doch offensichtlich wusste sie etwas. Ja, ich vermisste Shelly Bray, aber selbst wenn ich sie hätte sehen wollen: Es kam nicht infrage, nicht mehr. Ich nickte. »Das ist vorbei.«

»Na gut, Süßer«, erwiderte sie. »Zweimal muss ich dich noch piken. Komm nächste Woche wieder.«

Momentan arbeiteten wir an einer Scheune in Susquehanna County, nördlich der Gemeinde Susquehanna und östlich des Flusses. Ich stieß abends dazu und verbrachte ein paar Stunden damit, Dornenbüsche zurückzuschneiden und verrottete Bretter aufzustapeln. Die Hügel waren zwar noch grün, färbten sich an manchen Stellen jedoch bereits zinnoberrot und orange. Der Sommer wollte dem Herbst nicht weichen, es war immer noch heiß. Ich hatte mir gerade das T-Shirt ausgezogen und ein wenig Wasser übergekippt, als Ed ankam. Er stemmte die Hände in die Hüften und musterte den Rahmen, von dem wir die Bretterverkleidung abgenommen hatten.

»Das ist vielleicht ein Pfuschbau«, meinte er. »Alles aufgedoppelt. Keine Ahnung, welcher Teil hier welche Funktion hat. Mal sehen, was das wird. Hey, komm mal mit, ich will dir was zeigen.«

Da kam Julie Meagher zu uns gelaufen. Ihr Gesicht war mit Staub bedeckt, nur die Augen waren dank Schutzbrille ausgespart. »Kann ich mitkommen?«

»Na klar, gern«, erwiderte Ed zu schnell, um lässig zu klingen.

Wir stiegen in seinen Truck. Julie saß in der Mitte, unsere Hüften waren eng aneinandergedrückt. Ed fuhr einen Forstweg entlang und parkte am Waldrand. Er holte eine kleine Kühlbox aus dem Auto, und wir nahmen einen Weg, der durch eine Hecke hindurch und dann tief in den Forst hineinführte. Der Tag war so heiß und gleißend wie ein Messer in der Sonne gewesen, aber zwischen den Bäumen war es mit einem Schlag angenehm kühl. Hellgrüner Farn wucherte auf den Felsen. Wir überquerten einen ausgetrockneten Bachlauf und stiegen einen steilen Hang hinauf, an dem es wieder heller wurde. Ein inzwischen verlassener Steinbruch war in den Berg geschlagen worden, und eine erstarrte Lawine aus grauen Steinen ergoss sich auf eine planierte Lichtung. Zwischen den Felsbrocken blühten Nelken. Nach Osten hin konnte man das gesamte Starrucca Creek Valley überblicken, darunter die Stelle, wo der Starrucca in den glitzernden Susquehanna mündete, sowie die Eisenbahnbrücke, die sich nach Norden hin an einen Berg schmiegte.

»Die Erie-Linie«, erklärte Ed. »Die Brücke hat an die hundertfünfzig, hundertsechzig Jahre auf dem Buckel und wird immer noch benutzt. Wurde aus Blauschiefer gebaut. Gut möglich, dass das Material hier aus dem Steinbruch stammt.« Wir nahmen uns jeder ein

Bier. Ed tastete seinen Overall ab, holte eine Maiskolbenpfeife hervor und stopfte sie mit Tabak und Gras. »Fügt sich perfekt in die Umgebung ein.« Mit den Händen bildete er einen Rahmen um das Viadukt und ließ Julie hindurchspähen. »Als wäre die von selbst dort gewachsen.«

»Wie von selbst gewachsen«, stimmte sie zu und reichte die ihr angebotene Pfeife an mich weiter, ohne daran zu ziehen.

Auf dem Rückweg fiel mein Blick auf einen niedrig gelegenen Farbfleck: safrangelbe Pilze mit weißer Unterseite. »Na, hallo!«, sagte ich und ging auf die Knie. Ich sammelte ein paar der miteinander verwachsenen Baumschwämme ein und zeigte sie den anderen. »Schwefelporlinge«, sagte ich. »Mit ein bisschen Panade frittiert schmecken die wie Hühnchen. Oder in einem Omelette. Die sind echt … super lecker.« Ohne nachzudenken streckte ich sie Julie hin, und sie nahm sie dankend entgegen.

Zurück bei der Scheune standen wir noch kurz zusammen, und Ed fragte: »Noch jemand Lust, einen trinken zu gehen?«

»Ich ja«, antwortete ich.

»Ich nicht«, sagte Julie. »Ich gehe jetzt nach Hause und mach mir die hier zu Abend.«

»Viel Glück«, sagte Ed. »Zur Not kannst du dich ja selbst verarzten. Wenn ich's mir recht überlege, fahre ich auch besser heim.«

Zu Hause konsultierte ich in Sorge um Julie meine drei Pilzbestimmungsbücher. Als ich die Schwefelporlinge in der Hand gehalten hatte, war ich mir sicher gewesen; ich hatte sie schon oft gesammelt und gegessen. Aber jetzt, da ich sie jemandem aufs Auge gedrückt hatte, überkamen mich plötzlich Zweifel. *Laetiporus cincinnatus* oder *Laetiporus sulphureus*? Das machte keinen großen Unterschied, doch wenn es sich um *huroniensis* handelte, gute Nacht. Dann konnte Miss Julie sich auf Erbrechen, Schüttelfrost und Halluzinationen einstellen. Um zehn holte ich das Telefonbuch von Fitzmorris hervor und fand den Eintrag »J. Meagher«. Es dauerte eine Weile, bis ich mich zum Anrufen durchringen konnte. Als sie abnahm, war ich über alle Maßen erleichtert.

»Henry Farrell hier«, sagte ich. »Tut mir leid, dass ich dich zu Hause störe. Sag mal, dir geht's gut, oder?«

»Wieso sollte es mir nicht gut gehen?«

»Hast du die Pilze gegessen?«

»Klar. In einem Omelette mit einem schönen Glas Pinot. Wieso? Wobei, Moment mal, jetzt, wo du es sagst … mir wird gerade ganz komisch.«

»Okay, äh …«

»Kleiner Scherz, ich habe vorher nachgeschlagen. Aber lieb von dir, dass du nachfragst.«

»Klar, kein Problem.«

»Jep.«

»Na, dann vielleicht bis morgen.«

»Bis dann.«

ICH saß auf einer Bank vor dem Gerichtssaal von Broome County. Lieutenant Sleight, der genau wie Detective Oates und Detective Larkins im Prozess gegen Christian »Dizzy« Kostis ausgesagt hatte, leistete mir Gesellschaft. Ich hätte jene Nacht in First Ward gerne für immer vergessen und hatte gehofft, alle Beteiligten würden sich auf einen Deal einlassen, doch Dizzy hatte sich geweigert, und so war ich in den Prozess hineingezogen worden.

»Mach dir mal keinen Kopf«, sagte Sleight.

»Hm.«

»Ist nicht mal eine Jury da. Alles Show, es geht nur darum, wie lange er sitzen muss.«

Kostis hatte auf eine Jury verzichtet und setzte auf die kühle, überlegte Vernunft eines einzelnen Richters. Das hieß also, er hatte kein Interesse daran, dass eine Gruppe von Geschworenen aus der Gegend Einzelheiten zu seinem Fall erfuhr. Die stellvertretende Staatsanwältin Michelle Knobel hatte mich am Vorabend telefonisch auf den neuesten Stand gebracht: Bobby Chase hatte als Gegenleistung für eine mildere Strafe sowohl gegen Max als auch gegen Dizzy ausgesagt, wobei er sich selbst als Leidtragenden darstellte, der zur falschen Zeit am falschen Ort gewesen war und nun grundlos furchtbarer Verbrechen angeklagt wurde. Auch das Opfer hatte ausgesagt, sodass es eigentlich nicht mehr viel zu bereden gab. Im Zeugenstand würde ich berichten, wie ich den Abend mit Dizzy bis zur Festnahme verbracht hatte. Sein Anwalt würde mich garantiert ins Kreuzverhör nehmen, doch die Staatsanwältin meinte, ich solle mir keine Sorgen machen, ich hätte ja nichts verbrochen, und das wisse auch jeder. Ich würde Dizzys Schusswaffe identifizieren, und da er bereits wegen eines Kapitalverbrechens vorbestraft war, sei schon der Besitz ein Vergehen. Außerdem habe er die Waffe in Verbindung mit mehreren

Gewaltverbrechen benutzt, die alle für sich genommen schon eine Gefängnisstrafe mit sich brächten; alles in allem sollte das für mindestens fünfzehn Jahre hinter Gittern reichen.

Während im Gerichtssaal die Mühlen der Justiz mahlten, rief ich mir jene Nacht in Erinnerung, diesen Nebel aus Alkohol und Cannabisrauch, der am Ende brutal vertrieben worden war. Ich dachte auch an das junge Mädchen.

»Gibt's irgendwas Neues zu Penny Pellings?«, fragte ich.

»Nein. Könnte ich dich auch fragen, aber …«

»Schon klar. Jeder sucht irgendwo anders – aber eben nach dem Flüchtigen.«

»Ach ja, apropos …«

Ein Deputy des Sheriffs streckte den Kopf aus dem Gerichtssaal und bat mich hinein. Sleight tätschelte mir aufmunternd das Knie und folgte mir dann in den Saal, wo er sich auf eine der hinteren Bänke setzte, die ansonsten leer waren. Richter Mondello, ein großer, glatzköpfiger Mann mit grauem Bart und Hakennase, sah mir zu, wie ich meinen Platz im Zeugenstand einnahm. Michelle Knobel stand am Tisch der Anklage. Auf der Seite der Verteidigung streckte ein großgewachsener Anwalt mittleren Alters die Beine aus und hielt die Hände hinter dem Kopf verschränkt. Er beugte sich gerade zu Dizzy hinüber, der ihm hinter vorgehaltener Hand etwas zuraunte. Während mir der Eid abgenommen wurde, starrte mich der Angeklagte hasserfüllt an. Schließlich durfte ich zwischen den erdrückend schweren holzvertäfelten Wänden Platz nehmen.

Nach dem Vorgeplänkel – wie ich hieß, wo ich arbeitete – kam die stellvertretende Staatsanwältin direkt auf die Waffe zu sprechen. Wahrscheinlich dachte sie, falls meine Glaubwürdigkeit als Zeuge später infrage gestellt werden würde, hätte sie wenigstens meine Aussage in der Tasche, dass Dizzy die Waffe in der Hand gehabt hatte. Sie hielt eine Plastiktüte mit der Pistole in die Höhe. Ob ich diese Waffe schon einmal gesehen hätte? Ja. Wann?

»An dem Abend war ich mit Christian Kostis in einem Haus hier in der Stadt, äh …« Ich kam nicht mehr auf die Adresse, und Knobel half mir mit dem Festnahmebericht auf die Sprünge. »Ja, genau. Da hatte er die Waffe auf jeden Fall.«

Ob Mr. Kostis hier im Gerichtssaal sei? Ja, dort drüben. Dizzy schnaufte so laut, dass ich es bis in den Zeugenstand hören konnte.

»Mr. Kostis hatte also die Waffe bei sich«, wiederholte Knobel. »Hat er damit herumgefuchtelt oder …«

»Mr. Kostis hat mich zu dem Haus gebracht …«

»Einspruch«, sagte der Verteidiger.

Der Deputy führte mich aus dem Saal, während die zwei Anwälte im Flüsterton irgendwelche Details mit dem Richter besprachen. Kurz darauf wurde ich wieder hineingeführt. Der Rest meiner Aussage behandelte die Ereignisse mehr oder weniger chronologisch vom Anfang des Abends bis zur Festnahme. Ich bezeugte, dass Dizzy die Waffe in der Hand gehalten hatte, und die stellvertretende Staatsanwältin hatte keine weiteren Fragen.

Der Verteidiger hieß Pirro. Er war um die fünfzig, seine stachlig gegelten grauen Haare passten nicht so recht zu den tiefen Augenringen.

»Officer Farrell, eins möchte ich gleich klarstellen. Sie arbeiten weder mit der Polizei in Binghamton zusammen, noch sind Sie dort angestellt, korrekt?«

»Bereits beantwortet«, warf Knobel ein.

»Korrekt«, antwortete ich dennoch.

»Und Sie arbeiten auch nicht bei der Sitte, korrekt?«

»Bereits beantwortet«, sagte Knobel.

»Was ich damit sagen will«, meinte Pirro. »Sie sind auf dem Gebiet kein Experte, oder?«

»Ich bekomme bei meiner Arbeit von allem ein bisschen mit.«

»Also nein«, fuhr er fort. »Officer Farrell, würden Sie dem Gericht bitte die genauen Umstände Ihres ersten Treffens mit Mr. Kostis auseinandersetzen?«

Ich zögerte kurz. »Ich war auf der Suche nach einer Vermissten.«

»Ja, das haben wir schon verstanden. Ich möchte wissen, wie Sie Mr. Kostis genau kennengelernt haben, als Sie dort in den Kneipen unterwegs waren. Was haben Sie da gemacht?«

»Ich saß im *Georgian* an der Bar, da habe ich jemanden gesehen, auf den Kostis' Beschreibung passte …«

»Und woher hatten Sie diese Beschreibung?«

»Aus seiner … ähm … seiner Akte.«

»Herr Richter?«, sagte Pirro.

»Verstehe.«

Ich verstand nichts, doch Pirro ließ nicht locker. »Sie haben also jemanden gesehen, den Sie für Mr. Kostis hielten, und dann?«

»Ich bin nach draußen gegangen, hinter die Kneipe, und da hat Kostis ein Gespräch mit mir angefangen.«

»Kostis hat das Gespräch angefangen, sind Sie sich da sicher?«

»Ziemlich.«

»Hatten Sie Alkohol getrunken?«

Knobel erhob halbherzig Einspruch, der prompt abgelehnt wurde.

»Ja.«

»Wie viel?«

»Ein paar Bier.«

»Wie viele sind ein paar?«

»Weiß ich nicht mehr genau.«

»In wie vielen Bars waren Sie, bevor Sie ins *Georgian* kamen?«

»Nur zwei.«

»Und nachdem Sie Mr. Kostis hinter der Kneipe kennenlernten, haben Sie da Marihuana mit ihm geraucht?«

Ich zögerte zu lange, dachte an das eingesperrte Mädchen und antwortete: »Nein.«

»Lügner«, zischte Kostis, womit er sich einen scharfen Blick des Richters einhandelte.

Pirro wechselte die Taktik. »Sind Sie verheiratet, Officer Farrell?«

Auch über diese Frage musste ich kurz nachdenken. »Meine Frau ist vor ein paar Jahren verstorben.«

»Mein Beileid. Das heißt, derzeit sind Sie nicht verheiratet?«

»Einspruch, irrelevant«, sagte Knobel.

»Euer Ehren, mir geht es nicht nur um Officer Farrells Einschätzung der Begegnung, sondern um seine Glaubwürdigkeit. Was hatte er in diesem Prostitutions- und Drogenmilieu außerhalb seines Zuständigkeitsbereichs zu suchen, wieso zog er trinkend durch die …«

»Einspruch!«

Richter Mondello hob seufzend die Hand. »Sie haben das Wort, Ms. Knobel.«

»Euer Ehren, nur weil es hier keine Jury gibt, deren Unvoreingenommenheit es zu schützen gilt, hat Mr. Pirro noch lange nicht das Recht, in Officer Farrells Privatleben herumzuschnüffeln und Informationen ohne jegliche Beweiskraft …«

»Abgelehnt, aber erheben Sie gegebenenfalls gerne erneut Einspruch. Mr. Pirro?«

Der Verteidiger wiederholte die Frage.

»Nein, ich bin nicht verheiratet.«

»Und zum Zeitpunkt dieses Vorfalls waren Sie mit niemandem auf romantische oder sexuelle Weise liiert?«

»Einspruch.«

»Abgelehnt«, sagte der Richter. »Mr. Pirro, es ist klar, worauf Sie hinauswollen. Kommen Sie bitte zum Punkt.«

»Mr. Kostis' Freiheit steht hier auf dem Spiel, Herr Richter.« Mondello zog missbilligend die Augenbrauen hoch. »Gut, dann ist das meine letzte Frage.«

Ich dachte darüber nach, dachte an Shelly und ihre Familie und an das Mädchen. »Nein, zu dem Zeitpunkt nicht.«

»Keine weiteren Fragen«, sagte Pirro. Erleichterung schien sich im Gerichtssaal auszubreiten, doch Kostis gab sein Bestes, mir einen mordlustigen Blick zuzuwerfen.

Gemeinsam mit Sleight stieg ich die Steinstufen hinab in den kühlen, blauen Tag.

»Kostis hat Pirro wahrscheinlich von dem Gras erzählt. Da musste er natürlich nachfragen«, sagte Sleight. »Aber bei so einem hoffnungslosen Fall wollte er dich dafür nicht ans Kreuz nageln.«

»Was stimmt eigentlich mit dem Scheißrichter nicht?«

Sleight lächelte. »Ob du's glaubst oder nicht, er war auf unserer Seite. Genau wie Pirro, oder zumindest war der sich über seine

Situation im Klaren. Dein Kreuzverhör sollte bloß eine Berufung verhindern. Der Richter hat unseren Einsprüchen nur nicht stattgegeben, damit hinterher keiner ›Verfahrensfehler!‹ schreit. Mondello will Kostis hinter Gitter bringen, und zwar langfristig. Du hast dich wacker geschlagen.«

»Ach ja?« Ich hatte Meineid geleistet, und das wussten wir beide. Beim Marihuanarauchen stand mein Wort gegen das von Dizzy, daran ließ sich nicht rütteln. Doch mir bereitete etwas ganz anderes Sorgen: Falls Kostis irgendwie von meiner Affäre mit Shelly Bray erfahren sollte, konnten wir uns auf eine gesalzene Berufung einstellen. Doch es wusste ja niemand davon, redete ich mir ein. Zumindest niemand, der sich für Dizzys Freiheit interessierte, und Shelly würde es sicher auch nicht herumerzählen.

»Wir reden hier von Entführung, sexuellem Missbrauch, Zuhälterei, Schusswaffenbesitz, das ganze Programm.«

Einen Freudentanz löste das nicht gerade in mir aus. Ich dachte wieder an das arme Mädchen, und das machte es leichter. Eine Sache beschäftigte mich jedoch. »Keine Anklage wegen Drogenbesitz?«

»Nein. Max und seine Mutter klagen wir wegen Drogenbesitz mit Verkaufsabsicht an, Chase und Kostis nicht. Wir sind einfach nicht dahintergestiegen, wie die alle miteinander verbunden waren. Rate mal, wer angeblich ganz an der Spitze stand.«

»Charles Michael Heffernan.«

»Ganz genau, wieso auch nicht? Der ist tot, soll er sich doch damit rumschlagen.« Sleight tupfte sich die Glatze mit einer Papierserviette ab. »Ärgerlich ist das. Natürlich müssen wir Miss Jelinski deswegen befragen, dabei hat die Arme doch überhaupt keine Ahnung, sie ist schlichtweg die Einzige, die noch übrig ist. Irgendwer weiter oben hat sich ins Hemd gemacht, und dass sie jetzt nicht tot im Wald liegt, ist reines Glück. Eins wollte ich dir noch sagen. Ich weiß zwar nicht, was es bedeutet, aber nachdem der Prozess schon angefangen hatte, hat Kostis den Mund aufgemacht, wahrscheinlich, um seine Haftstrafe zu reduzieren. Er wusste was über den Kerl, der uns entwischt ist, Jelinskis Entführer. Allerdings hat er uns damit nicht wirklich weitergeholfen, und wir haben ihm gesagt, er kann uns mal. Anscheinend hat er Infos zu ein, zwei Morden.«

»Penny.« Mein Herz schlug schneller. »Ganz sicher.«

»Tut mir leid, aber Penny spielt hier keine Rolle. Die ist bloß ein kleiner Fisch, oder war sie zumindest. Nein, die Morde, von denen Kostis spricht, klingen eher nach geplanten Attentaten.«

Eines frühen Herbstmorgens stand ich mit meinem Dienstwagen im Schatten einer Kirche. Ich hatte eine ganze Weile warten müssen, da ertönte endlich das entfernte Dröhnen. Schwaches Licht kam die Straße herauf, materialisierte sich zu Scheinwerfern, die Motorengeräusche näherten sich, und dann donnerten mit einem Schlag vier nichtsahnende Tanklaster vorbei. Ich maß mehr als dreißig Stundenkilometer über dem Limit und machte mich an die Verfolgung. Nach kurzer Zeit hatte ich sie eingeholt, und einer nach dem anderen fuhr rechts ran. Ich parkte schräg vor dem ersten Laster, sammelte Führerscheine und Fahrzeugpapiere ein und stellte Strafzettel aus.

Gegen Ende des Sommers war Landschaftsbau Grace von Southwest Resources International engagiert worden, um Land für eine Bohrstelle auf Swales' Grundstück zu roden. Später wurde ein Zaun aufgestellt, und die Transporter rollten ein und aus, Wasser wurde in die Erde gepresst, verseuchtes Abwasser kam wieder raus. Anfangs hatte ich das hektarweise frisch gerodete Land sogar begrüßt, da es vielleicht Penny Pellings' Leiche zutage fördern würde. Doch das war nicht geschehen. Dafür fuhren reihenweise randvolle Tanklaster durch die Gemeinde. Auf den kurvigen, unbefestigten Straßen kamen sie nur im Schneckentempo voran, aber auf breiteren Straßen rasten sie wie die gesengten Säue, Schlaglöcher hin oder her. In den letzten zwei Jahren war ich zu mehreren grausigen Unfallstellen gerufen worden. Ganz am Anfang hatte mich eine ältere Dame alarmiert, die an einer Straße wohnte, an der eine Kurve in eine lange Gerade führte. Die Trucker schalteten meist direkt vor ihrem Haus hoch, und die Vibrationen hatten schließlich eine ihrer Fensterscheiben zum Zerspringen gebracht. Natürlich hatten die Trucker es eilig. Es ging ums Geschäft, und wenn sie sich an ein paar Strafzetteln nicht störten, dann bitte. Ich holte mir jedenfalls mein Stück vom Kuchen, sooft es nur ging.

Als ich gerade beim dritten Fahrer ankam, knisterte mein Funkgerät. Der Empfang hier draußen war lausig, sodass ich zunächst kaum ein Wort verstand. Dann wurden die Rettungskräfte aus Wild Thyme mit einem langen und zwei kurzen Tönen angefordert. Die Leitstelle war wie immer nur schwer verständlich, doch ich hörte »Schwerverletzter«, »Maiden's Grove Lake, Nordufer« und »Bohrstelle von SRI« heraus. Ich warf dem Fahrer ganz vorn sämtliche Papiere zu und fuhr davon.

Im Morgengrauen bog ich auf die Zubringerstraße, die vom Gasnetzbetreiber – in diesem Fall Southwest Resources International – gebaut worden war. Ich hielt vor dem verschlossenen Tor der Bohrstelle und rechnete fest damit, sofort vom Wachposten, den ich deutlich im Wachhäuschen sehen konnte, hineingelassen zu werden. Es geschah jedoch nichts. Ich hupte. Hinter der Kurve blinkte Blaulicht zwischen den gelben und orangefarbenen Lichtern der Bohrstelle auf. Erneut drückte ich lange auf die Hupe. Der Wachposten steckte den Kopf aus dem Fenster und winkte mich mit einer genervten Bewegung heran. Das gefiel mir ganz und gar nicht, doch da ich noch nicht wusste, was hier los war, stieg ich brav aus und ging zu ihm hinüber. Den Motor ließ ich laufen. Der junge Mann trug einen blauen Arbeitsanzug und einen gelben Helm, der nicht so ganz zu seinem Job zu passen schien. Ein Tattoo an seinem Hals zeigte drei Wölfe in vollem Lauf. Er war unrasiert. Bevor ich etwas sagen konnte, bedeutete er mir mit dem Finger zu schweigen und lauschte einem Walkie-Talkie.

»Machen Sie das Tor auf«, sagte ich. »Los, legen Sie das Teil weg und machen Sie das Scheißtor auf.«

Er sah mich überrascht an. »Wer sind Sie?«

»Officer Henry Farrell, Wild Thyme. Das ist die Gemeinde, in der wir uns befinden, wussten Sie das nicht? Was ist hier los?«

»Für Sie gibt's hier nichts zu tun, Officer. Alles in Ordnung.«

»Alles in Ordnung? Machen Sie gefälligst das Tor auf.«

»Moment.« Er schob das Fenster zu und kam nach einem kurzen Gespräch an seinem Funkgerät aus dem Häuschen, um mir das Tor zu öffnen.

An der Bohrstelle winkte mich ein Arbeiter zu einem Krankenwagen aus Fitzmorris, der mit blinkendem Blaulicht am Ende einer Wohnwagenreihe stand. Vom Summen der Generatoren abgesehen, herrschte um den Bohrturm Stille. Ringsum lagen Bahnschwellen auf einer schmutzigen Fläche von der Größe eines halben Footballfelds. In einiger Entfernung standen ein paar Männer.

Ich ging zum Fahrer des Krankenwagens. »Hey.« Mir fiel wieder ein, dass er Damon hieß. Er hatte sich einen Schnurrbart wachsen lassen, der ihm wohl einen Hauch Autorität verleihen sollte. »Was ist hier los, was ist passiert?«

»Jemand hat einen von den Jungs von Landschaftsbau Grace in der Schlammgrube gefunden und rausgeholt, bevor ich eingetroffen bin.« Er zeigte auf einen trüben Tümpel, der sich vom äußeren Rand des Bohrgeländes bis zum Wald erstreckte. »Keine Ahnung, ob er da einfach reingefallen ist oder was.«

»Ist Julie da?«

»Jep.« Damon deutete in Richtung Bohrturm.

Sie war in ein Gespräch mit einem älteren Mann in einem blauen Arbeitsanzug vertieft, einem Mann wie ein Baum, der ein Klemmbrett in der Hand hielt. Ich gesellte mich zu ihnen, und Julie stellte mich ihm vor. Er war Sicherheitsbeauftragter und hieß Ahern.

»Was ist hier los?«, fragte ich noch einmal.

Ahern schien sich nicht ganz wohl in seiner Haut zu fühlen. »Damit das von vornherein klar ist: Der Mann gehört zu Grace, nicht zu uns. Tate hat den armen Kerl rauszogen.« Er deutete auf einen jungen Bohrturmarbeiter, der etwas abseits stand und mit einem älteren Mann sprach.

»Was hatte ein Grace-Mitarbeiter denn hier oben zu schaffen?«

»Routineinspektion.« Ahern gestikulierte in Richtung des Walds, und ich nahm mir vor, so bald wie möglich dort nachzuschauen. »Wir waren alle beschäftigt, ich glaube nicht, dass irgendwer was gesehen hat. Wenn unser Bohrmeister mit Tate fertig ist, können Sie gerne mit ihm reden.« Ahern zottelte davon.

Julie hob eine Augenbraue. »Ich habe da was anderes gehört.«

Sie führte mich zum Krankenwagen, wich dabei elegant einer übel riechenden Pfütze mit Erbrochenem aus und öffnete die hintere Tür. Dort saß, in eine Decke gewickelt, mit einer Sauerstoffmaske im Gesicht und einem Verband um den Kopf, keine Geringerer als Sage Buckles.

Er hob den Blick. »Ich habe Ihnen nichts zu sagen«, drang es gedämpft durch die Maske.

Ich machte die Tür wieder zu und sah Julie an.

»Er wurde angegriffen«, sagte sie. »Ist fast gestorben. Vielleicht war er sogar kurz tot. Er hat einen Schlag auf den Kopf bekommen, und am Hals treten langsam Würgemale hervor. Ein paar von den Arbeitern haben den Vorfall gesehen und den Angreifer in den Wald gejagt. Ein anderer hat das Opfer wiederbelebt.« Sie deutete auf Tate.

»Verstehe. Lass Buckles nicht aus den Augen.«

Ich ging auf die Gruppe Arbeiter zu. Tate war ein netter, langhaariger junger Mann, den die morgendlichen Vorfälle anscheinend etwas verstört hatten. Er gab mir die Hand und stellte sich als Potato vor. Ich hielt ihn für einen, der sich von ganz unten hocharbeiten wollte. »Ich hätte da mal ein paar Fragen an Sie«, sagte ich.

Tate hatte in den frühen Morgenstunden auf der Plattform die Einzelteile eines Bohrers auseinandergeschraubt. Diese jeweils zehn Meter langen Rohre wurden anschließend hochgehievt und auf einem Stahlgestell abgelegt. Eines hatte das Gestell jedoch verfehlt und war auf den Boden gefallen, wo sich eine Schlammgrube von einem Vorgängerbohrloch befand. Tate war hinuntergestiegen, um das Rohr zu suchen, und hatte dabei einen Mann am Wasserloch knien sehen. Das allein war schon seltsam, doch dann sah Tate zwei weitere Beine unter ihm hervorragen und rannte hilferufend auf ihn los. Als der Mann aufstand, gab er den Blick auf eine Gestalt frei, die bis zur Brust in der Grube lag. Der Mann lief davon und verschwand im Wald. Mehrere Bohrturmarbeiter nahmen die Verfolgung auf, aber ohne Erfolg.

»Ich habe den Kerl rausgezogen«, berichtete Tate. »Habe ihn beatmet, bis er losgehustet hat.«

»Haben Sie das Gesicht des Angreifers gesehen?«

»Nein.«

»Gehörte er vielleicht hier zum Team?«

»Nein, dafür war er nicht richtig angezogen. Er war dünn und hatte abgenutzte Tarnkleidung und Stiefel an, mehr habe ich nicht gesehen. Er war zwar schnell, aber irgendwas stimmte nicht mit dem. Hat jetzt nicht gehumpelt oder so, aber sein Körper war irgendwie verdreht.«

Ich notierte mir die Namen sämtlicher Männer, die angeblich etwas gesehen hatten, und kehrte zum Krankenwagen zurück. Buckles hatte sich mittlerweile vom Sauerstoffgerät befreit und schob Damon und Julie beiseite, um zu seinem Auto zu gelangen. Sein Oberkörper war unbekleidet, und seine Haare glänzten wie eine Pfütze auf Asphalt.

»Das können Sie vergessen«, sagte ich. »Erst unterhalten wir beide uns mal.«

Buckles bekam kaum ein Wort hervor. »Ich muss nach Hause«, krächzte er.

»Kommt nicht infrage.« Er roch nach Diesel. Ich nannte ein nahe gelegenes Motel und sagte, er solle dahinter parken. »Wenn Sie aus dem Krankenhaus kommen, zahlt die Gemeinde ein paar Nächte.« Buckles wollte weitergehen, doch ich hielt ihn fest. »Sie erzählen mir jetzt, was passiert ist und wieso.«

»Ich bin doch hier das Opfer!« Er stieg zurück in den Krankenwagen.

Ich konnte ihn weder aufhalten noch festnehmen, und das wusste er. Ich konnte lediglich darauf hoffen, dass er selbst den Nutzen darin erkannte, sich eine Weile bedeckt zu halten. Der Krankenwagen verschwand hinter der Kuppe.

Ich funkte Fitzmorris an – das ging von diesem Standort aus schon besser –, und die Leitstelle versprach jemanden herzuschicken. Tate führte mich zu der Stelle, wo der Angreifer im Wald verschwunden war. Hinter den Schösslingen lag eine steile Böschung, die die erhöhte Schlammgrube vom Wald trennte. Ich rutschte über den aufgewühlten Boden hinab, wo vorher auch die Arbeiter langgestürmt waren.

Unten im Wald lauschte ich, im Schatten verborgen wie die Tiere. Das Tageslicht und der Industrielärm verebbten, während ich mich in die Finsternis vorarbeitete. Nach wenigen Schritten entdeckte ich einen eiternden Fleck Erde in der Größe einer Picknickdecke. Irgendetwas Orangefarbenes, das ich noch nie zuvor gesehen hatte, quoll aus dem Boden. Ich starrte lange darauf und ging schließlich an der hügelabwärts verlaufenden Narbe aus plattgewalztem Gras entlang, das mit demselben grellorangen Schleim bedeckt war.

Jahrzehntelang hatte sich der Bach, der in südlicher Richtung aus dem Maiden's Grove abfloss, hier im Wald auf einer großen Fläche ausgebreitet, weil Biber einen Staudamm angelegt hatten. Der Sumpf war zwar kleiner als bei anderen Biberbauten, machte das aber durch seine Lage wett. Da sich keine Straße in der Nähe befand, fühlte sich die Gemeinde nicht bemüßigt, das Gelände trockenzulegen, und mir persönlich hatten es Biber ohnehin angetan. Doch der Sumpf hatte sich verändert. Orangefarbener Schaum säumte das Wasser, tote Insekten klebten darin, und in der Mündung trieben mehrere leblose Biber. Ich fotografierte den Tümpel und folgte dem Bachlauf stromaufwärts.

Stimmen näherten sich von der Bohrstelle. Ahern, mit einem Metallrohr bewaffnet, kam mit einem jüngeren Arbeiter in den Wald hinabgestiegen.

»Gehört das da in Ihrer Hand zu Ihrem Job als Sicherheitsbeauftragter?«, fragte ich.

»Wir wussten nicht, dass Sie das sind«, erwiderte Ahern. Er stand vor dem verseuchten Stück Erde, als wollte er es verstecken. Seinen Kompagnon stellte er mir mit dem Spitznamen »Chickenwing« vor.

Ich deutete auf den Boden zu Aherns Füßen. »Was ist das da?«

Er zuckte die Schultern.

»Haben Sie an der Bohrstelle irgendwelche Probleme, von denen ich wissen sollte?«

»Nein – abgesehen von dem Kerl von Grace.«

»Mir ist noch nicht ganz klar, was er hier überhaupt zu schaffen hatte. Das Gelände war doch gerodet und der Bohrturm schon eine ganze Weile in Betrieb.«

»Da fragen Sie besser seine Firma. Wir haben jedenfalls nichts verbrochen. Und ich sag Ihnen noch was«, sagte Ahern. »Wir sind hier oben nicht allein. Chicken zeigt's Ihnen. Sei nett zu dem Polizisten, Junge. Zeig ihm die Stelle.«

Der Arbeiter bedeutete mir, ihm zu folgen, doch ich blieb noch kurz stehen, zeigte auf den Waldboden und sagte zu Ahern: »Über diese Sache hier unterhalten wir uns noch.«

Dann folgte ich Chickenwing – mit bürgerlichem Namen Lonny –, der sich einen Weg durch das Gestrüpp bahnte. Wir überquerten eine Schiefergeröllhalde, aus der sich Steine lösten und klackernd ins Tal rollten. Der Arbeiter blieb an einer Feuerstelle stehen, die sich an den Felshang schmiegte. Sie wurde von einem merkwürdigen zweiten Ring umgeben: weiße Steinkugeln, die zur Hälfte eingegraben waren.

»Gehen Sie ruhig zurück«, sagte ich zu Chickenwing. »Ich bleib noch eine Weile hier.«

»Ahern meinte, ich soll Sie zum Tor bringen.«

»Können Sie vergessen.«

Der Tag war mittlerweile sonnig und schweißtreibend geworden, kein Lüftchen regte sich. Ich ging um den Ring herum. Von hier aus hatte man einen guten Blick auf den Bohrturm, auf den See und sogar auf ein Stück von Swales' Dach. In der Feuerstelle lag nur noch Asche. Ich schloss die Augen und lauschte, wobei ich das Surren und Scheppern des Bohrturms auszublenden versuchte. Jemand näherte sich durch das Unterholz. Ich ging in die Hocke und beobachtete, wie sich Hanluain vom Sheriff's Department schwitzend und entnervt einen Weg auf die Lichtung bahnte.

»Scheiße, was soll das alles?«, sagte er, als er mich erblickte. »Was ist hier eigentlich los, verdammt noch mal?«

Wir suchten gemeinsam den Hügel ab, kontrollierten die verschlossenen Häuschen, grüßten Rhonda Prosser, die mit einem Buch auf einem Liegestuhl lag, und fragten sie, ob sie an diesem Morgen irgendwelche merkwürdigen Gestalten gesehen hätte – ohne Erfolg. In der Dienststelle rief ich unseren Wildtierbeauftragten Shaun Loughlin an und erzählte ihm von den toten Bibern. Er meinte, er würde sich das Ganze ansehen und den Vorfall außerdem der staatlichen und der nationalen Umweltschutzbehörde melden, vielleicht würden die ja ihren Aufgaben nachkommen. Außerdem hinterließ ich Andy Swales eine Nachricht, da ihm das Grundstück gehörte. Mir blieb nichts anderes übrig. Buckles war meinen Anweisungen nicht gefolgt, der Mitarbeiter am Motelempfang hatte ihn nicht zu Gesicht bekommen. Ich fuhr bis zum Abend noch mehrmals an Buckles' Haus vorbei. Es bot sich die einzigartige Chance, die Auswirkungen von Frackingabfall am lebenden Objekt zu studieren – keine Ahnung, wie viel er geschluckt oder eingeatmet hatte und was das Giftzeug mit ihm anstellen würde. Aber wenn er nicht auftauchte, würden wir es nie erfahren. Doch noch dringender wollte ich herausfinden, wieso er überhaupt angegriffen worden war. Ich hinterließ Sergeant Resnik in Beaver noch eine Nachricht und behielt die Landstraßen im Blick.

DIE Jukebox verstummte mitten in einem Southern-Rock-Song, Publikumsgemurmel und Gläserklirren waren wieder zu hören. Ed ließ noch kurz einen Flachmann rumgehen, dann nahmen wir, die Country Slippers, unseren Platz in der Ecke ein, wo schon mehrere Mikrofone – Modell Shure SM58 – aufgebaut waren. Hinter dem Zaun aus Mikros, deren Ständer hauptsächlich von Klebeband zusammengehalten wurden, wartete ein etwa vierzigköpfiges, uns durchaus wohlgesinntes Publikum. Stille breitete sich aus. Eds Mikro sank langsam nach vorn, wie jemand, der beim Beten mit der Stirn den Boden berührt, und schlug mit einem dumpfen Geräusch auf. Ed richtete es, doch es sank erneut hinab. Panik stand ihm ins Gesicht geschrieben. Da löste sich ein barmherziger Samariter aus der Menge und wickelte noch mehr Klebeband um den Ständer. Ein Zischen zu unserer Linken: Jemand hatte eine Nebelmaschine angeworfen. Die blinkenden Lichter der Jukebox gaben dem weißen Dunst einen psychedelischen Anstrich. Nebelumwabert legte ich mit *Shove That Pig's Foot Further in the Fire* los, einem unserer Lieblingssongs, von dem aus wir nahtlos zu *Fire in the Log* übergingen, auch bekannt als *Who Shit in Grandpa's Hat.*

Die *High-Thyme Tavern* war ein Traditionslokal von fragwürdigem Ruf, dessen Atmosphäre je nach Jahres- und Uhrzeit wechselte. Im Winter saßen hier Schneemobilfahrer mit herabhängenden Latzhosen zusammen und dünsteten Benzin und Schweiß aus, alte Männer teilten sich den Abend in Zigaretten, abgestandene Witze und Dollars für die Jukebox ein. Im Sommer war das Publikum bunt gemischt, von wohlhabenden Familien bis hin zu den verkommensten Gestalten war alles dabei. Ed Brennan konnte man natürlich das ganze Jahr über dort antreffen, und an diesem Septemberabend hatte er gerade mit Liz auf der überdachten Terrasse Instrumente gestimmt, als ich eintraf. Marihuanageruch lag in der Luft. Ed sah sich übertrieben nervös nach allen Seiten um und drückte mir dann das Pfeifchen in die Hand. Ich ging in die Hocke und nahm einen Zug. Es war ein heißer Tag gewesen, doch zur Nacht hin wurde es deutlich kühler, und nach einer Weile ging uns auf, wie sinnlos es war, die Instrumente hier draußen zu stimmen, wenn die Saiten ohnehin machen würden, was sie wollten, sobald wir die Kneipe betraten.

Zwei Sets in der *High-Thyme Tavern*, bezahlte Sets. Ich machte mir nicht allzu viel Sorgen, da ich unter den Bluegrass-Geigern in Holebrook County ziemlich weit vorne lag. Ed dagegen ging der Arsch auf Grundeis, und er stakste vor unserem Auftritt zweimal zur Toilette. Über den Sommer hatten wir eine Art Schlagzeuger dazugewonnen, einen Hippie aus Eds Bekanntenkreis namens Ralph Lilly. Ralph ging auf die sechzig zu und hatte das schüttere weiße Haar zu einem Pferdeschwanz gebunden. Anfangs war ich noch skeptisch gewesen. Er hatte Congas, Cabasas, verschiedene Schlaghölzer, Rasseln, Tambourins und Djemben in allen Farben und Formen »zum Jammen« in den Garten der Brennans geschleppt. Dann setzte er sich auf eine Art Holzkiste und trommelte darauf einen durch Mark und Bein gehenden Rhythmus, der mich an Jim Keltner auf den frühen Platten von Ry Cooder erinnerte. Als ich schließlich gar nicht mehr merkte, dass er überhaupt mitmachte, war klar, dass es funktionierte. Ralph trank zwar nicht, gönnte sich dafür aber ab und zu etwas Gras und noch ein paar andere Sachen, nach denen ich mich lieber nicht erkundigte. Er tauchte um kurz vor acht auf, und um halb neun standen wir auf der Tanzfläche und schwitzten die Anzüge nass, auf die wir uns geeinigt hatten. Liz in ihrem knalligen Paisleykleid wirkte dagegen noch einigermaßen frisch.

Wir hatten schon mehrere Stücke gespielt, bevor ich mich etwas entspannte und zum ersten Mal umsah. Ich stand links außen, damit niemand meinen Bogen ins Auge bekam. Neben mir – unsere Schultern berührten sich fast – spielte Liz ihr Open-Back-Banjo im Clawhammer-Stil. Gitarre und Holzkiste sorgten für eine schmissige Grundlage, doch erst das Zusammenspiel von Fiedel und Banjo machte die Melodien tanzbar. Mit Erfolg: Außer Julie und ihren Leuten johlten und klatschten auch die Rednecks, Hippies und Rentner und wurden so zu einem Teil der Musik. Ich gab ein paar Line-Dance-Schritte zum Besten und zeigte, was ich auf meiner Fiedel so draufhatte.

Wir spielten noch ein paar Tanzmelodien, dann wechselten wir zu *Gathering Flowers*, einer Ballade, die Liz wunderschön und ohne Schnörkel sang. Blumen pflücken, draußen auf der Wiese. Ich trat einen Schritt zurück, da sie die erste Strophe ohne Begleitung sang, und sah mich um. Julie Meagher in der dritten oder vierten Reihe stach deutlich hervor; mit dem zurückgekämmten blonden Haar leuchtete sie wie ein heller Stern. Wir hatten uns für ein Bier nach dem Auftritt verabredet, doch jemand anderes zog ebenfalls meinen Blick auf sich: Jennie Lyn Stiobhard und Pam Maddox, die sich nur selten gemeinsam in der Öffentlichkeit zeigten. Jennie zwinkerte mir zu und gab mir ein Zeichen, mit ihr vor die Tür zu gehen. Durch diese Ablenkung verpasste ich ein paar Takte.

Während der Pause schaute ich bei Julie vorbei, die ganz begeistert von unserer Band war. Draußen entdeckte ich Ed, der den Sternenhimmel betrachtete, während er mit in die Hüften gestemmten Händen in den Wald pisste. Ich wartete an der Hufeisenwurfanlage, bis Ed wieder in der Kneipe verschwunden war, dann trat Jennie aus dem Schatten des Parkplatzes.

»Wusste gar nicht, dass du so gut spielen kannst«, sagte sie. »Mein Großonkel Colum hatte das auch drauf. Ich weiß noch, wie er uns manchmal besucht hat. War so gut wie blind. Mann, ich würde sogar Eintritt bezahlen, um euch spielen zu hören, und das sage ich nicht einfach so.«

»Nett von dir, Jennie.«

»Ja. Ja, Mann.«

»Was ist los?«

»Unser kleines Eichhörnchen hat sich ein paar Kobel gebaut.« Sie nannte drei entlegene Flecken in der Gemeinde.

»Und?«

»Wir würden ja mit ihm reden, aber wir finden immer nur das, was er zurücklässt. Er bewegt sich schnell. Na ja, Alan meinte jedenfalls, du solltest das wissen, falls es was mit dem Mädchen zu tun hat. Er hält das für möglich.«

»Danke.«

Ich spürte jemanden näher kommen, und prompt trat Julie lächelnd zu uns.

»Hi, Süße«, sagte Jennie. An mich gewandt fügte sie hinzu: »Wir suchen heute Nacht weiter. An der Sprains Road.« Ich nickte, und sie ging über den Parkplatz davon.

Julie wirkte neugierig, behielt ihre Fragen jedoch für sich. Wir unterhielten uns ein paar Minuten lang.

Einige Leute waren nach dem ersten Set gegangen, der Rest betrank sich mittlerweile. Ich war mit den Gedanken woanders und fiedelte im zweiten Teil des Auftritts eher schlecht als recht vor mich hin. Nachdem wir mit *Rose in the Mountain* durch waren, legte ich die Fiedel in den Kasten und ignorierte die vereinzelten Rufe nach einer Zugabe.

Der Anblick von Julie Meagher versetzte mir einen Stich. Sie bestellte zwei IPAs an der Bar, reichte mir eins, und ich betrachtete es stumm.

»Hast du dir verdient«, meinte sie. »Stimmt was nicht?«

»Ich muss los.«

»Was?«

»Die Arbeit ruft.«

»Ach ja?« Sie musterte meinen altmodischen Anzug, einen schokoladenbraunen Dreireiher, den ich für fünf Dollar in einem christlichen Secondhandladen in Fitzmorris gekauft und erst mal zwei Wochen lang hatte auslüften müssen.

»Ja, wirklich«, erwiderte ich. »Ich muss da was erledigen, das leider nicht warten kann, sonst …«

»Kann ich mitkommen?«

Ed tauchte zwischen uns auf und nahm mir das Bier aus der Hand, das ich nicht angerührt hatte. »Waidmannsheil.«

In einer Schublade in der Dienststelle bewahrte ich einen inoffiziellen Flurplan auf, auf dem ich Grundbesitzer, die Umrisse gemeinsam bewirtschafteter Felder, gerodete Bohrstellen und Bohrtürme eingezeichnet hatte. Die Sprains Road war eine knapp zwei Kilometer lange Schotterpiste am östlichen Rand des Bezirks. Sie ging von der Route 37 ab, wand sich zwischen einem Steinbruch und dem January Creek hindurch und vereinigte sich danach wieder mit der asphaltierten Straße. Außer einem stillgelegten Steinbruch, der irgendeiner Firma gehörte, befand sich nichts an dieser Straße.

Kassiopeia trat leuchtend aus der Milchstraße hervor, Motten und Fledermäuse ließen sich von unsichtbaren Luftströmen über mich hinwegtragen. Auf der Fahrt durch die Gemeinde begegnete mir kein einziges Auto. Ich stellte meinen Pick-up auf dem unbefestigten Seitenstreifen der Route 37 ab und hängte ein altes T-Shirt ins Fenster. Damit glich er den zahlreichen zurückgelassenen Trucks, die überall im Bezirk herumstanden.

Jennies Bruder Alan war der Stiobhard, um den ich mir Sorgen machen musste; ich hatte ihn einmal angeschossen, doch es war nichts Ernstes gewesen, und er war mir inzwischen nicht mehr sonderlich feindselig gesinnt. Wahrscheinlich vertraute er mir sogar so sehr, wie es ihm einem Außenstehenden gegenüber möglich war. Ein Freund der Polizei war er deshalb noch lange nicht. Seit unseren gemeinsamen Jugendtagen war es mit Alan stetig bergab gegangen. Er schlug sich immer gerade so durch, manchmal mit ehrlicher Arbeit, manchmal mit Wilderei und Diebstahl, manchmal mit Drogenhandel, sogar noch, nachdem die Kartelle mit ihren massenproduzierten Amphetaminen – neuerdings auch Heroin – und Automatikgewehren eingefallen waren und vor Ort Gangs angestellt hatten, die sich um etwaige Konkurrenz kümmern sollten. Dann und wann flogen ein paar von ihnen auf und wurden durch neue Leute ersetzt. Erinnerte ein bisschen an ein Fast-Food-Franchise. Aber Alan ließ sich vor niemandes Karren spannen. Und wenn ich mich festlegen müsste: An Altersschwäche würde er bestimmt nicht sterben. Entweder würde er sich mit einem größeren Fisch anlegen und verlieren, oder er würde irgendwann einmal nicht aufpassen und von einem Neider erschossen.

Die Sprains Road führte hinab ins Tal. Vor mir lag das verschlossene Tor zum Steinbruch. Ich ging in der Dunkelheit langsam die Straße entlang, blieb hin und wieder stehen und lauschte, hörte jedoch niemanden. Ein sanftes Pfeifen, nah, fast schon in meinem Ohr. Dann legte sich eine Hand auf meine Schulter und zog mich blitzschnell ins Gebüsch hinter einen umgestürzten Baum. Neben mir hockte Danny Stiobhard, dahinter sah ich die Schatten von Jennie Lyn und Alan.

Wir teilten uns auf. Jennie und Alan gingen geräuschlos am Tor vorbei, Danny und ich schlichen die Straße hinauf und warteten. Zwischen den Bäumen stand ein uralter zweitüriger Oldsmobile, rostig-weiß und mit New Yorker Kennzeichen, dahinter flackerte es schwach orange aus dem Steinbruch. Es roch nach Lagerfeuer. Wir gingen ein paar Schritte in den Wald hinein und näherten uns im Schutz der Bäume dem Steinbruch.

Hinter ein paar Sumachbüschen legten wir uns auf die Lauer. Ich hatte eigentlich gedacht, nur Teenies würden sich noch im Steinbruch herumtreiben. Jemand hatte etwas auf die Felsen gesprüht: 2008. 2009. An einer anderen Stelle: Wir sind alle schon ewig hier. Steine, die abgebaut worden, aber nicht wertvoll genug waren, um sie zum Verkauf abzutransportieren, lagen aufgehäuft unter uns. Dazwischen Müll. Und tief im Steinbruch, eng an eine steile Felswand gedrückt und durch einen Bunker aus Steinen und Gebüsch von der Straße geschützt, saß ein Mann an einem kleinen Lagerfeuer. Durch meinen Feldstecher sah ich eine Schrotflinte und zwei Klingen auf einem Tuch liegen, daneben ein nicht identifizierbares, blutiges Stück Fleisch. Auf einer Stütze ruhte ein auf das Tor gerichtetes Gewehr, das mir beinahe entgangen wäre. Der Mann trug eine Militärjacke mit aufgestelltem Kragen und hatte uns den Rücken zugewandt. Er saß auf einem Bein und hatte das andere von sich gestreckt.

Danny kam mir so nah, dass ich seine Bartstoppeln spüren konnte. »Du bist hier der Cop«, flüsterte er. »Rede mit ihm.« Er legte sein Gewehr an und spähte durch den Sucher.

Er hatte recht. Falls der Fremde wirklich jemand war, den wir suchten, sollte ich mich am besten sofort zu erkennen geben. Aufgrund seiner Waffen war hier Gefahr im Verzug, wie man vor Gericht so schön sagen würde, doch es verstieß natürlich gegen kein Gesetz, sich im Wald vor Kojoten zu schützen, und besonders gefährlich wirkte der Mann auch nicht. Ich wartete, beobachtete ihn. Nichts zeugte davon, dass er unsere Anwesenheit bemerkt hatte, und doch war etwas Wachsames an seinen Bewegungen. So leise, wie durch das Laub möglich, stieg ich hinab auf die offene Fläche des Steinbruchs. Noch war ich hinter ein paar Büschen außerhalb des Gewehrradius. Der Mann saß just unterhalb meiner Blickachse, etwa zwölf Meter westlich von mir.

Ich holte tief Luft und rief: »Henry Farrell, Polizei Wild Thyme.«

Erst geschah nichts. Dann: »Haben Sie eine Waffe auf mich gerichtet?«

»Sollte ich?«

Das Feuer erlosch mit einem Zischen, der Geruch von feuchtem Rauch breitete sich aus. Ich hörte, wie der Mann davonhuschte, und ging hinter einem Steinhaufen in Deckung. Er würde zu seinem Auto laufen. Vielleicht nicht direkt, aber auf jeden Fall war das sein Ziel. Ich kraxelte über die Steine zu der erloschenen Feuerstelle: von Messern und Schrotflinte keine Spur. Ich zog sein Gewehr aus der Stütze und entlud es, lauschte in die Dunkelheit. Der Unbekannte hatte mich in eine ungeschützte Position gelockt, und ich musste so schnell wie möglich zurück in die Schatten des Waldes.

Auf dem Hügel ertönte der Knall einer Schrotflinte. Ich rannte in den dunklen Wald und ließ mich zu Boden fallen. Stille, dann noch ein Schuss. Während das Echo noch durch den Wald hallte, rappelte ich mich wieder auf und lief weiter in Richtung Auto. Schwere Schritte kamen den Hügel herunter auf mich zu, und ich blieb abrupt stehen. Ich richtete meine .40er in die Dunkelheit und erschrak, als vor mir zwei Männer zusammenstießen. Sie rangen auf dem Waldboden miteinander. Wieder wurde eine Flinte abgefeuert, ringsum hagelte Schrot in die Baumstämme. Ich ließ mich auf die Knie fallen, schaute vorsichtig auf und sah, wie Danny Stiobhard den Kopf des Fremden in den Dreck drückte. Dann blitzte etwas auf, Danny schrie – der Fremde hatte ihm ein Messer in die Seite gerammt. Danny rollte von ihm herunter, der Mann kroch davon. Ich hatte den Finger am Abzug und seinen verwundeten Körper im Blickfeld, verlor ihn jedoch in den Schatten des Waldes. Ich lehnte mich an eine Esche.

Irgendwo weiter unten knallte eine Autotür. Ich rannte darauf zu, hörte aber kein Motorengeräusch. Man konnte nur schwer ins Innere schauen, doch ich erkannte einen Kopf auf der Fahrerseite. Mit gezückter Waffe ging ich auf den Wagen zu und brüllte, der Mann solle seine Waffen aus dem Fenster fallen lassen. Ich sah Metall in einer Hand schimmern, einen Arm: Jennie Lyn Stiobhard saß auf dem Rücksitz und hielt dem Mann eine Pistole an den Hinterkopf. Die beiden redeten leise miteinander. Erst als ich die Fahrerseite erreichte, konnte ich die Worte ausmachen.

»Eine Bewegung, und ich knall dich ab«, sagte sie.

»Mach doch«, erwiderte der Mann. »Bist du bereit?«

Er schleuderte einen Arm nach hinten, Jennie zuckte fluchend zurück. Der Mann drehte sich um und stach mit dem Messer nach ihr, erwischte ihre Jacke und vielleicht etwas Fleisch. Sie hatte keinen Ausweg, hinten gab es keine Tür. Für den endlosen Bruchteil einer Sekunde stellte ich mich darauf ein, einen Schuss abzufeuern, wurde aber erneut davor bewahrt – Alan kam aus dem Wald gestürzt, schlug das Beifahrerfenster mit dem Schaft seines Gewehrs ein und zog dem Mann damit auch gleich noch eins über. Ich riss die Fahrertür auf, zerrte den Unbekannten heraus und legte ihm Handschellen an, während Alan ihm die Füße fesselte. Ich erklärte Jennie, wo ihr Bruder Danny war, doch sie musste nicht lange nach ihm suchen: Er kam bereits die Zubringerstraße herabgewankt, bleich und mit einer Hand an der Seite.

Er rief: »Haben wir jetzt die zehn Riesen sicher?«

Während der Krankenwagen Richtung Fitzmorris raste, schlug der Fremde die Augen auf. Solange er bewusstlos dagelegen hatte, nackt bis auf die Unterhose und an die Liege gefesselt, hatte er fast hilflos gewirkt. Sein Schädel war kahl rasiert, und er trug einen ungepflegten Bart. Die Beule an seinem Kopf war so groß wie ein halber Baseball und wuchs noch weiter. Sein Mund stand offen, die übergroßen Zähne waren gelb – eine Zahnbürste hatten wir in seinen Sachen nicht gefunden. Genauso wenig wie ein Portemonnaie oder Fahrzeugpapiere, nichts mit seinem Namen darauf. Vom Brustkorb bis zum rechten Knie war er mit violetten, grünen und gelben Blutergüssen übersät, als hätte sich ein Kind mit Fingerfarben an ihm zu schaffen gemacht. An der Hüfte durchzog eine scharfe rote Linie die blauen Flecken. Julie Meagher hatte erklärt, das deute auf eine Fraktur hin. Falls er der war, für den wir ihn hielten, war das sicher die Stelle, an der ihn Alice Campbell mit dem Krankenwagen erwischt hatte.

Der Fremde schaute Julie an. In seinem Blick lag kein Bitten und kein Schmerz. Er starrte sie nur aus leeren Augen an und ließ den Krankenwagen dadurch noch weiter zusammenschrumpfen, schloss mich und Lieutenant Sleight aus und füllte den Abstand zwischen sich und Julie mit einem Todesversprechen. Sleight schnippte mit den Fingern vor seinem Gesicht herum, und als das nicht fruchtete, verpasste er ihm eine Backpfeife und drehte seinen Kopf damit zur Seite. »Schau mich an, Junge.« Der Mann sah hinauf zu Sleight, zerrte kurz an seinen Fesseln und wandte den Kopf dann wieder Julie Meagher zu.

»Fühlt sich nicht so gut an, hm?« Julie klang kalt.

Ich las ihm seine Rechte vor.

Nachdem ich mich im Anschluss an unseren Auftritt aus der Kneipe verabschiedet hatte, war Miss Julie nach Hause gefahren. Dann hatte sich das Funkmeldesystem gerührt, und das Rettungsteam von Wild Thyme hatte seine Leute nicht zusammenbekommen, also war Fitzmorris angefragt worden. Julie hatte Bereitschaft, und deswegen stand ihr Krankenwagen schließlich in einem Blaulichtmeer, das Felsen und Wald erleuchtete, im Steinbruch. Sheriff Dally war auch da, und nachdem sich die Kunde in den verschiedenen Dienststellen verbreitet hatte, waren noch Beamte von der State Police aus Pennsylvania und New York sowie aus Binghamton dazugestoßen, darunter

Lieutenant Sleight. So viele von uns auf einem Haufen, selbst an so einem abgelegenen Ort – das würde die Presse anlocken. Die dringendste Frage war also: Wohin ging es als Nächstes?

Falls der Fremde derjenige war, für den wir ihn hielten, würden ihn die Kollegen aus New York mitnehmen, keine Frage. Doch er brauchte dringend medizinische Versorgung, und Dally war gerade dabei, einen verwirrten New Yorker Ermittler in Zivil davon zu überzeugen, dass das Krankenhaus in Fitzmorris die schnellste, ruhigste und sicherste Wahl war. Lieutenant Sleight stimmte für Binghamton und führte an, dass die mutmaßlichen Verbrechen des Fremden ihren Ursprung in seinem Zuständigkeitsbereich hatten. Der Ermittler von der State Police New York wollte wissen, wie weit der Festgenommene in seinem Zustand transportiert werden konnte. Schuyler County habe ja wohl einen Anspruch auf ihn wegen des Mordes an Deputy Poole, also warum sollte man ihn nicht so weit wie möglich in Richtung Schuyler County bringen?

Ich begnügte mich damit, Dally vorzuschieben, denn im Gegensatz zu mir verströmte er Autorität. Als die Polizei eintraf, hatten sich die Stiobhards schon in Luft aufgelöst, sodass ich alles allein erklären durfte. Ich hatte Dally Bericht erstattet, das Ganze auch schriftlich festgehalten, alles noch einmal Sleight erzählt, als der mich beiseitenahm, und war es außerdem ein knappes Dutzend Mal im Kopf durchgegangen. Dabei gab es eigentlich kaum etwas zu erzählen: Alles war sehr schnell gegangen, und davon, was sich im Wald jenseits meiner Wahrnehmung abgespielt hatte, wusste ich bislang nichts. Ich hatte die Stiobhards aus der Sache heraus- und den strengen Blicken meiner Kollegen standgehalten. Daher war es am einfachsten, neben Julie Meagher zu stehen und beschäftigt zu tun.

»Das hier ist mein Bezirk, verdammt noch eins«, hatte Dally im Steinbruch erklärt. »Und jetzt beruhigt euch mal. Wir wissen noch nichts über seinen Zustand, er muss geröntgt werden und ins MRT. Den Kriminaltechnikern müssen wir was zum Abgleich geben. Außerdem liegt bei uns ein Haftbefehl gegen ihn vor, er war flüchtig, also muss er sowieso hier in Holebrook County vor Gericht. Das ist mein Bezirk und meine Entscheidung. Wir behalten ihn, bis er transportfähig ist.« Der Sheriff klopfte zweimal auf den Krankenwagen. »Henry, du fährst mit. Und nimm …« Er sah sich nach jemandem um, den er im Moment nicht dringend benötigte.

»Ich kann mitfahren«, bot Sleight an.

Der New Yorker Kollege wirkte angefressen. »Gut, Sie stellen ihn wieder her, aber dann gehört er uns. Und wehe, ich kriege mit, dass Sie mit ihm geredet haben.«

Taten wir auch nicht, jedenfalls nicht so richtig. Die Eskorte der State Police erleuchtete die Bäume auf dem Weg zum Krankenhaus, wo wir von einer Angestellten empfangen wurden, die sich kurz mit Sleight und einem Corporal der State Police beriet, bevor sie uns an den traurigen und verblüfften alten Gesichtern im Wartebereich vorbei in ein sicheres Zimmer am Ende eines Korridors im ersten Stock führte. Zwei Schwestern, eine Kriminaltechnikerin und eine Ärztin gingen hinein.

Einige Polizisten versammelten sich in der Nähe des Schwesternzimmers und brachten kalte Luft und den Geruch von altem Kaffee mit herein. »Arschloch«, sagte einer in den Raum.

Ich nahm Sleight beiseite. »Ich weiß, dass er nach New York soll. Aber ich will ihn zurück«, sagte ich. »Wegen Penny Pellings. Ich möchte zumindest mit ihm reden.«

»Ein totes Junkiemädchen jenseits der Grenze – da hast du nicht viel in der Hand«, meinte Sleight. »Wir schicken dir auf jeden Fall alles, was wir haben, Spuren, Informationen und so weiter. Damit kannst du dann arbeiten.«

»Es geht nicht nur um Penny«, erwiderte ich. »Jemand hat vor Kurzem versucht, Kevin O'Keeffes Alibizeugen Sage Buckles umzubringen. Und ausgerechnet da taucht dieser Kerl hier auf. Ich bin mir zwar noch nicht sicher, aber ich glaube, Buckles hat sich aus dem Staub gemacht.«

»Hinter dem ist doch immer irgendwer her. Man muss nur rausfinden, wem er zuletzt auf den Schlips getreten ist, und fertig. Muss nicht unbedingt dieser Knabe hier gewesen sein. Aber ich merk's mir.«

Er klang dabei nicht unfreundlich. »Und jetzt kümmer dich mal um deine Freunde aus dem Wald, damit sie uns was von dem Vorfall heute Abend erzählen. Uns oder dir, egal wem. Dürften nicht schwer zu finden sein, immerhin steht die Belohnung noch aus.«

Um vier Uhr morgens beschloss ich, dass die Ein-Mann-Polizeibehörde von Wild Thyme hier im Krankenhaus nicht mehr viel ausrichten konnte, und ließ mich von einem Kollegen aus New York zurück zum Steinbruch bringen. Dort stieg ich in meinen Truck und fuhr nach Hause.

In meiner Auffahrt stand ein Kompaktwagen mit einer vermummten Gestalt auf dem Fahrersitz. Als ich ans Fenster klopfte, zuckte sie zusammen und schlug sich fluchend die Hände vors Gesicht. Dann erkannte mich Jennie Lyn, entspannte sich, stieg aus und streckte sich.

»Wo habt ihr ihn hingebracht?«, fragte sie.

»Fitzmorris. Da bleibt er aber nicht lange«, antwortete ich. »Zumindest nicht hier im Bezirk.«

»Gut.«

»Als Nächstes brauche ich eure Aussage ...«

»Daraus wird nichts. Die anderen sind abgehauen.«

»Was? Wieso das denn?«

»Die wollen halt nicht in den Nachrichten landen.« Sie klang, als hätte sie es mit einem Idioten zu tun. »Ich übrigens auch nicht.«

»Aber ihr wollt doch das Geld. Und wenn ihr das wollt, müsst ihr aussagen.«

»Dass du uns Schutz zusicherst, ist uns viel wichtiger als dieses Geld«, sagte sie. »Meine Brüder brauchen den natürlich mehr als ich.«

Wir setzten uns an den Küchentisch. Jennie Lyn holte eine Schwarz-Weiß-Karte von Holebrook County hervor, wie man sie gratis an der Tankstelle bekommt. Darauf waren drei Orte eingekreist, an denen die Stiobhards sich regelmäßig herumtrieben – Schrottplätze, die als Werkstätten firmierten, Wohnwagen, die an Generatoren hingen, all ihre kleinkriminellen Machenschaften. Vor uns lag praktisch eine Karte des gesamten örtlichen Autoschwarzmarkts und Marihuanaanbaus; ein, zwei Drogenlabors waren ebenfalls eingezeichnet.

Besonders bedeutsam war ein Sumpfgebiet hinter einem Tal an der Grenze zu den Heights. Angeblich war dort in der Nähe vor langer Zeit ein inzwischen fast in Vergessenheit geratener Dealer von außerhalb getötet und verscharrt worden. »Wir wissen alles, was sich hier abspielt«, sagte Jennie. »Der Typ im Steinbruch hat nichts mit uns zu tun. Mir ist klar, dass er einen Bullen umgebracht hat, aber vergiss nicht, wer ihn gefunden und wer's dir erzählt hat.«

»In Ordnung.«

»Und wie das in Ordnung ist«, gab Jennie zurück. »So, und wie kommen wir jetzt an unsere zehntausend Piepen?«

AM Anfang der Woche stand mir spätnachmittags ein Mahnverfahren unter Vorsitz von Richter Heyne bevor. Irgendein armer Trottel war mit seinem Truck halb über die Leitplanke gefahren, darauf hängen geblieben und hatte sich zu Fuß davongemacht. Er schob es auf seine Medikamente, doch Zeugen hatten ihn kurz zuvor an der Bar einer Kneipe in Great Bend gesehen. Nach der Anhörung schaute ich im Sheriff's Department vorbei, um mehr über den Fremden herauszufinden.

»Der ist schon wieder weg.« Erleichterung schwang in Dallys Ton mit. »Die New York State Police und die Kollegen aus Binghamton haben übernommen. Sollen sie ruhig. Ich habe noch nie jemanden gesehen, der so eisern schweigt. Seine Fingerabdrücke waren nicht im System, wir wissen also nicht mal, wie er heißt. Haben ihn die ganze Zeit mit ›Du da‹ angeredet. Sein Blut stimmt mit dem vom Unfallort in Schuyler County überein, und gestern hatte er hier bei uns eine Anhörung mit einem Pflichtverteidiger unter Ausschluss der Öffentlichkeit. Der Richter hat die Anklage verlesen: schwere Körperverletzung, Entführung, Kindeswohlgefährdung, Fahren ohne gültige Zulassung und Versicherungsschutz, Betrug, Mord. Der Kerl meinte, dass er versteht, was ihm zur Last gelegt wird. Dann wurde er wieder an seine Liege gefesselt und im Krankenwagen abtransportiert.«

»Wir haben auch noch die Blutspuren aus der Pellings-Sache.« Dabei dachte ich an den Tropfen, den ich aus dem Linoleumboden in der Wohnwagenküche geschnitten hatte. »Wurden noch nicht getestet. Ich dachte, wir brauchen das nicht, wir hatten ja das Handy, aber …«

»Reich die Proben ein. Mehr kann ich dir im Augenblick einfach nicht anbieten.«

Ich erinnerte mich an den heimtückischen Blick des Fremden im Krankenwagen. »Das heißt, selbst wenn wir ihn irgendwie in ein Verhörzimmer bekämen …«

»Aus dem kriegst du kein Wort raus.«

Ich sah Julie Meagher erst am nächsten Freitagmorgen wieder, als ich zum Maiden's Grove Lake gerufen wurde. Die Chance, mich dort umzusehen, wollte ich mir nicht entgehen lassen. Ein paar Schaulustige standen am Ufer, und in einem der Vorgärten parkte ein Krankenwagen aus Fitzmorris. Am Heck stand Julie und winkte mir müde zu. Ich verstand nicht sofort, weshalb sie vor Ort war. Shaun Loughlins Truck mit dem Logo der Wildschutzbehörde stand in einer Einfahrt, und ich hielt daneben an. Auf dem See glitten mehrere Kajaks, Kanus und Ruderboote durch den Morgennebel. Ein Windstoß hob die graue Decke des Maiden's Grove an, und ich entdeckte einen Hirschkopf mit massivem Geweih, der sich durch den See bewegte. Sogar vom Ufer aus sah ich die rote Zunge, die dem Hirsch aus dem Maul hing, den angespannten Nacken. Dann verschwand er im Nebel.

Rhonda Prosser kam auf mich zu. Sie hatte sich die Dreadlocks zu einem dicken Dutt zusammengewickelt. »Der Arme ist schon seit fünf Uhr heute Morgen da draußen«, sagte sie. »Erst ist er am Ostufer durchs seichte Wasser gestapft, aber dann hat ihn irgendwas erschreckt, und jetzt kommt er nicht mehr raus. Die versuchen gerade … keine Ahnung, was die eigentlich versuchen. Scheint jedenfalls nicht zu helfen.«

»Ich hab Shauns Truck gesehen«, sagte ich. »Ist er auch da draußen?«

»Der wird gerade wieder zusammengeflickt.« Rhonda nickte in Richtung Krankenwagen.

»Oh.«

»Ja, der Krankenwagen ist nicht hier, um den Hirsch zu verarzten.«

Shaun saß mit freiem Oberkörper hinten auf der Ladefläche und betrachtete seinen rechten Unterarm, der in einem blutigen Verband steckte. Er war noch keine dreißig und hatte im Irak gedient.

»Hey, Kumpel«, sagte ich. »Du bist ja ganz blass um die Nase.«

»Ich hätte ihn fast erwischt, aber er war leider schneller.«

»Kommt vor.«

»Muss wohl genäht werden. Jetzt ist er jedenfalls dein Problem.«

»Und was soll ich bitte schön machen?«

»Weiß ich auch nicht. Ich hätte ihm schon längst den Gnadenschuss verpasst, wenn nicht so viele Kinder zuschauen würden. Und Rhonda.« Shaun ließ den Kopf zwischen die Beine hängen, Schweiß tropfte ihm von der Nase. »Hätte ein schönes Chili aus ihm gemacht. Moment.« Er übergab sich und sah dann angewidert auf seinen Verband. »Na toll.«

»Er soll einfach ans Ufer schwimmen oder eben untergehen.«

»Geht leider nicht«, sagte Shaun. »Er schwimmt bloß im Kreis, als ob er in einer Kloschüssel festsitzt. Und das Volk hat gesprochen: In ihrem See darf keiner ertrinken.«

»Der See ist doch eh voll mit totem Zeug.«

»Mit Argumenten kommen wir leider nicht weiter. Die haben sich da reingesteigert, als ob wir hier von einem Welpen reden, der in den Brunnen gefallen ist.«

Mein Vater hatte mir beigebracht, dass der einzige Zweck von Wildhütern darin bestand, ehrlichen, selbstständigen Männern das Geld aus der Tasche zu ziehen, und daher sei ihre Autorität illegitim. Zur Untermauerung dessen zitierte er gern einen Psalm: »Kann sich mit dir verbünden der Richterstuhl des Verderbens, der Unheil schafft gegen das Gesetz?« Nein, war Vaters Antwort. Denn so konnte er Fleisch auf den Tisch bringen. Ich mochte Shaun. Vater hätte ihn auch gemocht.

In der Jolle, die Shaun sich von einem Anlieger geliehen hatte, lag ein Seil mit einer Schlinge. Ich knotete es rasch zu einem Topsegelschotstek um und stieß mich ab. Nach vier strammen Ruderzügen hielt ich auch schon seitlich auf den Hirsch zu, der seine Umgebung mit angstgeweitetem, halb irrem Blick musterte. Ich holte die Ruder an Bord und griff nach dem Seil. Als ich in Reichweite war, erstarrte der Hirsch plötzlich, begann zu zittern, schüttelte noch einmal den

Kopf mit dem mächtigen Geweih und ging unter. Ich schaute den Luftblasen hinterher in die Dunkelheit.

Die Schaulustigen am Ufer zogen sich niedergeschlagen in ihre Häuschen zurück. Soweit ich weiß, wurde der Hirsch nie gefunden.

Als ich gerade in meinen Truck steigen wollte, winkte Julie mich zu sich. »Komm mal kurz.« Sie führte mich auf die andere Seite des Krankenwagens, wo wir vor Blicken geschützt waren. »Wegen letzter Woche.«

»Da kann ich dir nicht viel sagen«, erwiderte ich. »Er wurde schon verlegt.«

»Dann war er also der Richtige.«

»Kann ich nicht sagen.«

»Er war es. Ich hab's im Internet gelesen.«

»Ja, er war's.«

»Ich lasse nachts immer noch alle Lichter brennen.« Sie schaute auf den See hinaus, dann wieder zu mir. »Was für ein Arschloch. Wollen wir morgen Äpfel pflücken gehen?« Das klang zwar harmlos, doch sie sah mich so herausfordernd an, als ob sie mir eine Rätselfrage gestellt hätte und nur eine Antwort gelten ließe.

»Klar.« Ohne guten Grund konnte ich ja schlecht ablehnen.

»Dann komm so gegen neun bei mir vorbei«, sagte sie. »Kannst du backen? Egal, ich kann's ja.«

Zu Hause zog ich meine hellblaue Ausgabe von *Joy of Cooking* aus dem Regal und frischte mein Wissen in Sachen Apfelkuchen auf.

Am nächsten Morgen fuhr ich zu der Adresse, die Julie mir genannt hatte: ein ehemaliges weiß gestrichenes Kutschenhaus mit schwarzen Fensterläden am Waldrand in Fitzmorris. Auf der Veranda klimperte ein Windspiel, neben dem Haus standen drei Hochbeete, von denen zwei schon winterfertig waren. Im dritten wuchsen Kürbisse. Der Garten wurde von einer Reihe Zwergpfirsiche begrenzt, die sich alle in spitzem Winkel neigten und von Mistgabeln aufrecht gehalten wurden. Julie öffnete mir die Tür in Jeans, Pulli und Wanderstiefeln und hatte Leinensäcke auf dem Arm.

»Morgen«, sagte ich. »Bereit?«

»Jawohl. Ich dachte, wir fahren zu Anderson.« Das war der größte Bauernhof zum Selbstpflücken in der Gegend.

»Das wär die eine Möglichkeit«, sagte ich.

»Wieso, was hast du gegen Anderson?«

»Warum sollen wir bezahlen, wenn wir woanders ungestört gratis pflücken können?«

Während wir Holebrook County in Richtung der Heights durchquerten, verhinderten die lauten Motorengeräusche meines Trucks leider ein zusammenhängendes Gespräch. Ich hielt am Rand einer unbefestigten Piste, die die Hauptstraße kreuzte. Jemand hatte einen Zaun aufgestellt, Äste versperrten den Weg. Früher hatte die Piste als Verbindung zwischen zwei asphaltierten Straßen gedient, und das einzige Anliegergrundstück, ein Milchbauernhof, war schon seit Jahren verlassen. Ich kannte einen Weg durch den Wald, der uns dorthin führen würde.

Bunt leuchtendes Laub fiel um uns herab und raschelte unter unseren Füßen. Als wir den Sekundärwald erreichten, in dem sich Schlingpflanzen an den Bäumen emporrankten, wusste ich, dass wir fast am Ziel waren. Julie hielt sich an einem Ast fest, holte Schwung und schaukelte ein wenig. Dann standen wir vor dem Haus. Wilde Rosenbüsche, noch grün, aber bereits verblüht, hatten das Erdgeschoss erobert; neben einer alten Scheune stützten sich die Überreste eines Silos auf eine Eiche, die durch die Außenverkleidung gewachsen war und sich in den Himmel reckte. Das Wohnhaus war von mehreren Hektar braunem Gestrüpp umgeben, das eine grüne Schicht überlagerte: ein verwilderter Obsthain.

»Als Kind war ich oft hier«, erzählte ich. »Wir haben einer alten, Tabak kauenden Frau fünfzig Cent bezahlt, und dafür hat sie einem eine braune Papiertüte zum Selbstpflücken gegeben. Schon damals hat niemand mehr den Hof bewirtschaftet.«

Julie pflückte einen gelben Apfel. »Ich wüsste nicht mal, was das für eine Sorte ist.«

»Ich auch nicht. Manche davon sind einfach zu alt, die Namen sind verloren gegangen. Ich habe gesehen, dass du Pfirsiche anbaust.«

»Waren im Kaufpreis mit dabei. Ich gebe mein Bestes.«

»Bevor die Hügel abgeholzt und in Weideland verwandelt wurden, war der Wald voll wilder Pfirsichbäume«, sagte ich. »›Indianerpfirsiche‹ hießen die, weil die Weißen dachten, die Indianer hätten sie angebaut, bevor wir sie in Reservate gepfercht haben. Dabei wurden sie eigentlich von den Spaniern nach Florida gebracht. Von dort haben sie sich dann nach Norden ausgebreitet. Als wir klein waren, haben meine Schwester Mag und ich immer danach gesucht, aber nie einen gefunden.«

»Noch nicht«, meinte Julie.

Die Sonne und die kalte Luft fühlten sich wunderbar an, und die Apfelbäume trugen derart reiche Früchte, dass es mir vorkam, als hätten wir einen Piratenschatz entdeckt. Ich beförderte Julie mit einer Räuberleiter nach oben, damit sie die dunkelroten Äpfel herunterschütteln konnte. Sie stieg auf meine verschränkten Finger, ich spürte ihren muskulösen Oberschenkel an der Brust. Wildspuren durchzogen das Gelände; die Tiere würden den ganzen Winter über zum Fressen hierherkommen. Ich nahm mir vor, nächsten Monat zum Jagen zurückzukehren.

Hinterher zogen wir uns in Miss Julies Haus die Stiefel aus. Sie entfachte ein Feuer im Ofen und brühte starken Kaffee auf. In der Mitte ihrer lichtdurchfluteten Küche stand eine Arbeitsinsel, irgendwo lief leise Nachrichtenradio. Ich wusch die Äpfel und schnitt sie in Spalten, während Julie Mehl auf die Arbeitsfläche gab, etwas Wasser hinzufügte und dann eine mysteriöse, tiefgefrorene Substanz aus einem Gefäß löffelte, die sich als Schweineschmalz von ausgelassenem Speck herausstellte. In der Küche des ehemaligen Kutschenhauses war nicht viel Platz, und wir drückten uns aneinander vorbei, während der Raum sich langsam von unserer Wärme und der des Ofens aufheizte. Julie verschwand kurz und kam ohne Pullover zurück, sodass lediglich ein Tanktop ihre von einem dünnen Schweißfilm überzogenen Schultern bedeckte. Als ich ihr zufällig in die Augen sah, entdeckte ich dort verschmitzte Belustigung. Sie legte mir eine Hand auf den Arm und ging an mir vorbei. Jemand anderes als ich hätte wahrscheinlich seinen Mut zusammengenommen und ein neues Leben betreten. Doch wir redeten nur weiter, und irgendwann kamen wir auf die Arbeit zu sprechen.

»Früher habe ich in Asheville, North Carolina, gearbeitet«, sagte Julie. »Ist etwa so groß wie Binghamton. Wir haben uns da hauptsächlich um Obdachlose und Drogenabhängige gekümmert, manche davon waren gewalttätig, die meisten aber nicht. Manchmal haben wir Jungs mit Schuss- oder Stichwunden reinbekommen, die nach ihrer Mama gerufen haben. Ich weiß auch nicht, eigentlich sollte ich das nicht sagen, aber irgendwie hat es was Niedliches, wenn so ein Gangster denkt, dass er stirbt. Das holt ihn aus seiner Rolle heraus, und man sieht, wer er wirklich ist. Wahrscheinlich, damit man ihm das Leben rettet. Der Kerl, den wir da letztes Wochenende geschnappt haben, lag zwar nicht im Sterben, aber …«

»Ich versteh schon«, sagte ich.

»Der hat uns in dem Moment nichts vorgemacht. Zumindest war das mein Gefühl.«

»War ihm wahrscheinlich egal, ob er am Leben bleibt oder nicht.«

»Ich bin gespannt, was er zu sagen hat, falls er jemals den Mund aufbekommt«, meinte sie.

Wir schwiegen. »Und wie hat's dir in Asheville gefallen?«, fragte ich nach einer Weile. Ich stellte mir Barbecue, Cafés und offen gestimmte Gitarren vor.

»Das ist eine längere Geschichte«, erwiderte sie ausweichend. »Hast du schon mal woanders gelebt?«

»Ja. Ist auch eine längere Geschichte.«

Zu Mittag aßen wir selbstgebackenes Käse-Feigen-Brot und Äpfel. Am Nachmittag verließ ich sie widerwillig mit einem Apfelkuchen in der Hand.

Mir wurde klar, dass ich ein Problem hatte, als ich nach der Arbeit zur Baustelle kam, Miss Julies Auto dort neben denen der anderen Arbeiter stand und sie und Ed nirgendwo zu sehen waren. Ich fragte einen Kerl, der gerade Bretter aus der Scheune stemmte, nach den beiden, und er meinte, sie seien mit Eds Truck nach Bradford County gefahren, um einen anderen historischen Rahmenbau in Augenschein zu nehmen. Na, ist ihm wohl egal, dass er verheiratet ist, dachte ich, und natürlich steht sie auf ihn. Alles vorbei, bevor es überhaupt angefangen hatte. Ich dachte an den Apfelkuchen, den ich bereits gegessen hatte und dessen leere Form neben mir auf dem Beifahrersitz lag. Ich zwang mich, nach Hause zu fahren, bevor die beiden zurückkamen.

Eines Tages erschien ohne Vorwarnung das Gesicht des Fremden in den Lokalnachrichten: ein Polizeifoto und das Phantombild von dem Vorfall in Schuyler County. Die Sprecherin hielt sich über die genauen Umstände der Festnahme bedeckt und erwähnte weder mich noch Holebrook County noch sonst irgendwen. Die Behörden stünden vor einem Rätsel. Ein kurzes Interview mit einem Ermittler aus New York wurde eingespielt, der die Bevölkerung um Hinweise zur Identität des Mannes bat. Dazu wurde je ein Bild seines Cadillac de Ville mit dem Kennzeichen aus New Jersey und des weißen Oldsmobile gezeigt. Gerade, als die Bilder eine vage Erinnerung in mir wachriefen, verschwanden sie vom Bildschirm. Ich ging online und starrte eine Weile auf die Fotos. Dann rief ich Lieutenant Sleight an.

»Tja«, sagte ich.

»Ganz genau. Das ist so in etwa der Stand der Dinge. Bloß dass wir vielleicht einen Vornamen haben. Kann ich aber noch nicht drüber sprechen.«

»Hat er den Mund aufgemacht?«

»Nein, aber jemand anderes.«

»Wer?«

»Na, unser Mr. Dizzy in der Vollzugsanstalt.«

»Kommt er dafür früher raus?«

»Für einen Vornamen und ›Hab ihn vielleicht mal irgendwo gesehen‹ kriegt der noch lange nichts. Wenn er uns den vollen Namen nennt, Kontakte, was weiß ich, dann vielleicht. Aber damit …«

»Würde er sein Leben riskieren«, vollendete ich den Satz.

»Genau. Und das weiß er auch. Bleibt also ihm überlassen«, meinte Sleight. »Unser Unbekannter wird wahrscheinlich die Sache mit Jelinski und den Mord am Deputy in Schuyler County gestehen und dann hinter Gittern in der Versenkung verschwinden wollen. Das möchte er anscheinend sowieso.«

»Was kannst du mir sonst noch verraten?«

»Wir haben seine DNA, Fingerabdrücke, Spurenmaterial von Kleidung und Auto, mehr nicht. Online hat er nichts hinterlassen, keine Kreditkarten, gar nichts. In der Stadt kennt ihn anscheinend auch keiner.«

»Mal angenommen, ich würde bei ihm vorbeischauen wollen …«

»Reine Zeitverschwendung. Da kannst du genauso gut mit einer Wand reden.«

Seit dem Fernsehbericht hatte ich das Gefühl, den Fremden schon mal gesehen zu haben. Vielleicht spielte mir mein Gehirn auch einen Streich, versah Umstände mit Bedeutung, die sie nicht hatten. Doch das hielt ich für unwahrscheinlich. Der Kerl, den wir festgenommen hatten, hatte zwar kurze Haare, aber zusammen mit dem schütteren Pferdeschwanz vom Phantombild war ich mir fast sicher. »Was, wenn ich den Kerl kenne?«

»Henry, niemand kennt ihn.«

»Ich meine, ich habe ihn schon mal gesehen.«

Sleight atmete geräuschvoll aus. »Schieß los.«

»An dem Abend im *Stingy Jack's*, da saß er an der Bar und hat mich schief angeguckt.«

»Hier geht es um mehr als Penny Pellings. Gedulde dich noch ein bisschen. Um diese Jahreszeit bleibt sie eh noch eine Weile frisch.«

Eine Akte, dick wie eine Zeitschrift, traf aus Binghamton ein. Die Blutspuren von der Unfallstelle in Schuyler County stimmten mit den Proben des Fremden überein, das war ein eindeutiger Beweis. Im Cadillac waren seine DNA und die von Vicki Jelinski gefunden worden, dazu noch zwei weitere unidentifizierbare Spuren im Kofferraum. Aus seiner Kleidung ließ sich nichts schließen, doch Spuren an Jacke und Hose förderten eine Überraschung zutage. Die Labortechniker hatten die übel riechenden Flecken untersucht, und insbesondere Ärmel und Knie waren voller Schwermetall: Barium, Kalzium und Silikate.

Gegen Feierabend schnappte ich mir die Fotos und Zeichnungen und fuhr in Richtung Airy, um nachzusehen, ob Mr. Buckles zurückgekehrt war. Laub war nicht gerecht worden, doch neben dem windschiefen Haus stand ein Mietcontainer. Irgendwer hatte den Hof teilweise entrümpelt. Als ich vorfuhr, hievte Buckles gerade eine Rolle verrosteten Maschendrahtzaun in den Container. »Wie soll ich Sie denn mal vermissen, wenn Sie hier ständig auf der Matte stehen?«, rief er mir zu.

»Bei unserem letzten Gespräch hatte ich Ihnen untersagt, die Stadt zu verlassen.«

»Ja und? Ich hatte was in Beaver zu erledigen.« Er schnappte sich eine Plastikwanne und beförderte sie ebenfalls in den Container. Insekten stoben auf der Suche nach Schutz davon. »Bleib eh nicht lange hier«, sagte er. »Das freut Sie bestimmt, dass Sie endlich einen Arbeiter vertrieben haben. Einen starken Mann. Und schön die Schwächlinge behalten, das macht Ihren Job leichter, hm?«

»Was soll ich sagen? Viel Glück. Wohin geht's denn?«

»Ich verkaufe das Haus hier. Muss es aber erst noch herrichten. Seit ich eingezogen bin, hat man mir Sachen vorgeworfen, hat mich geschlagen und belästigt, meine Alte ist abgehauen. Scheiße. Hab's kapiert, dass ich unerwünscht bin.«

»Und wie kommt Hope so zurecht?«

»Woher soll ich das wissen?«

»Können Sie mir sagen, wie ich sie erreichen kann?« Wenn Buckles den Fremden nicht kannte, hatte ich vielleicht bei Hope Martinek mehr Glück.

Er riss ein Stück Blech von einem Anbau und entdeckte zu seiner großen Freude ein Klafter Feuerholz darunter. »Was?«

»Wo ist Hope?«

Er zuckte die Schultern. »Sind Sie wegen ihr hier oder wegen mir?«

Buckles warf noch einen Blick auf die Bilder des Fremden, diesmal auch auf die Fotos, und gab sie mir dann zurück. »Ich habe Ihnen doch schon gesagt, dass ich den nicht kenne. Außerdem gibt's von der Sorte Tausende.«

»Den hier gibt's nur einmal.« Ich horchte in Sages Schweigen hinein. »Er wollte Sie umbringen.«

»Ich wurde von hinten angegriffen. Hab nichts gesehen.«

»Mussten Sie auch gar nicht, oder? Sie wussten ja, wer es war. Sie haben hier einen Job, ein Haus, sind auf freiem Fuß. Und trotzdem hauen Sie ab. Wie tief stecken Sie in der Scheiße? Ich kann Ihnen helfen.«

Er widmete sich einem Schreibtischstuhl, dem die Rollen fehlten. »Bei mir ist alles in Ordnung. Hab den Kerl noch nie gesehen, nur im Fernsehen. Keine Ahnung, was oben auf der Bohrstelle passiert ist, keine Ahnung, was die Leute reden. Die Leute reden ne Menge Scheiße und merken's nicht mal.«

»Waren Sie öfter mal im *Stingy Jack's*?«

»Noch nie gehört.« Buckles schaute mich nicht an. Ich überließ ihn seiner Arbeit.

Auf dem Kamm schaute ich durch die kahlen Bäume, an die sich noch ein paar letzte Blätter klammerten, hinüber zu Joe Blaines leer stehendem Landhaus. Dann fuhr ich davon, kehrte jedoch abends zurück und wartete bis Mitternacht. Niemand tauchte auf. Am nächsten Tag tat ich das Gleiche. Am dritten Morgen gab ich auf, sah online nach und entdeckte einen »J. Blaine«, der in Binghamton nahe der Main Street wohnte.

Um 7:37 Uhr war die Stadt zwar schon wach, aber noch herrschte kein Berufsverkehr. Kinder mit Ranzen, kaum kleiner als sie selbst, stolperten über die Gehwege Richtung Schule. Ich hatte früher nie zu Fuß zur Schule gehen können, dafür war sie viel zu weit von unserem Haus entfernt gewesen. Stattdessen musste ich unten an der Straße in einem kleinen Verschlag, den die Gemeinde für uns gebaut hatte, auf den Bus warten. Wenn es regnete oder kalt war, prügelten die anderen sich darum, wer darin Unterschlupf suchen durfte, aber ich schlug mich nicht um etwas, das mir nicht wichtig war. Mir war jedes Wetter recht, solange ich im Freien war, denn während der Schulzeit litt ich, ob das nun im kalten Verschlag war, im Bus oder im Schule genannten Betonbunker, in dem die Lehrer so gemein waren wie die Schüler. Als ich jetzt in meinem Truck am Rand der Wohngegend saß, fiel mir das alles wieder ein, und ich hatte Mitleid mit den Kindern, die noch so viele Jahre vor sich hatten.

Ich stand mit Kaffee, Donuts und einem kleinen Fernglas bewaffnet an einem dreieckigen Park. Von dort hatte ich freien Blick auf ein kleines blaues Haus an der Ecke Schubert Street und Mendelssohn Street. Ein dicker SUV stand in der Auffahrt, auf der Straße parkte ein kupferfarbener Sportwagen. Letzterer war erst heute Morgen dazugekommen. Alle zwanzig Minuten suchte ich mir einen anderen Standort mit freier Sicht. Im hellen Morgenlicht konnte ich mich kaum verstecken, die Nachbarn hatten mich bestimmt längst bemerkt.

Dennoch hatte ich diese Woche bereits vier Tage so verbracht. Nach den Feierabenden fuhr ich nach Binghamton, um Blaine die paar Kilometer bis zum *Stingy Jack's* zu folgen. Später am Abend wechselte ich dann immer die Position und beobachtete die Autos, die auf dem Kneipenparkplatz ein- und ausfuhren.

An diesem Morgen kam gegen neun Uhr eine junge Frau in engen Jeans und knapper Jacke aus Blaines Haus. Es sah aus, als hätte sie die Klamotten schon seit dem Vorabend an, das Outfit passte nicht ins frühmorgendliche Binghamton. Ich hatte um zwei Uhr in der Nacht aufgegeben und nicht gesehen, wie sie mit Blaine nach Hause gekommen war. Möglicherweise arbeitete sie als Barkeeperin. Sie holte eine kleine Reisetasche vom Rücksitz des SUV und ging damit zu dem anderen Auto. Ich ließ den Motor an. Nach zweimal Abbiegen befanden wir uns auf der Main Street. Ich hielt ein paar Autos Abstand. Sie bog nach links auf die Front Street Richtung Norden, und ich folgte ihr, bis vor mir ein Auto ausschwenkte und meine Geschwindigkeit dadurch enorm gedrosselt wurde. Ich wollte überholen, doch der andere fuhr auf der Mittellinie und ließ mich nicht vorbei. In der Ferne sah ich, wie das kupferfarbene Auto eine Brücke unterquerte und auf einen Highway fuhr. Ein schwarzes Muscle Car mit getönten Scheiben überholte mich, fuhr ein Stück weit sehr schnell und wurde unter der Brücke wieder langsamer.

Dann blieb der Wagen abrupt stehen. Eine dunkelhäutige Hand wurde aus dem Fahrerfenster gestreckt und zeigte in eine Nebenstraße. Ich folgte dem Fahrer und parkte. Die Hand winkte mich zu sich. Ich stieg aus und ging zu ihrem Inhaber: Detective Oates vom Sittendezernat Binghamton.

»Nein«, sagte er. »Nein, nein, nein.«

In dieser Woche rief Kevin O'Keeffe dreimal in der Dienststelle an, und ich verpasste ihn jedes Mal. Nach dem letzten Anruf hinterließ er mir eine Nachricht. Drei Sekunden Stille, dann: »Wer war das im Fernsehen?«

AM östlichen Rand der Heights befand sich das Gelände eines Autohändlers, und unmittelbar daneben erstreckte sich ein Schrottplatz bis in die Hügel hinauf. Beides gehörte einem Mann namens Cy Stokes und seinem Bruder. Meines Wissens hatte er noch nie auch nur ein einziges funktionstüchtiges Auto verkauft; er machte sein Geld mit der Verschrottung und den Ersatzteilen. Einmal hatte er mich angerufen, weil Diebe ihm die besten Teile aus den besten Autos geklaut hatten. Ich sagte, ich könne ihm nicht helfen, denn selbst wenn ich die Diebe ausfindig machte, wie sollte ich feststellen, welcher Anhänger oder welches Auspuffsystem einmal ihm gehört hatte? Wenn er die Diebe auf frischer Tat ertappte oder Aufnahmen der Vorgänge hätte, dann vielleicht.

Eines Morgens kam ich von einer Runde durch die Gemeinde zurück und sah Cy Stokes vor der Dienststelle warten. Er war ein koboldartiger kleiner Mann, ausgedörrt von harter Arbeit und unzähligen Zigaretten. Er folgte mir hinein und spielte an seiner Kappe herum, während ich meine Jacke aufhängte.

»Setzen Sie sich doch«, sagte ich. »Was gibt's?«

»Ich habe die Nachrichten gesehen«, erwiderte er. »Da haben sie so einen Kerl gezeigt, ich dachte, den kenn ich doch. Und dann haben sie von dem Auto geredet, und …« Stokes verstummte.

»Ja?«

»Na ja.« Er fühlte sich sichtlich unwohl. »Na, so im Mai oder Juni, ist schon ein paar Monate her, da kam so ein langhaariger Kerl zu mir, früh am Morgen. Er hatte zwar ne Mütze auf, aber ich hab die Haare gesehen. Der meinte jedenfalls, sein Truck läuft nicht so richtig, dabei lief der wie ne Eins, bloß war die Inspektion fällig und die Zulassung so gut wie abgelaufen, und er wollte ein neues Auto. Irgendwas, das nicht so einen Krach macht, meinte er.«

»Ein Truck, ja?«

»Jawohl, einen Nissan Pick-up hatte der. Ich hab ihm dann alle möglichen Autos gezeigt, ich meine, der Truck war keinen müden Cent wert, aber ich hab ihm trotzdem alles gezeigt. Er wollte was Altes, was mit Gangschaltung, und einer von den Cadillacs hat ihm gefallen. Ich habe ihm direkt gesagt, wenn Sie das Teil heute mitnehmen, dann packen Sie am besten gleich noch einen Kanister Servoflüssigkeit in den Kofferraum, die Zahnstange ist nämlich im Eimer. Die hatte ich irgendwann noch austauschen wollen. Er meinte, das ist ihm egal, er kümmert sich drum, er will das Auto trotzdem mitnehmen. Aber das Komische war, er wollte mir seinen Truck gar nicht verkaufen. Ich sollte ihn bloß aufbewahren, falls er ihn irgendwann mal zurückwill. Er meinte, er gibt mir tausend Dollar, damit ich drauf aufpasse, aber wenn er zurückkommt und irgendwas fehlt, kann ich was erleben.«

»War der Nissan gelb?«

Stokes schwieg.

»Haben Sie irgendwelche Unterlagen, die das bestätigen?«, fragte ich. »Einen Fahrzeugbrief, vielleicht sogar seinen Namen?«

»Der wollte das Auto sofort, aber ich hatte den Fahrzeugbrief nicht fertig. Er hatte auch keinen für den Truck. Ich weiß schon, dass das nicht in Ordnung ist, aber in dem Moment … wir reden hier von zwei Autos, die beide keinen müden Heller wert sind. Ich erzähl Ihnen das jetzt, weil es das Richtige ist: Ich hab diesem Mann den Cadillac de Ville verkauft, und dann ist er los und hat eine Frau in den Kofferraum gesperrt. Ich hab ihm ins Gesicht geschaut. Und ja, der Truck, den er mir dagelassen hat, war gelb wie eine Butterblume.«

Der Morgen war kalt und grau. Eine Frau namens Mason und ein Mann namens Riva von der Spurensicherung aus Binghamton untersuchten Kevin O'Keeffes Pick-up, der im Schatten eines Rotahorns stand. Rings herum wuchsen kniehohe Dornenbüsche, und zwischen den anderen Wracks auf dem Schrottplatz fiel der Pick-up nicht weiter auf. Einige von uns hatten den Hügel von der Werkstatt aus zu

Fuß erklommen. Lieutenant Sleight trug einen Jogginganzug und mampfte Donuts aus einem Pappkarton. Sheriff Dally und Staatsanwalt Ross waren ebenfalls vor Ort, dazu ein Kollege aus New York namens Portiss. Cy Stokes beobachtete uns aus einigem Abstand zusammen mit seinem Bruder Ollie, der so rund und weich war wie ein Wattebausch und einen grau gesprenkelten Bart trug.

Sleight wandte sich an die Brüder. »Und Sie haben niemanden in die Nähe des Wagens gelassen?«

»Ich habe Henry vor einer Weile angerufen, weil wir ein paar Langfinger hier hatten«, sagte Cy Stokes. »Aber soweit ich weiß, haben sie nichts aus dem Truck da geklaut.« Er warf seinem Bruder einen Blick zu, fast unmerklich, doch mir war er nicht entgangen. Sleight auch nicht.

Die Spurensicherung machte sich mit Pulver, Pinsel und Klebeband an Kevins Truck zu schaffen. Mason hockte mit einer Art Profi-Handstaubsauger auf der Ladefläche und sammelte Partikel ein. Die Fahrerkabine hatten sie bereits fast fertig untersucht. Sobald die Fingerabdrücke gesichert waren, würden sie die Innenverkleidung abnehmen und in den Stahlinnereien nach Schmuggelware und weiterem Beweismaterial suchen. Auch die Ladefläche war von Kevins Habseligkeiten befreit worden.

Doch erst als sie bei der Unterseite der Sitzbank ankamen, wurden Mason und Riva lebhafter. Das Vinylpolster war offenbar mit einer Rasierklinge vom Sitz abgetrennt und herausgerissen worden. Die Schaumpolsterung fehlte vollständig, sodass einige Metallknochen freilagen. Auch Teile des Bodens waren entfernt worden. Mason leuchtete mit einer Taschenlampe hinein und bat dann mit einer Handbewegung um Ruhe. Wir beobachteten, wie sie Alkohol auf einen Teststreifen gab, diesen auf eine Stelle unter dem Sitz drückte und den Streifen dann in ein kleines Reagenzglas mit einer Lösung darin steckte. Er verfärbte sich leuchtend blau wie eine Gasflamme.

»Wir müssen das alles mitnehmen«, informierte die Kriminaltechnikerin Sleight. »Am besten bringen wir den ganzen Wagen und alles, was wir ringsum noch finden, in unsere Halle.«

Sleight hob fragend die Augenbrauen.

»Blut«, erklärte sie.

Vor der Werkstatt trotteten Cy und Ollie Stokes zwischen Autowracks umher, öffneten Kühlerhauben und rieben sich das Kinn. Sleight rief Cy zu sich.

»Wir müssen den Truck mitnehmen«, sagte er.

»Dachte ich mir schon«, erwiderte Cy.

»Bis wir Ihnen Bescheid geben, verlässt nichts diesen Schrottplatz, und es kommt auch nichts Neues rein«, fuhr Sleight fort. »Sie haben ab sofort geschlossen.«

Cy Stokes nahm die Kappe ab und klopfte sich damit aufs Bein. »Northern Scrap rechnet diese Woche mit zehn Tonnen. So kann ich nicht arbeiten.«

»Ganz genau, hier wird nicht gearbeitet«, sagte Sleight. »Erst mal haben wir nämlich ein paar Fragen.«

»Mehr als das, was Sie hier vor sich haben, kann ich Ihnen auch nicht sagen.«

»Was ich hier vor mir habe, ist ein Verkauf ohne Unterlagen. Ein Verkauf, bei dem Sie nicht mal den Namen des Käufers kennen. Und wann ist die Fahrzeug-Identifizierungsnummer vom Cadillac entfernt worden? Waren Sie das?«

»Nein.«

Sleight nahm die Brille ab und fuhr sich über die Stirn. »Verdammte Scheiße.« Er ließ sich selten zu solchen Ausbrüchen hinreißen. »Es sind Menschen umgebracht worden. Und Sie haben sich nichts dabei gedacht?«

»Deswegen bin ich doch zu Henry«, antwortete Cy Stokes. Es sah aus, als würde er jeden Moment in Tränen ausbrechen.

»Dieser Pick-up war gestohlen worden; Sie wussten das, haben ihn aber trotzdem angenommen und versteckt. Diebstahl und Justizbehinderung. Und dann wäre da noch Überlassung eines Fahrzeugs ohne Fahrzeugbrief. Und nicht zu vergessen: Entfernung der Fahrzeug-Identifizierungsnummer, womit der Fall an die Bundespolizei geht.«

Seit unserer Ankunft hatte Ollie Stokes kein Wort gesagt. Er trat einen Schritt nach vorne und verkündete mit zitternder Stimme: »Das war nicht das erste Mal.«

»Ollie!«

»Was denn, Cy, stimmt doch.«

Cy hob erschöpft die Hände. »Wir sagen Ihnen alles, was wir wissen. Falls Sie uns wegen dem Zeug anklagen wollen, kann ich das nicht ändern. Aber ich bin freiwillig zu Henry gekommen. Wir hatten doch keine Ahnung, worauf wir uns da eingelassen haben. Haben Sie mal versucht, sich hier draußen durchzuschlagen?«

Der erste »Wagentausch« zwischen dem Fremden und Cy Stokes hatte im Vorjahr stattgefunden. Eines frühen Morgens hatte der Mann eine japanische Limousine mit fast zweihunderttausend Kilometern und rostigen Kanten abgeliefert und gegen ein ähnlich großes Auto eingetauscht. Cy schwieg sich zwar aus, aber die Transaktion war vermutlich zugunsten der Stokes ausgefallen. Der Wagen, den Cy ihm abgekauft hatte, war in ordentlichem Zustand, und er stellte ihn auf den Hof. Der Fremde wollte allerdings nicht, dass er weiterverkauft, sondern dass er zerstört wurde, und als er das Auto zum Verkauf stehen sah, stattete er den Brüdern einen kleinen Besuch ab, um seinem Wunsch ein wenig Nachdruck zu verleihen. Am nächsten Morgen verschwand das Auto in der Schrottpresse und wurde an Northern Scrap verkauft. Das Gleiche war noch zweimal passiert, jeweils mit Limousinen zum gleichen Preis und mit der gleichen Abmachung. Wieso er ausgerechnet den gelben Truck aufbewahren sollte, wusste Cy auch nicht.

»Die Autos waren sauber«, ergänzte Ollie. »Ich weiß ja nicht, wofür er sie benutzt hatte, aber wenn er sie hier abgeliefert hat, waren sie immer sauber.«

»Haben nach Clorox gerochen«, fügte Cy hinzu. »Alle bis auf den Truck.«

Sheriff Dally fuhr mit Sleight und den Brüdern auf die Wache, um auch noch das kleinste Detail aus ihnen herauszupressen. Sie bekamen Fotos des Fremden und von Kevin O'Keeffe vorgesetzt. Cy meinte, den Fremden zu erkennen, war sich aber nicht hundertprozentig sicher.

Lee Hillendale, der Sheriff und ich fuhren nach Süden, um Kevin einen Besuch in Mahanoy abzustatten. Seine Gesichtszüge waren noch schärfer geworden, er wirkte versteinert. Hillendale hatte ihn vermutlich angewiesen, nicht mit der Polizei zu reden, und entsprechend schwieg er, lehnte sich zurück und hob fragend eine Augenbraue, doch es gab noch immer nichts Neues zu Penny. Stattdessen wollten wir wissen, ob er je mit den Stokes-Brüdern zu tun gehabt hatte. Er erwiderte, er kenne sie nicht. Wir fragten erneut, ob er den Mann auf den Fotos kenne. Nur aus den Nachrichten, sagte er und wollte wissen, wer der Kerl sei.

Die Kollegen von der Spurensicherung aus Binghamton verfrachteten den Truck nach Norden. Wir in Holebrook County begnügten uns damit, alles andere zur Untersuchung nach New York zu schicken und darauf zu vertrauen, dass es irgendwann den Weg zu uns zurückfände. Doch der Gesichtsausdruck von Staatsanwalt Ross sprach Bände, als er sah, dass das Blut in Kevins Truck mit dem von Penny Pellings übereinstimmte. Kevin stand immer noch unter Mordverdacht, vielleicht mehr denn je.

AM Freitagabend um sieben Uhr parkte ich in der Nähe des Bürgerkriegsdenkmals in Fitzmorris, Pennsylvania. Das orangefarbene Licht der Straßenlaternen schien durch das Gewirr der kahlen Eichenäste über mir. Ich war erst in einer Dreiviertelstunde zum Abendessen verabredet, also viel zu früh dran. Um die Ecke des Gerichts befand sich ein ehemaliges vierstöckiges Hotel, das inzwischen leer stand; nur im Untergeschoss gab es noch eine Kneipe namens *Low Road.* Ich stieg die vier Stufen vom Gehweg hinab und betrat die Pinte. Mit einem Blick in den Spiegel hinter der Bar stellte ich fest, dass ich immer noch aussah wie ein toter Bürgerkriegsgeneral, obwohl ich mir Haare und Bart gekämmt hatte. Ich stellte in der Jukebox ein paar Songs von Alan Jackson ein und setzte mich an die Theke. Nach vierzig langen Minuten stand ich auf, steckte mir ein Minzbonbon in den Mund und wappnete mich innerlich für das, was kommen würde.

Die Nacht hatte sich über Fitzmorris gelegt. Aus einem hell erleuchteten ehemaligen Eisenwarengeschäft drangen Gesprächsfetzen. Ich blieb kurz vor der Tür stehen, dann ging ich hinein. Natürlich nannte das hier keiner ein Rendezvous, so was gibt's ja heutzutage ohnehin nicht mehr. Aber irgendwie war es eben doch eins. Ein eindeutiger Verkupplungsversuch.

Das Restaurant namens *Dry Goods and Sundry* war voller unbekannter Gesichter – Gasmanagement, Leute aus New York. Ich bahnte mir meinen Weg zu Ed, Liz und Julie Meagher. Julie lächelte. Ich erwiderte ihr Lächeln und ermahnte mich, schön den Mund zu halten, solange ich nichts zu sagen hatte. Gemeinsam an einem Tisch zu sitzen und zu essen war etwas anderes als Kuchen zu backen. Mein Mund war mal wieder ausgetrocknet, und das Herz schlug mir bis zum Hals, obwohl es keinen ersichtlichen Grund dafür gab.

Ich goss mir den sirupartigen Wein von den Finger Lakes hinter die Binde, bis meine Gedanken sich ein wenig entkrampften und ich einigermaßen flüssig reden konnte. Ed, Liz und Julie hielten das Gespräch am Laufen. Ich schmeckte kaum etwas von meinem Platthuhn mit gedünstetem Blattgemüse. Das Restaurant war neu, das Konzept regional-saisonal, das heißt, alles, was aus den Wäldern und Feldern der Gegend zu bekommen war, wurde den Gästen serviert. Julie hatte Wildragout bestellt, doch ich hatte mich mit der innerlichen Begründung dagegen entschieden, dass ich es nicht verdiente, weil ich in diesem Jahr nur zweimal und ohne Erfolg mit dem Bogen gejagt hatte. Die Gewehrsaison begann Ende des Monats, und ich war in Gedanken schon bei den besten Stellen. Ich fragte Miss Julie, ob sie auf die Jagd gehe.

»Ich kann schießen«, erwiderte sie vorsichtig. »Wir haben früher Enten und Wachteln gejagt und Tontauben geschossen, Limodosen mit einer .22er. Aber mit so einem großen Tier wie einem Hirsch, dem man ansieht, dass es eine Seele hat, habe ich es noch nie aufgenommen. Weiß auch nicht, ob ich das überhaupt möchte.«

»Gibt zahlreiche schlimmere Tode als durch einen Schuss«, gab ich zu bedenken. »Verhungern, chronische Auszehrungskrankheit, Kojoten …« Julie schaute leicht bestürzt auf ihren Teller. »Und die Jagd ist ein uralter Teil des Lebens«, erklärte ich, um von der Biologie wegzukommen. »Das Älteste, was es gibt. Sie bringt uns der Seele des Tieres näher, wie du schon gesagt hast, auch wenn man gar nichts schießt.« Nicht mal Polly hatte mich auf die Jagd begleitet. Ich hatte sie immer davon ferngehalten, da ich diese Verbindung von Mensch und Tier in der wilden, kühlen Morgendämmerung für mich haben wollte. Die Seele des Tieres ist die Seele der ganzen Welt. Das Leben der Welt. Die meisten Menschen erkennen das nicht. Deswegen überraschte ich mich selbst mit meiner Einladung: »Falls du es mal versuchen willst, sag Bescheid.«

Nachdem der Tisch abgeräumt und die Rechnung beglichen war, schlug Ed vor, den Abend bei einem Lagerfeuer in ihrem Garten ausklingen zu lassen, da sie die Babysitterin ablösen mussten.

Im flackernden Schein des Feuers wich Julie mir nicht von der Seite. Sie berührte mich zwar nicht, war jedoch immer in Reichweite. Wir schwiegen entspannt, die Flammen beruhigten uns. Sie gähnte und trat dann aus dem Licht des Feuers, um die Sterne zu betrachten. Ich bekämpfte den Impuls, ihr zu folgen.

Ein paar Tage später wühlten wir uns durch die Überreste einer eingestürzten Scheune kurz vor Owego, New York. Neben ein paar anständigen Hölzern lagen dort unter einer Schicht Tierkot haufenweise verrottete. Die Tage waren kürzer geworden, und ich spürte Eds wachsende Anspannung, da sich das Jahr dem Ende zuneigte.

Am Wochenende zuvor hatte ich Ed in seiner Werkstatt besucht. Er war gerade am Telefon. Nachdem er aufgelegt hatte, schaute er mich an und erklärte: »Wir haben ein Problem.« Er schnappte sich einen Vorstecher und marschierte nach draußen. Dort stach er knappe acht Zentimeter tief in einen Balken der großen Scheune aus Bradford County. Dann in einen anderen und noch einen. »Morsch. Alles im Arsch«, sagte er.

»Du findest schon was anderes.«

»Dafür haben wir keine Zeit. Wo man auch hinguckt, alles verfault!« Er stampfte vornübergebeugt zurück in die Werkstatt und hängte sich ans Telefon. Eds Vision, sein Glaube an harte Arbeit und seine Bemühungen, die Welt zu verbessern, hatten auch eine Kehrseite: der Hang zu schlagartig einsetzender Weltuntergangsstimmung. Wenn er nicht rechtzeitig passende Hölzer fand, um die Frist für Meaghers Atelier einzuhalten, verlöre er nicht nur den Fünf-Prozent-Bonus, sondern würde auch noch Verlust machen und könnte sich von zukünftigen Verträgen sowie seinem guten Ruf verabschieden. Niemand verstand seine Arbeit oder wieso er so lange dafür brauchte, es wurden ja immer bloß Amateure beauftragt, da niemand ein Verständnis von Landschaft und Bautradition hatte, er lebte im falschen Jahrhundert, und es würde sowieso alles den Bach runtergehen. Oder es würde alles gut, widersprach ich vorsichtig.

Jedenfalls suchten wir deswegen jetzt mit Hochdruck nach neuem Material. Ed hatte mich gebeten, Julie nichts davon zu erzählen, also hatte ich es natürlich für mich behalten. Sie rackerte sich bis nach Einbruch der Dunkelheit tapfer an unserer Seite ab, und wir arbeiteten uns weiter durch den Haufen, bis wir die eigenen Füße nicht mehr sehen konnten.

Ein paar von uns kehrten zum Abendessen in einer Bar in Owego namens *John Barleycorn* ein. Ich ging einfach nur so mit. Danach zogen die Jungs einer nach dem anderen in Richtung Pennsylvania ab, Ed als einer der Letzten. Er warf Miss Julie immer wieder sehnsüchtige Blicke zu, doch ich hatte den längeren Atem. Am Ende waren nur noch sie und ich übrig. Während wir an der Theke unser letztes Bier tranken, holte sie etwas aus der Tasche und schob es mir zu. Unter ihrer Hand lag ein gelbes Plastikrechteck: ein Jagdschein.

Mit der Wildjagd braucht man es gar nicht erst versuchen, wenn man der Sonne nicht zuvorkommt. Die Morgendämmerung verbindet einen unmittelbar mit Mutter Erde, lässt einen am großen Ganzen teilhaben, und erst dann versteht man die Welt um sich herum. Wir hätten uns auch nachts auf die Lauer legen können, aber ich wollte Julie den Morgen zeigen, wenn man das Gewehr fast nicht mehr brauchte. Fast.

Julie wohnte über eine halbe Stunde von mir entfernt in Fitzmorris. Sie erklärte ganz offen, dass sie zu Hause nie im Leben so früh aus dem Bett kommen würde, aber vielleicht könne sie ja bei mir übernachten. So würden wir keine Zeit verschwenden, indem sie erst aufstehen und den ganzen Weg zu mir fahren müsste. Wir verabredeten, dass sie am Freitag bei mir übernachten und am Samstag mit mir auf die Pirsch gehen würde, und trennten uns voller Begeisterung im *John Barleycorn* voneinander. Auch im nüchternen Licht der nächsten Tage machte keiner von uns einen Rückzieher.

Freitag: Nach einer Portion selbst gemachter Ravioli, die Julie mit Kürbis aus dem eigenen Garten gefüllt hatte, saßen wir mit einem Glas Wein auf meiner Couch. Die Spannung zwischen uns beiden kämpfte gegen die im Fernseher an, wo eine Castingshow lief, die Miss Julie auf keinen Fall verpassen wollte. Sie hatte schon zu viele

Folgen gesehen, um jetzt abzuschalten. Ich konnte mit der Musik so gut wie gar nichts anfangen, deswegen hielt ich mich an die persönlichen Geschichten der Teilnehmer. Zwischen den Liedern weinte einer um einen toten Bruder, eine andere hatte eine schwere Kindheit in einem üblen Stadtteil hinter sich, bei der ihr der Glaube an Jesus geholfen hatte. Ein dritter hatte über dreißig Kilo abgenommen, wiederum mit Jesu Hilfe. Ich schaue kaum fern, weil ich dabei stets das Gefühl habe, ich verpasse das richtige Leben. Wenn ich allein gewesen wäre, hätte ich vielleicht ein paar Takte gefiedelt, ein paar neue Songs ausprobiert, vor mich hin gedacht, was gelesen, mal wieder einen meiner Lieblingsfilme geschaut. Eine schwere Stille lastete auf mir. Jemand anderes hätte wahrscheinlich mehr zu sagen gehabt.

Ich ging auf die Toilette, und als ich zurückkam, inspizierte Julie gerade ein gerahmtes Foto meiner Frau Polly und mir in Campingausrüstung, hinter uns ein überwältigendes Landschaftspanorama. Man sah den Wind in Pollys Haaren. Das war das Problem mit meinem Wohnzimmer: Pollys Bodhrán hinter einer Lampe in der Ecke, die Fotos, die Mütze, die sie mir gestrickt hatte, auf einem Ehrenplatz über der Sessellehne.

Polly Coyne war viele Jahre lang meine ständige Gefährtin gewesen, zumindest sah ich das so. Den Großteil meines Erwachsenendaseins. Seit dem ersten Moment, als ich sie in der Wind River Range der Rocky Mountains kennengelernt hatte. Die Phase nach meiner ersten Rückkehr nach Pennsylvania und das anstrengende Jahr an der Polizeiakademie in Allentown hindurch, dann die Zeit, als ich eine Weile bei meinem Onkel in Bradford County als Waldarbeiter jobbte, weil ich einfach keine Stelle als Polizist in einer Stadt fand, in der ich tatsächlich leben wollte. Erst waren Pollys Freund und meine Freundin im Weg, dann schrieben wir uns Briefe, telefonierten bis tief in die Nacht, doch ich wollte mich nicht von den Hügeln Pennsylvanias trennen – ich hatte die Gegend noch nie richtig verlassen. Darauf folgte eine verwirrende Phase, in der wir gar keinen Kontakt hatten. Ich arbeitete und sparte, was ich konnte. Das Gefühl dieses Sommers, in dem ich sie kennengelernt hatte, habe ich nie ganz vergessen. Mittlerweile war es aber derart verblichen, dass ich es kaum noch heraufbeschwören konnte. Fast, nur fast, wäre es leichter, wenn ich es vergessen könnte.

In Tante Medbhs Gästezimmer stand ein kleines Bett aus der Zeit der Weltwirtschaftskrise, eine billige Pinienholzkommode aus den Achtzigern und ein Schrank mit defekter Tür, in dem sich alte Laken und Bettdecken langsam in Wohlgefallen auflösten. Ich hatte mir den Kopf darüber zerbrochen, wo Julie schlafen sollte, und war zu dem Schluss gekommen, es würde eher seltsam als höflich wirken, ihr mein großes, modernes Bett anzubieten. Deswegen hatte ich an jenem Morgen im Gästezimmer gewischt, Staubmäuse unter dem Bett hervorgekehrt, gesaugt, Bettwäsche und Steppdecken gewaschen, durchgelüftet, Äpfel und Zimt auf dem Herd eingekocht und den Topf den ganzen Tag über im Zimmer stehen lassen, einen Melkschemel und eine Lampe aus dem Wohnzimmer als Nachttisch abkommandiert und eine uralte Stickarbeit meiner Mutter im Currier-and-Ives-Stil an die Wand gehängt.

Zur Schlafenszeit stand ich neben Julie auf der Schwelle. »Süß«, meinte sie.

Das Badezimmer im ersten Stock lag am Ende des Flurs, in der Nähe meines Zimmers, und ich hörte mehr, als ich erwartet hatte, während sie die Zähne putzte und sich das Gesicht wusch. Ich lag vollständig bekleidet und mit Stiefeln auf dem Bett. Sie klopfte an den Türrahmen und kam in Jogginghose und einem Tanktop herein, das sich ein Stück ihre Hüfte hochgerollt hatte. Sie sah sich in meinem Zimmer mit dem frisch geputzten Boden, den kahlen Wänden und den blauen Krankenhausdecken um, die ich seit meiner Kindheit am liebsten mochte.

»Dann machen wir das also wirklich. Wecker auf halb fünf. So früh gehe ich normalerweise nie ins Bett.«

»Wirklich?« Es war fast halb elf. »Was treibst du denn die ganze Nacht?«

»Ich rede mit meinen Pflanzen. Und du schläfst also wie Graf Dracula in deinen Klamotten?«

»Haha, nein.« Ich schlief üblicherweise nackt, wie jeder andere auch.

»Dann mal gute Nacht. Ich mag dieses alte Haus übrigens. Passt gut zu dir. Aber meine Tür lasse ich lieber auf, und können wir das Licht im Flur brennen lassen? Ich hab keine Lust, heute Nacht von Tante Medbh heimgesucht zu werden.«

Wahrscheinlich lagen wir beide noch eine Weile wach. Trotzdem schien es keine zehn Minuten, nachdem sie mein Zimmer verlassen hatte, schon halb fünf zu sein.

Wir traten im Dunkeln nach draußen, Julie hielt mein .243er am Schaft umklammert und stieß zitternd weiße Atemwölkchen aus. Ich hatte mein .270er dabei. Über die Wiese bewegten wir uns lautlos, aber im Wald waren unsere Schritte auf dem trockenen Laub deutlich zu hören. Wir gingen zu meiner Lieblingsstelle, einem Felsen am Fuß eines Bergkamms, an dessen Ostseite sich eine Lichtung befand. Schwarze Bäume zeigten an, wo ein Bach durch die Wiese floss. Die Luft stand still, und wir lehnten uns jeweils an einen Baumstamm und warteten auf die Sonne.

Der Sonnenaufgang drückt die Luft immer nach Westen. Ein schwacher Hauch ging dem ersten grauen Licht voraus, das der Landschaft eine gewisse Tiefe verlieh. Plötzlich griff Julie nach meinem Handgelenk. Ich schaute zu ihr, und sie neigte den Kopf leicht in südliche Richtung. Wir warteten. Ich drehte den Kopf millimeterweise, um nachzusehen, was da auf uns zukam. Sechs bis acht junge Hirsche, angeführt von zwei Alttieren, erklommen den Kamm hinter uns. Julie hatte sie gehört, ich nicht. Furchtlos, dumm und frei von Neugier trotteten sie dahin, bis sie uns auf einmal witterten und davonstoben. In dem ganzen Trubel schaute ich wieder nach vorne, wo die Sonne gerade den Kamm gegenüber eroberte und den Frost zum Glitzern brachte. Goldenes Licht ergoss sich über die Lichtung, berührte den Wald. Ich warf Miss Julie einen kurzen Blick zu. Sie sah es auch.

Die größte Verlockung besteht darin, sich zu bewegen. Wenn nichts von allein auf uns zukommt, ist es in uns sozusagen vorprogrammiert, dass wir unsere Beute selbst aufspüren wollen. Aber da niemand das Wild trieb, verließen Julie und ich uns auf unser Glück. Wir verharrten lange, doch nach einer Weile begann sie zu zittern, also standen wir auf, schüttelten die Kälte ab und machten uns auf den Rückweg. Wir nahmen den langen Weg über eine Quadpiste, die an einem Stand Rotkiefern vorbeiführte, setzten uns auf eine Moosfläche hinter ein paar Büschen und spähten in die Dunkelheit. Julie saß links von mir. Ein einsamer Hirsch kam mit langsamen, majestätischen Schritten auf uns zu. Die Welt um mich herum verengte sich zu einem winzigen Bildausschnitt und rief mir zu: Los jetzt, los, los, er kommt. Die dichte, kalte Luft schwebte vor mir. Der Hirsch war auf Julies Seite, würde den Weg jeden Moment überqueren; sie legte an, und das Tier verschwand im Wald. Es kostete mich einige Mühe, auf meinen Verstand zu hören und Miss Julie zuliebe nach Hause zu gehen.

In der Küche setzte ich Wasser auf, meine Hände vibrierten förmlich. Jede Faser meines Körpers pulsierte, und ich konnte meine Emotionen kaum in Schach halten.

»Verdammte Scheiße.« Julie riss sich die Jacke vom Leib. »Das war …« Sie schüttelte den Kopf, rang nach Worten. »Das war unglaublich.« Sie schmiegte sich an mich, um sich aufzuwärmen, und im nächsten Moment fielen wir übereinander her wie die Tiere, mitten in der Küche.

Es war Mitte Dezember, und wir waren unter einem halben Meter Schnee begraben, der in den letzten vierundzwanzig Stunden gefallen war. Nachdem es erst getaut hatte und die Temperaturen dann wieder unter den Gefrierpunkt gesunken waren, wuchsen die Eiszapfen wie ein dichter Vorhang an meiner Veranda herab. Julie und ich saßen an diesem Morgen bei mir zu Hause und hatten kein Interesse daran, auch nur einen Fuß vor die Tür zu setzen, bis wir zu einem Einsatz gerufen wurden – was leider nur eine Frage der Zeit war. Unsere Uniformen lagen oben bereit. Bis dahin würden wir den Schneesturm genießen wie jeder andere auch. Ich hatte Kaffee gekocht, auf dem Herd brutzelten Schinken und Eier. Unsere gemeinsamen Nächte verbrachten wir abwechselnd bei ihr und bei mir – ihr Haus in Fitzmorris war eine halbe Stunde von meiner Arbeit in Wild Thyme entfernt und umgekehrt. Kleidung und Toilettenartikel wanderten zwischen ihrem weißen viktorianischen Häuschen und meinem knarzenden Bauernhaus auf dem Hügel hin und her.

Miss Julie las ein Buch am Küchentisch, während ich barfuß auf die Veranda ging, um Feuerholz zu holen. Der Schnee an meinen Füßen lichtete den Nebel in meinem Kopf, den das Bier vom Vorabend hinterlassen hatte. Ich schürte das Feuer im Ofen, schlüpfte in meine Gummistiefel, streifte mir Mütze und Mantel über, schaufelte den Weg zu unseren Autos frei und pflügte mithilfe des Rasentraktors die Auffahrt, soweit ich konnte. Bei meiner Rückkehr sah sich Julie wieder einmal im Wohnzimmer um. Über den Winter war das, was von Pollys Leben noch übrig war, hier im Bauernhaus zu einem vertrauten Gefährten geworden. Ein zu süßer, zu schwerer Atem, der in der Luft hing, eine leise Neckerei aus dem Nebenzimmer, auf die ich keine Antwort wusste.

Julie lächelte. »Ihr zwei seht sehr glücklich aus.«

»Jep.«

»Sie hat so ein liebevolles Gesicht.«

»So war sie auch«, erwiderte ich.

»Wie schön.« Sie legte mir eine Hand auf den Arm. »Sie fehlt dir bestimmt, oder?«

»Lass gut sein.« Ich rang mir ein Lächeln ab, doch zu spät, es funktionierte nicht.

»Ich wünschte bloß, du würdest darüber reden.«

»Nicht nötig. Bitte.«

»Nicht um deinetwillen«, meinte sie. »Ich wüsste nur gern besser über die Konkurrenz Bescheid.«

Ich war verdutzt. »Gegen Tote muss man nicht groß kämpfen.«

Sie setzte sich auf die Couch. »Denkst du vielleicht.«

Julie fand – und das setzte sie mir lang und breit auseinander –, dass ich ihr diesen verschlossenen Teil von mir öffnen sollte, wenn Polly schon eine so wichtige Rolle in meinem Leben spielte. Schließlich war ich damals so glücklich gewesen wie nie, und vielleicht zum bisher letzten Mal einfach nur ich selbst.

»Ich bin da immer noch außen vor«, sagte sie. »Ich kann mir sonst was zusammenreimen, aber ich wüsste lieber, wie es wirklich war.«

Du willst Polly in die Schranken weisen, dachte ich bei mir. Ich verstand ihr Argument, wollte Polly aber trotzdem nicht mit ihr teilen. Ich war noch nicht bereit und fand es furchtbar, darum gebeten zu werden. In diesem Moment beschloss ich, alles wieder wegzupacken. Wenn Julie nur gewusst hätte, wie schwierig es gewesen war, die Kiste überhaupt zu öffnen. Pollys Eltern hatten mir ihre Sachen geschickt, nachdem sie herausgefunden hatten, wo ich nun wohnte. Das war nett, doch ich wollte sie mir gar nicht ansehen. Irgendwann zwang ich mich dazu. Es tat weh. Und jetzt sollte Polly wieder in dieser Kiste auf dem Dachboden verschwinden. Ich würde mit ihr darüber sprechen müssen. Sie gehörte zu mir, und daran würde sich nie etwas ändern.

Julie beobachtete, wie ich wortlos die Erinnerungsstücke an meine Frau einsammelte und wegpackte. Ich war über alle Maßen wütend und konnte das auch nicht verbergen.

»Henry«, sagte sie, ließ mich dann jedoch in Ruhe.

Mein Funkgerät erwachte zum Leben. An einer Tankstelle kurz vor Airy war die Alarmanlage losgegangen. Ich zog mich an, während Julie in Schlafanzug und Hausschuhen auf der Couch saß, die Nase in ein Buch vergraben. Als ich nachmittags zurückkam, war sie verschwunden, und ihre Sachen mit ihr.

Der Schnee blieb ein paar Tage liegen, dann kam noch mal was runter. Ich beschloss, einfach in der Dienststelle zu verharren, da bei dem Wetter ohnehin niemand mit dem Auto unterwegs war. Big John Kozlowski war rund um die Uhr mit dem Schneepflug im Einsatz, und sogar »der Souverän« übernahm eine Schicht. Fitzmorris war besser dran als Wild Thyme, aber Julie wollte lieber dortbleiben, bis der Schneesturm vorüber war; die älteren Jahrgänge riefen schnell mal einen Krankenwagen, wenn sie das Gefühl hatten, nicht mehr aus dem Haus zu kommen. Alle, bis auf einen: Ich musste einem alternden Pädophilen an der Bezirksgrenze einen Besuch abstatten, der an Gallengangkrebs erkrankt war und sich nicht wie vereinbart bei seinem Bewährungshelfer gemeldet hatte. In Anbetracht der Umstände war das durchaus verständlich. Vom Tankstelleneinbruch mal abgesehen, waren die Leute frohen Mutes und verhielten sich zivilisiert. Zudem waren an der Tankstelle lediglich Junkfood und Softdrinks gestohlen worden. Der Täter hatte die Glastüren zwar problemlos eingeschlagen, dann aber weder die Kasse noch den Safe öffnen können. Zwei Autos waren zusammengekracht, eines hatte sich überschlagen, der Fahrer war geflüchtet und hatte seinen Beifahrer im Stich gelassen. Ich folgte den Fußspuren im Schnee und fand den Unfallverursacher zitternd im Straßengraben. Beide wurden positiv auf Heroin getestet. Dazu musste ich mich um die Beschwerden über Schneemobilfahrer kümmern, die keine Rücksicht auf Grundstücksgrenzen nahmen.

Der vierte Tag des Schneesturms glich einem grau-weißen Koma. Das Licht veränderte sich den ganzen Tag über nicht. War es abends, morgens, oder bedeckte uns die Asche eines längst verloschenen Feuers in einer Dimension außerhalb von Zeit und Raum? War es schon

Zeit für mein Mittagssandwich? Mein Handy verkündete den Eingang einer SMS, und beim Anblick des Absenders vollführte mein Herz einen tollpatschigen kleinen Tanz. Ich stieg in meinen Truck.

Shelly Bray hatte es fast die verschneite Auffahrt ihres Reiterhofs runter zur Route 189 geschafft – aber eben nur fast. Sie wartete neben einem Umzugswagen, dessen rechter Vorderreifen in der Böschung feststeckte. Der schräg stehende Rest versperrte die Auffahrt wie ein sturer alter Hund. Shelly trug eine kecke Strickmütze, die so gar nicht zur Situation passte, und umarmte mich erleichtert.

»Und das musste unbedingt heute sein?«, fragte ich.

»Gerichtliche Anordnung«, erwiderte sie. »Ich kann es nicht länger rauszögern. Will ich auch gar nicht. Er wollte meine Sachen im Internet verkaufen.«

»Hast du niemanden, der dir helfen kann?«

»Doch, dich.«

Ich wusste genau, was passieren würde. Ich tat es trotzdem. Wir machten uns am Wagen zu schaffen. Kurz darauf erschien Josh mit Sonnenbrille und Mütze weiter oben in der Auffahrt. Sein Mantel hing auf der einen Seite stärker herab, vermutlich vom Gewicht einer Handfeuerwaffe. Während Shelly und ich uns gegen den Kühlergrill stemmten, murmelte ich: »Ist es wirklich gut, dass ich hier bin?«

»Macht jetzt auch keinen Unterschied mehr.«

»Soll ich mal mit ihm reden?«

»Worüber? Glaub mir, da ist nichts mehr zu retten.«

Vielleicht nicht für sie. Josh steckte die Hand in die Manteltasche, und meine Hand bewegte sich automatisch zu meinem Gürtel. Er zog eine kleine silberne Kamera hervor, machte mehrere Fotos von uns und verschwand.

Mit etwas Pappkarton und vereinten Kräften bekamen wir den Wagen in die richtige Position. Shelly hatte eine Wohnung in Binghamton gemietet und bat mich, ihr dorthin zu folgen. Den ganzen Weg über wappnete ich mich für das, was dort kommen würde. Wir pendelten im Schnee zwischen Umzugswagen und Wohnung hin und her: durch die Lobby eines massiven Wohnhauses an der Front Street, das eigentlich als bezahlbarer Wohnraum für Senioren geplant worden war, in den Aufzug, dann einen langen Flur hinunter, auf dem sich die Türen winziger Appartements aneinanderreihten, dessen ältere Bewohner uns zusahen, bis hin zu Shellys Nummer 11F.

Als wir den letzten Karton in ihr neues Zuhause geschleppt hatten, sagte ich: »Na dann…«

Shelly unterbrach mich. »Ich muss dir was sagen.«

Wir standen uns vor einer Fensterfront gegenüber. Bei klarer Sicht hätte ich von hier aus sehen können, wie der Chenango River unter einer zerklüfteten Eisfläche in den Susquehanna floss. Der Schnee auf meiner Jacke war geschmolzen und tropfte auf den Boden.

»Setz doch wenigstens die Mütze ab«, bat Shelly.

Ich tat wie geheißen. Meine Brille war beschlagen, und ich öffnete den Reißverschluss meiner Jacke, um die Gläser mit dem Hemdzipfel abzureiben. »Passt so gar nicht zu dir«, sagte ich und meinte damit die Wohnung.

»Ist nur übergangsweise. Den Kindern gefällt's, weil es so weit oben ist. Wie in einer Großstadt. In ein paar Monaten bin ich hier sowieso wieder weg. Du vielleicht auch.«

»Mit geht's gut hier«, erwiderte ich.

»Henry. Die Scheidung ist nicht einvernehmlich gelaufen, das siehst du ja. Sonst würde ich Unterhalt bekommen. Ich bin die Mutter, kriege die Kinder aber nur an jedem zweiten Wochenende, während dieser Irre sie großzieht. Keinen Cent bekomme ich. Was glaubst du, warum ich jetzt hier in diesem Altersheim sitze und nicht er, hm?«

Das altbekannte ungute Gefühl stieg in mir auf. »Er weiß Bescheid.«

»Schlimmer.« Sie wandte den Blick ab. »Das ganze Haus war voll mit Kameras. Wenn ich um das Sorgerecht gekämpft hätte, wären eine Menge schmutzige Details ans Licht gekommen, und das hätte auch dich betroffen. Das hat er sehr deutlich gemacht.«

»Der blufft doch nur.« Aber ich wusste, dass das nicht stimmte.

»Ich habe die Aufnahmen selbst gesehen. Bin runter in sein Kellerzimmer, von da aus hat er uns beobachtet.« Sie kniff schaudernd die Augen zusammen. »Keine Ahnung, wie er die Sache spitzgekriegt hat.«

Mir war schlecht. »Wo bewahrt er die Bänder auf?«

»Du kannst sie ihm nicht einfach wegnehmen. Das sind Digitalaufnahmen, er hat sie auf dem Computer und dann noch auf irgendeinem Server gesichert. Die werden wir nicht mehr los. Da zeigt sich sein wahres Gesicht. Ich wollte es dir eigentlich schon viel früher sagen.« Sie wischte sich wütend eine Träne weg. »Ich schwöre, ich hätte dich beinahe angerufen, ich wollte ihn an Ort und Stelle umbringen.«

Da stand ich nun, und mir wurde klar, dass ein Fremder Aufnahmen von mir besaß, die für den Rest meines Lebens wie ein Damoklesschwert über mir hängen würden. Ehrlich gesagt hätte auch ich ihn am liebsten umgebracht. »Was hast du jetzt vor?«

»Wir können nichts ausrichten. Er hat uns in der Hand. Wir könnten höchstens behaupten, dass es uns nichts ausmacht, wenn er es veröffentlicht.«

»Ich bin jetzt mit jemand anderem zusammen.« Im selben Moment wusste ich, dass das nicht wirklich stimmte.

»So wie immer«, sagte Shelly. »Kann sie dir das geben, was du brauchst?« Sie kam näher, küsste meinen Nacken und machte sich an meinem Gürtel zu schaffen.

»Das geht nicht, Shel. Du bedeutest mir wirklich viel. Aber das geht nicht.« Ich verabschiedete mich schuldbewusst, allein mit meinen Geheimnissen.

Die West Side lag nicht gerade auf dem Weg, doch es war kaum jemand unterwegs und ich konnte in gemächlichem Tempo mitten auf der Straße fahren. Niemand hatte vor Joe Blaines kleinem blauen Haus an der Schubert Street Schnee geschippt, die Auffahrt war leer, kein Licht brannte.

Es folgte ein schlimmer Eisregen, Tauwetter und Frost wechselten sich ab, das Wetter blieb scheußlich. Eines Nachts fing der Wohnwagen von Kevin und Penny auf dem bewaldeten Kamm über dem Maiden's Grove Feuer. Als ich eintraf, standen bereits mehrere Löschfahrzeuge in der Auffahrt. Ich roch schmelzendes Plastik, das sich in Gasform verflüchtigte; der Geruch des brennenden Billigholzes erinnerte fast an ein Lagerfeuer. Ich erklomm den Hügel, passierte Rüst- und Gerätewagen und unbeschäftigte Feuerwehrmänner aus den Nachbarorten: schmal, dick, alt, jung, ungeduldig, weil es nichts zu tun gab. Je näher ich kam, desto lauter wurde das gewaltige Zischen, das nichts mit dem Feuergrollen zu tun hatte. Flammen schlugen aus den Wohnwagenfenstern und vereinigten sich, als das Dach abhob und davonflog. Das Zischen stammte von den Bäumen ringsum, deren Wasser in der Hitze verdampfte.

Obwohl eindeutig nichts zu retten war, hielt die Mannschaft aus Wild Thyme die Schläuche weiter auf den Wohnwagen und das umliegende Gebüsch. Das Feuer war sicher bald gelöscht.

Ich rief Sheriff Dally an. Er meinte, er habe vom Brand gehört, würde sich den Weg aber sparen, jetzt, wo ich da sei. Er bot an, bei der State Police einen Brandexperten anzufordern, doch ich wollte es erst bei den Kollegen in Binghamton versuchen und musste Sleight sowieso informieren. Ich hatte nicht den geringsten Zweifel daran, dass es Brandstiftung gewesen war. Hier hatte jemand mit mehrmonatiger Verspätung auch noch die letzten Spuren verwischen wollen.

Matty Lehl, stellvertretender Feuerwehrhauptmann von Wild Thyme, stand neben einem knallroten Pick-up mit chromverzierten Türen. Er trug kein Atemschutzgerät, genau wie seine Männer, und wandte sich nur ein bisschen von den giftigen Dämpfen ab. Als er mich erblickte, kam er auf mich zu.

»Das Feuerchen ist schnell gelöscht.« Er schüttelte den Kopf. »Wenigstens war niemand zu Hause.«

»Was ist passiert?«

»Keine Ahnung, wahrscheinlich hat irgendeine Scheißratte ein Kabel durchgekaut.«

»Habt ihr den Besitzer schon zu Gesicht bekommen? Swales?«

»Ach, den. Ja, der war extrem hilfsbereit, wir mussten ihn zum Brötchenholen schicken. Dürfte bald wieder hier auftauchen.«

»Wenn er zurück ist, schau ich mich schnell in seinem Haus um. Kannst du ihn solange im Blick behalten?«

»Klar.« Matty spuckte schwarzen Saft auf den Boden.

»Wär super, wenn ihr das Teil halbwegs intakt lassen könntet. Die Kollegen sind unterwegs. Theoretisch zumindest.«

»Alles klar. Wir machen einfach unseren Job und überlassen euch den Rest. Ich hoffe, ihr stoßt auf keine böse Überraschung.«

»Und erzähl bitte keinem von dem Brand, Matt.«

»Wem soll ich das schon erzählen?«

Dem ganzen Bezirk, dachte ich. Ein Schweinwerferpaar schlängelte sich durch die Trucks auf der einen und die Bäume auf der anderen Seite der Auffahrt. Ich rechnete mit Swales, lag jedoch falsch. Aus einem altersschwachen Dodge Ram stieg ein untersetzter Mann und hielt sich erst mal eine Weile an der Ladefläche fest, bevor er auf uns zugehumpelt kam. Ron Chase.

»Grüß dich, Ronny«, sagte Lehl. Die beiden gaben sich die Hand.

»Ein Kumpel in Endicott hat mir Bescheid gesagt, dass es an der Dunleary brennt. Ich dachte, ich weiß auch nicht, ich will mir Pennys Zuhause noch ein letztes Mal anschauen.«

»Verständlich.«

Gerade, als der Alte sich dem Wohnwagen zuwandte, krachten die Überreste der Vorderwand auf den Boden. »Das war's dann wohl.« Er drehte sich zu mir. »Und was unternimmst du jetzt?«

Ich zuckte die Schultern.

»Zu dumm, dass mein Junge noch sitzt, sonst könntest du ihm das hier auch noch anhängen«, sagte er leise und watschelte davon, um mit jemand anderem zu reden.

»Der ist nicht mehr wiederzuerkennen«, meinte Lehl.

»Ich muss weiter«, sagte ich und ging in den Wald.

Eine starre Schicht Laub, die an Plastik erinnerte, bedeckte die felsige Erde. Rund um den Trailer fanden sich nur Spuren von Wild. In der Auffahrt brauchte ich gar nicht erst zu suchen, da hatten die Feuerwehrleute alles zertrampelt. Als ich meine Runde beendet hatte, war Swales wieder zurück. Er hatte mir den Rücken zugewandt und verteilte irgendetwas an die Feuerwehrmänner, die sich um sein Muscle Car versammelt hatten. Als er mich sah, fluchte er.

»Ja, ich bin's«, sagte ich. »Hätten Sie kurz Zeit?«

Wir gingen in seine Garage. Ich musterte seine Klamotten. Die Jeans waren nass bis ans Knie und mit Matsch bespritzt. Er streifte sich die schmutzigen Skihandschuhe ab und warf sie achtlos beiseite. Dann öffnete er seinen Mantel, und eine Schweißwolke stieg mir entgegen. Ruß hing in seinen Nasenlöchern. Ich machte den Mund auf, doch er kam mir zuvor.

»Was wollen Sie wissen?«

»Wann ist Ihnen das Feuer aufgefallen? Haben Sie es gemeldet?«

»Ja, das war ich. Um halb elf habe ich was gerochen, aus dem Fenster geschaut und dann meinen Wasserhahn im Garten angestellt, um ein paar Eimer zu füllen.«

»War das Feuer links oder rechts am Wohnwagen, also auf der Ost- oder auf der Westseite? In der Mitte, vorne oder hinten?«

»Auf der Westseite. Auf der Ostseite steht ein Öltank, von dem habe ich mich ferngehalten. War aber anscheinend sowieso leer.«

»Und am Anfang war es noch ein kleines Feuer? Sie dachten ja offenbar, Sie könnten es mit ein paar Wassereimern löschen.«

»Ja, nur an der einen Seite. Ich habe den Anhänger mit Wasser vollgeladen und bin dann immer wieder zum Nachfüllen hierher. Aber ich wusste dann schon, dass da nichts mehr zu retten ist, bevor die Feuerwehr hier war.«

»Hatten Sie den Tag über irgendwelche Besucher?«

»Nein.«

»Ist der Wohnwagen versichert?«

»Nein, darum hatte ich mich nicht mehr gekümmert. Es wohnt ja niemand mehr drin.«

»Ich schau mich mal hier in der Garage um. Und im Haus.«

»Wenn's sein muss.« Er ging davon.

Ich zog Mantel und Schuhe aus und krempelte mir die Hosenbeine hoch. An den Reifen und am Unterboden des Quads klebten frischer Matsch und Pflanzenreste. In der Nähe befand sich ein kleiner eingestaubter Benzinkanister, halb voll und anscheinend seit Längerem unangetastet. Durch die Verbindungstür zum Haus betrat ich einen mit Teppich ausgelegten Flur, der in die Küche führte. Auf der

Arbeitsplatte stand eine Flasche teurer Gin, daneben ein Glas mit einer Limettenscheibe darin. Ich schaute in den Mülleimer. Salatüberreste, Ranch-Dressing, Steakknorpel, Küchentücher, kein chemischer Geruch. Unter der Spüle das Übliche. Ich nahm mir vor, mich nur schnell im Haus umzusehen und bei Bedarf noch einmal wiederzukommen. Oben war alles dunkel, ich schaltete kein Licht an. Das ganze Haus war mit Teppichboden ausgelegt. Staubsaugerspuren. Es war sauber, unpersönlich. Keine Anzeichen von Leben, keine Peinlichkeiten. Eine weiße Leinwand. Jemand, der ein Feuer legt und dann die Feuerwehr ruft, musste natürlich vorsichtig sein, würde womöglich überhaupt kein Benzin benutzen. Irgendetwas sagte mir, dass Swales den Wohnwagen nicht abgefackelt hatte, zumindest nicht persönlich.

Hier in Wild Thyme gibt es keinen Straßenstrich, keine Sexsklavinnen. Es ist eine kleine Stadt. Es gibt ein, zwei Frauen, die man vielleicht sogar irgendwie kennt oder im Supermarkt ihrem Alltag nachgehen sieht, die vielleicht alleinerziehend oder arbeitslos sind – aus welchen Gründen auch immer, jedenfalls brauchen sie mehr, als sie mit ehrlicher Arbeit verdienen können. Vielleicht nur übergangsweise. Vielleicht wird es schlimmer, so wie bei Penny, die in diesem Schlafzimmer Stück für Stück zugrunde gegangen war. Ich durchquerte den Raum und öffnete die Glastüren, die auf den Balkon führten. Die verrauchte, flackernde Nacht stürzte auf mich ein. Unter mir wand sich der Hügelkamm zu einer Ecke des Sees, die von einem einsamen Häuschen beleuchtet wurde, dahinter erstreckte sich das Wasser schutzlos in die Dunkelheit. Vom Erdgeschoss aus konnte man diese Szenerie nicht sehen, doch von hier oben erkannte ich sie wieder.

Ich rief bei Sleight an, der nach dem dritten Klingeln ranging, und erzählte ihm von dem Feuer.

»Verdammt noch mal.« Er schwieg. »Ich ruf auf der Wache an. Was brauchst du?«

»Spurensicherung.«

»Ich schick dir Mason und Riva. Die beiden leisten ganze Arbeit, besonders bei Überstundenzuschlag. Und sie sind diskret.«

Zurück in der Garage zog ich mir Stiefel und Mantel an und ging wieder hinaus. Nach und nach rollten die Einsatzfahrzeuge davon. Nach einer Weile war nur noch ich übrig. Swales war schon im Bett, und ich saß zitternd in meinem Truck und wartete auf die Spurensicherung. Irgendwann schlief ich ein, weiß aber nicht mehr, wovon ich träumte.

Der Wohnwagen entflammte noch einmal in den frühen Morgenstunden, doch es brauchte nur Matty Lehl, ein Einsatzfahrzeug und einen Schlauch, um dem Feuer endgültig den Garaus zu machen. Erst um sechs Uhr früh tauchten Mason und Riva in ihrem Transporter auf. Ich verschwieg ihnen, was Swales über das Feuer erzählt hatte, weil ich hören wollte, ob ihre Einschätzung mit seiner Aussage übereinstimmen würde. Nachdem sie ihn im Haus befragt hatten, erkundigte ich mich bei Mason, ob Swales sich verdächtig benommen habe, doch sie verneinte. Sie wollte wissen, welche Art Rauch ich gesehen und gerochen hatte. Schwarz und chemisch, antwortete ich. Obwohl keine einzige Wolke am Himmel stand, stiegen die beiden in Regenanzüge und Galoschen, bevor sie ein Absperrband spannten und das, was vom Trailer übrig war, systematisch in ein Raster einteilten.

Bis zum Nachmittag fanden sie nur wenige Antworten. Das Feuer hatte seinen Ursprung auf der Westseite, ganz wie Swales berichtet hatte. Nichts zeugte von Brandbeschleuniger, zumindest nichts, was sich mit bloßem Auge erkennen ließ. Sie nahmen versiegelte Proben der verkohlten Überreste mit und füllten Bodenproben in Metallkanister, um die Kohlenwasserstoffkonzentration zu messen. Gebeine hatten sie nicht gefunden. Sie würden sich bei mir melden, wenn es Hinweise auf Brandstiftung gäbe.

Ich beobachtete, wie die beiden ihre Markierungen über dem toten Feuer, das nunmehr ein hungriger, schwarzer Fleck am Hang war, wieder entfernten. Drei der gigantischen Eichen rings um den Wohnwagen würden überleben. Die vierte hatte direkt am züngelnden Feuer gestanden; der Stamm und die unteren Äste waren verkohlt und glühten im Wind noch immer rot auf.

LIEUTENANT Sleight hatte einmal pro Woche bei unserem Unbekannten in der Zelle in Schuyler County vorbeigeschaut. An seinem Auto klebte Streusalz vom Highway. Zwischendurch wurde das Salz vom Regen abgewaschen, doch in der folgenden Woche war alles wieder voll davon. Er setzte sich dem Unbekannten gegenüber, der an den Verhörtisch gekettet war und beharrlich schwieg. Manchmal weihte Sleight ihn in neue Ermittlungsergebnisse ein, stellte Theorien auf oder erzählte Anekdoten aus Deputy Pooles zu kurzem Leben. Der Unbekannte verlangte nie nach einem Anwalt, machte während der Verlesung der Anklageschrift oder der Voranhörung nicht ein einziges Mal den Mund auf. Der Richter in Schuyler County hatte dem Staatsanwalt mehrmals Aufschub gewährt, damit die lose Arbeitsgruppe aus State Police, der Polizei von Binghamton und den örtlichen Gesetzeshütern herausfinden konnte, mit wem zum Teufel sie es zu tun hatte.

Den Mord an Poole konnten wir ihm zweifelsfrei nachweisen, Vicki Jelinskis Entführung jedoch warf Fragen auf. Kevin O'Keeffes Truck warf Fragen auf. Worin bestand die Verbindung zu Charles Michael Heffernan? War er tatsächlich, wie Sleight persönlich von einem Informanten erfahren hatte, für mindestens zwei Morde in Binghamton verantwortlich – an einem Schwarzen aus Brooklyn sowie an einer örtlichen Cracksüchtigen, die vor drei Jahren sexuell missbraucht und mit aufgeschlitzter Kehle aufgefunden worden war? Handelte es sich bei dem Unbekannten womöglich um Coleman Tod aus Lackwana County, Pennsylvania, der von seinem Großvater aufgezogen worden war, nach dessen Tod sämtliche Wertgegenstände eingepackt hatte, darunter Grandpas Roadtrek 190, und über die Hügel auf und davon gefahren war? Ein Detective der State Police hatte zwar starke Ähnlichkeiten zwischen dem Unbekannten und Fotos aus der Zeit von

Coleman Tods Verschwinden entdeckt, doch der Junge war schon so lange als vermisst gemeldet, dass er wahrscheinlich ohne Weiteres für tot erklärt worden wäre, hätte jemand ernsthaftes Interesse daran gehabt.

»Sie glauben, das rettet Ihnen die Haut, wenn Sie den Mund nicht aufmachen? Glauben Sie wirklich, man hängt Ihnen nicht alles an, was geht?«, fragte Sleight. »Aber Sie könnten ja mit uns reden. Uns irgendeinen Hinweis geben.«

Er gab uns keinen.

»Okay, dann spielen wir mal ein Spiel«, sagte Sleight. »Ich nehme einfach an, dass Sie Coleman Tod sind, geboren 1978 in Clarks Summit. Wie ich hier sehe, liegt Ihre Mutter im First Hospital in Wilkes-Barre. Wir könnten einen DNA-Test anordnen. Außerdem sehe ich hier einen Bruder mit Frau und zwei Töchtern. Würden die Sie erkennen, wenn ich sie fragen würde?« Sleight wartete ab.

»Ich weiß nicht«, sagte der Unbekannte. »Ich denk mal drüber nach.«

MAN lebt vor sich hin, Dinge passieren, und man versteht nicht, warum. Deswegen rufe ich mir öfter in Erinnerung, wie es mit mir und Polly angefangen hat. Nicht die Zufallsbegegnung in den Bergen Wyomings, sondern das, was danach kam. Jetzt, da Polly nicht mehr da ist, bleibt die Geschichte, die ich mir über sie erzähle, im Grunde genommen stets die gleiche. Sie erscheint mir selbstverständlich, und ich schaue zu ihr auf wie zu einer Ehrfurcht gebietenden Flagge, deren Muster sich im Wind leicht regt, aber nie wirklich verändert. Die irdischen Probleme unseres Alltags verblassen dagegen immer weiter, bis sie fast gänzlich aus der Erinnerung verschwunden sind.

Klar, wenn ich es mir gestatte, kann ich mir meinen Herbsttrip nach Jackson, bevor Polly und ich zusammenkamen, problemlos ins Gedächtnis rufen. Ich hatte gespart, um die Fahrt quer durchs Land zu bezahlen, Tankfüllung um Tankfüllung. Am ersten Abend führte Polly mich zur Skipiste, und wir fuhren in einer Gondel zu einem schicken Restaurant, das Wild-Spezialitäten auf der Speisekarte hatte. Ringsum leuchteten goldene Nähte aus Espen im Dunkelgrün der Kiefern. Ich aß Fasanenmedaillons auf einer grünen Paste, die aussah wie Ölfarbe und wie die Sonne schmeckte; so was hatte ich bis dahin und habe ich seitdem nie wieder gegessen. Mir wurde klar, dass ich mir meine Zukunft ohne Polly nicht vorstellen konnte, und das Abendessen riss mir ein so tiefes Loch in den Geldbeutel, dass es wehtat. Polly schwieg, während sie mich zurück zu meiner Unterkunft brachte; dabei wusste ich ja, dass sie mich nicht um einen Besuch gebeten, mich um überhaupt nichts gebeten hatte und mir auch nichts schuldig war. Das Motel stand im ewigen Schatten eines steilen Bergs außerhalb der Stadt. Wir blieben noch eine Weile im Wagen auf dem Parkplatz sitzen, dann kam sie mit rein, weil sie angeblich das Zimmer sehen wollte. Ich glaube, ich war damals der einzige Motelgast.

»Du liebes bisschen.« Ihr Blick schnellte von der fleckigen Decke über den schäbigen Sessel zur jahrzehntealten, durchgelegenen Matratze. Der Bach hinter dem Motel überzog zu allem Überfluss Stoffe und Tapete im Raum mit Feuchtigkeit, ließ die Spiegel und Glasoberflächen anlaufen und erstickte zusammen mit dem fahlen Licht sämtliche Lebensfreude. »Du kannst bei mir auf dem Boden schlafen.«

Sie wusste nicht, was mir diese Reise bedeutete, was sie mir bedeutete, und das war wahrscheinlich auch besser so. Wir tänzelten jahrelang umeinander herum, ohne dass uns die Ehrlichkeit in die Quere gekommen wäre. Wann immer ich jemanden wirklich gemocht habe, war ich stets unverbindlich geblieben. Immer langsam mit den jungen Pferden. In letzter Zeit war ich von dieser Herangehensweise nicht mehr ganz überzeugt.

Althippies in bunten Pullis saßen Wein trinkend im winzigen Künstlerbedarf mit dem angeschlossenen Café an der Main Street in Fitzmorris, klopften sich rhythmisch auf die Knie oder ignorierten uns. Die Country Slippers gaben sich mal wieder die Ehre. Den Gig hatten wir über eine Freundin von Ralph Lilly bekommen, eine Lyrikerin, die zur Buchpräsentation eine Party schmiss. Sie trug mehrere Gedichte vor, bei denen ich mitunter errötete, danach waren wir dran.

Nach dem ersten Set kam ein lächelnder, dicklicher alter Mann mit langem, gelblich verfärbtem Bart auf mich zu. Es dauerte einen Moment, bis ich in ihm John Allen erkannte, den Geigenlehrer meiner Kindheit. Schon damals hatte ich ihn für alt gehalten, wenn er sich im Sommer auf dem Fahrrad den Berg hochmühte. Aber jetzt hier hinten im Garten, ein Vierteljahrhundert später, war er richtig in die Jahre gekommen.

Zuletzt hatte ich ihn Mitte der Achtziger bei einem Bluegrass-Festival auf dem kleinen Gelände in Bainbridge, New York, gesehen. Irgendwie hatten die Veranstalter es geschafft, Del McCoury und die Dixie Pals als Headliner zu engagieren, und Vater und Ma nahmen uns dorthin mit. Ich war elf oder zwölf. Damals waren Hillbilly und Bluegrass noch die Domäne von Männerverbünden in Feuerwehrhäusern und Garagen und wurden zur Erbauung älterer Herrschaften auf Klappstühlen zum Besten gegeben. Der Newgrass begann alldem mit seiner Leichtigkeit und Präzision Konkurrenz zu machen, hatte aber Gospel und Country Blues noch nicht ganz aus dem ursprünglichen Bluegrass verdrängt, die zuvor wiederum andere Einflüsse verdrängt hatten. Ich bevorzuge bis heute den Bluegrass.

Ich durchstreifte gerade das Festivalgelände, als ich John Allen mit ein paar Freunden entdeckte. Sofort überkam mich dieses seltsame Gefühl des Betrogenwerdens, das sich einstellt, wenn man Lehrer dabei erwischt, wie sie dem Leben entfliehen, das man sich für sie ausgemalt hat. Auf der Bühne verausgabte sich ein Geiger an einer bekannten Melodie, die bei ihm jedoch fremdartig klang. Wahrscheinlich spielte er den Song im hypolidischen Modus, der ein merkwürdiges, uriges Gefühl erzeugte. Jedenfalls passte es gut zu dem Staub auf dem Festivalgelände, der mir an den Zähnen klebte. Dels Band konnte das nicht gewesen sein, wenn ich heute zurückblicke. Doch ich weiß noch, wie beeindruckt ich von diesem neuen Sound war. Als John mich bemerkte, rief er mir zu: »Hör dir nur mal diesen schludrigen Trottel an!« Ich kannte damals niemanden mit mehr Sachverstand, und das war die schärfste Kritik, die er an einem Geiger üben konnte. Er war Purist.

Als ich John Allen nun also erneut gegenüberstand, rechnete ich mit einer Zurechtweisung, da wir uns nicht immer streng an die traditionelle Spielart hielten.

Doch er meinte nur: »Die Kleine am Banjo hat's wirklich drauf.«

»Du sagst es.«

»Vor zehn Jahren hätte ich die noch abgeschleppt.«

»Hüte dich, alter Mann, sie gehört zu uns. Hast du deine Geige dabei? Wir könnten was zusammen spielen.«

»Hast du deine Zeitmaschine dabei?« John zeigte mir seine krummen, steifen Finger. Mit dem Fiedeln war es vorbei, er bot sich allerdings als Dobrospieler an. Und er kenne da einen Bassisten in

Honesdale, wie wäre es damit, die Holebrook County Old Time Society wieder aufleben zu lassen und so weiter und so fort. »Wenn ich euch so höre, kann ich mich des Eindrucks nicht erwehren, da ist noch … ich weiß auch nicht. Ich weiß nicht, wie ich sagen soll.«

»Da ist noch Luft nach oben?«

John Allen lächelte schuldbewusst. Über seine Schulter hinweg erspähte ich ein Augenpaar und entschuldigte mich, um mich Miss Julie zu stellen.

»Wer war das?«, fragte sie. »Ihr klingt nach Sommer und Sonne.«

»Und du siehst aus wie der Sommer«, platzte ich heraus.

»Lieb.«

»Hör mal, es tut mir leid, dass ich mich nicht gemeldet habe.«

»Nein, mir tut's leid«, erwiderte sie. »Es war bloß … der Winter, und du und deine Kisten.«

Ich wurde fürs zweite Set auf die Bühne gerufen, und als wir fertig waren, war Julie bereits verschwunden. John Allen war noch da, doch ich machte mich durch die Hintertür davon.

Ja, der Winter war hart gewesen. Eines sonnigen Maitages lag ich im Garten und drückte die Wange ins Gras. In der Ferne verwandelten sich die Hügel im neuen Frühling in hellgrüne Polster, und direkt vor mir blühten lila-weiße Veilchen, bebten auf ihren grünen Stängeln. Da bemerkte ich den Duft.

Ich war barfuß, und das schlammige Wasser, das aus der Erde quoll, betäubte mir langsam die Füße. Trotzdem ging ich in den Wald, hin zu den Kiefern, wo ich im Vorjahr die wilde Azalee entdeckt und nach Hause gebracht hatte. Ich saß da und dachte lange über die wildeste aller Wildblumen nach. Dann grub ich einen Schössling aus, pflanzte ihn in einen Topf und fuhr nach Fitzmorris. Ich erwischte Julie, als sie gerade aus der Tür kam; sie trug Uniform und war auf dem Weg zur Arbeit. Ich erklärte ihr, was es mit der Pflanze auf sich hatte.

Sie roch daran. »Du meine Güte.«

»Die sind ziemlich selten.«

»Was du nicht sagst.«

»Na dann, mach's gut.«

»Heute Abend nach meiner Schicht im *Low Road*? Halb zehn«, sagte sie.

Im *Low Road* betranken wir uns. Das hatten wir beide nötig. Wir redeten viel über unsere Vergangenheit, und Julie war mir ähnlicher, als ich gedacht hatte. Auch sie war aus einem anderen Leben geflohen. Seit sie vierzehn war, hatte sie hin und wieder Drogen genommen. Gras war leicht zu bekommen gewesen in der Jam-Band-Subkultur oben im Norden, wo sie aufs College gegangen war, und sie kaufte es in einem Spätimbiss. Daneben gab es für Kokain, Tabletten, Ecstasy und Heroin (von dem sie die Finger ließ) bestimmte Wörter, die man sagen musste, wenn man bestimmte Dinge bestellte, und dann bekam man eine kleine Dreingabe in die fettige Tüte.

Anschließend besuchte sie die medizinische Fakultät in Chapel Hill, und dort hatten die Dealer ein Liefermodell aufgebaut. Julies Freund stammte aus einer wohlhabenden jüdischen Familie in Philadelphia, säkular und linksgerichtet, und war schon morgens mit Kokain zugedröhnt.

Nachdem sie von der Uni geflogen waren und er von einem Zug erfasst und ums Leben gekommen war, machte sie eine Ausbildung zur Rettungssanitäterin in Asheville, wo sie über eine Freundin jemanden kannte. Sie war einsam, verließ das Haus aber nur noch für die Arbeit und rührte keine Drogen mehr an. Für zwischenmenschlichen Kontakt hatte sie ihre Familie, fuhr mit ihren Eltern in den Urlaub und strich auf dem Kalender die Tage bis zum nächsten Feiertag ab. Doch dann kam das Ende einer langen Schicht, die von einem dummen Unfall verdorben wurde. Ein junger Mann war während eines Junggesellenabschieds hinter einem Grillplatz in den Fluss gefallen. Fiel einfach rein. Doch das reichte. Er ertrank, verfing sich ganz in der Nähe in einem Ast, und seine Freunde im Haus bekamen nichts davon mit. Alles, was er je zu werden gehofft hatte, war unwiederbringlich verloren. Erinnerungen an ihren toten Freund, der von einem Zug aus dem Leben geschleudert worden war, blitzten in ihr auf. Ihr Kollege entdeckte sie weinend hinter ein paar Bäumen, drückte ihr

Hydrocodon in die Hand und sagte, damit würde sie sich gleich besser fühlen. Sie kannte das Zeug, warf die Tablette trotzdem ein, und darauf folgten in den nächsten Monaten zahlreiche weitere, bis sie erwischt, suspendiert und von ihrem Vater nach Hause geholt wurde.

»Hier in Holebrook fühlte ich mich sicher«, sagte sie. »Ich habe in Vermont studiert, war ein Jahr in Frankreich und bin durch die Karibik gesegelt. Ich war in Vietnam und Irland. Mein Vater hat zwar gearbeitet, aber die Familie meiner Mutter war schon immer wohlhabend. Erst mit acht ist mir klar geworden, dass nicht alle Großeltern eine Riesenvilla mit Pool und Heimkino haben. Ich glaube, meine Mutter fühlt sich hier draußen ein bisschen verloren, sie wollte mich in dieser anderen Welt unterbringen. Aber ich bin in Fitzmorris aufgewachsen. Ich habe so lange versucht, mich irgendwo heimisch zu fühlen. Am Ende musste ich mich für einen Ort und eine Person entscheiden, die ich sein wollte.«

»Ich hatte nie die Wahl. Für mich gab es nur den einen Ort.« Ich erzählte ihr von Polly, unserer Zufallsbegegnung, unseren Annäherungsversuchen, unserer Ehe. Wie sie erkrankte und es zu spät war, etwas dagegen zu unternehmen. Wie schlecht ich mich fühlte, weil ich es nicht bemerkt hatte, wie sehr ich die Uhr zurückdrehen und ihr mehr Lebenszeit schenken wollte, und sei es ohne mich. Es brach mir das Herz, ich war so gut wie tot – niemals würde ich ohne sie in Wyoming leben können. Ich hatte es einmal mit dem Leben probiert und war dann nach Wild Thyme zurückgekehrt, um zu dem Nichts zu werden, das ich bereits war. Julie hörte mir dankenswerterweise zu, ohne gut gemeinte Ratschläge zu erteilen.

»Was fehlt dir am meisten an ihr?«

Ich dachte kurz nach. »Möglichkeiten«, sagte ich schließlich. »Abenteuer. Mir die Welt zu machen, wie ich sie will. Je älter ich werde, desto mehr sehe ich aus dem Augenwinkel, wie einem das Schicksal auflauert. Als Polly sich noch blühender Gesundheit erfreute, hat sie dem Schicksal ins Gesicht gelacht. Wir beide. Sie war mein mondhelles Gebirge im Westen, und ich war wahrscheinlich auch irgendwas für sie. Ich liebte sie so, wie man liebt, bevor einem klar wird, wie viel Arbeit in einer Beziehung steckt. So einer Liebe folgt man überallhin.«

»Ich weiß, was du meinst«, sagte sie.

»Du hast noch genug Zeit«, erwiderte ich.

»Komm mir bloß nicht mit der Nummer«, gab sie zurück. »Wenn du mich nicht magst oder es dir nicht vorstellen kannst, sag es einfach. Das macht es am Ende leichter. Und wenn doch …«

»Natürlich kann ich es mir vorstellen«, sagte ich. Sobald ich die Worte ausgesprochen hatte, erkannte ich den Weg, den wir gemeinsam einschlagen könnten. Selbst vom Alkohol betäubt fühlte ich das schlechte Gewissen meiner Frau gegenüber und vermisste sie schmerzlich. Ich wusste, dass ich mit ihr sprechen musste, doch zum ersten Mal kam mir der Gedanke: Was, wenn ich damit bis morgen warte?

Miss Julie Meagher, die in Fleisch und Blut neben mir in der Kneipe saß, meinte: »Genug davon.« Wir knutschten, wie Betrunkene es tun, so als lernten wir schwimmen, während der Barkeeper traurig auf den stummgeschalteten Fernseher starrte. Irgendwann löste sie sich von mir. »Eins noch. Was bedeutet dir Liz?«

»Liz Brennan?«, fragte ich verdattert. »Wir sind befreundet. Sie und Ed sind meine besten Freunde.«

»Verstehe.« Sie schaute mich unverwandt an, und ich zwang mich, nicht wegzusehen. »Du fängst nichts mit verheirateten Frauen an, oder?«

»Wer hat dir das erzählt?«

»Ja oder nein?«

»Nein. Besonders nicht mit Liz. Nein.« Das wäre eigentlich der Zeitpunkt gewesen, um ihr die Wahrheit über Shelly zu erzählen, doch ich wollte etwas von ihr für mich behalten. Die Lüge war mir leicht über die Lippen gekommen. Jetzt müsste sie nur noch wahr werden.

»Okay, okay.« Julie sah mich an. »Eins musst du mir allerdings versprechen, bevor ich dein Haus wieder betrete. Und versteh mich nicht falsch, es ist zu deinem Besten.«

Wir mieteten einen Container, besorgten Kisten aus dem Supermarkt und rissen sämtliche Fenster in Tante Medbhs Haus auf. Als Erstes flog die Couch raus, die nur noch eine dünne Stoffhaut über einem Metallgestell war. Und zwar in Einzelteilen, da sie schon immer zum Haus gehört hatte und ich nicht wusste, wie Tante Medbh das Ding überhaupt durch die Tür bekommen hatte. Zwischen den Polstern hing Mäusekot, was ich vor Julie geheim hielt. Als Nächstes war der braune Knüpfteppich aus dem Wohnzimmer dran. Im Flug entrollte er sich und zeigte noch einmal das sonnenerleuchtete Porträt eines Hundes, den ich nie kennengelernt hatte, dann schlug er mit einem dumpfen Knall im Container auf.

Den gesamten Mai über schrubbten Julie und ich zwischen unseren Jobs und meiner Nebenbeschäftigung bei Ed das Haus von oben bis unten, schabten die Farbe von den Ornamenten am Haus, um sie später lavendelfarben zu streichen, und brachten es so wieder zum Leuchten.

Julie bevorzugte direktes Sonnenlicht und eine simple Einrichtung, und unter ihrer Anleitung kaufte ich nach und nach günstiges und gebrauchtes Mobiliar. Mir waren die Details egal, es sollte sich bloß nach einem Zuhause anfühlen. Und das tat es auch, wenn unsere Tage sich dem Ende zuneigten und wir absolut nicht weiterarbeiten konnten, wenn die Nacht sich über uns legte und wir gemeinsam lasen oder uns unterhielten, während Motten gegen die Fenster flatterten und ich ein kühles IPA in der Hand hielt, sie ein Glas Rosé. Einmal luden wir Ralph Lilly ein, der das Haus mit Salbei ausräucherte und dabei Beschwörungsformeln murmelte.

TAGSÜBER fuhr ich Streife. Die Gewitter und die kühlen Regenfälle des Spätfrühlings wichen der Lethargie einer rekordverdächtigen Hitzewelle. Als die Gräben austrockneten, wagten die Frösche sich auf die Straße, um nach einem neuen Zuhause zu suchen. Dort wurden sie von Autos plattgefahren und von der Sonne ausgedörrt, sodass für die Krähen nichts übrig blieb. Die Hitze trieb die Ferienhausbesitzer an die Seen und in die Kneipen, doch auch die Seen erwärmten sich auf Badewannentemperatur. Ich fuhr mit heruntergelassenem Fenster umher, hielt mich von der Dienststelle fern und überließ es der Bevölkerung, sich nach Gutdünken Abkühlung zu verschaffen.

Im Laufe des letzten Jahres hatten immer wieder Verwandte von Penny bei mir vorbeigeschaut, außerdem rief Kevin gelegentlich an. Einmal meldete sich ein Lieutenant der State Police, bei dem er es wohl ebenfalls probiert hatte. Irgendwann hörten die Anrufe aber auf.

Ich machte einen kurzen Abstecher zum ehemaligen Stellplatz des Wohnwagens, dessen Schwingungen man dort noch deutlich spüren konnte, und fuhr dann zurück zur Dienststelle, um meinen Waffengurt zu verstauen und mich für die Arbeit auf der Baustelle umzuziehen. Während die Vögel sich für die Nacht niederließen und die Moskitos ausschwärmten, saßen Ed und ich auf der Dachpfette einer zur Hälfte demontierten Scheune und rauchten Gras.

»Hab ich dir erzählt, dass Kevin sich bei mir gemeldet hat? Kevin O'Keeffe?«, sagte Ed.

»Du Glücklicher.«

»Er hat ein paar Fehler gemacht. So jemanden kann man fallen lassen, oder man gibt ihm noch eine Chance.« Das Argument schien er nicht zum ersten Mal vorzubringen, wahrscheinlich hatte er es schon an Liz ausprobiert. »Er hat Briefe geschrieben und angerufen.

Meistens bin ich nicht rangegangen, auch wenn ich zu Hause war. Er kommt jedenfalls auf freien Fuß.«

Offiziell hatte Kevin sich lediglich des Einbruchs schuldig bekannt. Nicht, dass es eine Rolle gespielt hätte; für die Öffentlichkeit wog das Verbrechen, für das man ihn verurteilt hatte, weit weniger schwer als das, wofür man ihn bisher nicht hatte belangen können. »Und du gibst ihm einem Grund, hierher zurückzukehren.«

»Er hat seine Freundin nicht umgebracht.« Ed reichte mir die Pfeife. »Das glaube ich nicht, egal was die Leute reden. Wir wissen nicht mal, ob sie überhaupt tot ist. Vielleicht ist sie einfach nur … weg.«

»Sie ist mehr als nur weg. Ganz sicher.« Ich schüttelte den Kopf. »Und dass jemand seine Freundin nicht umgebracht hat, ist ein ziemlich lasches Kriterium für die Frage, ob er vertrauenswürdig ist.«

»Aber er hat mich gebeten, ihm zu vertrauen.«

»Weiß er, dass ich auch für dich arbeite?«

»Du bist ja keiner, der Streit sucht. Ihr werdet schon miteinander auskommen.« Ed zog nachdenklich an der Pfeife. »Man kann jemanden fallen lassen, oder man gibt ihm noch eine Chance.«

An manchen Abenden, wenn ich mal wieder das Gefühl habe, für meine Arbeit nicht angemessen bezahlt zu werden, schalte ich mein Funkgerät über Nacht einfach aus. Die meisten Einheimischen kennen meine Festnetznummer und rufen sowieso direkt an. In dieser Nacht wurde ich um halb eins von einem Anruf geweckt und stapfte die Treppe hinunter. Die Frau am anderen Ende der Leitung musste die Stimme über eine Menschenmenge hinweg heben; es war Connie Coley, die oft in der *High-Thyme Tavern* hinter der Theke stand.

»Henry, ich brauch dich hier. Kannst du vorbeikommen?«

Ich rieb mir die Augen. »Was ist los?«

»Hier bricht gleich eine Schlägerei aus.«

»Kannst du denen nicht einfach eine Runde ausgeben? Oder sie rausschmeißen?«

»Hab ich schon. Wir sind an dem Punkt, wo sie sich ernsthaft wehtun könnten.«

»Um wen geht's?«

»Kevin O'Keeffe höchstpersönlich.«

»Der ist schon draußen?«

»Solltest du das nicht eigentlich wissen, du Scherzkeks?«

»Bin schon unterwegs.« Ich zog mir eine zerknitterte Uniform über und drückte Julie einen Kuss auf den Scheitel. Für einen Zwischenstopp an der Dienststelle war keine Zeit, also schob ich vier Patronen in meine Schrotflinte und fuhr los.

Es war Wochenende, und der Parkplatz der *High-Thyme Tavern* war brechend voll. Ich hörte die Schlägerei, bevor ich sie sah. Ein Mann kam um die Ecke getaumelt – Kevin O'Keeffe. Beinahe hätte ich ihn nicht wiedererkannt. Sein nackter Oberkörper war sehnig wie die Wurzelstränge eines Baumes, bis auf einen Hautlappen um die Hüfte war an ihm kein Gramm zu viel, und er hatte ein paar neue Tattoos und Narben. Blut floss ihm über das Gesicht in den braunen Vollbart, er hielt sich eine Hand aufs Auge.

Ein Mann kam aus der Dunkelheit geschossen und schlug mit einer Metallstange nach Kevins Knie, verfehlte es jedoch. Der Schlag landete auf Kevins Schulter, Kevin packte den anderen am Handgelenk und streckte ihn nieder. Es ging ganz schnell, sauber und leise. In der Menschenmenge schrie eine Frau. Kevin packte den Angreifer an seinem erschlafften Arm und stellte ihm einen Fuß in den Nacken. Gleich würde er ihm den Hals brechen.

Ich feuerte einen Schuss in die Hufeisengrube, sodass eine Sandfontäne hochspritzte. Kevin erstarrte. Zunächst drehte er sich nicht um. Wahrscheinlich dachte er, ich wäre bloß noch einer, der ihm den Garaus machen wollte. Als er mich schließlich erblickte, trug das allerdings nicht gerade zu seiner Beruhigung bei.

»Kevin«, rief ich. »Lass ihn los.«

Er wandte das Gesicht ab und nickte. Seine Schultern spannten sich an, dann zog er den Mann am Arm. Die Frau schrie erneut auf. Aus dem Augenwinkel nahm ich wahr, wie sie von jemandem zurückgehalten wurde.

»Kevin.« Ich feuerte noch eine Ladung ab.

Er ließ den Arm los, trat dem Mann leicht gegen den Kopf, ging zu einem Pick-up, öffnete die Ladeklappe und setzte sich. »Scheiße«, sagte irgendwer. »Verdammte Scheiße.«

Eine klapperdürre Frau mittleren Alters mit langen, platinblonden Haaren stürzte aus der Menge hervor und kniete sich neben den zu Boden Gegangenen. Die Südstaaten-Flagge auf ihrem schwarzen T-Shirt leuchtete im Dunkeln. Sie trug eine knallrosa Basecap.

»Wo ist sie, du Arschloch?«, schrie sie in Richtung Kevin. »Hörst du mich? Was hast du mit ihr angestellt?« Das wiederholte sie mehrmals. Dann trat sie einen Schritt zurück und blickte zu mir. »Sieh mal einer an, die Kavallerie ist angerückt. Und wo wart ihr, als Penny euch gebraucht hätte?« Sie schluchzte erstickt auf. Es war Rianne Pellings, Penelopes Schwester.

»Geh wieder rein«, sagte ich.

Sie zeigte auf den Mann am Boden. »Das ist mein Cousin. Bis jemand kommt und sich um ihn kümmert, gehe ich nirgendwohin.«

Ich schaute auf den muskulösen Mann mit der polierten Glatze und erkannte in ihm Bobby Chase. Er rührte sich langsam wieder. Rianne strich ihm mit der Hand über den Kopf und stieß hin und wieder Verwünschungen aus. Kevin murmelte erschöpft vor sich hin. Er klang traurig, und ich wusste, wie er sich fühlte. Eine Schlägerei hat noch nie etwas bewirkt. Wenn Wut sich im Kampf entlädt, verpufft sie nicht, sondern verlagert sich nur. Und kommt meistens wieder zurück.

Ich ging rüber zu Bobby Chase. Rianne redete ihm gut zu, er solle doch aufwachen. Ich ging neben ihr in die Hocke und legte ihr eine Hand auf die Schulter. Sie roch nach Shampoo und Schweiß.

»Überlebt er das?«, fragte sie.

»Noch atmet er.«

Ich stand auf und betrachtete die versammelte Menge; zahlreiche wütende Gesichter blickten mir entgegen. Ich erspähte jemanden von der Freiwilligen Feuerwehr und gab ihm ein Zeichen, einen Krankenwagen zu rufen. Er ging gemächlich in die Kneipe.

»Rianne, das wird schon … ich nehme O'Keeffe mit.« Ich nickte zu Kevin. »Er muss sich im Zweifel für alles verantworten. Wenn ihr ihn anzeigen wollt, falls es irgendwas anzuzeigen gibt, können wir das später machen.«

Sie wandte sich ab. »Nimm ihn einfach mit, solange er noch da sitzt.«

»Wenn Bobby wieder zu sich kommt, sag ihm, dass ich nichts gesehen habe, und das gilt für beide. Richte ihm aus, er soll in der Stadt bleiben, sonst schalte ich Binghamton ein.«

»Ich schreibe ihm bestimmt nicht vor, was er zu tun hat. Und du auch nicht.«

Kevin saß noch immer leise murmelnd auf der Ladefläche.

Ich ging langsam auf ihn zu. »Zeig mir mal dein Auge.«

Er musterte mich kurz, dann nahm er die Hand vom Gesicht. Das Blut entsprang einer dicken Platzwunde an seinem Kopf. Außerdem hatte es seine linke Augenbraue erwischt, sodass das Auge zugeschwollen war. »Sehr schlimm?«, fragte er.

»Was ist passiert?«

»Stein.«

»Kenn ich. Sag mir mal eben das Alphabet rückwärts auf.«

Er sagte es langsamer auf, als mir lieb war, und musste sich zweimal korrigieren. In der Ferne jaulte ein Martinshorn.

»Na los, steig in den Truck, wir hauen ab.«

»Ich soll in deinen Truck steigen?«

»Richtig.«

»Lass mal gut sein.«

»Ach ja?«

»Mit mir ist alles in Ordnung.«

»Kevin, ich kann gerne meine Kollegen einschalten.«

Er schaute erst auf seine Hände, an denen sich sein Blut mit Bobbys vermischt hatte, dann wieder zu mir und sprang von der Ladefläche. Er ging zu einem verrosteten Kleinwagen – Pennys, genauer gesagt – und schloss ihn ab.

Wir stiegen in meinen Truck und machten uns aus dem Staub. Ich überlegte, was ich mit ihm anfangen sollte. »Unter dem Sitz liegt ein Erste-Hilfe-Kasten«, sagte ich. »Kümmer dich um dein Auge.«

Er kramte unter dem Sitz herum, fand die weiße Plastikkiste, drehte sich den Rückspiegel zu und verband sich das Auge.

»Was ist passiert?«, fragte ich.

»Hm?«

»Wie hat es angefangen?«

»Fragst du mich das als Freund?«

»Antworte einfach, dann sehe ich vielleicht davon ab, deinen Bewährungshelfer anzurufen.«

»Na, ich hab jedenfalls nicht angefangen.« Er riss ein Stück Klebeband mit den Zähnen ab. »Überhaupt nicht. Ich saß einfach an der Theke, dann hat mich jemand vor die Tür gerufen. Ein, zwei Schläge steck ich locker weg, das lernt man im Knast schnell. Aber die beiden haben nicht aufgehört.«

»Und?«

»Was soll ich da machen, mich totschlagen lassen? So weit ist es noch nicht. Ich habe mich gewehrt, wie du gesehen hast.«

»Ich habe gar nichts gesehen. Bobby hat also einfach auf dich eingedroschen, ohne dass du ihn provoziert hättest, und wollte auch nichts Bestimmtes von dir?«

»Rianne … ich hab ihr Auto zurückgeholt. Pennys Auto. Das stand zwar bei Rianne, gehört ihr deswegen aber noch lange nicht. Ist auf mich zugelassen, kann ich dir im Fahrzeugschein zeigen. Ich hab sogar noch den Schlüssel. Ihr habt meinen Truck, also schlafe ich eben in der anderen Karre. Also, eigentlich wohne ich bei meiner Ma in Syre, aber na ja. Irgendwer in der Kneipe hat irgendwen angerufen, und das war's auch schon.«

»Hast du getrunken?«

»Mach ich nicht mehr.« Er drehte mir den Rückspiegel wieder zu, als er sich verarztet hatte, und ich sah ein Scheinwerferpaar hinter uns.

»Scheiße.« Mir fiel ein, dass ich nicht im Diensttruck unterwegs war.

Die Scheinwerfer schlossen zu uns auf, dann schwenkte der Pickup auf die Gegenspur. Ich trat aufs Gaspedal und gewann ein wenig

Abstand. Am Walker Lake bogen wir rechts ab. Hinter all den Kurven, wenn uns der andere Fahrer jeweils für einen kurzen Moment nicht sehen konnte, trat ich das Gaspedal ein paar Sekunden lang durch, um einen größeren Abstand zwischen uns zu bringen.

»Sobald wir an der Dienststelle sind, steigst du aus und gehst zur Tür«, wies ich Kevin an. »Sieh dich nicht um und halt den Mund. Geh einfach rein.«

Wir holperten über die Kiesfläche und hielten vor der Dienststelle. Der Pick-up dröhnte heran und parkte am Rand des leeren Festplatzes auf der anderen Straßenseite. Ich ging rückwärts am Kühler vorbei, die Schrotflinte an der Seite, schloss die Tür auf, und wir waren im Gebäude. Das Licht machte ich nicht an. Dann öffnete ich meinen Spind und legte den Waffengurt um. Das Gewicht der .40er wirkte beruhigend. Ich merkte, wie Kevin die Waffe anstarrte.

Ich befahl ihm, hinter meinem Schreibtisch Deckung zu suchen. Draußen ging ein Schatten an den Scheinwerfern vorbei, die auf mein Büro gerichtet waren. Dann erloschen die Lichter, der Motor erstarb. Ich rief in der Leitstelle an und bat um Verstärkung. Anscheinend war gerade niemand von der State Police in der Gegend unterwegs, aber sie würden ihr Bestes geben. Ich setzte mich so, dass ich aus dem Fenster schauen konnte. Kevin reckte den Hals.

»Mach's dir bequem«, sagte ich. »Das könnte eine Weile dauern.«

Er rutschte auf den Betonboden. Ich lauschte auf Stimmen und überlegte. Dann spähte ich durch ein Fernglas. Ein einzelner Mann, soweit ich das sehen konnte.

Ich rief beim Bezirk an und hing fünf Minuten in der Leitung, während der Diensthabende versuchte, Sheriff Dally zu erreichen. Als er sich zurückmeldete, klang er entschuldigend.

»Henry, der Sheriff sagt, es tut ihm leid, aber er kann niemanden schicken. Er meint, du sollst bei der State Police anrufen, und bring ihm heute bitte niemanden mehr in Gewahrsam.«

»Ist er schon ausgebucht? Was ist los, gab's einen Aufstand?«

»Ich geb nur weiter, was er mir gesagt hat. Soll ich die State Police anrufen?«

»Damit die noch langsamer hier aufkreuzen als ihr?«

Ich schloss den Waffenschrank ab, wies Kevin an, sich nicht von der Stelle zu rühren, und ging zur Tür.

»Ich komme mit«, sagte er. »Gib mir eine Knarre. Muss nicht geladen sein.«

»Bleib einfach sitzen.«

Hinter den gelben Flutlichtern der Gemeindeverwaltung erhob sich ein sternengekrönter Kamm in den Himmel. Hier unten in der echten Welt trat ich mit der Schrotflinte über der Schulter vor die Tür, und der Mann auf der anderen Straßenseite hob die Hand.

»N'Abend!«

»Sie da«, sagte ich. »Kommen Sie über die Straße.«

Der Mann bewegte sich langsam auf mich zu, sehr langsam. Ich erkannte ihn am kaputten Gang: Ron Chase, Bobbys Vater. »Hey, Officer«, sagte er. »Sie verstehen das falsch.« Er hatte die Hände in die Taschen seiner Windjacke gesteckt. »Ich will nur kurz ein Wörtchen mit Ihrem Kumpel wechseln.« Er spähte über meine Schulter zur Tür.

Ich räusperte mich. »Gehen Sie nach Hause.« Ich wurde lauter. »Wird O'Keeffe auch nur ein Haar gekrümmt, ein schiefer Blick, egal was, dann komme ich bei Ihnen vorbei. Ich kriege Sie dafür dran, das wird kein Spaß. Stellen Sie mich bloß nicht auf die Probe, sonst nehme ich Sie auf der Stelle fest.«

Chase trat einen Schritt näher und senkte die Stimme. »Sind Sie da so sicher?«

Ich ließ die Schrotflinte von der Schulter gleiten. »Runter auf den Boden, Hände hinter den Kopf.«

Ron lächelte. »Bestimmt nicht.«

Hinter der Kurve hörte ich ein Fahrzeug, Blaulicht flackerte ihm voraus in den Bäumen. Wild Thyme 5, unser Krankenwagen, blieb mitten auf der Straße stehen. John Kozlowski, Gemeindeschlosser und unerschütterlicher Rettungssanitäter, stieg gemächlich aus und kam auf uns zu. Er war ein allseits beliebter, behäbig watschelnder, trinkfester Kerl. Er gab mir mit einem Blick zu verstehen, dass er wusste, hier stimmte etwas nicht.

»Sieh mal einer an, Ron«, sagte er. »Du warst ja ganz schön schnell hier wegen Bobby. Hast du ein Glück, der liegt hinten bei mir im Krankenwagen. Kelly McCann kümmert sich um ihn, er ist bei Bewusstsein, aber er hat die Englein Halleluja singen hören. Geh und sag ihm, welches Jahr wir haben.«

Ron verzog das Gesicht, schaute die Straße hinab und ging dann zum Krankenwagen.

Als er außer Sichtweite war, beugte Kozlowksi sich zu mir. »Das hier haben wir in seiner Socke gefunden«, raunte er und reichte mir ein kleines Tütchen mit weißem Pulver. »Am besten bleibt er über Nacht im Krankenhaus. Was sollen wir mit ihm machen?«

»Mann, Mann, Mann«, sagte ich. »Scheiße. Ich habe O'Keeffe noch in der Dienststelle. Was hältst du davon, wenn wir Bobby diesmal davonkommen lassen?«

Kozlowski zuckte die Schultern. »Deine Entscheidung. Ich bin bloß der Fahrer.«

Schließlich schafften Kozlowski, McCann und ich es, Ron Chase dazu zu überreden, seinen Sohn in ein Krankenhaus seiner Wahl in einem anderen Bezirk zu bringen. Ich schärfte ihm ein, Bobby so bald wie möglich zu mir zu schicken, damit ich ein ernstes Wörtchen mit ihm wechseln konnte. Der Alte nickte schweigend. Als ich die Dienststelle wieder betrat, war Kevin verschwunden. Ich sah im Waldstück hinter dem Gebäude nach und fuhr dann zur Kneipe. Pennys Auto war ebenfalls weg. Ich stufte meine Situation als aussichtslos ein und fuhr nach Hause.

JULIE und ich durchstreiften die hüfthohen Margeriten auf dem Hügel hinter dem Walker Lake. Ed lieferte nach und nach Baumaterial bei Willard Meaghers zukünftigem Atelier ab, wo die Bauarbeiter gerade das Fundament und den Keller gossen, den wir von außen mit Blauschiefer aus den umliegenden Wäldern verkleiden würden. Und heute stand die Schiefersuche auf dem Plan.

»Als wir klein waren, haben wir den ganzen Hügel hier auf einer Karte verzeichnet.« Julie schob einen Ast beiseite und betrat eine Quadpiste. »Wir haben nach Schätzen gesucht, nach Elfen, nach Steinen mit Löchern drin. Jeder hatte sein eigenes Königreich. Bäche, alte Fundamente, Felsen – alles hatte einen Namen. Einmal haben wir in einem Bach nach Gold geschürft und dabei lauter Keramikscherben gefunden, einen ganzen Haufen. Weiß mit blauen Blumen. Doch das Beste war, wenn wir im Wald auf Hochsitze stießen. Im Sommer benutzte die niemand. Erst war ich immer mit Georgia unterwegs, dann ist Georgia den Jungs nachgelaufen, und Dee hat an mir gehangen wie eine Klette. Wir hatten nie einen Fernseher, also haben wir abends viel gelesen oder den Himmel beobachtet.« Sie legte eine Pause ein, um Atem zu schöpfen. »Das waren gute Sommer. Ich wäre das ganze Jahr über hier im Wald geblieben, wenn sie mich gelassen hätten. Hier lang.« Sie ging vom Weg ab, an mehreren Farnen vorbei, hin zu einem moosbewachsenen Fleckchen, das sich als Felszunge entpuppte, hinter der das Gelände steil abfiel. Unten im Tal ragten riesige Steinplatten auf. »Diesen Ort haben wir ›Fallgrube‹ genannt.«

Wir schoben mehrere Schichten Laub beiseite. Rechtwinklige Mulden zeugten davon, dass hier früher Schiefer abgebaut wurde, wahrscheinlich für den Hof der Loinsighs am Nordufer, der inzwischen einer Wohnsiedlung gewichen war. Der noch vorhandene Schiefer würde für unsere Zwecke ausreichen. Während die Schatten länger wurden und sich in der Dämmerung auflösten, legten wir frei, was wir konnten.

Plötzlich schnappte Julie erschrocken nach Luft. Ich zuckte zusammen und folgte ihrem Blick zum Rand des Steinbruchs. Dort oben stand Alan Stiobhard in Tarnkleidung und dicker Brille, unbeweglich wie eine Statue. Ein geflochtenes Zöpfchen in seinem Bart deutete auf eine Frau in seinem Leben hin. Soweit ich das überblicken konnte, war er unbewaffnet; wenn er uns etwas hätte antun wollen, hätte er das schon längst getan. Er lüpfte die Kappe Richtung Julie.

»Henry«, sagte er. »Mit dir wollte ich schon länger mal wieder reden.«

Am Abend kam Alan bei mir vorbei, im Gepäck sein klassisches Gastgeschenk: einen ausgenommenen Barsch. Wir setzten uns auf meine Veranda, wo ein paar Räucherstäbchen gegen Moskitos brannten und haarige rosa Motten mit gelben Flecken eine Öllampe umkreisten.

»Falls du wegen der Belohnung hier bist«, sagte ich. »Da habe ich getan, was ich konnte.«

»Ja, deswegen bin ich auch hier. Ist ja schon ein paar Monate her. Erst war er in den Nachrichten, jetzt hört man gar nichts mehr. War er der, den ihr gesucht habt? Der den Bullen in Schuyler County umgebracht hat?«

»Unter uns gesagt, ja.«

»Und die Zehntausend sollten dann aus New York kommen?«

»Ja.«

»Da gibt's doch bestimmt einen Grund, warum der Fall noch nicht aufgeklärt ist«, meinte Alan. »Ich hab gehört, dass er erst mal zurück nach Holebrook gebracht werden soll.«

»Wer hat dir das erzählt?«

Alan schwieg sich aus. »Falls er wirklich wieder hier aufkreuzt, brauchen wir deine Hilfe dringender als die Kohle. Damit das nicht aus dem Ruder läuft.«

»Alan, du kennst mich doch. Ich bin faul. Ich habe kein Interesse daran, dass irgendwas aus dem Ruder läuft.«

Er lächelte. »Schau mal, ob du irgendwas rausfinden kannst«, sagte er. »Vielleicht kannst du uns dann ja vorwarnen, wenn's dir nicht zu viel Mühe macht. Falls es so weit kommt, hast du ja die Karte.«

Ein paar Tage später klopfte Sheriff Dally an die Tür meiner Dienststelle. Unter dem Arm trug er einen dicken Ordner. Er setzte sich, und ich fragte ihn, was ihn zu mir führte.

»Ich hatte eine Besprechung drüben in New York. Binghamton, Elmira, Schuyler County und New York State.«

»Aha.«

»Bist du dabei?«, fragte Dally. »Wir könnten dich gut gebrauchen. Du kennst die Gegend, du bist diskret.«

»Ich helfe, wo ich kann«, sagte ich.

»Gut.« Dally legte den Ordner auf meinen Schreibtisch. »Schließ das weg, wenn du durch bist. Und sprich mit niemandem darüber. Er ist unterwegs.«

DER Häftling trug ein weißes T-Shirt und graue Jogginghosen. An Händen und Füßen gefesselt und von Wachmännern flankiert, schlurfte er aus dem Hintereingang des Gerichtsgebäudes von Holebrook County. Sleight und ich saßen in einem Ziviltransporter mit New Yorker Kennzeichen, der den Kollegen aus Binghamton gehörte. Normalerweise haben solche Autos aus nachvollziehbaren Gründen hinten keine Fenster, aber in unserem Fall musste der Häftling hinausschauen können, und dieser Wagen hier war mit getönten Scheiben versehen. Die Wachmänner verfrachteten Coleman Tod ins Innere, setzten ihn auf der Bank vor mir ab, befestigten seine Fesseln an einem Ring im Boden und schlugen die Tür zu. Tod drehte sich zu mir, und ein schwaches Lächeln breitete sich auf seinem Gesicht aus. Dann schaute er aus dem Fenster.

Dies war meine erste Begegnung mit ihm, seit wir ihn gefasst hatten. Ich hatte Fotos und Videos der Verhöre von Sleight und anderen gesehen, Abschriften und Berichte gelesen. Alles, was sich in seiner Akte befand. Die Einzelheiten zu den angeblich von ihm begangenen Morden, die ich am Computer studiert hatte, blieben schwammig und bestanden hauptsächlich aus Hörensagen und Spurenmaterial, das bei einer Leiche gefunden worden war. Mir reichte das fürs Erste, denn mir wurde klar: Trotz all seiner Bemühungen, der Welt zu entfliehen, gab es für Tod kein Entkommen vor sich selbst. Seine Bedürfnisse und Wünsche waren in der Haftanstalt auf ein neues Paar Turnschuhe zusammengeschrumpft, das ihm nicht genehmigt würde, eine Zigarette, mehr Freigang, eine Packung Süßigkeiten aus dem Automaten.

Detective Larkins vom Sittendezernat in Binghamton saß am Steuer. Sheriff Dally, der in einem zivilen Funkwagen unterwegs war, würde uns auf dieser Schotterpistentour durch den Bezirk vorausfahren. Die Spurensicherung bildete in einem schwarzen Geländewagen die Nachhut. In den letzten Tagen hatten wir versucht, anhand von Karten zu rekonstruieren, wo Tod sich wohl aufgehalten haben konnte. Aus den Verhoren hatte sich ergeben, dass es ihn zu verlassenen Gebäuden zog, menschengemachten Mulden, Schneisen für Stromleitungen – Orte, an denen sich seine Spuren mit denen anderer vermischen konnten. Doch er hatte uns bewusst nicht zu viel verraten. Larkins blendete auf, und Dally fuhr unaufgeregt und langsam an. Auf dem Weg an den offenen Feldern vorbei beobachtete ich Tods beglückten Gesichtsausdruck.

Zwei Tage zuvor hatte ich mich mit dem Sheriff, Staatsanwalt Ross und Lieutenant Sleight getroffen, um die Unterbringung unseres neuen Ehrengastes im Gewahrsamsbereich von Holebrook County zu diskutieren.

»Wir suchen nicht nur nach Opfern«, hatte Sleight erklärt. »Er hat überall Geld, Werkzeug und Waffen versteckt, um im Notfall untertauchen zu können. Messer, tausend Dollar in Zwanzigern, Notrationen. Alles, was seine Aussage bestätigt, hilft uns weiter. Damit gewinnen wir Zeit.«

»Habt ihr irgendwelche Schusswaffen gefunden?«, fragte ich.

»Noch nicht«, erwiderte Sleight. »Ist aber nicht ausgeschlossen, dass wir noch welche finden, genau wie Fallen, Bomben oder sonst was. Er hat keine Komplizen erwähnt, wieso sollte er auch. Leichen, Waffen, Gegenstände, Spurenmaterial von Dritten – danach suchen wir. Und wir müssen uns vorsehen. In dem Gauner steckt mehr, als er preisgibt, aber weniger, als er uns glauben machen möchte. Er will nicht im Hochsicherheitsgefängnis von Dannemora landen, doch mit uns kooperieren will er auch nicht. Gerade, als wir ihn nach Dannemora schicken wollten, hat er uns zu einer Leiche in einem abgebrannten Haus südlich von Elmira geführt. Frauenleiche. Wahrscheinlich hat er noch einen weiteren Mord an einer Prostituierten in Binghamton begangen, den hat er aber noch nicht gestanden. Außerdem will er seine Familie schützen. Das war auch der einzige Grund, weshalb wir überhaupt was aus ihm herausbekommen haben.

Ich habe angedroht, bei seiner Mutter in der Geschlossenen und bei seinem Bruder vorbeizuschauen. Das will er nicht.«

»Hast du ihn nach Penny gefragt?«, wollte ich wissen.

»Ja, aber um drei Ecken. Bei dem muss man wirklich aufpassen, was man sagt, sonst macht er einen am Ende noch zu seinem Werkzeug. Für ihn bist du nur dabei, weil du dich im Bezirk auskennst. Wenn er dich anspricht, bleib höflich. Ein falsches Wort von dir oder irgendjemandem sonst, und der ganze Deal ist im Eimer.«

Wir hielten an einem Sumpf, der nahe der Grenze zu New York in den January Creek überging. Der ausgetretene Pfad zum Zufluss hinunter war von Bäumen und Bierdosen gesäumt. Das Wasser war schwarz und wimmelte von Ochsenfröschen. Obwohl es erst Mittag war, fielen die Moskitos in Scharen über uns her.

»Da wären wir«, sagte Sleight. »Was können Sie uns sagen? Wo sollen wir anfangen?«

»Alles zu seiner Zeit«, erwiderte Tod. Er legte den Kopf in den Nacken, um den blauen Himmel durch eine Lücke im Blätterdach zu genießen. »Schauen Sie sich am besten mal um. Ich bin mir nicht mehr so sicher.«

»Wenn Sie sich nicht sicher sind …«

»Schauen Sie sich einfach um. Sie sind doch Profis.« Er schlurfte langsam zu mir, ließ sich an einem Baumstamm hinabgleiten und schloss die Augen. Die Sonne kroch langsam Richtung Westen.

Die Spurensicherung fand lediglich einen Kinderschuh, doch das reichte. Am Ende des Tages wurde Tod wieder in seine Zelle geschlossen, und ich fuhr nach Hause. Als ich zur Tür hineinging, hörte ich, dass Julie im Garten Ukulele spielte, und stellte mir vor, wie sie da draußen sorglos in der Sonne saß. Ich zog mich um, wusch mir das Gesicht und setzte eine neutrale Miene auf.

Die nächsten Tage über legte Tod in Fitzmorris die Füße hoch, während die Spurensicherung mit Pinzetten und Tüten bewaffnet in den Sumpf zog. Ich hielt hin und wieder dort Wache. Wir befanden uns in einer entlegenen Ecke der Gemeinde, und soweit ich das überblicken konnte, bekam niemand etwas von unserer Arbeit mit, niemand kam den Pfad herunter. Trotzdem patrouillierte ich mit großer Wachsamkeit.

Nach dem Abend in der *High-Thyme Tavern* verschwand Kevin O'Keeffe von der Bildfläche. Ich rief seine Mutter an, die berichtete, er schaue hin und wieder vorbei, und sein Bewährungshelfer habe ebenfalls angerufen und mit einer Fußfessel gedroht, sofern er sich nicht innerhalb der nächsten zwei Tage bei ihm melde. Ich wollte dafür sorgen, dass er nicht wieder auf die schiefe Bahn geriet, und mir seine Akte vornehmen, in der ich Namen, Adressen, letzte bekannte Adressen, Vorstrafenregister und so weiter der Leute gesammelt hatte, die mit dem Einbruch oder Pennys Verschwinden zu tun hatten. Doch die Akte war nicht da, wo ich sie abgelegt hatte. Pennys Akte war ebenfalls verschwunden. Vielleicht hatte ich sie mit nach Hause genommen.

Eines Abends, nachdem ich tagsüber am Sumpf Wache gehalten hatte, schaute ich in Eds Werkstatt vorbei. Ed saß in einem Kompaktlader und balancierte Sechs-Meter-Balken auf den Gabeln. Aufgrund des dröhnenden, klappernden Motors hörte man kaum, wie die Balken auf der erhöhten Plattform aufschlugen. Die Bauhölzer hatten jahrelang hier herumgelegen, auf manchen wuchs bereits Unkraut.

Etwas abseits lief ein gasbetriebener Hochdruckreiniger, und wer stand daneben? Kevin O'Keeffe. Ein regenbogenfarbener Nebel leckte aus dem Sprühaufsatz in seiner Hand, seine Jeans waren bis zum Oberschenkel durchweicht. Ich zeigte auf ihn. »Du rührst dich nicht vom Fleck, bis wir uns unterhalten haben.« Er starrte mich bar jeder Feindseligkeit und jeder Regung an, bevor er sich wieder seiner Aufgabe zuwandte. Die Wunde in seinem Gesicht war abgeschwollen und hatte sich gelblich verfärbt. Mit dem scharfen Wasserstrahl entfernte er die grüne Pilzschicht von den Balken, bis die Oberfläche silberschwarz glänzte.

Ed hatte sich inzwischen zu seinem improvisierten Schreibtisch in der Werkstatt begeben und schlug in einem handgeschriebenen Bestandsbuch etwas nach. Als er mich sah, klappte er es zu. »Ich glaube, ich habe uns den Arsch gerettet«, sagte er. »Bei der historischen Genauigkeit müssen wir allerdings Abstriche machen. In Susquehanna steht eine Scheune, die erst viel später gebaut wurde, in den Zwanzigern, ein echter Kaventsmann, aber dafür wurden womöglich ältere Materialien verwendet. Wenn wir da genug rausholen, schaffen wir es vielleicht noch rechtzeitig. Ich weiß ja nicht, was zwischen dir und der kleinen Meagher läuft, aber du kannst das doch für dich behalten, oder? Ich meine, wenn sie es nicht von selbst merkt.«

»Kennst mich doch.«

»Das ist also was Ernstes mit euch beiden, hm?«

Ich zuckte die Schultern.

»Du Schweinepriester.« Er lächelte tapfer. »Aber häng es nicht an die große Glocke. Insgeheim hatte ich die ganze Zeit gehofft, dass du ihr gewachsen bist.«

»Klar«, sagte ich. »Klar.«

Kevin stand draußen bei den Hölzern, dem Wald zugewandt, und hatte die Augen geschlossen.

»Was machst du?«, fragte ich.

»Ich lausche.«

»Klappt das hier gut?«

»Bis eben schon.«

Nach seinem Aufenthalt in Mahanoy war Kevin jetzt hier im Tageslicht völlig auf seine harten, versteinerten Züge reduziert. Er hatte sich verändert, und das lag nicht an der fiesen Wunde in seinem Gesicht.

»Meldest du dich auch schön brav bei deinem Bewährungshelfer?«

»Ja.«

»Hat er sich nach deinem blauen Auge erkundigt?«

»Ja, muss aber auch nicht alles wissen.«

»Sei bloß vorsichtig«, meinte ich. »Sonst landest du am Ende wieder hinter Gittern.«

»Und dann komme ich wieder hierher zurück.«

»Kevin.« Ich suchte nach den richtigen Worten. »Dein Zuhause gibt es nicht mehr. Fang noch mal neu an.«

»Nichts gibt es nicht mehr«, sagte er. »Und nichts ist noch hier. Nichts außer reinem Licht.« Er schlug die Augen auf und schaute mich an, bis ich den Blick abwandte. Dann ging er zu seinem Auto, beziehungsweise Pennys, das durchgerostet bis aufs Fahrgestell unter den Bäumen neben der Werkstatt stand.

Hinter einer Trauerweide und ein paar Lärchen an einer ruhigen Straße stand ein verbarrikadierter Wohnwagen, der früher mal einem Mann namens Leslie Skaggs gehört hatte. Dieser hatte vor zehn Jahren hunderttausend Dollar im Lotto gewonnen und am nächsten Tag seinen Job als Baggerfahrer geschmissen. Dann verprasste er alles für Essen und Trinken, musste sich wegen Diabetes die Beine amputieren lassen und starb an einem Herzinfarkt. Skaggs hatte kein Geld in den Wohnwagen investiert, weil er sich vermutlich dachte, dass er sein ganzes Leben lang gearbeitet und sich nun das Nichtstun redlich verdient hatte. Ein entfernter Verwandter versteigerte nach seinem Tod alles, was noch irgendetwas wert war, und ließ den Wohnwagen, mehrere kaputte Autos, schweres Gerät und einen rostigen Schuppen zurück. Dieser Verwandte, der das Grundstück damals nicht zu dem Preis losgeworden war, den er sich vorgestellt hatte, könnte sich jetzt über Zahlungen der Gasindustrie freuen, falls hier gebohrt würde. Der gute, alte Les. Das letzte Hemd hat keine Taschen, und was man zurücklässt, braucht einen auch nicht mehr zu interessieren.

Das Licht der Morgensonne fiel auf einen schwarzen Van, der in die unbefestigte Auffahrt bog. Dahinter folgte ein schwarzer Chevrolet Suburban. Sheriff Dally und ich saßen hinter dem Wohnwagen in unseren Pick-ups und beobachteten, wie die Autokolonne sich einen Weg durch Dornenbüsche und Äste bahnte.

»Glauben Sie, wir finden hier was?«, fragte ich.

Der Sheriff spuckte. »Reine Zeitverschwendung.«

Sleight stieg aus. Ihm folgte der Häftling, unterstützt von Deputy Hanluain. Er trug schlichte Kleidung und Handschellen, ließ den Kopf kreisen, die Wirbel knacken, atmete tief durch und sah sich um. Als er Hanluains steinerne Miene erblickte, verzog er das Gesicht und rasselte mit der Kette, die seine Handschellen mit denen an seinen Knöcheln verband. »Können Sie mal aufhören, mir so in den Nacken zu atmen?«

Detective Mason und Detective Riva stiegen mit skeptischen, gelangweilten Mienen aus dem Suburban.

Tod drehte sich um die eigene Achse. Ich beobachtete ihn. Wir atmeten die gleiche Luft, schwammen in der gleichen Zeit. Er streckte sich, soweit es ihm die Fesseln erlaubten. Gedanken und Erinnerungen huschten ihm über das Gesicht, und mich beschlich das deutliche Gefühl, dass er in dieser grünen Kulisse so richtig aufblühte. Er drehte sich noch einmal im Kreis und betrachtete die Hügel. Ich trat einen Schritt zurück und pflückte ein paar Walderdbeeren zwischen meinen Füßen. Das war ein Fehler.

»Hey«, rief Tod. »Pflück mir auch ein paar.«

Ich schaute erst auf die kleinen Beeren in meiner Hand, dann zu ihm. »Nein.«

Der Killer zuckte die Schultern und setzte sich ins Gras.

»Was ist?«, fragte Hanluain.

Sleight sank besorgt neben dem Gefangenen aufs Knie.

»Ist doch wohl nicht zu viel verlangt«, sagte Tod zu mir.

»Wie meinen Sie das?« Meine Stimme zitterte. »Sie bekommen schon mehr als genug.« Ich warf die Beeren auf den Boden und stapfte davon. Hinter mir lachte der Killer böse auf und sagte irgendetwas, das ich nicht verstand.

Sleight hatte sein Hemd schon durchgeschwitzt. Ich entfernte mich weiter und versuchte, nicht hinzuhören, während er beschwichtigend auf Tod einredete, um das empfindliche Gleichgewicht wiederherzustellen, das ich offensichtlich zerstört hatte. Kurz darauf tauchte er neben mir auf, zwinkerte mir fast unmerklich zu, legte eine schwere Hand auf meine Schulter und sagte leise: »Das muss jetzt aussehen, als würde ich dir richtig den Kopf waschen. Kannst du mal nicken?«

Ich nickte.

»Im Mittelalter hätte man so einen auf die Folterbank gespannt. Den Gedanken hatte ich schon öfter. Soll er ruhig leiden. Inzwischen bin ich für so was zu müde. Ich würde ihm einfach nen Kopfschuss verpassen und ihn liegen lassen. Die Mühe ist er nicht wert. Verstehst du, was ich sagen will?«

Ich nickte.

»Ich kann nachvollziehen, wie du dich fühlst, wirklich. Mir geht es genauso. Aber bei der Arbeit pack ich das beiseite. Natürlich bist du nicht ich. Du sollst bloß verstehen, dass er die Mühe nicht wert ist.«

Ich nickte erneut.

»Du musst ihm nicht alles geben, was er verlangt. Hauptsache, du lässt ihn nicht an dich ran. An den Punkt musst du gelangen. Sei schlauer als er.« Er drehte sich abrupt weg und hob die Stimme. »Erdbeeren, ich fass es nicht.«

Ich folgte ihm zu der kleinen Gruppe, die sich im überwucherten Garten versammelt hatte, und verhielt mich unauffällig. Doch es nützte nichts. Tod rief nach mir.

»Officer?« Stille. »Officer? Hey, Sie da!« Ich schaute auf. Er deutete auf einen Hang an der Ostseite, der hinter einem Streifen mit Gestrüpp und Schösslingen in Wald überging. »Da lang.« Er lächelte.

In einer von Tods Fußfesseln verlangsamten Prozession zogen wir den Hang hinauf in den Wald. Ich hatte keine Ahnung, was sich dort befand; wahrscheinlich ein Schrotthaufen, von dem nur irgendwelche plündernden Jungs wussten. Skaggs Grundstück war größer, als ich gedacht hatte, und erstreckte sich über einen bewaldeten, mit Reifen und Bierdosen übersäten Hügel und eine ausgetrocknete, felsige Schlucht. Der Bach hatte die Wurzeln eines riesigen Ahornbaums freigelegt, die ein Wirrwarr aus Torbögen und Tunnels bildeten. Der Weg wand sich in nördlicher Richtung eine Erhebung hinauf; vor uns markierte ein Sonnenstrahl die Grenze zu einer Lichtung. Auf einer Wiese mit zahlreichen jungen Schösslingen und lila blühender Goldmelisse stand eine zweistöckige Scheune.

Tod blieb am Rand der Lichtung stehen und wirkte so einsam, wie das mit zwei bewaffneten Polizisten an der Seite möglich war. »Ich weiß nicht«, sagte er. Sleight scheuchte uns davon und ging zu ihm. Ich musste mich anstrengen, um die beiden zu verstehen.

»Was wissen Sie nicht, Coleman?«

»Ich weiß einfach nicht, Mann. Ich weiß nicht.«

»Coleman …«

Tods Stimme wurde schneller und höher. »Sie haben mir erzählt, das wäre alles in meinem Interesse. Ich versuche die ganze Zeit schon, das zu machen, was Sie von mir verlangen …«

»Nein, das haben Sie nicht.«

»Doch, ich hab's versucht, ohne dass Sie mir im Gegenzug bewiesen hätten, dass ich auch wirklich bekomme, was Sie mir versprochen haben. Deswegen …«

»Coleman.«

Tod schaute auf seine Füße.

»Coleman, das habe ich Ihnen doch von Anfang an gesagt. Ich kann Ihnen nichts garantieren. Wir können Ihnen nicht alles geben, was Sie wollen. Was für Sie drin war, haben wir getan.«

»Nein …«

»O doch. Wir haben uns um die Familie in Elmira gekümmert und uns seitdem auch keinen Fehltritt geleistet.«

»Ja, aber einmal …«

»Was machen wir hier überhaupt?«

»Einmal …«

»Was machen wir eigentlich die ganze Zeit, seit wir uns begegnet sind? Wir reden. Tauschen Worte, Gedanken über die Welt aus. Wir lernen uns kennen. Bauen Vertrauen auf. Das war wichtig. Aber jetzt sind wir hier. Und es ist Zeit, dass auf diese Worte Taten folgen.« Sleight nahm Tod fest an der Schulter. »Kein unnötiger Ballast mehr, nicht noch eine Sackgasse. Wir brauchen einen Schritt nach vorne.«

Tod schüttelte den Kopf und starrte auf seine Füße. »Ich müsste gar nicht hier sein. Könnte einfach hinter Gittern verschwinden. Heimlich, still und leise.«

Sleight neigte den Kopf, um dem Killer in die Augen zu schauen. »Nein, könnten Sie nicht«, sagte er. »Zumindest nicht heimlich, still und leise.« Entsetzen zeichnete sich auf Tods Gesicht ab. Sleight fuhr fort. »Wissen Sie, was ich hier sehe? Einen Mann, der sich nach

Anerkennung dafür sehnt, dass er Verantwortung für sein Handeln übernimmt, einen Mann mit einem gewissen Ehrgefühl. Außerdem sehe ich einen Mann, der keine Zugeständnisse machen will. Was sagen Sie immer über die Moral – das sei eine bequeme Erfindung? Dass man sie sich leisten können muss? Wenn Sie das wirklich glauben, tief drinnen, was interessiert es Sie dann, was wir hier finden? Aber mal angenommen, Sie glauben das in Wirklichkeit gar nicht. Was dann? Sie wissen genauso gut wie ich, dass es da draußen Familien gibt, die Gewissheit brauchen. Und Sie können sie ihnen verschaffen.«

»Ich weiß ja nicht.«

Wir anderen standen in der Gegend herum und taten so, als würden wir nicht zuhören.

»Wir könnten jetzt das ganze Grundstück hier umgraben«, fuhr Sleight fort. »Und wenn Sie uns nicht weiterhelfen, machen wir das wahrscheinlich auch. Aber Sie müssen uns helfen, und ich sag Ihnen auch, warum: Unser Austausch geht inzwischen über Worte hinaus. Als Nächstes muss ich von Ihnen Taten sehen. Und Sie wissen genau, was ich damit meine.«

Tod atmete geräuschvoll aus. Ringsum war alles grün. Er schlurfte vorwärts.

Während wir die Wiese durchstreiften, flatterten Bobolinks auf und verstärkten ihren hüpfenden Gesang, um uns von ihren Jungen wegzulocken. Ihr Mut berührte mich. Interessant eigentlich, dass Bobolinks polygam leben. Die dichte Vegetation sorgte bei uns für allgemeines Niesen und Schniefen; zu viele Pollen, zu viele Dinge, die sich an einen hefteten.

Ich schätzte die Scheune auf etwa hundertsechzig Jahre, englischer Stil. Nähte aus Sonnenlicht leuchteten zwischen der verfallenen Verkleidung; ansonsten wirkte die Scheune robust und stabil. Kurz kam mir der verrückte Gedanke, sie wäre was für Ed, dann fing ich mich wieder. Unser Häftling stand vor einem riesigen Tor. Als ich den Kopf in den Nacken legte, um mir den Giebel anzuschauen, spürte ich ein Pochen aus dem Inneren. Das Gebäude erinnerte an ein Denkmal, an einen Grabstein, dessen Inschrift von jahrhundertelangem Regen weggewaschen worden war, oder an eine kleine, zur Hälfte im Sand versunkene Pyramide. Riva trat das hohe Gras beiseite und zog am verrosteten Griff. Das Tor ruckelte auf seiner Laufschiene an Steinen und Unkraut vorbei, bis es etwa anderthalb Meter weit offen stand. Das Tor auf der anderen Seite der Scheune war aus der Schiene gefallen, die Wiese dahinter bildete ein leuchtend grünes Quadrat.

»Ja«, sagte Tod. »Daran erinnere ich mich.« Er wandte sich an Sleight. »Können Sie denen sagen, sie sollen mich kurz allein lassen?«

Sleight nickte, Mason und Riva traten zurück. Tod verschwand in der Scheune und hinterließ dabei zwei parallel verlaufende Spuren auf dem Lehmboden. Seine Anwesenheit scheuchte etwa zwanzig Rauchschwalben aus ihren engen, schlammigen Nestern: Sie umflatterten ihn in einer kreischenden Wolke, er ging weiter.

Dally signalisierte Hanluain, auf der anderen Seite der Scheune Stellung zu beziehen. Das war wahrscheinlich nicht nötig, doch wozu ein Risiko eingehen. »Er ist jetzt aber weit genug vorausgegangen«, flüsterte Mason deutlich hörbar. Sleight bedeutete ihr zu schweigen.

»Ist egal«, rief Tod über die Schulter. »Wir sind hier richtig.«

Mason sagte leise: »Mir ist das nicht egal.«

Tod schlurfte in die dunkle Tiefe der letzten Box und sank dort auf die Knie.

»Los«, sagte Sleight. Tragetaschen fielen zu Boden, und die Detectives holten weiße Overalls heraus.

Während das Team die Instrumente vorbereitete und das Gelände absperrte, half Sleight Tod auf die Beine und führte ihn nach draußen. »Danke, Coleman«, sagte er. »Dank dir, Junge.«

Die Leiche, die wir unter der Scheune fanden, gehörte zu einem Mann, wie die Experten anhand der Knochenstruktur feststellten. Sie war in eine blaue Plane gewickelt, und das Fleisch war von Lauge zersetzt worden, sodass nur noch das Skelett übrig war. Im Boden wurde Blut gefunden. Eine Menge Blut. Auch Spritzer, die weit von der Stelle entfernt waren, an der der Mann vergraben worden war. Es widert mich an, darüber zu sprechen.

Eines Samstagmorgens, als Ed Brennan und seine Crew gerade eine Scheune nahe Susquehanna abdeckten, rollte eine violette Gewitterwolke aus westlicher Richtung über die Hügel und entlud sich mit Blitz und Hagel. Auch Kevin O'Keeffe arbeitete an diesem Tag mit. In der Eile vergaß einer der kräftiger gebauten Herren, auf die Sparren zu treten, und krachte mit einem Bein durch die Dachschalung. Es dauerte ein paar Minuten, bis er befreit war, dann rannten die Männer zu ihren Autos oder suchten Schutz in der Scheune selbst. Das Gewitter zog durch und war rasch wieder verschwunden, und mit ihm Kevin O'Keeffe.

Mehrere Tage vergingen. Dann ging spätabends ein Anruf wegen eines Herumtreibers bei mir ein. Ich hatte mein Funkgerät wieder ausgestellt, damit Julie ungestört schlafen konnte, und die Leitstelle hatte mich auf dem Festnetz erreicht – so viel zum Thema ungestört schlafen. Die Leitstelle nannte mir die Adresse von Andy Swales, und ich rief bei ihm an, um auch ja sicher zu gehen, dass ich wirklich nicht einfach wieder ins Bett konnte.

»O'Keeffe ist unten im Wald unterwegs«, erklärte Swales. »Ich habe ihm gesagt, er soll verschwinden.«

»Hat er Sie bedroht?«

»Nicht direkt. Hören Sie, wenn ihn nicht bald jemand hier wegholt, können Sie sich schon mal auf eine Anzeige einstellen.« Swales legte auf.

Julie sah zu, wie ich mich anzog, dann setzte ich unten Kaffee auf. Ich gab ihr einen Kuss und machte mich auf den Weg.

Am See sah ich kein Auto, mit dem Kevin hergefahren sein könnte. Die Stelle, an der früher der Wohnwagen gestanden hatte, war kahl und von schwarzen Streifen durchzogen. Hinter dem toten Brandfleck lag eine offene Fläche, ein grasbewachsener, in silbernes Sternenlicht getauchter Hang, dahinter dichter Wald. Kevin hatte sich keine Mühe gemacht, seine Spuren zu verwischen. Ich folgte der von ihm niedergetrampelten Schneise durch das hohe Gras, schaltete die Taschenlampe aus, schob einen Ast zur Seite und war auch schon bei ihm in der Dunkelheit.

Der intensive Geruch des Waldes im Sommer: Verfall, der Platz macht für neues Leben. Feucht, grün, geheimnisvoll. Es gibt eine Flechtenart namens British Redcoat mit grellroten Spitzen auf türkisen Stängeln. Diese Flechte kann, wenn sie mit der Blaualge eine Symbiose eingeht, unter extremen Bedingungen leben, unter viel härteren als hier in den Wäldern. Es dauert dann mitunter Jahre, bis sie auch nur einen Millimeter wächst. Hier im Wald hingegen ragten die Flechten mehrere Zentimeter auf zergehenden Baumstämmen in die Höhe, hell leuchtend wie der Mond. Ein Reh witterte Gefahr und sprang davon, ohne dass ich es sah. Zu meiner Rechten glaubte ich menschliche Geräusche zu hören und rief nach Kevin. Keine Reaktion. Ein paar Steine klackerten, als ich einen Bachlauf durchquerte.

Ich erreichte eine Lichtung, deren Boden mit feinem, kniehohem Gras überzogen war, das sich der Erde zuneigte. Etwas Helles reflektierte das gebrochene Licht in all dem Grün. Ich trat näher und entdeckte einen Kreis aus apfelgroßen weißen Steinen, glatt und kristallin, die nicht hierher passten. Der Kreis hatte einen Durchmesser von etwa zwei Metern. Manche Steine waren teilweise von Blättern und totem Gras, mitunter auch von Vogelkot bedeckt. Inmitten des Kreises saß Kevin im Schneidersitz.

»Wollte nicht stören«, sagte ich.

»Was willst du dann?«

»Jemand hat sich beschwert.«

»Swales?«

»Genau. Am besten verschwindest du jetzt also.«

»Ich bin gerade beschäftigt.«

»Womit?«

»Setz dich, ich erzähl's dir.«

»Ich setz mich bestimmt nicht … wir müssen los. Sonst zeigt er dich an.«

»Du hast doch auch deine Frau verloren«, sagte Kevin. »Ist sie wirklich ganz weg oder spürst du sie manchmal noch bei dir?«

Ich ging in die Hocke. »Du kennst die Antwort doch selbst, sonst hättest du nicht gefragt. Nicht, dass dich das irgendwas anginge.«

»Ich gehe dich also was an, aber du mich nichts.«

»Da liegst du richtig.«

»Wirklich?«

»Na los, Kumpel.« Ich stand auf und machte eine ungeduldige Geste.

»Ich bin noch nicht so weit.« Das schwache Licht legte einen glänzenden Film über Kevins Augen, den ich nicht durchdringen konnte. »Penny hat das hier angelegt. Da bin ich mir sicher. Aber ich kann sie hier draußen nicht spüren.«

»Ist mir egal, ob du so weit bist oder nicht«, sagte ich. »Zur Not schlepp ich dich hier weg. Oder du kommst freiwillig mit, und wir behalten beide unsere Würde.«

»Macht auch keinen Unterschied. Du kannst Andy ausrichten, dass das Land ihm genauso wenig gehört wie mir. Was für ein Idiot.« Kevin atmete scharf ein und stand auf. »Was glaubt der denn, wo ich meine Nächte verbringe?«

AM Donnerstag waren Julie und ich bei den Brennans zum Abendessen eingeladen. Nachdem wir uns mit Pfefferminzseife am Teich gewaschen hatten, gab es scharf gewürzte Basilikumnudeln mit Tofu und Zuckerschoten aus dem Garten. Liz und Julie hielten das Gespräch am Laufen, während die Kinder aufeinander und auf mich einplapperten. Hinterher saßen wir mit unseren Instrumenten unter dem Sternenhimmel und spielten uns eher lustlos durch das Country-Slippers-Repertoire. Irgendetwas verhinderte, dass der Funken wirklich übersprang. Hin und wieder ertappte ich Julie dabei, wie sie Liz leise mit der zweiten Stimme begleitete.

Ich hatte Miss Julie nicht erzählt, dass Coleman Tod seit Neuestem bei uns im Bezirk untergebracht war. Die hochsensiblen Ermittlungen liefen noch, und ich hätte ihr selbst dann nichts davon erzählen können, wenn ich gewollt hätte, aber ich fragte mich, ob das Geheimnis unsere Beziehung nicht trotzdem belastete. Mitunter hatte ich das Gefühl, in einer Sorgenspirale festzusitzen, und verlor fast die Nerven, wenn ich an die Geschichte mit Shelly Bray und die möglichen Folgen dachte, sollte sie ans Licht kommen. Julie bekam sicher mit, wenn mich solche Sachen beschäftigten, doch sie fragte selten nach.

Nachdem Ed taumelnd in Richtung trunkener Nachtschlaf aufgebrochen war, fuhren Julie und ich zu ihr nach Hause und gingen ebenfalls schlafen, wobei vieles unausgesprochen blieb.

Wenn es mir erlaubt gewesen wäre, hätte ich ihr erzählen können, dass die DNA der Leiche unter der Scheune zu Marcus Quade gehörte, einem Schwarzen aus der Myrtle Avenue in Brooklyn, der nach Binghamton gekommen und nie nach Hause zurückgekehrt war. Diese Entdeckung bestätigte leider Dizzys Informationen: Coleman Tod fungierte im Drogenmilieu Binghamtons als Auftragskiller, und der Mann aus Brooklyn war eines seiner ersten Opfer gewesen. Quade hatte auch einiges auf dem Kerbholz gehabt: Drogenhandel, Missbrauch von Minderjährigen zu kriminellen Zwecken, Körperverletzung. Doch als wir Tod fragten, wer Quade war und weshalb er sterben musste, erwiderte dieser lediglich: »Er war der Erste. Die Eintrittskarte.«

Sleight leitete daraus ab, dass die Triple Cities nicht nur aus einer Quelle mit Drogen versorgt wurden. Tods Auftraggeber hatte einen Deal mit einem der Lieferanten gemacht, jemand anderes war entsprechend außen vor geblieben. Quade war entweder ein Konkurrent oder ein Neuling mit einer Ladung Stoff, zu viel Zeit und einer naiven Vorstellung von Binghamton. Wer auch immer er zu Lebzeiten gewesen sein mochte, sein Ableben bescherte Coleman Tod weitere Tage außerhalb des Gefängnisses. Seit dem Tag, an dem wir die Leiche entdeckt hatten, zeigte Tod gesteigertes Interesse an mir.

Unter den Schierlingstannen am Ufer des Maiden's Grove verkündete er ein paar Tage später: »Ich will mit einer anderen Person reden, mit meinem Freund hier …«

»Officer Farrell«, sagte ich.

»Farrell.« Er winkte mich zu sich. Ich warf einen Blick zu Sleight, doch er reagierte nicht. Ich setzte mich neben Tod, Sleight rührte sich nicht von der Stelle. »Sie können jetzt gehen«, sagte der Häftling zu ihm. »Hey, alter Mann. Ziehen Sie Leine.« Sleight ging davon, und wir saßen eine Weile schweigend nebeneinander. »Kommen Sie hier aus der Gegend?«

»Ja.«

»Kennen Sie sich gut aus hier?«

»Ja.«

»Aber nicht so gut, wie Sie dachten.« Tod legte den Kopf in den Nacken. »Ich komme nicht von hier. Sie fragen sich bestimmt, wie ich die Stelle hier gefunden habe. Wie ich alle meine Stellen finde. Ganz einfach: Ich sehe eine Straße, die gesperrt ist, und die nehme ich. Ich sehe einen Pfad und frage mich, wo der wohl hinführt, und dann nehme ich ihn.« Er beugte sich zu mir. »Ich sehe ein Mädchen oder sonst irgendwen, und ich nehme sie mir. Farrell, was ich getan habe, ist getan. Die Hügel hier gehören Ihnen nicht mehr.«

Ich hörte, wie Mason etwas rief.

»Was ist?«, fragte Riva.

»Wir müssen hier absperren.«

Tod schaute mir in die Augen. »Was sie wohl gefunden hat? Ich wette, gar nichts.« Wir beobachteten, wie sich die Cops an einer bestimmten Stelle sammelten. »Solange wir hier warten, kann ich Ihnen ja von einem Mädchen erzählen, das ich mir mal genommen habe. In Elmira.«

Ich stand auf und entfernte mich ein paar Schritte.

»Sie setzen sich jetzt hin und hören mir zu, sonst bleibt alles, was ich in diesen Hügeln verloren habe, für immer verloren.«

Gut möglich, dass ich meine Tage in Gesellschaft von Penny Pellings' Mörder verbrachte. Wenn ich Zeit hatte, arbeitete ich an der Scheune in Susquehanna, manchmal zusammen mit Kevin, der von den Vorgängen nichts zu wissen schien. Da er sonst nichts zu tun hatte, arbeitete er oft so lange, wie Ed es ihm erlaubte, und deswegen überschnitten sich unsere Schichten hin und wieder. Eines Abends waren nur noch Kevin und ich übrig. Am Ende eines langen Tages verliert man mitunter die Konzentration. Dann ist die Wahrscheinlichkeit am größten, dass man sich selbst oder andere verletzt. Wir waren miteinander durch ein langes Seil verbunden und ließen uns abwechselnd am Mansardendach hinunter, stemmten die verrottete Schalung von den Sparren, sodass unter uns nur noch Leere war. Danach sollten wir den Haufen Altholz abbrennen, der mittlerweile beeindruckende Ausmaße angenommen hatte, und abwarten, bis die Glut erloschen war. Mit einem Spritzer Diesel auf dem unbrauchbaren, verfaulten Holz entfachten wir das Feuer, dass die Funken in den Himmel flogen. Ringsum brach die Nacht herein.

»Ich hab in Mahanoy ein bisschen was gelesen«, sagte Kevin. »Über das Leben nach dem Tod. Unterschiedliche Vorstellungen davon.« Er ging in die Hocke und stocherte im Feuer herum.

»Ach ja?« Ich konnte spüren, dass er mir etwas sagen wollte.

»Schon mal vom Empyreum gehört?«

»Nein, wo soll das sein?«

»Mann, hör doch auf! Im Himmel.«

»Ach so.«

»Das Feuer im Himmel. Das reine Licht. Klares Licht. Da, wo wir alle hinwollen. Ist nur ein anderer Name für den Himmel. Die Frage ist, wie kommen wir dahin? Im Empyreum riecht es nach Rauch – weißt du, warum?«

»Alles bloß Märchen«, erwiderte ich mürrisch. »Wir haben uns Geschichten erzählt, weil wir das brauchten, und jetzt brauchen wir sie nicht mehr. Wen interessiert's, ob's da nach Rauch riecht? Das hier ist unsere Welt. Unsere Welt riecht auch nach Rauch.«

»Unsere Welt?« Kevin schüttelte den Kopf. »Da liegst du falsch.«

»Wie bitte?«

»Du liegst falsch«, sagte er. »Schau nur mal hoch. Eine liebende Macht sagt dir, wie du leben sollst, und du hörst nicht hin. Du verlässt dich nur auf dich selbst.«

»Und ob.«

»Ich glaub dir kein Wort. Du weißt genau, dass die einzige Geschichte, die wichtig ist, aus uns selbst kommt.«

»Ja.« Genau das meinte ich doch.

»Opfer bringen – darum geht es. Dadurch retten wir uns. Ich sehe keinen Unterschied zwischen uns. Wenn ich dich rette, rette ich mich. Und kommt man so nicht ins Empyreum? Da riecht's nach Rauch, weil die Alten früher Opfergaben verbrannt haben, um dorthin zu kommen. Opfer. Aber du willst ja nicht hinhören.«

»Nein, das will ich nicht.«

»Du hast nichts, was du opfern könntest.«

»Ich habe schon einiges geopfert, du Knast-Jesus. Zum Beispiel höre ich dir jetzt gerade zu.«

»Du weißt nicht alles.«

»Was glauben Sie – was halten die Tiere vom Tod?«, fragte Coleman Tod. »Sie sind doch Jäger, Sie sollten das wissen. Verstehen die das?«

»Sie verstehen, was Überleben ist.«

Wir hatten umdisponiert und führten unsere Suche nun nachts durch, nachdem Deputy Jackson von einem neugierigen Nachbarn ausgequetscht worden war. Es war nach Mitternacht, und wir befanden uns im Wald an einem anderen Ende des Maiden's Grove Lake.

»Das Lustige an den Leuten ist: Sie glauben es einfach nicht.« Mondlicht spiegelte sich auf der Seeoberfläche. »Ich hab mal eine getroffen, die hat zu viel geredet, die musste weg. Hat sich gewehrt wie verrückt. Erst konnte sie es nicht glauben, aber dann musste sie. Sie hat mich angebettelt, nur noch einen Anruf, einen Brief, nur noch eine Sache, um die sie sich kümmern muss. Konnte sich natürlich um gar nichts mehr kümmern. Was konnte jetzt noch so wichtig sein? Sie hatte ihr Kind weggegeben, und sie wollte ihrem Freund oder der Familie oder wem auch immer sagen, dass sie dem Kind nichts von ihr erzählen sollten. Das war interessant. Meistens können sie es einfach nicht glauben. Die hier schon. Und das war ihr letzter Wunsch. Stellen Sie sich das mal vor.«

»Was ist dann passiert?«

»Sie ist verschwunden.« Er lachte auf. »Sie musste weg, also ist sie weg. Ende der Geschichte. Wen interessiert schon das Kind?«

»Warum musste sie weg?«

»Ein andermal.«

»Coleman, Sie müssen das nicht mit sich allein ausmachen.« Ich wartete kurz und sprach dann weiter. »Erinnern Sie sich an mich? Wir waren in derselben Kneipe in Binghamton. Ich habe mit Joe Blaine geredet, weil ich auf der Suche nach einem Mädchen namens Penny war. Ich weiß, dass Sie auch da waren. Erkennen Sie mich wieder?«

Er schwieg. Wir verscheuchten die Moskitos, und ich biss mir auf die Zunge. Ich hatte das Gefühl, Penny Pellings noch nie so nah gekommen zu sein; wenn ich gekonnt hätte, hätte ich Tods Inneres aufgerissen, um sie zu befreien.

Eines Abends arbeiteten Ed und ich gerade zum Klang von klassischer Musik Hohlungen in Bauhölzer. Eines der Werkstatttore stand offen und ließ massenweise Motten und überhaupt den ganzen Abend herein, der mich von draußen durch die Bäume zu sich lockte. Es klopfte an der Tür, und Kevin O'Keeffe trat ein. Keiner von uns hatte mitbekommen, dass er noch hier war.

Kevin winkte mich nach draußen. »Du musst mir einen Gefallen tun.«

Mein Anruf beim Jugendamt am nächsten Morgen war ein Teilerfolg. Bei Kevins Bewährungsanhörung hatte die Richterin seine Besuche bei Eolande auf einmal die Woche unter Aufsicht begrenzt. Eos Sachbearbeiterin Cassidy Reynolds habe ihn noch nie leiden können, erklärte Kevin, und er könne keine Verbindung zu Eo aufbauen, wenn sie die ganze Zeit danebenstehe. Er hatte mich deshalb gefragt, ob ich mal mit Miss Reynolds reden könne, damit er ein bisschen mehr Freiraum mit seiner Tochter hätte. Ich einigte mich mit ihr darauf, Kevin bei seinem Besuch zu begleiten und weder ihn noch Eo aus den Augen zu lassen. Cassidy Reynolds würde währenddessen mit Sarah Cavanagh, der Pflegemutter, im Haus warten.

Ich holte Kevin am späten Nachmittag auf der Baustelle ab und wartete, während er sich rasch wusch und ein frisches T-Shirt überzog. Er hatte ein kleines Geschenk dabei, das er in ein Tuch gepackt und mit einer Schleife versehen hatte. Ich trug mein offiziellstes Uniformhemd – das Einzige, das stets gebügelt war –, eine saubere Hose, keinen Waffengürtel, war frisch geduscht und hatte mir die Haare gekämmt. Kevins Fall mochte hoffnungslos sein, seine Gesten bedeutungslos für alle bis auf ihn, doch ich wollte trotzdem einen guten Eindruck machen.

Er schwieg die Fahrt über, hielt das Päckchen mit beiden Händen im Schoß. Ich fragte ihn, was darin sei.

»Ein Diamant«, sagte er.

»Ach, wirklich?«

»Eine Seifenblase.«

»Vergiss es.«

»Was glaubst du, was du bist?«, fragte Kevin. »Was glaubst du, was du bist?«

»Ein leiderprobter …«

»Ich habe von einem unzerstörbaren Tropfen gelesen, den man im Herzen trägt. Ein Tropfen oder ein Diamant, was auch immer, jedenfalls besteht er aus deiner Mutter und deinem Vater, ein roter Tropfen von deinem Vater, ein weißer von deiner Mutter. Das unzerstörbare Ding ist man selbst. In dir ist ein Diamant. Ich mein's ernst, Henry. Du wolltest es ja wissen.«

»Vergiss es. Heb's dir für deine Tochter auf.«

Als wir in der Auffahrt hielten, atmete er tief durch, hob tapfer die Augenbrauen und lächelte mich an, doch sein Blick war traurig und verängstigt. Cassidy Reynolds begrüßte uns. Mit ihrem Hosenanzug verlieh sie diesem Treffen auf dem Lande einen offiziellen Anstrich. Sie wechselte ein paar warme Worte mit Kevin und ermahnte ihn, nicht zu viel zu erwarten und geduldig zu sein. Eolande müsse von sich aus auf ihn zukommen.

Kevins Tochter lag in einem rosa Kleid mit Comicmuster auf der Couch und sah fern.

»Das beruhigt sie«, erklärte Sarah Cavanagh.

Ich kenne mich mit Kindern nicht aus und hätte ohne mein Wissen um die Familiensituation wahrscheinlich nicht erkannt, was mit Eolande nicht stimmte, außer dass ihr die Neugier und der aufmerksame Blick fehlten, die ich bei Kleinkindern erwartet hätte. Sie war inzwischen mindestens zwei Jahre alt und trug die blonden Haare, die sie von ihrem Vater geerbt hatte, in zwei kleinen Zöpfchen.

»Eo«, sagte Sarah laut und bestimmt. »Kevin ist wieder da. Er bleibt heute eine Weile bei uns.«

Die Kleine schaute zu Sarah und musterte Kevin dann mit einer fast schon erwachsenen Skepsis, bevor sie sich wieder dem Fernseher zuwandte. Kevin setzte sich neben sie auf die Couch und hielt dabei das Geschenk weiterhin in den Händen. Ich setzte mich mit einer Tasse Kaffee an den Küchentisch, von wo aus ich das Wohnzimmer im Blick hatte. Genau hierauf kommt es an, dachte ich. Hoffentlich erkannte Kevin das auch: Ein gemütliches Stündchen mit einem geliebten Menschen, mehr braucht man nicht. Nach kurzer Zeit bat Kevin darum, mit Eo nach draußen gehen zu dürfen, und die beiden

Frauen erklärten sich einverstanden, sofern ich mitginge. Sarah setzte sich auf die Veranda, damit Eolande sich sicherer fühlte.

Eo tappte mit einem Röhrchen Seifenlauge durch den Vorgarten, bewunderte die schillernden Blasen und ließ sie platzen. Bislang hatte sie noch kein Wort gesagt.

Kevin kam zu mir. »Fragst du dich manchmal, was die eigentlich wissen?«

Ich zuckte die Schultern.

»Sie sind noch so nah dran – woran erinnern sie sich? Könnten sie einem davon erzählen? Würden wir das verstehen? Ich weiß es nicht.«

»Wo genau sollen sie so nah dran sein?«

»Am Dazwischen. Da, wo sie waren, bevor sie hier angekommen sind.«

»Meine Nichte hat immer von der Mami erzählt, die sie vor meiner Schwester hatte.« Ich zuckte erneut die Schultern. »Keiner wusste, was sie damit meint. Kinder verstehen auch nicht mehr als wir.«

Kevin dachte darüber nach. »Am Ende … wird sie mich sowieso nie verstehen, ob ich nun tot bin oder lebendig. Und das ist auch gut so. Aber sie trägt einen Teil von mir in sich.«

Der Besuch verlief ziemlich schleppend. Ich spürte, wie unwohl sich Sarah fühlte, wie sehr Cassidy Reynolds das alles missbilligte, und dass Eo sich nicht für Kevin interessierte. Zum Zeichen, dass die Zeit um war, kam Cassidy die Verandatreppe herab. Der Kleinen lief mittlerweile die Nase, und Kevin kniete sich hin, um ihr sein Geschenk zu überreichen. Sarah stand auf, und Cassidy ging ein paar Schritte auf die beiden zu, doch ich hob beruhigend die Hand. Die Kleine hatte keine Ahnung, was sie da in der Hand hielt, doch sie wusste, dass es ein Geschenk sein sollte, und zog an dem Tuch. Kevin half ihr beim Auspacken: ein runder weißer Stein, der in der Sonne glitzerte.

»Du wirst dich hieran nicht erinnern«, sagte Kevin mehr zu sich selbst. »Eo, Süße, du hast eine Mommy und einen Daddy. Halt den Stein mal ins Licht. Das ist zwar nicht deine Mommy, aber besser kann ich sie dir nicht erklären. Sie … falls du dich jemals fragst, wer ich bin … deine Mommy hat sich verlaufen, und ich helfe ihr, ans Ziel zu kommen. Kannst du dir das merken? Ich habe ihr geholfen.«

Auf dem Weg zurück zur Arbeit weinte er ohne jede Scheu. In seinem Kummer schwang ein schwacher Unterton der Freude mit.

Ich machte mir Sorgen, als Kevin am nächsten Morgen nicht zur Arbeit auftauchte. Seine Mutter hatte ihn seit einer Woche nicht mehr gesehen. Auch am darauffolgenden Tag blieb er verschwunden. Ich suchte an den üblichen Stellen nach seinem Auto und gab Lieutenant Sleight Hersteller und Modell durch. Am dritten Tag erreichte mich nachmittags in meiner Dienststelle erneut eine Beschwerde über einen Eindringling auf Swales' Grundstück, und mein Verdacht fiel sofort auf Kevin. Ich fuhr hin und parkte meinen Diensttruck neben einem kleinen japanischen Auto mit New Yorker Kennzeichen. Am Rand des Brandflecks, wo früher einmal Kevins und Pennys Wohnwagen gestanden hatte, entdeckte ich jedoch nicht Kevin, sondern Bobby Chase. Groß, muskulös und kahl rasiert stand er da und hielt die Hände vor dem Schoß verschränkt. Er schien mich kaum zu bemerken. Wegen seiner verspiegelten Sonnenbrille konnte ich seine Augen nicht sehen.

Chase sprach zuerst. »Hat er Sie also angerufen.«

»Wenn Sie nicht abziehen, will er Anzeige erstatten.«

»Dann hau ich wohl lieber ab«, meinte er. »In den Knast geh ich nicht noch mal.« Er wischte sich über die Augen und rückte die Sonnenbrille wieder zurecht. »Ich meine …« Er gestikulierte hilflos in Richtung des zerstörten Fleckens.

»Ich weiß.«

»Das war meine Kleine«, sagte er. »Finden Sie sie. Und wenn O'Keeffe es nicht war, bin ich mal auf die Erklärung gespannt.«

»Warum glauben Sie, dass er es war?«

»Ist doch immer so. Denken Sie vielleicht, weil er Sie nett anlächelt, ist er dazu nicht in der Lage? Ist er. Hat er schon unter Beweis gestellt. Jeder ist dazu in der Lage.«

»Sind Sie sich da ganz sicher?«

»Ich weiß auch nicht mehr, was ich noch glauben soll«, erwiderte er. »Wussten Sie, dass er sie eingesperrt hat? Im Schlafzimmer. Er hat meine Cousine eingesperrt wie einen Hund.«

»So wie das Mädchen oben in First Ward.«

Chase verkrampfte sich merklich, Gewalt lag in der Luft. Kurz dachte ich, er würde mich angreifen, doch er vergrub das Gesicht in den Händen. »Ich will nicht noch mal in den Knast. Und bitte fangen Sie jetzt nicht von dem Streit in der Kneipe an. Rianne hat mich angestachelt, Dad hat mich angestachelt, ich war betrunken. Er hatte ihr Auto. Ich will noch mal neu anfangen. Ich wünschte bloß, sie wäre hier.«

Erst am fünften Tag, beziehungsweise in der fünften Nacht, gab es ein Zeichen von Kevin O'Keeffe. Miss Julie und ich hatten uns in der *High-Thyme* Burger und Bier einverleibt und taumelten angeheitert vom Auto zu meiner Haustür. Der Anrufbeantworter blinkte, und ich drückte auf Play.

»Henry, Frank Sleight hier. Wollte dir nur eben Bescheid sagen, dass wir O'Keeffes Auto auf einem Parkplatz hinter der Clinton Street gefunden haben. Stand anscheinend schon ein paar Tage da und sollte abgeschleppt werden. Wir haben's beschlagnahmt. Ruf mich zurück, dann kann ich dir alles zeigen.«

In der Stadt erwartete mich auf dem Parkplatz neben der Kfz-Behörde nicht Lieutenant Sleight, sondern Detective Oates in Zivil. Fünfzig Meter weiter hinten auf dem Nachbarparkplatz hatte Kevin das Auto unter ein paar Bäumen abgestellt. Von hier aus konnte man in fußläufiger Entfernung Kneipen, Hotels, Alkohol, Crack, Heroin und Brücken zum Runterspringen finden. Und Downtown konnte man außerdem in Überlandbusse in alle Richtungen steigen.

Ich war es leid, so viel zu tun zu haben. Dauernd rief Ed an, und ich erklärte ihm, dass ich momentan nicht weiter auf dem Bau mithelfen könne, was ihn zu einer Schimpftirade veranlasste. Meine Schäfchen gönnten mir keine Pause. Eines Spätnachmittags hörte ich ein Auto mit vertraut quietschenden Bremsen vor der Dienststelle halten:

Shelly Bray schaute auf einen Sprung vorbei. Ich hatte von innen abgeschlossen, und sie rüttelte wie wild am Knauf und hämmerte dann auf die Tür ein. Ich sprang auf und ließ sie herein.

»Um Himmels willen«, sagte ich. »Hör auf damit. Dir ist klar, dass du nicht hierbleiben kannst, oder?«

Shelly hörte mir nicht zu. »Mir ist schlecht«, sagte sie. »Hast du ein Wasser für mich?«

Ich holte eine Plastikflasche unter meinem Schreibtisch hervor und gab sie ihr. Das Wasser war lauwarm, aber sie trank es trotzdem und sah mich dann eindringlich an.

»Du musst da hin«, sagte sie. »Wurlitzer ist tot.«

»Mein Beileid«, erwiderte ich. »Er war schon ziemlich alt, oder?«

»Er liegt auf der Weide. Josh lässt mich nicht zu ihm. Du musst da hin, Henry.«

»Geht nicht.«

»Du musst aber. Henry, er hat mein Pferd erschossen. Und die Kinder waren zu Hause und haben alles mitbekommen.«

Shelly fuhr hinter meinem Diensttruck her, doch auf meine Anordnung hin folgte sie mir nicht die Auffahrt hinauf, sondern wartete an der Straße auf dem Seitenstreifen. Das Knirschen meiner Reifen auf dem Schotter lockte Joshua aus dem Haus. Er hielt die Arme verschränkt und nickte mir zu. Als Zeichen meiner friedlichen Absicht hatte ich auf meinen Waffengürtel verzichtet, doch in der Hosentasche trug ich eine kleine .22er. Meine Bekanntschaft mit Josh ging nicht über das ein oder andere Gespräch vor ein paar Jahren hinaus, doch ich hatte schon einmal seine Schusswaffensammlung im Keller gesehen. Es war Samstag, und er trug lose Freizeitkleidung, sodass ich nicht erkennen konnte, ob er bewaffnet war. Ich stieg aus.

»Shelly war bei mir in der Dienststelle«, sagte ich in die Stille hinein. »Sie war ziemlich aufgelöst. Eins von den Pferden ist gestorben?«

Josh blinzelte ungeduldig. »Ja, und?«

»Kann ich es mir mal ansehen?«

»Nein.«

Ich ließ nicht locker. »Woran ist es gestorben?«

»Ich habe es erschossen.«

»Gut, dann muss ich es mir ansehen.«

»Na dann.«

Hinter dem Haus erstreckte sich eine goldene Wiese bis zum Wald. Truthahngeier kreisten am Himmel. Einer flatterte herab und gesellte sich zu seinen Artgenossen, die sich bereits um einen dunklen Umriss auf dem Gras versammelt hatten. Joshua und ich gingen auf die Weide. Wurlitzer war ein Fuchs, dessen ehemals glänzendes Fell abgestumpft und von grauen Flecken durchsetzt war. Ich hatte ihn einmal geritten, und obwohl ich kein großer Pferdefreund bin, war ich gut mit ihm zurechtgekommen. Sein Anblick in der riesigen Blutlache versetzte mir einen Stich. Nachdem die Vögel sich verzogen und nur eine Wolke Schmeißfliegen zurückgelassen hatten, zählte ich vier großkalibrige Schusswunden, drei im Bauch, eine im Kopf. Am anderen Ende der Weide trabte Wurlitzers Freundin Pinky, ein Rotschimmel, am Zaun auf und ab und hielt sich so weit wie möglich von Haus und Scheune entfernt.

»Was ist passiert?«

»Er hat sich heute Morgen das Bein gebrochen und ist durchgedreht.« Josh zuckte mit den Schultern. »Er war völlig verängstigt, ist auf und ab getrabt und hat sich dabei noch schlimmer verletzt. Irgendwas musste ich machen.«

Ein Knochen ragte aus der Haut am Vorderbein. »Wie hat er es sich gebrochen?«

»Keine Ahnung. Ich habe nur sein Gewieher gehört und dann gesehen, dass es was Ernstes sein muss.«

»Shelly ist fertig mit den Nerven.«

»Ja. Klar. Wenn es ihr nicht passt, wie ich mit den Tieren umgehe, kann sie sie gerne mitnehmen. Sie haben doch ein großes Grundstück, oder?«

»Haben die Kinder was mitbekommen?«

»Weiß ich nicht. Wahrscheinlich haben sie was gesehen, ja. Ich hab ihnen gesagt, sie sollen vorne im Haus bleiben. Hat sie natürlich nur noch neugieriger gemacht.«

Ich schaute Josh einen langen Augenblick an. Er hielt meinem Blick stand und wartete auf etwas, das ich ihm nicht geben würde. In den Videos hatte er schon viel zu viel von mir gesehen, und als er mich nun von Kopf bis Fuß musterte, fragte ich mich, was ihm wohl durch den Kopf ging. Er zeigte keine Regung und wirkte wie die Ruhe selbst.

Unten an der Straße parkte ich hinter Shelly und stieg zu ihr ins Auto.

»Du kannst da jetzt nicht hoch.« Ich erklärte ihr, dass sich Wurlitzer ein Bein gebrochen hatte.

»Das hast du ihm abgekauft?«, fragte sie entgeistert. »Das ist doch nicht dein Ernst, oder?«

»Das spielt keine Rolle, du kannst jedenfalls nicht zu ihm.«

»Und was unternimmst du jetzt?«

»Ich habe ihm ein paar Aushubfirmen genannt. Er muss ihn begraben lassen, das weiß er auch. Tut mir leid, Shel.«

Sie erwischte mich mit der Faust am Hals und wollte mir einen weiteren Schlag versetzen, doch ich hielt sie am Handgelenk fest. »Hau ab«, sagte sie. »Hau ab. Und was unternimmst du jetzt? Wer kümmert sich um die Kinder? Mein Gott. Hau ab.«

Kurz vor Feierabend schaute zu allem Überfluss auch noch Sheriff Dally bei mir vorbei, um mich über Nacht zum Babysitten bei Coleman Tod abzukommandieren.

»Aber ich bin doch gar nicht dran«, wehrte ich mich.

»Er hat nach Ihnen verlangt, so leid es mir tut«, erwiderte Dally.

An meinem Schreibtisch beugten wir uns noch kurz über eine Karte des Bezirks. So langsam hatten wir alles abgesucht, lediglich ein ausgedehntes Sumpfgebiet zwischen der Schnellstraße 37 und unserer Gemeindegrenze war noch unerforscht. Es setzte sich zusammen aus zahlreichen Böschungen und Kanälen, die ins Nichts führten, aus grünen Sumpflöchern, die durch jahrzehntelange Schlickablagerungen vom Hauptgewässer abgegrenzt waren. Beim einen Schritt trat man auf Gras, beim nächsten konnte man schon bis zum Oberschenkel in einer rostbraunen Brühe stecken, die nur zum Teil aus Wasser bestand.

Bekannte Stiobhard-Jagdgründe. Sie hatten sich mir gegenüber klar ausgedrückt, und ich schuldete ihnen eine Vorwarnung.

Bevor ich mich auf den Weg zur Gewahrsamszelle machte, fuhr ich die unbefestigte Straße in die Heights hinauf, um bei Michael und Bobbie Stiobhard vorbeizuschauen, den Eltern von Jennie Lyn, Danny und Alan. Soweit ich wusste, wohnte Jennie immer noch bei Pam Maddox in Wild Thyme, Danny hauste vermutlich in irgendeinem Motel und Alan im Wald, doch alle drei besuchten regelmäßig ihr Elternhaus. Im Vorgarten stand ein Kaninchengehege, in dem es sich zwei Riesenschecken auf einem Heubett gemütlich gemacht hatten. Bobbie trat hinter ein paar Maispflanzen im Gemüsebeet neben dem Haus hervor und hob ihren fleischigen Arm zum Gruß.

»Die drei sind unterwegs«, erklärte sie. »Waren schon seit über einer Woche nicht hier. Mir sagen sie ja nie, wo sie hingehen. Zumindest die Jungs nicht.«

»Wie geht's Ihnen so?«

»Wir kommen zurecht. Ohne Regen gibt's weniger Unkraut zu jäten. Im Grunde gibt's von allem weniger, aber wir können nicht klagen. Was gibt's Neues bei deinen Eltern?«

»Sie telefonieren nicht gerne«, erwiderte ich. »Und ich auch nicht. Mag meint, dass alles in Ordnung ist.«

»Dann grüß sie mal schön von mir. Sind nicht mehr viele von uns übrig hier draußen. Und richte deinem Vater auch viele Grüße von Michael aus.«

»Könnten Sie Danny oder Alan oder auch Jennie was ausrichten?«, fragte ich. »Die drei sind ja öfter draußen im Sumpf auf Jagd. Wir haben in den nächsten zwei Wochen dienstlich dort zu tun und wollen keine Missverständnisse aufkommen lassen.«

»Ich sag ihnen Bescheid«, meinte sie.

Das Bezirksgericht hatte im Untergeschoss einen Flur mit sechs Zellen für Männer sowie einen separaten Bereich für Frauen, der seit Jahren als Gewahrsamsbereich diente. Hier wurde lediglich ausgenüchtert oder auf den Anhörungstermin gewartet, wenn man kein Geld für die Kaution hatte. Die Scharen von Angeklagten, die sich heutzutage im Gegenzug für eine mildere Strafe gleich schuldig bekannten, landeten dagegen im eigentlichen Bezirksgefängnis südöstlich der Stadt. Sie waren entweder nicht böse genug für das staatliche Gefängnis oder nicht gut oder reich genug, um auf freiem Fuß zu bleiben.

Coleman Tod war übergangsweise in einer dieser Zellen untergebracht, ganz am Ende, wohin sich niemand mehr verirrte. Sheriff Dallys Leute schoben Extraschichten, um ihn im Auge zu behalten, was sich in müden Gesichtern und schlechter Laune äußerte. Deputy Jackson wartete im neonerleuchteten Korridor auf mich und wiederholte, was mir schon Dally eingebläut hatte: »Du wirst keinen Grund haben, die Zellentür aufzuschließen. Und wenn doch, ruf zuerst mich an, dann den Krankenwagen, und erst dann schließt du auf, aber nur, wenn er uns sonst wegstirbt.« Jackson zeigte mir erst das Schloss an der Haupttür, denn erklärte er mir anhand einer Zelle in der Mitte des Ganges deren Schließmechanismus. In der Zelle standen zwei Liegen mit verschossenen, aber sauberen Laken, dazwischen eine Toilette. »Du kannst dich hier hinlegen, wenn du willst. Ich bleibe normalerweise im Büro und schaue alle fünfzehn Minuten nach ihm.«

Am Abend wärmte ich Tod eine Tiefkühlmahlzeit auf und schob sie unter der Tür durch. Er schaute von seinem Bett aus zu mir auf, als wollte er irgendetwas sagen, doch ich machte mich schnell davon.

Gegen Mitternacht, nachdem ich die Haupttür bestimmt schon zehnmal aufgeschlossen hatte, um nach Tod zu sehen, der entweder schlief oder nur so tat, übte die offene Zelle zwei Türen weiter eine gewisse Verlockung auf mich aus, und ich legte mich auf eine der beiden Pritschen. Das Licht in der Zelle war aus, doch das im Flur brannte die ganze Nacht. Es war sehr hell, weshalb ich mir sicher war, dass ich wachsam bleiben würde. Trotzdem schlief ich ein und wachte gefühlte dreißig Sekunden später mit einem Zucken wieder auf. Es war nach drei Uhr morgens.

Ich zog die Stiefel aus und schlich zu Tods dunkler Zelle. Das Neonlicht spiegelte sich in seinen Augen. Er lag mit überkreuzten Beinen auf dem Bett.

Nach kurzem Schweigen fragte ich: »Alles in Ordnung?«

Er hob die Augenbrauen. »Holen Sie sich einen Stuhl.« Ich tat, wie mir geheißen, und er rutschte ein Stück hoch, sodass er fast aufrecht saß. »Was denken Sie – werden Sie es glauben, wenn der Augenblick da ist? Und wie werden Sie damit zurechtkommen?«

»Wieso fragen Sie mich das?«

»Wieso frage ich das – oder wieso frage ich ausgerechnet Sie das?«

»Suchen Sie sich eins aus.«

Tod seufzte, und ich roch seinen muffig-süßen Atem. »Ich will mir einfach vorstellen, wie Sie reagieren, wenn es so weit ist«, sagte er. »Wenn, nicht falls. Deswegen.«

»Was habe ich Ihnen eigentlich getan?« Ich lächelte ihn an.

»Ach, gar nichts. Ich bin ohnehin nur auf der Durchreise«, erwiderte er. »Aber ich kann es nicht leiden, meine Arbeit unvollendet zu lassen. Und jetzt, da ich hier bin, weiß ich nicht, wer da draußen für mich einspringt.«

»Wer auch immer es sein mag«, sagte ich, »wird hoffentlich eine gut aussehende Leiche abgeben.«

DER Sommer neigte sich dem Ende zu. Die meisten Besitzer der Häuschen am See würden vielleicht noch ein, zwei Wochen in Wild Thyme bleiben, bevor sie hinter sich abschlossen und bis zur nächsten Saison entschwanden. Ich hatte Julie schon länger versprochen, Zeit mit ihrer Familie am Walker Lake zu verbringen, und an diesem Wochenende war es nun so weit.

Ich parkte neben der Straße am Waldrand und schnappte mir meine Tasche und den Geigenkoffer. Weit unten an einem Steg lungerte eine Handvoll Leute in der Spätsommersonne herum, darunter auch Julie. Ein Pontonboot war am Steg vertäut.

Willard Meagher saß in einem Adirondackstuhl und rauchte eine kleine Zigarre. Er aschte in einen Messingaschenbecher, hielt zur Begrüßung die Zigarre hoch und sagte halb zu sich selbst: »So lebt man vor sich hin.«

Ich ging zu ihm und reichte ihm die Hand. Er trug ein magentafarbenes Tennisshirt, abgeschnittene Jeans und war barfuß. Neben ihm auf dem Boden stand eine abgenutzte Plastikkühlbox. Er holte eine Dose Pale Ale hervor und stellte sie auf die Armlehne des zweiten Stuhls. Ich setzte mich und öffnete sie. Dann saßen wir da und lauschten dem Getümmel unten am See.

»Kommen Sie eigentlich hier aus der Gegend?«, fragte er plötzlich. »Ursprünglich, meine ich.«

»Jawohl. Dann war ich beim Militär, dann wieder hier, und dann noch eine Weile in Wyoming.« Aus irgendeinem Grund wollte ich dieser Familie unbedingt vermitteln, dass ich schon mal woanders gewesen war.

»In Wyoming war ich auch schon mal, aber hier gefällt es mir besser.«

»Wenn Sie das sagen.«

»Ich war schon an vielen Orten, aber hier ist es einfach schöner.« Meine Meinung schien ihn nicht weiter zu interessieren. »Wo haben Sie gedient?«

»In Somalia, zum Ende hin. War gerade mit der Highschool fertig.«

»Ich war bei der Küstenwache. In den Siebzigern, hauptsächlich Drogenbekämpfung vor der Küste Floridas. Wir haben Jagd auf Schmuggler in Yachten und Fischerbooten gemacht. Reine Zeitverschwendung. Und Geldverschwendung.«

»Ach ja?«

»Wenn jemand Tag für Tag sieht, wie wenig das gebracht hat, dann ja wohl Sie. Spaß gemacht hat's trotzdem.« Er drückte die Zigarre aus. »Eine Zeit lang dachte ich: Florida, wieso eigentlich nicht? Dort habe ich Tina kennengelernt, als sie mit ihren Eltern Urlaub gemacht hat. Aber hier bei uns ist es schöner. Kommen Sie, ich führ Sie mal rum.«

In einem Zimmer im ersten Stock, das anscheinend normalerweise nicht genutzt wurde, legte ich meine Tasche auf einem knarzenden alten Bett ab. Meagher sagte, ich solle meine Badehose anziehen, und wartete im Flur auf mich. Es kam mir komisch vor, in einem Haus zu übernachten, das keine zwanzig Minuten von meinem entfernt war, aber genau darum ging es wohl. Ich hatte meine Flip-Flops vergessen und schlüpfte barfuß in meine Stiefel. Anschließend zeigte Meagher mir das Häuschen. Überall hingen seine Bilder: frostige Scherben in Blau, Grün und Weiß kämpften um Raum, hier und da durchsetzt mit anderen, kräftigeren Farben, die mich an feinkörnige Rückständen aus einem mysteriösen Bergwerk erinnerten. In viele Werke hatte er Sackleinen oder Fäden eingearbeitet. Er erklärte nichts, und ich fragte auch nicht. Im Wohnzimmer stand eine Wand voller Bücher, deren Rücken von der Sonne ausgebleicht waren.

Gemeinsam trugen wir eine große Kühlbox mit Bier, Eis und ein, zwei Flaschen Weißwein hinunter zum Seeufer. Vier Frauen in Badeanzügen und Strandkleidern hatten es sich dort mit Büchern bequem gemacht und genossen den letzten heißen Tag des schwindenden Sommers. Julie hatte zwei Schwestern, eine jüngere namens Deirdre, die Dee genannt wurde und ledig als Vermögensverwalterin in New York City lebte. Ihre ältere Schwester hieß Georgia und unterrichtete an einer Privatschule weiter nördlich. Sie war verheiratet und hatte zwei Söhne im Alter von fünf und sieben. Ihr Mann war nicht dabei, da er als Consultant oder Lobbyist in Albany angeblich zu viel zu tun hatte. Und dann war da noch Julies Mutter Tina, eine langsam sprechende, skeptisch dreinblickende grauhaarige Dame in einem raffinierten Wickelkleid.

Mit der Geduld eines Raubtiers erhob sich Tina von ihrem Liegestuhl, ging an Bord des Pontonboots und ließ sich in der gleichen Position wie zuvor auf einer Bank nieder, nur dass sie sich nun einen Rettungsring als Kissen unterlegte. Im Laufe des Tages wurde mir klar, dass ihre affektierte Extravaganz eine Art Insiderwitz der Familie war, da sie sich nie so richtig an die hemdsärmelige Art ihres Mannes gewöhnt hatte und das selbst am besten wusste. Sie gab die Dame aus früheren Zeiten, die aus ihrem Stand gefallen war und es mit Würde ertrug. Ihre Töchter spielten nur zu gerne mit – je absurder es wurde, desto besser: Sie bedienten sie, boten ihr eine Decke an, sobald ein Lüftchen ging, und erkundigten sich mehrmals nach ihrem Befinden, während wir über den See kreuzten. Sie antwortete stets leise murmelnd und fiel so gut wie nie aus der Rolle.

Dann geriet unser Boot durch ein anderes, mit Wasserbomben bewaffnetes unter Beschuss. Bunte Ballons regneten auf uns herab, und es war an mir, Julie und Georgias Söhnen, uns zu verteidigen. Ich tauchte sogar unter dem angreifenden Boot durch und versuchte den Eimer mit Munition zu klauen, handelte mir jedoch lediglich einen Treffer mitten ins Gesicht ein. Als es schließlich Tina erwischte – »Lustig war das ja nicht gerade« –, hielt Willard es für besser, sich geschlagen zu geben und den Rückzug anzutreten.

Der Nachmittag ging in den Abend über, und wir kehrten von Sonne und Bier benommen ans Ufer zurück, um die Füße hochzulegen. Ich wusch mich unter einer Brause ab, deren Duschkopf den Durchmesser einer Frisbeescheibe hatte. Als die Zeit für Cocktails gekommen war, begab ich mich ins Wohnzimmer. Einfach schön lächeln, sagte ich mir, und zweimal nachdenken, bevor du den Mund aufmachst.

Dee saß mit untergeschlagenen Beinen in zerrissenen Jeans auf einem Sessel und scrollte sich durch ihr BlackBerry. Sie sah auf, lächelte und schaute dann wieder auf den Bildschirm. »Ich hasse das Teil«, sagte sie. »Wir sind hier von der Außenwelt abgeschnitten, und trotzdem kriege ich noch E-Mails.«

»Kann ich gut verstehen«, sagte ich und dachte an mein Funkgerät.

Willard Meagher kam hereingerauscht, ging zur Bar und drückte mir ein Glas Scotch in die Hand. Auf ihn folgte Tina mit einem Wodka Tonic.

»Ich habe ein bisschen in Ihrem Zimmer herumgeschnüffelt«, verkündete sie. »Um sicherzugehen, dass Sie auch gut versorgt sind. Da habe ich Ihre Geige entdeckt. Wie ich höre, sollen Sie recht gut sein. Wie wäre es mit einem kleinen Privatkonzert für uns?«

»Mutter, lass ihn«, sagte Dee.

»Ach, Dee, sei doch keine Spielverderberin.«

»Lass ihn in Ruhe, Tina«, meinte Meagher. Er wandte sich an mich. »Kommen Sie mit raus in die Raucherlounge.«

Draußen spielten die Jungs Verstecken. Ihr helles Geplapper drang bis zu uns herauf. Durch Meaghers Zigarrenrauch hindurch erhaschte ich von meinem Stuhl aus einen Blick auf Julie, die von ein paar Kiefern hinüber zu einem moosbedeckten Badehaus huschte.

»Gibt's bei Ihnen irgendwelche Kleinen?«, fragte Willard.

»Meine Schwester hat drei Kinder, aber sie wohnt in North Carolina. Das jüngste habe ich überhaupt noch nicht zu Gesicht bekommen. Würde ich aber gerne. Ist gerade ein Jahr alt geworden.«

»Julie wünscht sich auch Kinder. Nicht von Ihnen! Also, nicht unbedingt. Ich meine …« Er rutschte auf seinem Stuhl umher. »Ich meine, sie hat ziemlich lange gewartet, und es ist ja nicht so, als wäre ihr die Karriere im Weg.«

»Denken Sie das wirklich?«

»Ich weiß nicht, was ich denke.« Er tauschte sein leeres Glas gegen ein kaltes Bier ein und warf mir ebenfalls eins zu. »Was denken Sie?«

»Kann ich Ihnen auch nicht sagen.«

»Denken ist gefährlich«, erklärte er. »Ich werde damit aufhören. Im Ruhestand hört man nicht mit der Arbeit auf, sondern mit dem Denken, wussten Sie das? Vielleicht sollte ich auch mit dem Reden aufhören.« Er schlug ein Bein über das andere. »Sie werden sich schon an uns gewöhnen.«

Nach dem Abendessen gesellte sich Julie zu mir auf die Mauer. Der Geruch ihres Schweißes zerrte an mir, beschleunigte meinen Puls, durchschnitt den Duft der Astern, die nahezu wild rings um die Terrasse wuchsen. Ob sie sich wohl später zu mir ins Gästezimmer schleichen würde? Unter uns erstreckte sich der See, und durch die ungemähte Wiese über uns schlängelte sich ein Pfad hin zur Baustelle. Sie bemerkte, dass ich den Fluchtweg beäugte, und sagte: »Na los.«

Mit meiner Fiedel, einer Decke und einer halb vollen Flasche Rosé bewaffnet liefen wir über die Wiese. Liebestolle Glühwürmchen schwebten durch das hohe Gras. Die Nacht wurde dunkler, und unsere kleine Ecke der Galaxie trat leuchtend über uns hervor.

Wir hatten es uns gerade bequem gemacht, da schreckten uns mehrere schrille Schreie ganz in der Nähe auf. Ich entdeckte zwei Paar grüne Augen am Boden, die sofort wieder verschwanden. Die Tiere schrien erneut auf und klangen dabei wie panische Frauen, doch es schwang auch ein bedrohlicher Unterton mit, mit dem sie ihr Revier markierten.

»Fischmarder«, sagte ich. Kleine schwarze fuchsartige Tiere, lang wie Wiesel und absolut furchtlos. Sie bewegen sich wie Wasser, das von einem Glas ins andere gegossen wird.

»Sag ihnen, sie sollen abhauen«, meinte Julie.

»Die Viecher kriegen den Hals nicht voll. Sie töten, töten, töten, verstecken dann schön die Beute und ziehen weiter, ohne alles aufzufressen. Wenn es nach ihnen ginge, würden sie kurzen Prozess mit uns machen.«

SEIT siebzehn Jahren bin ich nun schon auf Wanderschaft«, sagte Tod zu mir und zur Welt. Die Sonne stand im Zenit, und wir befanden uns in einer felsigen Schlucht, die in östlicher Richtung die 37 entlangführte. Tod behauptete, auf der anderen Seite verliefe ein Wildpfad, und wenn wir diesem durch die Rotkiefern folgten, würden wir an einem wagengroßen Felsen, in den jemand Münzen gehämmert hatte, eine junge Frau begraben finden. Sleight leistete uns Gesellschaft, während die Spurensicherung das Waldstück absuchte.

»Siebzehn Jahre als Ausgestoßener«, fuhr Tod fort. Er zuckte die Schultern, soweit ihm seine Fesseln das erlaubten. »Wer kann das schon von sich behaupten?«

Ich stieg ein Stück den Hang hinauf, weiter wagte ich mich nicht weg von ihm. Hinter mir ertönten Schritte, und ich dachte erst, er würde mir folgen. Ich sah mich um und spürte im selben Moment eine Kugel an mir vorbeizischen, noch bevor ich den Schuss überhaupt hörte: ein großkalibriges Gewehr, ein gutes Stück entfernt. Tods Kopf explodierte in einer roten Wolke, Knochensplitter flogen in den Bach. Sofort schlitterte ich den Hang wieder hinab. Tod blieb noch kurz stehen, dann kippte er tot um. Sleight nahm die Brille ab und wischte sich Blut und Hirn des Killers aus dem Gesicht. Er zeigte den Hügel hinauf, und ich rannte los.

Auf der 37 sah ich, wie Hanluain sich durch das Fenster seines Streifenwagens beugte, um an das Funkgerät zu gelangen. Ich sprintete den Seitenstreifen entlang und um eine Kurve, um womöglich noch einen Blick auf einen etwaigen Fluchtwagen zu erhaschen. Doch da war nichts, gar nichts, und dann raste Hanluain mit hundertfünfzig Sachen an mir vorbei. Ich gab auf und erklomm die Straßenböschung. Oberhalb des Dreckstreifens aus Staub und Müll umhüllte mich eine tiefgrüne Welt. Einen Teil meiner Konzentration hielt ich auf die Position der Leiche gerichtet, der Rest klammerte sich an das, was aus dem Wald auf meine Sinne einwirkte: kein Vogelgezwitscher, keine fliehenden Schritte, zwei, drei schnaufende Cops, die sich der Kuppe näherten. Auf einer flachgetretenen Lichtung stieß ich auf Mason und Riva. Von dort aus hatte man einen guten Blick in die Schlucht, wo Coleman Tod sein Schicksal ereilt hatte.

Ich lief Richtung Norden, tiefer in den Wald, weg von der 37. Nach einer Weile stand ich vor einem Elektrozaun, der eine Kuhweide begrenzte. Ich umrundete die Weide und erreichte einen Hof, dessen Haupthaus schon vor langer Zeit durch einen Wohnwagen ersetzt worden war. Eine lange, unbefestigte Auffahrt führte von hier zur Tanner's Hill Road. Ein gebeugter Bauer Anfang fünfzig kam aus der Scheune und starrte mich an, während ich mich auf die Knie stützte und nach Atem rang.

ANGEBLICH hatte niemand in Wild Thyme Coleman Tod gekannt oder je auch nur zu Gesicht bekommen. Entweder war uns jemand gefolgt, oder jemand hatte unseren Aufenthaltsort verraten, so viel war sicher. Doch wer den Schuss abgefeuert hatte und weshalb – das war völlig unklar. Bobbie Stiobhard schwor Stein und Bein, sie hätte ihre Jungs noch nicht erreicht, und ich hatte ihr gegenüber auch keinen Hinweis auf unsere genaue Position fallen lassen. Außer meinen Fußspuren wurde auf dem Hügel nichts gefunden, und in Kombination mit der großen Schussdistanz sprach dieser Mangel an Spuren eine deutliche Sprache.

Ich rief bei Louis Resnik in Beaver an, fragte, ob er Sage Buckles aufgetrieben habe, und bat ihn, Ausschau nach Kevin O'Keeffe zu halten. Beide waren von polizeilichem Interesse, bis ich sie als Mörder von Tod ausschließen konnte. Zu Buckles konnte Resnik nichts berichten, doch er hatte andere Neuigkeiten: Hope Martinek war im Frühherbst eines einsamen Todes gestorben. Als der Vermieter das kleine Betonhäuschen aufschloss, das sie auf Monatsbasis gemietet hatte, war die Verwesung schon weit fortgeschritten. Die Unikliniken hatten kein Interesse an ihr. Sie wurde in einer schlichten Zeremonie auf dem Bezirksfriedhof in Beaver beigesetzt. Ich quetschte Resnik über die Ermittlungen aus, doch er beharrte darauf, dass sie einfach an einer Überdosis gestorben war.

Es dauerte zwei Wochen, bis die gerichtliche Untersuchung von Coleman Tods Ableben abgewickelt war und die Ermittlungen an die State Police übergingen, die sie bis heute nicht abgeschlossen hat. In mehreren langen Gesprächen mit einem Detective der State Police behielt ich jeden Verdacht, den ich gegenüber den Stiobhards hegen mochte, tunlichst für mich, und lenkte die Unterhaltung stattdessen auf Binghamton und die Drogengeschäfte, die Tod mit jedem Tag, an dem er am Leben war und weitere Leichen zutage förderte, gefährdet hatte. Währenddessen tat mir Alan den Gefallen, Holebrook County oder zumindest meinem Blickfeld fernzubleiben. Alles zu seiner Zeit.

Ich widmete mich wieder mit voller Kraft dem Rahmenbau. *Working on the building*, wie es in dem Lied so schön heißt. Meaghers Atelier nahm mit jedem Bauteil, mit jedem Tag weiter Form an, und die Männer arbeiteten gerne auf dem Hügel über dem Walker Lake. Ed war einen Monat oder auch drei hinter dem Zeitplan, doch Meagher war inzwischen vom Bauprozess faszinierter als vom Endresultat und schaute nicht mehr ständig auf den Kalender.

Leuchtend blauer Himmel, rote und orangefarbene Ahornbäume zwischen den gelben und grünen Hügeln rings um die Baustelle. Eine weiße Atemwolke, kalter Morgentau, der mir aus dem hohen Gras in die Stiefel sickerte. Die Luft roch nach den Hölzern, die wir nummerierten, zusammensetzten, wieder auseinandernahmen, auf den Pritschenwagen verfrachteten und mit Spanngurten sicherten. Bald würden wir die Scheune aufstellen, Richtfest feiern und unsere Fäuste triumphierend dem Herbst entgegenrecken, der den Sommer bereits mit Morgenfrost verdrängte und über unser irdisches Streben nur müde lächeln konnte.

Mehrere Stoßgebete stiegen in den Himmel, als Eds schwer beladener, altersschwacher Ford L8000 die Piste zur Wiese oberhalb des Walker Lake erklomm. Oben angekommen luden die Männer Balken, Verkleidung und Stahlplatten für das Dach ab.

Mein Handy klingelte, Andy Swales' Nummer wurde angezeigt. Ich ging nicht dran, doch es klingelte erneut.

»Ja?«

»Er ist wieder hier.«

»Wer?«

»O'Keeffe. Und diesmal hat er jemanden dabei.«

»Bleiben Sie im Haus«, sagte ich. »Ich bin sofort da.«

Ich hatte Kevin davor gewarnt, sich auf dem Grundstück herumzutreiben, doch er hatte nicht auf mich gehört, und jetzt wurde ich aus der Freude an der schönen Arbeit hier oben gerissen, um mich darum zu kümmern. Ich nahm mir fest vor, ihn wegen Landfriedensbruchs einzukassieren und Tacheles zu reden – über Pennys Verschwinden, Coleman Tod, was er mir verschwieg, seine Zukunft hier in Wild Thyme. Als ich in meinen Truck steigen wollte, überlegte ich es mir noch einmal anders und bat Meagher um seine doppelläufige Flinte. Das war zwar nur zur Show, aber schaden konnte es nicht.

Als ich Swales' Grundstück erreichte, stand Sage Buckles' Auto in der Auffahrt. Der Kofferraum war offen. Ich entdeckte Kevin und Buckles am ehemaligen Standort des Wohnwagens. Buckles' linkes Bein wirkte unterhalb des Knies instabil, er konnte es nicht belasten. Die Hände waren ihm hinter dem Rücken mit Draht gefesselt worden und hatten sich violett verfärbt. Ich hielt mitten auf der Straße an und stieg aus, die Flinte in der Hand. Kevin stieß Buckles auf die Knie und holte mit einer Machete aus. Mit der anderen Hand richtete er eine Pistole auf mich.

»Kevin«, sagte ich.

»Willst du am Leben bleiben?«

»Ja«, murmelte Buckles. Sein Gesicht war bleich, die Nase eingeschlagen, schwarzes Blut tropfte ihm vom Kinn.

»Dich meine ich nicht.« Kevin wandte den Blick nicht von mir ab. Ich legte die Flinte auf den Boden. »Die anderen Schlächter und Killer werden dich sowieso kaltmachen«, sagte er zu Buckles und legte ihm die Klinge an den Hinterkopf. »Bist du ein Schlächter? Penny würde das so sehen. Du bist ein Dämon. Aber weißt du was? Das sind wir alle. Und jetzt verwandeln wir uns in etwas anderes. Wir verwandeln uns alle in etwas anderes.«

»Nicht«, sagte Buckles. Tränen flossen ihm über das Gesicht.

»Das hier ist wichtig«, sagte Kevin. Er bedeutete mir, näher zu kommen, und ich ging auf ihn zu, weg von meiner Waffe. Die Hände hielt ich hinter dem Kopf verschränkt. Er lächelte mich an, ein klares, glückliches Lächeln. »Kannst du sie hier spüren?«

»Manchmal«, erwiderte ich.

»Wir müssen ihr helfen, von hier wegzukommen.«

»Kevin. Ich weiß, wer sie umgebracht hat.«

»Dann wären wir schon zu zweit.«

»Du weißt nicht alles.«

»Ich habe einen Namen in der Akte gelesen. Hope Martinek. Sie war angeblich mit dem hier verheiratet. Aber ich kenne keine Hope, hab sie noch nie gesehen. Als ich aus dem Knast gekommen bin, wollte ich rausfinden, was in der Nacht passiert ist, und sie war das fehlende Puzzleteil in der ganzen Geschichte. Ich dachte, vielleicht ist ihr ja was aufgefallen, das ich übersehen habe.« Kevin trat beiläufig auf Buckles' verletztes Bein. Buckles schrie auf und brach erneut in Tränen aus. Ich machte einen Schritt nach vorne.

»Hör schon auf zu flennen«, sagte Kevin. »Scheiße, hör einfach auf.« Er wandte sich wieder zu mir. »Hope Martinek. Ich habe an den Adressen, die in der Akte standen, nachgeforscht, auch in der Entzugsklinik, aber ich konnte sie nirgends finden. Und wieso nicht, Sage?«

Buckles schwieg.

»Was wusste Hope?«

»Ich hab sie nicht auf dem Gewissen«, brachte Sage mit belegter Stimme und wirrem Blick hervor. »Sie hat sich betrunken und sich einen Schuss gesetzt. Das war zu viel, das hat sie nicht überlebt.«

Ich machte noch einen Schritt auf die beiden zu.

»Henry, ich bring dich auf der Stelle um«, sagte Kevin. Ich blieb stehen und hielt beschwichtigend die Hände hoch. »Hat keine fünf Minuten gedauert, bis ich ihr Vorstrafenregister durchgelesen hatte. Hope stand bis Juni des letzten Jahres drei Monate unter Hausarrest, wurde ambulant behandelt und hatte eine Fußfessel. Wie soll sie da im Mai hier gewesen sein? Ich habe sie zumindest nicht gesehen. Niemand hat sie gesehen. Wieso behauptet Sage, sie wäre die ganze Zeit über mit ihm zusammen gewesen? Er hat Penny umgebracht, und Hope wusste das. Da hat er sie auch noch beseitigt.«

»Jetzt mal ganz ruhig«, sagte ich. »Das können wir auch anders regeln.« Sicher war ich mir da allerdings nicht.

»Sprecht mir nach: *Om mani padme hum. Om mani padme hum.* Los.«

Ich sprach ihm nach. Buckles versuchte es, schaffte es jedoch nicht. »O nein«, jammerte er. »O nein.«

»Ich sag dir, warum das so wichtig ist«, meinte Kevin. »Du hast meine Freundin umgebracht. Sie war noch nicht bereit zu sterben. Und sie ist auch nicht schnell gestorben, stimmt's?«

»Ich hab sie nicht umgebracht«, wimmerte Sage. »Willst du den Cop da wirklich auch noch erschießen?«

»Du hast Coleman Tod zu ihr geschickt, während wir in die Scheißhütte am See eingebrochen sind. Du musstest mich wegholen, sonst wär er doch nie an sie rangekommen.«

»Glaubst du wirklich, du hättest sie beschützen können? Früher oder später wär sie doch sowieso gestorben. Sie war schon so gut wie tot.«

»Nein.«

»Sie konnte einfach den Mund nicht halten«, fuhr Buckles fort. »Da hat mal jemand ein ernstes Wörtchen mit ihr geredet. Du denkst also wirklich, ich hätte sie umgebracht, dabei lag sie schon tot in meinem beschissenen Haus, als ich zurückgekommen bin. Der verdammte Wichser hat sie da hingelegt, und ich durfte mich drum kümmern.«

»Und du dachtest, du könntest dich vorher noch mit ihr vergnügen.« Kevin trat ihm erneut aufs Bein. »Weißt du, wo Penny jetzt gerade ist? Nicht da, wo du sie verscharrt hast. Sie ist in der Schreckenswelt. Dazwischen. Weißt du, was sie dort sieht? Verkohlte Stümpfe, schwarze Flecken, dunkle Schluchten und Schatten. Und du bist auch bei ihr. Wir alle. *Om mani padme hum.* Weißt du, was diese Worte bewirken, Sage? Sie lösen die Erde, wo Penny ist, in Wasser auf, das Wasser in Feuer und das Feuer in Glühwürmchen, in Wind. Die Kerzenflamme in Wind.«

»Okay«, sagte Buckles.

»Den Wind in Bewusstsein, Bewusstsein in Leuchtkraft, Leuchtkraft in Strahlkraft, Strahlkraft in Präsenz, und Präsenz in was?«

»Weiß ich nicht.«

»Klares Licht«, sagte Kevin. »Noch mal von vorne.«

Wir versuchten es noch mal. Gedanken schossen mir kreuz und quer durch den Kopf. Ich sprach die Wörter aus, war aber nicht wirklich bei der Sache. Buckles bekam es nicht hin und brachte lediglich schmerzerfüllte Geräusche hervor.

»Schon gut«, meinte Kevin nicht unfreundlich und setzte Buckles die Pistole an die Schläfe. Ich stürzte zu meiner Waffe, wurde jedoch von einer unsichtbaren Hand zurückgehalten. Die Hand war das Geräusch eines Schusses, dessen Echo nicht verhallen wollte. Kevin sah zu, wie ich erst auf die Knie, dann auf die Seite sank. Dann verpasste er Buckles einen Kopfschuss. Ich wollte mich bewegen, doch ein Feuer schoss durch das zerfetzte Gewebe über meinem Herzen.

Ich wollte nicht sterben. Aber wenn es nun doch so weit war, musste ich mich wohl mit dem Tod anfreunden. Penny kam zu mir. Wo sie auch war, sie war noch immer wunderschön. Sie war dasselbe wie ich, wie Kevin und Shelly und Julie, der tote, gesichtslose Coleman Tod und Dopey Hopey, selbst der tote Buckles, dessen Hirn sich auf dem ungemähten Gras ausbreitete wie Erbrochenes, war dasselbe wie die Bobolinks auf der Wiese und die Wiese selbst und alles in ihr, wie der Wald am anderen Ende der Wiese, der weiter und immer weiter wuchs, und wie alle großen alten Bäume in ganz Pennsylvania. Und mit etwas Anstrengung war sie auch meine Polly.

Meine Lippen waren Penelope Pellings' Ohr ganz nahe, und ich murmelte Kevins Spruch vor mich hin. Kevin hörte mir zu, lächelte und sagte etwas aus einem Traum. Fremd und gleichzeitig vertraut waren seine Worte, doch ich erinnere mich nicht mehr an sie.

Dritter Teil

ICH saß auf einem Küchenstuhl unter einem Ahornbaum mit fast unnatürlich rot leuchtenden Blättern. Die Stelle, wo die Fiedel meine Schulter berührte, war noch immer empfindlich und schmerzte; die Muskeln um den Durchschuss heilten. Ein Haufen Antibiotika für die Wunde, ein Ventil für den kollabierten Lungenflügel und eine Schiene für den Schlüsselbeinbruch. Seit zwei Wochen war ich schon in Physiotherapie und würde es wohl noch eine Weile bleiben. Doch die Fiedel erwachte zum Leben, als ich mit dem Bogen über die Saiten strich. Von meinem schattigen Fleckchen aus beobachtete ich, wie sich Leute auf der Kuppe der Meaghers versammelten, um dabei zuzusehen, wie die Scheune aufgestellt wurde, und vielleicht auch, um selbst mitanzupacken. Ed hatte mir die Aufgabe zugeteilt, das Tempo vorzugeben. Ich ließ dem Bogen freien Lauf, und er stimmte *Ways of the World* an.

Seit dem frühen Morgen waren Balken miteinander verbunden, Eckpfosten und Pfetten angebracht und mithilfe zweier waschechter Zugpferde und eines Flaschenzugsystems bereits einige Rahmen für den ersten Stock aufgestellt worden. Das Skelett des Gebäudes erinnerte an das Innere einer Kathedrale. Wenn man den Kopf in den Nacken legte, konnte man sich vorstellen, bis zur hohen Decke hinaufzusteigen.

Dass ich den Hals der Fiedel in der linken Hand hielt, war für mich immer so selbstverständlich wie Laufen gewesen. Doch ohne die Schlinge musste meine kaputte Muskulatur sich zu sehr anstrengen, und nach ein paar Liedern tat es langsam weh und zuckte hier und da.

Wenn die Pfetten auf den Rahmen des oberen Stockwerks säßen, würden auf beiden Seiten die Sparren hinaufgezogen und mit Stiften aus Robinienholz befestigt werden.

Andy Swales hatte den Notruf gewählt und Kevin beobachtet, der schweigend im Schneidersitz neben mir saß. Kevin ließ die 9mm in der Auffahrt fallen, wo sie jeder sehen konnte, doch die Einsatzkräfte stürzten sich trotzdem auf ihn, als er sich nicht auf die Erde legen wollte. Wahrscheinlich sitzt er immer noch im Lotussitz irgendwo im Bauch des SCI Waynesburg, wo er auf seinen Verhandlungstermin wartet. Was auch immer er sich vorgenommen hatte – er hatte es umgesetzt und bekannte sich schuldig. Selbst des Mordes an Charles Michael Heffernan, nachdem ihm die Tatwaffe zugeordnet worden war.

In den darauffolgenden Tagen durchsuchten Sleights und Dallys Leute Buckles' Grundstück und entdeckten ein blaues Plastikfass. Darin befanden sich Erde und das intakte Skelett von Penny Pellings. Aus meiner Aussage, der von Cy Stokes und Beweismaterial aus Kevins Truck setzte die Staatsanwaltschaft die Theorie zusammen, dass Coleman Tod sie ermordet und sicherheitshalber Blutspuren in Kevins Truck hinterlassen hatte. Pennys sterbliche Überreste wurden ihren Angehörigen übergeben; was dann mit ihnen geschah, weiß ich nicht.

Die Bewohner von Wild Thyme schauten auf der Baustelle vorbei und wanderten in einer längst vergangenen, fremd gewordenen Zeit umher. Meagher sprang von einem Handwerker zum nächsten, konnte aber niemandem helfen und war immer im Weg. Julie stand oben auf der Konstruktion und nahm Hölzer entgegen. Ich gähnte ein großes, weltverschlingendes Gähnen und spielte auf meiner Fiedel.

Die Nacht zuvor hatte ich mit Lieutenant Sleight verbracht. Im Auto seiner Frau waren wir durch Downtown gefahren, vom Columbus Park zur Prospect Street, vorbei an den zukünftigen Drogenopfern. An einer Tankstelle Ecke Clinton und Glenwood deckten wir uns mit Bier ein. Auf dem Parkplatz stand ein winziges Auto mit laufendem Motor, Musik wummerte hinter den getönten Scheiben. Ich ging in den Laden, holte ein Sixpack Flower Power aus dem Kühlschrank und wartete an der Kasse hinter einer jungen Frau, die aromatisierte Zigaretten kaufte. Anschließend stieg sie in das kleine Auto, das sich jedoch nicht von der Stelle rührte.

Am Ende standen wir auf einem Parkplatz schräg gegenüber vom *Stingy Jack's* und tranken das Bier, das langsam warm wurde. Auf der Überführung schossen die Autos hin und her. Wenn man den Eingang einer Kneipe lange genug beobachtet, wirkt es irgendwann so, als bewegten sich die Leute hinein und hinaus wie Luft. Gegen elf kamen ein paar pöbelnde Trottel heraus, und wir freuten uns schon auf eine Runde Unterhaltung, doch der Streit ging nicht über ein paar Schubser hinaus. Unentschieden.

»Ich habe gehört, dass die von der Sitte jetzt gegen eine neue Gang ermitteln«, sagte Sleight. »Ich komme da überhaupt nicht mehr mit.«

»Eine neue Gang.«

»Ja«, sagte er. »Oder eine neue alte. So ein paar junge Leute, die alle in derselben Straße aufgewachsen sind. Blaines Quelle ist auf jeden Fall versiegt.« Das deprimierte mich, doch ich hatte mir auch keine großen Hoffnungen gemacht. »Drüben in New York und bei dir unten ist zu viel los, ein toter Cop und so weiter, da verkriechen die sich in ihren Löchern. Und Blaine hält sich auch bedeckt, wenn er schlau ist. Seit letztem Herbst hat ihn niemand mehr zu Gesicht bekommen.«

Wir saßen im klimatisierten Auto und hörten einen ultrakonservativen Radiosender, bis das Bier aus war. Dann beschlossen wir, selbst in die Kneipe zu gehen. Es war Freitag, es war laut und viel los, und unter der Jacke erregte meine Armschlinge keine Aufmerksamkeit. Sleight bestellte einen Bourbon, ich blieb beim IPA, und wir sahen den Barkeeperinnen dabei zu, wie sie in ständiger Bewegung Drinks ausschenkten. Sleight lehnte sich über die Theke, um einer von ihnen eine Frage zu stellen, die ich nicht verstand. Er nickte, und bald darauf verließen wir die Kneipe.

»Sie glaubt, Blaine ist in Ohio«, sagte er, als wir wieder am Auto waren. »Soll er doch weglaufen. Das ändert auch nichts daran, wem die Kneipe gehört.«

»Und das wären?«

»Dieselben Leute, die das Wohnhaus gekauft haben, in dem Heffernan erschossen wurde«, erwiderte er. »Sind in Pennsylvania eingetragen.« Er kritzelte etwas auf ein Post-it. Was da stand, überraschte mich nicht: *Ton L, LLC*, dazu eine Adresse in Scranton. »Du weißt ja, wer der Geschäftsführer ist. Die Gesellschafter stehen nicht im Eintrag, ist gesetzlich nicht vorgeschrieben. Vielleicht kommst du mit einer Zwangsvorladung an sie ran. Soweit ich das überblicke, hat Blaine nichts damit zu tun, zumindest nicht auf dem Papier, nur eben über die Kneipe und das Haus in Airy. Das gehört denen auch, hat es zumindest früher. Sie haben Grundsteuer darauf gezahlt und es dann an eine größere Investmentgruppe verkauft, bei der alles gesetzmäßig zu laufen scheint. Würde mich nicht überraschen, wenn Blaine als Leiche wieder auftaucht oder hinter Gittern landet. Henry, selbst wenn die LLC darüber Bescheid wusste – die hätten sich garantiert nicht selbst die Finger schmutzig gemacht. Weder Swales noch sonst irgendwer. Dafür hatten sie ja Blaine.«

»Und Blaine hatte wiederum seine Leute.« Bis ganz nach unten zu Penny Pellings. *Who's been here since I've been gone, pretty little girl with the red dress on.*

»Wie dem auch sei«, meinte Sleight. »Ich muss mich um mein Chaos kümmern, du dich um deins.«

Ralph Lilly traf zusammen mit der ersten kühlen Nachmittagsluft ein und setzte sich auf seiner Holzkiste zu mir unter den Baum. Liz holte ihr Banjo, und wir spielten gegen den Baulärm an. Nach ein paar Songs ließ ich die beiden allein, verschwand hinter einer Baumreihe, um einmal tief durchzuatmen, und vertrat mir dann die Beine, indem ich die Scheune umrundete. Das Leben ging weiter. Natürlich war es schrecklich, was manchen Leuten zustieß. Man konnte entweder ewig Tränen darüber vergießen oder seinen Frieden damit machen. Die untergehende Sonne wurde von den Bäumen und Bauhölzern zerteilt und schickte leuchtende rosa Strahlen über die Wiese. Die Crew nagelte die Schalung auf die Sparren. Miss Julie tauchte neben mir auf, um zu verschnaufen und ihre Sorgen wegzuschwitzen, fast so, als wäre sie schon immer da gewesen.